九月精神，引领开花。
沉默以了奎铃声。
分 ? 在春天绽放。
如 ? 你 ? 绕。
? 星 ? 你 ? 翅。

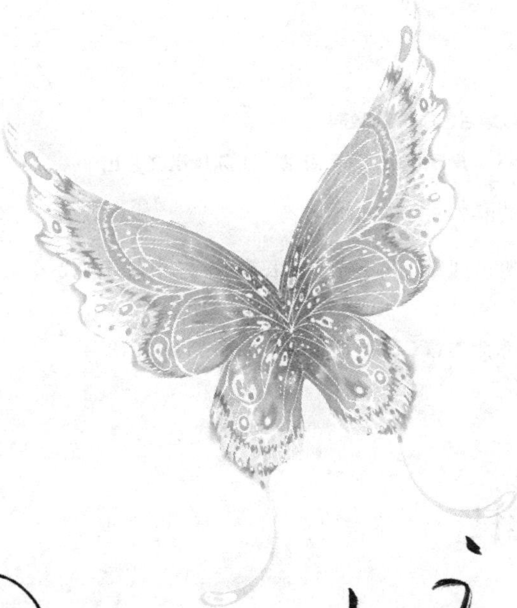

野性逢

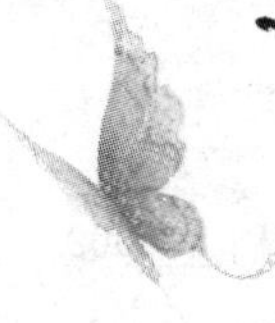

周晚欲
著

江苏凤凰文艺出版社
JIANGSU PHOENIX LITERATURE AND ART PUBLISHING

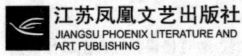

图书在版编目（CIP）数据

野性逢良 / 周晚欲著. -- 南京：江苏凤凰文艺出版社，2024.5
ISBN 978-7-5594-7861-0

Ⅰ.①野… Ⅱ.①周… Ⅲ.①长篇小说 - 中国 - 当代 Ⅳ.① I247.5

中国国家版本馆 CIP 数据核字（2024）第 096048 号

野性逢良

周晚欲 著

责任编辑	周颖若
出版统筹	曾英姿
特约编辑	黄　欢　江佩仪
装帧设计	刘芳英
出版发行	江苏凤凰文艺出版社
	南京市中央路 165 号，邮编：210009
网　　址	http://www.jswenyi.com
印　　刷	湖南天闻新华印务有限公司
开　　本	880mm×1230mm　1/32
印　　张	11
字　　数	327 千字
版　　次	2024 年 5 月第 1 版
印　　次	2024 年 5 月第 1 次印刷
书　　号	ISBN 978-7-5594-7861-0
定　　价	46.80 元

江苏凤凰文艺版图书凡印刷、装订错误，可向出版社调换，联系电话 025-83280257

目录 Contents

上卷 · 无人知晓

【第一章】············ 001
吸引：李衔九的到来，打翻了生活的调味罐。

【第二章】············ 031
心绪：你的温柔怎可以捕捉，越来越近却从不接触。

【第三章】············ 055
心酸：是她顺从了命运，于千万种可能性里，选择了最酸涩的那一种。

【第四章】············ 080
保护：失职的撒旦，误打误撞地成为救世主。

【第五章】············ 108
双向：我就是在意，怎么着吧？

【第六章】············ 138
心声：她是我的旗帜，我是她的拥趸。

【第七章】 ………… 170
蛊耗:青春里为了一人倾尽一城。

下卷 • 无人不晓

【第八章】 ………… 201
重逢:姜之栩,你还要我吗?

【第九章】 ………… 230
和好:不为日子皱眉头,只为吻你才低头。

【第十章】 ………… 262
面对:总有人愿意拿宇宙换红豆。

【第十一章】 ………… 289
约定:一起去看海吧。

番外

番外1·蓝桉和释槐鸟 …… 324

番外2·野性逢良 ………… 337

出版番外·看海 ………… 341

出版后记 ………… 345

上卷 • 无人知晓

【第一章】

吸引：李衔九的到来，打翻了生活的调味罐。

那是8月末。

白天的气温依旧残存夏日的酷热，傍晚已经有了秋意。

姜之栩跟着母亲孟黎到莱城，为了接一个人回家。

故事如果都要讲究起因、经过、结果，那么一切都还要从孟黎的发小儿李青云喝多了，被人骗着签了高利贷合同说起。

众所周知，高利贷好借不好还。利滚利就像是一个死循环，欠债越来越多，还不上，那帮追债的人有很多办法整人。

姜之栩听孟黎说，那些地痞流氓干这种事经验丰富，既能吓唬人，又不触犯法律。精神折磨才最致命，最后李青云实在被逼得走投无路，只好出去避风头。

她这一走不要紧，家里还有个准高三生的儿子没人照顾，李青云家里亲戚少，想来想去，她只好把他托付给孟黎。

孟黎年轻的时候，受过李青云一家的恩——孟黎走夜路遇到歹徒，李青云的父亲路见不平，结果被歹徒伤了，半身不遂，在床上躺到去世。

这样的人生变故，放在谁身上多少都会埋怨，可李父出事之后，李家没有一个人说她半个不字。

从那时候起孟黎就决定，无论怎样都要还这个恩情。所以当李青云刚开这个口时，孟黎二话不说就答应了。

恰好姜之栩暑假一直在补课，好不容易休息几天，决定出来散散心，就和孟黎一起到莱城接人了。

她们下了高铁，根据李青云给的地址找来。

李青云的儿子有个好听的名字，叫李衔九。

孟黎在路上就一口一个"小九"喊着，迫不及待地要见到他，谁承想，这都到目的地了，李衔九的电话一直打不通。

打不通电话，孟黎和姜之栩只好站在小区对面的马路牙子上干等。

傍晚蚊虫多，蚊子不时地叮在胳膊或小腿上，孟黎边打着蚊子，边不停地打电话，看样子已经烦躁到极点。

对比之下，姜之栩就显得悠闲很多，她耳朵里塞着耳机，音乐声把她隔绝于世界之外。

大概是看她太悠闲了，孟黎撞了一下她的胳膊，使唤道："去给我买瓶水。"

姜之栩把手放在眉上挡着光，将周围扫视了一遍，才注意到路对面的小卖部。

她双手攥着书包带，小跑过了马路。

小卖部门头不大，外面墙上挂满了棒棒糖和小包软糖，姜之栩拽了一根棒棒糖，又在外面的冷柜里拿了两瓶矿泉水，进屋付账的时候才发现前面还有两个男生。

他们都长得高高瘦瘦的，姜之栩的视线自然而然地落在离她最近的男生身上——他穿一身黑衣服，戴眼镜，平头，长相中等。

老板拿了他们要的东西放在柜台上，他从兜里掏钱，低头的瞬间，姜之栩的视线移到里面那人身上——男生很高，估计有一米八五以上，穿浅灰色的宽大T恤，二八侧分黑发。

这样的发型最显侧脸，男生的眉骨、鼻梁、下颌线、轮廓线条利落，有一股介于少年和成年人之间的流畅感。

在姜之栩这个年纪，身边最常见的帅哥都是少年，他们或阳光斯文，或不羁放荡，很少有人同时具备这两种特质。

而眼前这人，恰恰给她一种"又野又正"的感觉。

黑衣男生付了一张百元大钞，老板找钱很慢。

姜之栩站那儿也是闲着，就这么打量了他几眼。

老板快找好钱的时候，灰衣男生开口说话了："今天几号？"

他的伙伴操着莱城话回道："不晓得，22号吧。"

"哦。"他点头。

"你几号走？"

"23号。"

"那不就是明天？"

姜之栩的视线从墙上的小熊软糖上转到手机上，摁亮屏幕，上面一清二楚地写着"8月23日，星期六"。

这时，老板把钱找好，黑衣男生接过钱，说了句"谢谢"，边拆包装盒边转过身，差点碰到身后的姜之栩。他愣了一下，打量了她几眼，眯眼笑道："美女让让。"

姜之栩反应过来，迟钝地"哦"了一声，侧身让二人过去。

男生们一前一后地走出去了，姜之栩才挤到屋里，将手里的东西放在柜台上。

老板结账的工夫，她从烟酒台的玻璃上看到他们站在路边闲聊。

声音隐隐约约地传来："九哥，明天就滚蛋了，今晚是不是得破个例，喝二两？"

被叫九哥的男生笑骂着："我看你像二两。"

两个男生边说话边拦了辆出租车，上车走了。

孟黎这时候也从路对面走了过来。

"怎么买瓶水这么慢啊？"孟黎问。

姜之栩说："排队呢。"

付好钱，姜之栩出门把一瓶水递给孟黎，问："联系上了吗？"

孟黎说："别提了，不接电话。"

姜之栩走到路边，刚才那两个男生站着的地方，傍晚的霞光透过路旁树枝缝隙流淌下来，人心莫名其妙地就静了。

姜之栩又问："你给青云阿姨打了电话吗？"

孟黎咽下一口水，摆手说："要不怎么说我急呢，李青云自己都找不到她儿子。"她有点抓狂，"我现在都后悔把这事儿应承下来了。"

姜之栩听她这么说，故意挑眉笑道："那咱走？连夜回青城？"

孟黎白了她一眼："得了，得了，看我烦你心里高兴是吧。"

"我哪儿敢啊？"姜之栩忙说。

孟黎拧上瓶盖："管你敢不敢，赶紧打车回酒店，找不着人咱也不能傻等着呀。"

姜之栩撕开棒棒糖的糖纸，将棒棒糖含进嘴里："行，回酒店我想先洗澡，晚上还得出去呢……"

母女俩闲聊着，拦了辆出租车，不一会儿就到酒店了。

到酒店之后，姜之栩先去洗澡，随后打了个电话给沈娜，两个人约好七点半在梧桐街碰面。

梧桐街是莱城最热闹的小吃街，与市中心最大的商业步行街相邻。

姜之栩到的时候，沈娜已经提前在约定地点等着了。

沈娜是姜之栩之前的邻居，高中搬家之后，两个人就没有再见过。这次姜之栩来莱城，想起沈娜在莱城实习，于是就联系她带自己逛逛。

姜之栩小跑过去叫了声："娜娜姐。"

沈娜一见姜之栩，眼睛一亮，笑着上下打量着她，说："我怎么看着你又漂亮了？"

姜之栩对这种夸奖话一向不知道该怎么回的，只好笑了笑，说道："你也是啊。"又赶紧扯开话题，"人好多啊。"

沈娜拉着姜之栩往街里走，说："好吃的也多呢，等一会儿你都要尝尝。"

姜之栩笑着说："没问题。"

美食街向来烟火气浓，小吃摊点和礼品铺子，纷繁杂乱，参差不齐。

姜之栩跟着沈娜从这边逛到那边，分岔小道不少，两个人弯弯绕绕地走了许久，也吃了许多东西。

不知道逛了多久，沈娜说要去厕所，怕姜之栩等太久，就说："你先去逛逛吧，等一会儿我出来了打电话给你，这地方我熟，我过去找你。"

姜之栩说："好。"

离厕所不远处有一家礼品店，姜之栩进去给孟黎买了一支文创口红，又给舒宁和项杭买了明信片和钥匙扣，排队付账的时候，又见货架上有些精巧好闻的车载香薰，就给姜学谦拿了一个。

姜之栩买好东西之后，沈娜还没联系她，她不太敢走太远，就沿着路随便逛。

主路上很拥挤，姜之栩走到人流最多的地方，往前走不动，往后出不去。还好主路旁边有分支出来的小巷子，没有多少人走，她从侧面挤了出去，到巷子里。

穿过一道巷口，她按照来时的方向往回走。

这条路上也有不少小店，但大多是小卖部和棋牌室，姜之栩买了一罐泡泡，沿路边吹边走。

前面棋牌室里有一群男生走了出来，姜之栩不自觉地停下脚步。

这帮男生全说着莱城话，叽叽喳喳的。

"九哥去哪儿？"

"对啊，一个个的能不能懂点事，今天是咱哥的场。"

"就是，明天就见不到了。"

"兄弟啊，你走得太快了……"说着话的人竟装模作样地哭起来。

看来男生都差不多，耍起浑来连套路都一样。

004

"你们挡路了。"那个叫九哥的少年忽然开口。

姜之栩愣了愣,看到几双眼睛齐刷刷地向她扫来,她才反应过来,微微低了低头。

"瞧,你们吓坏小姑娘了。"不知是谁笑了笑。

从上初中开始,姜之栩就没少被不良少年吹口哨,她每次都不太习惯被这样注目。

她心里很不舒服,可面上没有崩,淡定地把泡泡盖上盖,抬脚往前走。

离那群人还有三步远的时候,有人忽然"欸"了一声,疑惑地问道:"你不是白天那个美女吗?"

她闻声便抬起头,是白天见过的黑衣男生认出了她。

她看了他一眼,视线范围内还有另一张脸,她也瞥了一眼。

是那个叫"九哥"的人,这次她看清楚了他的正脸——郎艳独绝,剑眉星目。

她的语文成绩不算差,能瞬间想起这样的词语去形容他,却也自觉词穷,不知道怎么用言语去消化这种惊艳感。

当然,这种感触在心里不过柳梢拂水,涟漪稍纵即逝,她知道大家都在看她,视线只在他面上一扫,便移开了目光。

她往前走,黑衣男生就在身后嘀咕:"哎?这么高冷吗?"

有人回他:"人家没准都不记得你。"

"今天到底几号?"那个叫九哥的男生忽然问。

"23号啊。"

"不是22号吗?"有人说。

"你给我打个电话试试。"九哥又说。

"怎么了……"

后面的话姜之栩就没听到了,她转了个弯,又回到主路上。

手机在这时候振动起来,是沈娜打来的电话。

两个姑娘约在一家烤鸡爪店门口碰面。

沈娜找来的时候,店家正帮姜之栩打包。

"真抱歉啊,上厕所快,就是排队太慢了,害得你等这么久。"

"也没多久啊。"姜之栩笑着回答。

买好东西她们又继续逛街。

街上人来人往,不知道为什么,每当看到有高高瘦瘦穿灰色上衣的男生,姜之栩就会提高警觉。

在陌生的城市里，短短三个小时之内，遇到同一个人两次，她觉得还是很巧的，这概率不亚于，太平公主在茫茫人海里揭开薛绍的昆仑奴面具。

当然，那会儿她并没想过要和他发生什么故事。

在人潮里赶路，熙熙攘攘的人群淹没了渺小的她，人群像迷宫，让她走不出去。

姜之栩逛着逛着就有点累了，最后又买了些吃的东西，和沈娜在梧桐街路口道别。

姜之栩回到酒店的时候，孟黎正在打电话。

姜之栩刚喊了一声"妈"，就被孟黎一个眼神打断。

她放下东西去洗澡，没一会儿，外面传来孟黎的声音。

"小九刚才给我打电话了。"

姜之栩听到"九"字微微愣住了，问道："他怎么这时候才联系你？"

孟黎说："巧了呗，他的手机坏了，收不到来电。"

姜之栩"哦"了一声，心里有些想法捉不住，就没再说话。

等她洗完澡出来，孟黎也将她带来的美食吃得差不多了，孟黎到浴室刷牙，姜之栩在旁边涂面霜。

孟黎很自然地问她："玩得怎么样？"

姜之栩说："就那样。"

"那样是哪样？"孟黎讲话含混不清，"有什么好吃的，好玩的，遇没遇到什么人？我带你出来一趟是让你散心的，不是让你发呆的。"

"嗯……"姜之栩认真想了想，说道，"遇见一个帅哥。"

"什么？"孟黎激动起来，"我的老天爷，太阳打西边出来了，你知道吗？闺女，这是你第一次在你妈面前聊异性。"

姜之栩顿了顿，无奈地嗔叫了一声："妈……"

孟黎看她那样，忍不住弯腰大笑，也顾不上一嘴牙膏沫，说道："得了，还不让说了。"

姜之栩无奈地叹了一口气，说："您可别想歪。"

这是姜之栩第一次和孟黎聊和男生有关的事，孟黎难免激动，却也知道姜之栩对男男女女的情爱并不开窍。于是她没放在心上，又刷起牙，含混地说："路上偶然遇见帅哥，心情好吧？这帅哥美女就是赏心悦目的，谁不爱看呀？"

姜之栩不置可否，只是笑着。

孟黎又说:"别说你看别人了,就是你出门,路上有不少人明着暗着盯着你看呢。"她漱了口水,又说,"所以你爸不爱和你出去,用他的话说啊,看着那帮浑小子目光在你身上转悠就生气。"

姜之栩闻言"扑哧"一声笑出声来。

她边涂面霜,边和孟黎侃天侃地,两个人不像是母女,倒像是闺密。

不知不觉夜就深了。

孟黎和李衔九约在上午十点见。

早晨下了雨。

姜之栩和孟黎早早起来,到便利店随便吃了个饭团,看到时间差不多了,才赶到昨天那个地方去等李衔九。

孟黎给李衔九打了通电话,没多会儿就挂了,对姜之栩说:"他马上出来。"

姜之栩不在意,低头刷着手机,随口应了声"哦"。

然后没多久,孟黎就碰了一下她的胳膊,说道:"来了。"

姜之栩敷衍地抬头瞥了一眼,就低下了头,然后定住了,又抬头去看了一眼。

男生穿着最舒服随意的黑T恤、黑短裤,趿着拖鞋,很懒散地走过来,远远地叫了一声:"阿姨。"

走近了,他又把目光转向姜之栩,淡淡一睨,随意地说了一声:"你好。"

姜之栩回之一笑。

她面上不至于失态,甚至表现出很淡然的样子,心里的波涛却怎么都压不住。

她压根儿没想过昨天见了两次的人,居然就是她要找的人。

什么叫"咫尺天涯"?果然实践比课本更深刻。

孟黎在和李衔九说话。

姜之栩在一旁回忆昨天的细枝末节,想起有人叫他"九哥",又想起他两次问到日期……

这一切可真是草蛇灰线,伏脉千里。

孟黎和李衔九说了几句话,才想起天还下着雨,赶忙把手举高,又将李衔九往伞下拽:"你这孩子,出门也不知道打把伞?"

李衔九很自然地后退一步,双手插兜:"雨不大,淋着舒服。"

孟黎一时尴尬,想了想撞了姜之栩一下,笑着说道:"小九比你大几个月,以后住咱们家,你该叫声哥。"

姜之栩抬眸看了他一眼,只见他摆弄着手机,神色散漫。

她小声地叫了声:"哥。"

他一味看着手机,并不搭理她。

被忽视的滋味她第一次尝到,她一时尴尬,低下头,装作不在意。

李衔九很快收起手机,说道:"不急的话,我请你们吃顿中午饭吧。"

孟黎忙说:"哪能让你掏钱,你想吃什么?阿姨请客。"

"这附近有家烤鱼店还不错。"

孟黎笑道:"好,你推荐的,那我们得尝尝。"

姜之栩当然也没什么意见。

于是他们三个就这样过了马路,走到另一条街尾吃烤鱼。

李衔九走在最前面,走路时步子迈得很大,拖鞋发出声音,脚底的泥星星点点地落在他又白又细的小腿上。

他走路不知道等人,孟黎和姜之栩几乎要跑起来才勉强跟上。

姜之栩琢磨了一路——他该不会很难相处吧?

到了饭店之后,还不到十点半,老板说十一点厨房才开火,他们三个人只好坐着等。

李衔九拆了桌上的碗具,给孟黎倒了杯水,开门见山地说:"阿姨,趁菜还没上,有些话我想给你说一下。"

孟黎见李衔九模样认真,顿了一下才回道:"你说。"

李衔九靠着椅子,像没有骨头,胡乱抓了两把被雨打湿的头发,才说:"阿姨,你也看见了,我不是什么好人。"他眯了眯眼睛,笑着说道,"我性子野,我妈也管不了我……老师、家长不喜欢什么,我偏偏就爱做什么。"

孟黎顿了顿,尴尬地看了看李衔九,又看了姜之栩一眼。

姜之栩也不由得皱起眉头。

三个人里,唯有李衔九最闲适,端起桌上的茶喝,无所谓地笑道:"别怪我没提醒你,你现在后悔还来得及。"

孟黎的脸色已经很不好了。

姜之栩愤愤地抬头看他,他恰好放下茶杯,挑眉看过来。

两道目光撞个正着,她惊得激灵了一下。

他一副坦荡的样子,盯紧她不动。

她实在不擅长与人对峙,只好没事人一样低下头。

孟黎定了定神,才问李衔九:"你不愿意跟我回家?"

李衔九换了个姿势坐,拿一根手指搔了搔脸颊,像在思考的样子,只是看起来态度敷衍。

孟黎缓了缓，正色地问他："那你自己在这儿怎么过？以后学怎么上？"

"我手头有点钱，还可以申请住校，反正死不了。"

孟黎被他噎了一下，想了想，还是说："你再浑，也是个孩子，那些个追债的人，你妈都对付不了，何况你一个学生？"孟黎坚定地说，"我不管你是什么想法，既然你妈信任我，把你托付给我，我今天必须带你走。"

李衔九静坐着不动，他的目光一直在孟黎的脸上打转，像是探索，又像是无意识。

姜之栩并不能看出他是怎么想的。

过了几秒钟，李衔九瞥过来："我妈的麻烦，我该受，但你没义务承受，你有权利不照顾我。"

姜之栩愣了愣，心里有一小块地方塌陷了。

孟黎也明白过来了，原来他是不想拖累别人，她的心不由得软了："阿姨明确告诉你，我们一家人都欢迎你过去，房间都给你收拾好了，你不用有任何负担，以前怎么生活，以后就怎么生活。"

李衔九沉默了。

过了一会儿，他拿起菜单，喊道："老板，鱼能提前上吗？我们赶车。"

孟黎一听这话，知道这孩子拎得清，忍不住笑起来，忙说："多加点菜，我请。"

姜之栩在一旁佯装玩手机，自觉误会了他，偶尔瞥他一眼。他低着头，并没注意她在看他。

她很快就移开了目光，就像在追求某种公平。

吃完饭之后，李衔九去他朋友家拿行李，姜之栩和孟黎在门口等，不一会儿两个男生推着一个大箱子，拎着一个书包就出来了。

走在后面的男生远远看到了姜之栩，睁大了眼睛，张大了嘴，吃惊地说："你……是你？！"

孟黎不明所以，干笑着问："怎么回事？"

姜之栩还是表情淡淡的，看了男生一眼，并没说话，只是礼貌地笑了笑。

她并非孤僻的女生，只是在陌生人面前比较安静，而这件事她也不知道从何解释。

最后还是李衔九解释："我和王信昨天遇见她了。"他看着姜之栩，话却是对孟黎说的，"我小时候见过她，认出来了，才想起日子记错了，就给你回了电话。"

姜之栩对上李衔九的视线，说道："我记得我们上次见面是我七八岁的时候。"

李衔九"嗯"了一声，语气意味不明。

姜之栩去看他的眼睛，潭水一样深的瞳仁，有把人吸进去的旋涡。她觉得危险，就把目光移到他的眉心上："都十年了，你记性很好，我都不记得了。"

他愣了一秒，然后轻轻一笑，笑出声来。

他笑的时候有梨涡，打破了他不笑时的冷峻感，如春风春水初盛，漫山遍野都鲜活起来。

姜之栩一时看呆了，或许是因为他笑，或许是因为不知他为什么笑。

他极快极轻地讲了一句什么，姜之栩没有听清，后面的话又很清晰："我小时候长得又黑又瘦又矮，你认得出就怪了。"

孟黎也笑道："倒是你，七岁到十七岁，就像是等比例放大一样。"

这下只有姜之栩尴尬了。

还好很快孟黎就打上了出租车，李衔九和他的同学王信告别了几句，一个说什么"爸爸会想你的"，另一个说"滚吧臭儿子"。

这种调侃姜之栩常听班里调皮的男生说，于是忍不住低头笑了，又用余光看向孟黎。

孟黎没什么反应，李衔九到底不是亲生的孩子，她不会管教太过。

上了车，孟黎问李衔九关于转校的事，姜之栩戴上耳机听《关于郑州的记忆》，听《杀死那个石家庄人》。

从莱城到青城坐高铁要三个半小时，三个人出站之后，已经下午六点多了。

姜学谦就等在出站口不远的地方，远远地看到人了，就下车来帮忙推行李箱。

刚才上车的时候，孟黎也想帮李衔九拿行李，但他不肯，这会儿姜学谦来了，他一点不忸怩，说了句"谢谢叔"，就把箱子给姜学谦了。

他们一行人上了车。

姜学谦怕他们饿，还买了肯德基，孟黎和姜之栩一人拿了一个汉堡。

李衔九大概还不太习惯这种熟络感，什么也没有吃。

大家也没硬劝他吃。

姜学谦以前常说，一个屋檐下生活的人，只要有一个人过得不舒坦，其他人就都不会太好过。

大家都想让他怎么舒服怎么来。

姜之栩和李衔九齐齐坐在后面，一个吃汉堡，一个捣鼓手机。

姜之栩大气也不敢出，吃得小心又斯文，恐怕他余光看到她的窘样。

车子开了半个多小时才到家。

孟黎领着李衔九去看房间，又对姜学谦说："太累了，不做饭了，你去附近饭店炒几个菜吧。"

姜学谦便问李衔九："你喜欢吃什么？"

姜学谦原本以为他会说"随便"，谁知道他却认认真真地说了句："我爱吃辣。"他说着话，目光扫过来，问姜之栩："你不吃辣吧？"

姜之栩愣了愣，点点头，又摇摇头，脑子反应不过来，人的嘴就变笨了。

姜学谦这时忽然喊她："闺女，你和我一块儿去吧，一个人拎不过来。"

孟黎便骂道："这么大人了，饭不会做，菜还不会买。"骂完还不忘叮嘱姜之栩："栩啊，你别拎带汤的，太烫。"

姜之栩笑了笑，说道："知道啦。"

下了楼，她和姜学谦一前一后去了饭店，一路上父女俩也没怎么说话，直到等菜的空当，姜学谦犹犹豫豫地喊了声："闺女。"

姜之栩问："怎么了？"

姜学谦咳了一声，才说："以后家里多了个男孩子，你处处都要注意，睡觉要锁门，洗完澡之后，别穿着吊带裙大大咧咧地在躺椅上晾头发……"

姜之栩这才反应过来姜学谦喊她下楼是"醉翁之意不在酒"，顿时哭笑不得。

姜学谦在一所初中当副校长，虽然是教育工作者，但还是不习惯对自己的孩子讲某些话题，姜之栩听着尴尬，他讲起来也很尴尬，却不得不说："别的是次要，我更怕他是个放肆的人，对你在行为上不注意……"

"停！"姜之栩实在听不下去了，想想那个人，虽然透着几分浑蛋样，但言行上来看，还是很有分寸感的。

"爸，我不觉得他是那样的人。"

"我也没戴有色眼镜看他，"姜学谦说，"但作为家长，尤其你又是女孩子，容易吃亏，我必须多想一点，也有义务提醒你这些，你在这些事上多警惕没坏处。"

这些姜之栩也不是不明白，她忙说："好，我注意。"

李衔九的到来，打翻了生活的调味罐。

姜之栩说不出哪儿不一样，可就是觉得，原本乏善可陈的日子，多了道别的滋味。

李衔九头一晚来家里，大家一起吃了顿很家常的晚饭。

由于大家不太熟，气氛并不活跃，李衔九随便扒两口饭就进屋了。

姜之栩那晚睡前想了很多事，比如以后该怎么和他讲话，大人去上班时，要怎么和他独处，甚至幻想了一些场景，比如熟悉起来之后一起聊天会聊什么……

然而几天过去了，他们还是没有太多交集。

李衔九除了吃饭、上厕所，基本在房里不出来。有时候姜之栩路过他的房间，会不自觉地顿一顿，才想起屋里确实多了他。

8月很快就到了末尾。

最后这段假期，姜之栩过得很颓废。

书桌上摆着满满当当的资料书和试卷，她以往就算懒，也会抽出至少五个小时学习，但最近可能是开学前的逆反心理吧，她一点儿不想用功。

人的惰性是很难战胜的，她但凡犯懒，哪怕是没人喊她出去玩，手机也没可看的，就躺在床上发呆，也不愿意学习，就这么虚度时光直到开学。

8月31日，是去学校报到的日子。

这天她定了好几个闹钟，生物钟乍一被提前，她有些不适应，直到最后一个闹钟响才不情不愿地起床。

她打着哈欠去洗漱，刚推开门，直直地撞上一个后背。

她的心都要被吓掉了，提着气定在原地，别提多诙谐，又因为还没彻底睡醒，脑子里空空的，好一会儿她都没想起眼前的人是谁。

他则不慌不忙地抖了一下背，从镜子里看了她一眼。

他正在刮胡子，下巴上还挂着白色的泡沫。他收起刮胡刀，说道："我洗把脸。"

他弯腰，胡乱扑了几下水，再起身，脸上全是水珠，发梢也湿了，一副不修边幅的样子。

姜之栩这才后知后觉地意识到什么，尴尬得不知道该走还是该留。

他却在这时盯了她一眼，随即不慌不忙地擦脸，十分有闲心地把毛巾叠好挂在架子上，才侧身出去。

门被关上，像一声响指，提醒她回神。

姜之栩看着镜子里的自己，轻呼了一口气，木讷地去拿牙缸，挤牙膏，刷牙，眼睛瞥到他的洗面奶，看了一眼牌子，据说是不怎么好用的那款，又看了一眼他的剃须刀，也是烂大街的品牌。

这一刻姜之栩才觉得：哦，原来生活里多了一个人是这样子的。

李衔九要办入学手续，于是孟黎开车送他们去学校。

到校后，姜之栩先下车去新班报到。

说是报到，其实在高二期末考之后，学校就把理科年级前四十名，和文科年级前二十名的学生择出来，分成两个班，放到生物实验室里补课。补了一个半月，班里的同学都很熟了。

报到比较轻松，调座位、打扫卫生、听班主任叮嘱，这三件事完了之后就能放学了。

姜之栩没急着走，和舒宁还有项杭约了在超市见。

舒宁和项杭是姜之栩最好的朋友，两个姑娘前者微胖，水灵，性格偏软；后者高瘦，飒爽，活泼热情。

她们买完零食之后，出来换着吃，项杭想吃姜之栩手里的溜溜梅，姜之栩撕开包装递给她的时候，舒宁忽然一把揽住姜之栩的肩膀。

她佯装淡定，却颤抖地说："有个男的在你右边，太帅了！"

姜之栩往右看——他背着黑色的书包，穿着湖绿色的带帽短袖，白色的运动裤，夏末晨晖照在他身上，像罩了一层清爽的雾。

尽管早晨是坐同一辆车来的，可再次看到他，她还是觉得赏心悦目。

舒宁把零食收了起来，装模作样地整理袖口，却从牙缝里挤出一句话："帅不？"

姜之栩扭脸无奈地看了她一眼。

李衔九也看到姜之栩了，两三步走过来，懒懒地笑道："买零食呢？"他语气平常，却把舒宁和项杭搞得目瞪口呆。

姜之栩有点不淡定了，面庞有些发热。

"栩栩，这是……"项杭一副八卦的样子。

姜之栩垂下眼眸想了一秒，介绍说："李衔九。"

她之前去莱城之前，和朋友们提过他，大家一听这名字就什么都知道了。

项杭素来大方，冲李衔九咧嘴笑了笑："项杭，项目的项，杭州的杭。"李衔九随地朝她点了点头，又看向旁边的舒宁。

舒宁一副又羞又怯的样子，对李衔九腼腆地笑了笑，说道："舒宁。"声音极小。

李衔九没听到："什么？"

姜之栩替她解围，远远对上李衔九的眼睛："舒宁，舒服的舒，安宁的宁。"

李衔九的视线只在姜之栩脸上停留了两秒,他很自然地点了一下头,又看了一眼舒宁,随口评价说:"挺好听的。"

项杭问道:"栩,你和他一起回家还是……"

姜之栩刚想说什么,李衔九抢话道:"你们玩你们的。"

他对什么事都不是很在意的样子,说道:"你妈还在老师办公室里,我等她一起走。"

姜之栩听他这样说了,心里有点堵,面上却如常,说道:"好,那我们先走了。"

李衔九点点头,对她们说:"路上慢点。"

告别后,她们三个人一起往校门外走去。

舒宁转过身就绷不住了,又害羞又激动,拉着项杭怯怯地问:"我刚才不丢人吧?"

姜之栩走在她们后面,到校门口,顿了一下,往回看了一眼,原地早就空空如也。

"姜之栩。"

项杭连着喊了好几声,姜之栩才反应过来:"什么?"

"舒宁问你李衔九的事呢。"项杭说。

舒宁眼巴巴地盯着姜之栩。

姜之栩沉吟了一声:"哎呀,"她认真地说,"我和他一共没说上几句话,他的事我什么都不知道。"

舒宁叹了一口气,说道:"好吧,反正也就是随口一问。"

她们说着话,来到了路边的公交站。

等了两三分钟,车来了,她们排着队上车,姜之栩先上去,径自走向最后一排靠窗的位置。

她刚坐好,便见李衔九从学校出来。

他浑身上下是遮不住的闲散气息,在校门口顿了几秒,抬脚过马路。

而车子在这时驱动,她贴近了窗,尘烟和轰鸣声反倒具体,他的身影却变得越来越远,直到一点儿也看不见。

舒宁和项杭都想去商场,一个要买衣服,一个要给朋友买生日礼物,姜之栩本想半路下车,却硬被拉着一起去逛街。

最后没忍住,项杭去两元超市逛的时候,姜之栩给自己也买了张书签。

买完东西之后,三个人分道扬镳。

项杭去找谢秦,舒宁和姜之栩坐公交车回家,姜之栩坐在里面,舒宁坐在外面,她们一人一只有线耳机,听着各种各样的歌。

姜之栩靠着窗,车行到没有行道树的地段,阳光全透过窗子泼在身上,烧灼滚烫。

她一向不喜欢夏天。

燥热、汗液、雷雨、蚊虫……这一切都能抵消汽水、西瓜、吊带、短裙带给她的快乐。

可不知道为什么,她明明不喜欢夏天,但夏天消失她还是会难过。

车窗打开,外面的风徐徐绕到发丝和衣领里,姜之栩第一次察觉夏日将尽。

孟黎和李衔九比姜之栩回家要早。

她刚推开门,便听屋里人在争执。

她坐在玄关外换鞋,听到孟黎说:"本来我没想到这一层,结果那天和你叔聊天,说起你的手机坏了的事,还是他心细,要我买部新的给你。"

李衔九吊儿郎当地站着,说道:"我真不要。"

原来他们是因为手机而龃龉。

姜之栩换好鞋,到客厅叫了声"妈",没多说话,直接回了屋。

等她再出来的时候,李衔九进屋了,孟黎正在盛饭,她走过去帮忙摆碗筷,问道:"他拿着了?"

孟黎说:"拿着了。"说话间又瞧瞧李衔九的房间,小声笑道,"你爸之前还说你倔起来十匹马都拉不动,他比你还倔。"

姜之栩忍不住笑了,说道:"那找十一匹马够吗?"

孟黎愣了愣,反应过来,顺手敲了她一下,嗔笑道:"去喊他吃饭。"

姜之栩有点犹豫,走到他的房门口,喊了一声:"吃饭了。"

两秒后他回道:"知道了。"

这天中午姜学谦有饭局没回家,孟黎简单地炒了两个菜,一荤一素,又凉拌了一盘西红柿。

吃饭的时候,孟黎问姜之栩学校的事。

姜之栩说班里又调位子了,她现在坐第四排靠窗的位子。

孟黎听完,吃饭都不香了。

班里四十个人,姜之栩排名三十五开外,孟黎担心老师偏心,还说宁做鸡头不做凤尾。

姜之栩不由得放松下来,和孟黎拌嘴,讲俏皮话,先是理论"成绩和座位无关",后又说"我同桌很帅"。

她原本最沉迷这种唾手可得的烟火气,平平淡淡的小日子,无非就是吃点家常菜,聊点家常事,安然又清静。

然而她每说一句话,抬头就会看到李衔九的脸。

他一言不发,也没有过多的表情。

在她讲到同桌裴宣儒的时候,他忽然搁下碗筷,说道:"我吃好了。"然后也没给人缓冲的机会,说进屋就进屋了。

姜之栩扒拉着米饭,脑子卡壳了,忘记刚才说到哪里了。

孟黎看了一眼时间,急了起来:"我也不吃了,和师傅约的一点半,眼看要迟到了。"

孟黎的蛋糕店最近在装修,她对这事很上心,剩了碗底子没吃就要走。

临走前她也不忘操心:"吃完把碗刷了,下午收收心学习,别玩手机了。"

姜之栩说:"知道。"

这两个字被关门声碰碎,连同没讲完的话、没吃完的饭一样,都被迫画上句号。

开学第一天,姜之栩起了个大早。

洗漱之后,她慢条斯理地去吃早餐,吃到一半的时候,李衔九打着哈欠出来,眼睛都没睁开,晃荡着进了卫生间。

孟黎无奈地笑道:"到底还是小孩儿。"

姜之栩更加无奈:"我要是起晚了,您早就大嗓门吵吵我了。"

孟黎吃瘪,瞪了姜之栩一眼。

姜之栩吐吐舌头,继续埋头吃饭。

她吃到一半,李衔九从卫生间出来,和孟黎打了个招呼,又进屋了。

姜之栩原本以为今早会和他一起吃早饭,还有点不自在,谁知道她吃完了,他还没收拾好。

她去房间把正装校服穿好,拿着书包出来,坐在沙发上边读演讲稿边等他。

没一会儿,李衔九出来了。

他没有校服,只穿最简单的牛仔裤和白T恤,清爽得像一棵早春的树。

"哎哟,乖孩子,真帅啊,你妈可真会生!"孟黎的能说会道,总带有一种市井气。

李衔九拉开椅子坐下来,随口说:"没您会生。"

姜之栩忽然结巴了一下，读稿子的声音也低了几分。

李衔九吃饭很快，也就两三分钟的事。

他放下碗筷，喊她："姜之栩，走吗？"

他第一次喊她的名字，她慢半拍地抬头："走。"

孟黎到门口送他们，叮嘱说："你们路上注意安全。"

"好。"两个人齐声说。

他们出门等电梯，两个人本来就不熟，所以特别尴尬。

他在后面手插兜，她在前面抱臂，这场景像是一个等雨的清晨，陌生的人们被迫相遇在公交车站下，有人惬意赏雨，有人犹疑是否该一头扎进雨幕里。而他们就像是各怀鬼胎、各不相识的行人。

去推车子的时候，姜之栩忍不住了，先和他讲话："谁骑？"

李衔九扫了她一眼："废话，让你一个女娃带我吗？"

于是她上了车后座。

日出东方，影子西斜，她的马尾随着他骑车的频率而甩动，他和大多数不受拘束的男生骑车时一样，喜欢忽然加速。

她害怕极了，却没有提醒他，也不敢抓他的衣摆。

学校离家很近，骑车也就十分钟。

进校门后不能骑车，他说："我去放车子就行了，你回教室吧。"

身边的学生来来往往，姜之栩想了想，没有推辞。

教室在五楼，姜之栩才爬到二楼，就听广播里响起了《运动员进行曲》。她火急火燎地进了教室，班长正在大声呼喊："楼下集合。"

等她放完书包下楼的时候，楼道里已经堵满了人，最后等她到操场的时候，操场上的班级基本到齐了。

她今天要在国旗下演讲。

从"尊敬的各位老师，亲爱的同学们……"读到演讲必备套话，"宝剑锋从磨砺出，梅花香自苦寒来"，她规规矩矩地念完，换来短暂的掌声雷动。

解散后按照班级顺序列队离场，可等出了操场，大家就自动分散开了。

姜之栩走在人群里不前不后的位置，舒宁大老远地跑到她身边，喘着粗气，神采奕奕地问："你猜怎么着？"

姜之栩见舒宁这样，不知道为什么，心里忽然生出一股很强烈的预感。

果然——

"李衔九居然和我一个班！"

预感太准了，姜之栩眼皮跳了跳。

舒宁很激动,却不敢太放肆,只是脸红地抓着姜之栩的手臂不放:"你不知道,我们班女生现在都疯了,李衔九简直就是我们高三生涯里的第一道坎。"

姜之栩沉默,好像在想什么,又好像什么也没想,只说:"行,那恭喜你……哦不,你们。"

舒宁叹气:"你怎么这么敷衍啊,谁入得了你的眼?"

姜之栩忙说:"你少扯上我。"

舒宁又想说话,身边忽然走过去一个穿灰衫的老头,晨钟一样的声音说:"还聊呢?高考完有的是时间聊,抓紧回教室晨读!"

舒宁和姜之栩吓得差点一口气没提上来。

看清来人之后,舒宁长呼了一口气,问姜之栩:"这是你的老师?"

姜之栩面上不崩,心里却麥毛了:"我的班主任。"

姜之栩赶紧绕道跑回教室。

她从后门进了教室,走到第四排,裴宣儒默默地将椅子往前挪了一点。

她小声说:"谢谢。"

裴宣儒笑得温良:"小意思。"

姜之栩座位靠窗,正当她想坐下的时候,恰好看到楼外有一些学生还没回教室里。

其中有几个把校服穿得不伦不类的男生,说说笑笑,朝教学楼走来。

可能是因为李衔九没穿校服,所以才很惹眼吧。

总之姜之栩一眼就看到了他。

他走在这帮人中间,几个男生对他很热情,争先恐后地同他讲话,他偶尔笑笑,不怎么回应。

赵永振走进教室里,姜之栩才缓缓地坐下。

她忽然想到一件事情。

这个被女生们暗地里讨论和打听的转学生,这一早却载着她来上学,而且晚上还会带着她回家。

这感觉好奇怪,好比芸芸众生,万千俗人,只有她是特别的。

以前姜之栩特偏爱开学第一天,因为新学期第一堂课,每个老师上课之前都会留二十分钟讲话。

而这时候,大家就能在下面想东想西,开开小差。

谁知高三的第一堂课,完全没有松懈的时间,连以往最爱"演讲"的语文老师,都是说一句,"老师就不给大家废话了"。

姜之栩就这么打起精神上了两堂课,熬到大课间,舒宁和项杭来班里找姜之栩去超市。

大课间超市里总是门庭若市,舒宁进去买零食,项杭和姜之栩嫌人太多,就站在外面等她。

超市和操场很近,高一新生军训的声音响彻天空。

项杭听着一句接一句的"一二三四",说道:"我们班窗户临操场,听得十分清楚。"

姜之栩耸肩:"最好他们天天军训,我们就不用做操了。"

项杭乐了:"你是想说,你就不用领操了吧。"

她们正说着话呢,忽然有人叫了一声:"学姐。"

姜之栩愣了一下,直到男生把两块巧克力拿出来,才反应过来他是在叫自己。

"学姐,请你吃巧克力。"

男生平头,戴眼镜,个子高高的,讲话的时候眼神躲闪,语速很快,想来是下了很大的决心。

项杭偷笑着碰碰姜之栩的胳膊,示意她往右看。

姜之栩原本就尴尬的,手脚僵硬,一看右边还有看热闹的男生,就更尴尬了,皮笑肉不笑地看了男生一眼说:"我不吃,谢谢。"

男生立在那儿,没动。

后面的男生偏偏还在起哄:"赵明,你行不行啊?"

赵明握了握拳,声音从牙缝里挤出来,说道:"你收下吧学姐,我……"

"哎?给我总行了吧。"

项杭见男生性格太倔,姜之栩脸色也不好,就赶忙出来解围。

她把巧克力收起来,当即拆开掰了一块吃:"嗯,不错。"

姜之栩真是服了项杭这项操作,差点儿笑出声。

赵明看看项杭又看看姜之栩,欲言又止,最后悻悻地转身离开,那几个男生倒也没有继续起哄,跟着赵明走了。

姜之栩这才放心,对上项杭的眼睛,冷冷地睨她,问道:"好吃吗?"

项杭笑了,牙齿上还沾着巧克力:"好吃啊!"

姜之栩绷不住了,"扑哧"一声笑了出来。

她弯着腰笑,项杭也乐了。姜之栩怕自己笑得太过被人看到不好,转身面朝里,却忽然顿住了。

李衔九就站在超市门左边靠里的位置，敛着眉眼，淡淡地看着她。

姜之栩一时不知道该不该继续笑，这样想着，其实笑容就已经收起来了。

项杭见她不笑，也不笑了，顺着她的目光看过去，眼睛一亮："谢秦！"

谢秦站在李衔九后面，正和一个微胖的矮个子男生说话，猛然被叫了一声，顿了一下才看到项杭，无奈地说："买东西。"

"这么多人，你想买什么，提前给我说不就行了？我给你买。"项杭笑嘻嘻地说，"这儿有巧克力，你吃不吃？"

有人调侃道："啧，都是祖国的花朵，怎么就没人疼疼我呢？"

谢秦瞪了那人一眼："少起哄！"

"买东西呢？"一直安静的李衔九忽然抬了抬下巴，朝姜之栩丢了个不咸不淡的问句。

没人知道他们什么时候认识的，都心照不宣地静了下来。

姜之栩也愣了愣，对上他的眼睛，又不动声色地移开目光，说道："陪朋友来。"

李衔九点了点头："你中午在校门口等我吧，我去车棚推车。"

她点头："行。"

"你们……"

他们两个人旁若无人地一来二去，大家早就看不下去了。

姜之栩从刚才就想着组织语言向大家解释，这会儿有人问，她倒不知道怎么说了。

李衔九先解释："她可是我妹。"

"哦？"谢秦半开玩笑，"你什么时候有这样的好妹妹了？"

李衔九懒洋洋地笑说："想什么呢？"他语气无波无澜，"我们是有血缘关系的，她是我姨妹。"

"……"项杭简直惊掉了下巴。

姜之栩一时恍惚，顿了一下，才扬起一个不忸怩的笑容："是啊。"

李衔九大概不想有人再问东问西，很快扯开话题："高航还出不来？"

谢秦说："人太多了。"

李衔九不耐烦地捋了捋头发："不等了，走吧。"

看男生们走远了，项杭又问姜之栩："这事你们商量好了？"

姜之栩能怎么说？她只好淡定地点了点头。

项杭表示理解："也是，你们在一起，别人肯定会乱想，你又不能每个人都去解释，这样一来就不会有那么多闲话了。"

可不知怎么了,姜之栩总觉得有点不是滋味——他就那么想跟她撇清关系?

她那时候年纪小,又单纯,殊不知,好奇心才是一个故事的开始。

不过她到底还是年纪小,忘性快,第三节课英语老师一句"默写单词",就让她把"李衔九"三个字忘到了九霄云外。

直到中午放学,她要去校门口等他,忽然又想起舒宁的话,心里那点小酸涩,才又冒出来。

李衔九哪知道她心里的小九九,推车出校门,把车座打打灰,很自然地喊她上车。等她坐上去了,他脚一蹬,自行车便飞快地冲了出去,差点儿把她甩飞。

她原本勉勉强强地稳住了,后来拐弯的时候,他又是一个漂移,她立刻就叫出了声。

他骑车的速度这才慢了慢,到路边竟然停了车,他回头提醒她:"你可以抓我的衣服的,我不介意。"

他这个举动让她愣了愣。

好半天,她才想起同他假客气:"没事,我能坐稳。"

"早不说?"他冷淡地扔下这么一句话,重新把车蹬起来。

姜之栩被他撑得又愣了愣,咬了咬嘴唇:"我只是下意识地叫了一声,又没掉下去……"

他后背一僵,微微地转了下身,扬起眉说:"我是说你怎么早不说你怕这个?"

你语气里可一点儿不像是这个意思。

姜之栩只觉得尴尬,在他看不见的地方耸了一下肩。

往后的几天,姜之栩都和李衔九一起上下学。

只是他们的交流很少,路上的时候没话可说,进家门之后就各回各屋,又不是一个班的,在学校也很少碰见。

偶遇了两三次,每次他身边都围着一堆人,大家"九哥九哥"地喊着,不知道的人还以为是古惑仔集会,当然,还是舒宁形容得更好听些——像武侠小说群英会。

李衔九成为学校里的风云人物这回事,舒宁比姜之栩要先意识到。

姜之栩对这件事真正认识到,是在新学期的第一个周末,那天是高一新生军训阅兵仪式,暨开学典礼。

典礼开始之前，姜之栩和学委一起去上厕所，人很多，排队都排到走廊上了。也正是在排队的时候，姜之栩忽然听到有人说"李衍九"三个字。

她原本站在厕所门侧，闻声往里凑了凑，看到在盥洗池边排队的三个女生。

其中个子最高、扎着马尾的女生说："好像李衍九是天蝎的。"

另一个人回答："天蝎的？天蝎的不好搞啊。"

三个人说着笑着，毫不避讳。

学委忽然问："你认识她们吗？"

姜之栩回神，笑了笑："不认识。"

"我看你一直盯着她们还以为你认识。"学委抬起下巴，示意姜之栩去看高个子扎马尾辫的女生，说道，"她叫满娇，人如其名，以前在我们班是最作的一个女的，但人缘很好。"

学委说的最后一句话颇有愤慨之意。

姜之栩挑眉笑笑，不发表意见。

学委大概是觉得说人坏话不好，于是又来恭维她："哪像你，各方面都比她优秀多了，但一点儿也不作。"

姜之栩被夸得不好意思，毕竟是普通小女生，谁不爱赢过别人？可她面上腼腆地笑了笑，谦虚地说："你也很优秀啊。"

队伍很快排到厕所里面，姜之栩若有似无地瞟了几眼那个叫满娇的女生。

那是个与她从气质到长相都完全相反的姑娘，如果要形容，大概是白蔷薇与红玫瑰的差别。

上完厕所回到教室里，同学们都已经下去排队了，姜之栩和学委赶紧往楼下狂奔。

阅兵的时间比较长，但很有意思，开学典礼就比较枯燥无聊了。

好不容易挨到典礼结束，那会儿距放学还有半小时，大家还在操场上，就听隔壁班的班长通知，解散后直接放学。

当然，这种好事赵永振不松口，大家催班长去问了好几次，最后的结果是，再问就晚十分钟走。

班里同学叫苦连天，姜之栩跑到第一排去抄黑板上老师布置的作业。

她正写着字，门口忽然有人大喊："姜之栩在吗？"

她抬头，只见李衍九和另一个男生站在门口。

这天有活动，大家都穿着白色校服，只有他穿着橘色的便服，很扎眼，像白色幕布里突兀燃起了火星子。

"我晚上有点事,你自己回去吧。"

李衔九戳在门口,还说了这么一句意味不明的话,班里收拾书包的、写字的、聚在一起讨论题的同学……都不约而同地停住了,纷纷看向他。

姜之栩汗颜,想了想,硬着头皮说:"知道了,哥。"

最后那个字,发音别提多僵硬。

李衔九愣了一秒,哼笑道:"行,哥回去了。"说着又踢了一下伙伴的腿,说道:"走了。"

他一离开,后座的女生立刻凑上来:"这是你哥?"

姜之栩愣愣地点了点头:"表哥。"

另一排的女生也听到了,笑着感叹:"你们家基因也太强大了吧?"

姜之栩勉强笑了笑,说道:"还好吧。"

班里的女生大多把注意力放在学习上,没多少八卦的心思,只说了几句话就去各忙各的了。

姜之栩慢吞吞地抄好布置的作业,又慢吞吞地收拾好书包,谁也不知道,她满脑子都是李衔九刚才说"哥回去了"的样子。

他那个样子挺不正经的,大概没有女生会没反应吧?

她只觉得心里酥酥麻麻的,这种感觉很轻、很满,都铺在心里,甚至让她忘记去想,李衔九要去哪儿、和谁去、做些什么?

她是在回家等电梯的时候,才猛然想起在厕所排队的时候,满娇她们在临走之前好像还说晚上和李衔九有聚会。

然后她背书包的肩膀,不自知地往下垮了垮。

姜之栩回到家的时候,孟黎和姜学谦都还没回来。

屋里空荡荡的,没有一丝声响。

她和以往一样,进屋放下书包,玩了一会儿手机,微博和豆瓣都没什么让她感兴趣的事,QQ也没人找她。

她翻了翻好友列表,找出李衔九的账号,犹疑了一秒,点进他的头像。

他用的纯黑头像,网名叫"久"。

个性签名是:"不为日子皱眉头。"

空间里没有一条动态。

姜之栩合上手机,眼睛出神地盯着一处。

她正发着呆,见屋外夕阳西下了,阳光把桌上那瓶干花影子照得一点点偏移,直到全部匿在墙面里,再也看不见。

天暗了。

姜之栩在屋里做卷子，数学六道大题，两个小时都没做完。

八点三十五分，门响了，她的房门没关紧，她看到李衔九和孟黎以及姜学谦一块儿回来，换了鞋就进屋了。

李衔九回房之后，姜之栩出去接了杯水，站在饮水机前小口地喝水。他那屋好久没动静，她干脆把最后几口水喝完，又接了一杯回屋。

水喝多了，一向不爱起夜的她，半夜被尿憋醒了。

她起床去上厕所，从卫生间出来之后，下意识地往李衔九那屋看了一眼，见他的那屋门没关紧，也不知道怎么了，竟然鬼使神差地走了过去。

房间里月光满地，他坐在地上，侧身倚着床，正在打电话，窗外的暗光把他的侧脸剪影照得轮廓分明，像剪纸一般利落又艺术。

姜之栩正出神，他却忽然说话，把她吓了一跳——

"如果没钱我给你打。"

那边的人不知道说了什么，他"嗯"了几声，又用莱城话说道："之前写征文的奖金还剩下几千元。"

姜之栩这才猜到他是在和李青云打电话。

他声音带着倦怠之意："想你？我今年八岁吗？"他停了停，又嘱咐道，"好，你记得别沾酒。"

对方说了什么，他又"嗯"了几声，就挂断了电话。随后把手机一扔，瘫在床头。

姜之栩蹑手蹑脚地转身回屋，躺在床上，怎么也睡不着了，脑子里像糊了糨糊。

一直迷迷糊糊到天边擦亮，她想了想，决定不睡了。

她揉着脖子打开门，准备去洗把脸，刚走两步，当视野里出现阳台的时候，顿住了。

她揉揉眼，以为自己看错了，可再看——李衔九还是坐在阳台一隅，手里翻着书。

姜之栩静静地看了他两三秒。

她忽然生出一个疑问，怎么从来都没人问过他学习上的事？

她越想越不对劲，昨晚上他给李青云打电话说他不缺钱，又说征文还得奖了……

李衔九跟个谜一样，她解不出谜底。

在李衔九发现她之前，她悄然又退回了卧室。

她在屋里来回踱步，觉得这些事再想下去影响情绪，干脆去把昨晚做得稀里糊涂的数学卷子重做一遍。

她从大题开始写，还剩下选择和填空题没做，肚子却叫了，想起孟黎昨晚带了卖剩下的三明治回家，于是出去找饭吃。

那会儿李衔九已经不在阳台上了。

她刚把三明治放到微波炉里的时候，他恰好从他的房间里出来接水。

她偏头不看他，盯着微波炉上面的开关。

饮水机发出水声，一如她的心跳。

他忽然说话："你近视啊。"

她猛然抬头，吃惊地看着他。

他没有停留，说完话转身就走。

她就这么呆站着，直到微波炉发出声响，她才回神。尽管他已经回屋了，可她还是第一时间把眼镜摘掉了。

她有点近视，平时不戴眼镜，可上课和写作业的时候总是要戴。

她觉得戴眼镜不好看，可偏偏被他看了个正着……没胃口了。

她把三明治又放到冰箱里，谁知这时候李衔九忽然又推开了门。

他遥遥看着她："对了，我中午要出去，晚自习你自己走吧。"

姜之栩脱口而出："啊？"

他想了想，沉吟了两秒，淡淡地说："要不以后咱们各走各的吧，我和我的一个兄弟顺路。"

姜之栩敛眸说："哦。"

他看起来很满意，又问她："什么这么香？"

她很快反应过来，回答道："三明治，"又问，"你吃吗？"

她的后半句话不过是客气一下，谁知道他竟然笑了，一点儿也不拘束："我看看。"说着话，他便走过来，打开冰箱。

姜之栩心里莫名其妙地发怵，眼看他就要碰到她刚热好的三明治，她忽然伸手，先他一秒，把三明治拿了出来。

他定住了，顿了一秒，偏头看向她。

她昂起下巴看向他，语气平常："微波炉热一分钟就行。"说完，便没事人一样进屋了。

她没有去看他是否还站在原地，就像刚才他进屋时她那样。

周日晚上要上晚自习。

在家里学习效率低，姜之栩打算收拾书包回学校写作业，正收拾包的时候，李衔九在门口敲了敲门。

她吓得激灵了一下，扭头看向他。

他看了一眼她手里洁白的试卷，才说："朋友喊我出去，我先走了。"

姜之栩点了点头："知道了。"

他也点了点头，又看了一眼她的试卷，说："没写完作业？"

她愣了愣，忙把崭新的试卷胡乱塞进书包。

他若有似无地笑了笑："走了。"

姜之栩小声说："拜拜。"

这两个字被他转身的动作忽略掉。

没一会儿外面传来一道关门的声响，她知道他出门了。

姜之栩静了静，把书包收好，又去洗了个澡，从衣橱里套了件再不穿就要过季的裙子，才不慌不忙地出门。

她到学校的时候，门口的小吃摊都开始营业了，不少同学在买饭，小吃和人群，让整条街都烟火气十足。

她停下车子，到摊上买煎饼馃子。

忽然有人喊她，是裴宣儒，他抱着书从校门口走过来，说道："来这么早。"

姜之栩笑着问："你不是更早？"

裴宣儒笑着回答："我住校啊，这周没回家，你忘了？"

姜之栩顿时觉得有点尴尬，笑了笑扯开话题："你买饭吗？"

没等裴宣儒说话，摊主忙说："吃煎饼馃子吧，抵饿。"

裴宣儒笑了笑，说道："行吧，那我要一个和她一样的。"又问姜之栩："你付钱了吗？"

姜之栩说付了。

裴宣儒朗然一笑："不给表现机会啊。"

姜之栩失笑，没有说话。

付款之后，裴宣儒要去逛文具店，姜之栩到旁边的摊位要了份果茶。

等餐的时候，舒宁过来了，看见姜之栩，她眼睛一亮，小跑过来跟她打招呼。

她们有一搭没一搭地说着话。

姜之栩越过舒宁的肩膀，忽然瞥见远处来了一群人，他们骑着车，有的带了一个男生，有的竟然带了两个，也有男生带着女生的，三四辆车并驾齐驱，车上的人笑着说着，肆意快活。

姜之栩的注意力不知不觉被吸引了过去。

舒宁也顺着她的目光，往那群人看了看。

他们在校门口的零食摊前停了下来，堵在门外的树下，有人去挑零食，其余人就在一边说话。

"你说李衍九和他们一样吗？"舒宁忽然问。

姜之栩偏过头看她："什么意思？"

舒宁目不转睛地盯着那帮人："玩是天性，但不能玩物丧志，可你能看出来他们谁是在玩，谁是在玩物丧志吗？"

姜之栩听到这话，沉默了。

舒宁歪头笑了笑："反正……我觉得李衍九不是后者。"

摊主把果茶递给姜之栩，姜之栩接过来，将果茶和煎饼馃子都挂在车把上，推着车子和舒宁一起往校园走去。

舒宁远远地看向李衍九："就拿前几天的一件事来说吧，那天数学老师正讲试卷，走到后排的时候，发现他正写英语，我们老师就说，如果他能做出最后一道大题这事就算了。你也知道，最后一道大题多难哪，谁知道他上了讲台，拿起粉笔就没停过，写了一黑板的字，步骤比答案还全。"

姜之栩顿了一下脚尖，沉吟道："他这么厉害？"

"可能是数学偏科？我也不清楚。"舒宁说，"但从那天之后，我就对他彻底改观了。"

"或许他一直是向上走的，只是还没完全摆脱孤傲气。"姜之栩轻轻地说。

舒宁又看了一眼不远处那个正和一个女生说话的人，顿了一下又说："后来我观察了他几次，觉得他和那些人不一样。他……很好。"

她的话越说越轻，最后半句姜之栩没有听清，姜之栩试图从舒宁的表述里想象出一个截然不同的他。

临近校门口，她的注意力被那群人的吵闹声吸引。

离他们越近，姜之栩的步子就越不自然。

在她们快要进门的时候，忽然有人朝姜之栩吹了声口哨，随后一群人都笑作一团。

姜之栩红着脸往那边看了一眼。

以前也不是没遇到过这样的事，她一般装没听见，可这次人群里有他。她转头，淡淡地扫了一眼那个吹口哨的男生，男生旁边站着一个高挑的女生，而女生旁边就是李衍九。

他神情淡漠，带着一丝慵懒气息，根本就是对一切都不关心。听见大家闹，他抬起头，朝她看过来。

那目光，举重若轻。

姜之栩只与他对视一秒，又把头偏过来，继续往学校走，仿佛无事发生。

舒宁安慰她："别和这些人一般见识。"

姜之栩笑了笑："我没当回事。"

她的注意力却放在身后，她听见男生们在说话，不知道是不是在讨论自己，步子慢了下来，直到进了校门，步调才快起来。

看到姜之栩如一只骄傲的白鹤似的进了门，刚才冲她吹口哨的男生冷哼一声："这么傲？不拿正眼看人。"

高航一巴掌拍到他的后脑勺上："废话呢，你对人吹口哨，人还要怎么拿正眼看你？要我说幸亏是她，要是娇姐早撸袖子扇你了。"

"高航，说什么呢？"满娇听到有人提到她，看了一眼李衔九，嗔怪道。

大家聊天的时候，李衔九就站在旁边一言不发。话题告一段落时，他从兜里拿了块薄荷糖吃。

满娇身后的女生接过话："她好美啊，不是漂亮，是美，我都心动。"

姜之栩单看长相，其实是浓颜，气质淡雅，中和了五官上的媚，整体上清新脱俗。

加上她这天穿了条连衣短裙，衣服是黑色的，原本她皮肤就白，对比之下，皮肤更像蒙了一层白月光似的。裙子又是紧身的，很显身段。

羡慕，她真令人羡慕。

怪不得男生说："她要是不好看，我冲她吹什么口哨啊？"

一群人又笑起来。

"你们都别拿她开玩笑，"李衔九冷不丁地插上了一句话，"这是我妹，亲的。"

高航愣了愣："真的假的？"

"不是吧……"满娇眼睛里瞬间有了别样的神采。

李衔九懒得解释，掏出手机看了一眼时间："不和你们瞎混了，争做三好学生，回教室里，学习。"

众人面面相觑。

李衔九，好学生？

他这长得也不像啊……

高航"呸"了一声："不是写完了吗？"

他从中午就喊李衔九出来玩，谁知道人家回了"写作业"三个字就不吱声了,一直等到四点多才联系他,问道:"写完了,去哪儿耍?"

满娇替李衔九说话:"学无止境,是吧,九哥?"

李衔九随意地笑了笑:"走喽。"

等李衔九走了,剩下的人又说闹起来。

姜之栩回教室的时候,教室里已经来了一半的人了。

祝婕正吃着辣条补作业,看见姜之栩的时候"哟"了一声:"穿这么辣?"

姜之栩脸红:"哪有?"

祝婕目光一直在她身上打转:"我要是男的早就对你吹口哨了。"

姜之栩顿了顿,笑容顿时僵在脸上。

祝婕没察觉,把辣条递给姜之栩。

姜之栩说:"我买饭了,就不吃了。"

祝婕笑了笑:"你不吃,我都不好意思找你对答案了。"

姜之栩惊讶:"姐姐,你可是班里前十名,居然问我一个吊车尾的人对答案?"

祝婕理所应当地回答:"顺便也帮你检查检查呗。"

"那……你要对啥?"

"数学。"

于是姜之栩把数学卷子掏出来递给祝婕。

随后她拿湿巾纸擦桌子,祝婕忽然惊叫一声,举着试卷转回来:"妈呀,对不起啊,卷子滴上油了。"

姜之栩没当回事:"小事。"

祝婕又说:"还有,你的第五道选择题错了,选A。我做过原题。"

姜之栩抻着脖子看了一眼,可能是马虎了:"帮我在旁边画个五角星标记一下。"

祝婕比了个"OK(好)"的手势,又转回去了。

姜之栩又用卫生纸把桌子擦干,再用湿纸巾擦擦手,煎饼馃子还是温热的,解开塑料袋,水汽沾了一手。

她刚咬一口,祝婕又转过头来——

"喂,李什么九啊?"

姜之栩差点噎到。

她很艰难地咽下食物:"什么?"

祝婕歪着身子靠在她的桌子上,举起试卷给她看:"这里,你写的三个字,李什么九,中间那字看不清。"

姜之栩看到那道填空题,答案是"9",阿拉伯数字后面,跟着潦草的三个字,李衔九。

她一时屏气,愣愣地不敢呼吸,很努力地回想着。

她并不知道这是什么时候写的。

祝婕一副怀疑的模样。

姜之栩佯装淡定,解释道:"随便写着玩的……你不要管了。"

祝婕点了点头,说"知道啦",就转过去了。

在她转身的刹那,姜之栩的脸色瞬间沉了下来。

她想了很久才记起来,应该是她拿了三明治进屋之后写作业,出神的片刻写的。

她双肘撑在桌子上,填鸭式吞着饭,有点懊恼,但更多的是迷惘。

自从他住到家里之后,她的注意力就总是被他引过去。

她想了解他多一点,按理说她是离他最近的女孩,可是关于他的事,她还没有舒宁,甚至满娇知道得多。

窗外落霞漫天,光影瑰丽,整个世界都陷入一种壮阔又绚烂的温柔之中。

唯有她的心,却提前趋向黑夜,渐渐暗了下去。

【第二章】
心绪：你的温柔怎可以捕捉，越来越近却从不接触。

快上晚自习的时候，赵永振到教室里来了。

他的第一句话就是："窗户边的同学把窗户打开，散散味。"他的脸皱成一团，"以后不能在教室里吃东西，尤其是辣条，气味太大了。"

底下没人应。

姜之栩看到祝婕把辣条默默地塞到了桌洞里。

赵永振有正事要说："咱们下周的周末考试啊，这次会换班，你们好好备考。"

姜之栩原本无精打采，这话刺激到她，她一下子直起腰，警惕起来。

尖子班向来根据大考的排名来定名额。

不过为了保证学习的连贯性，避免经常换班带来的不适感，只有期中和期末考试才会换班。而高三下学期高考冲刺，为防止学生压力过大，只有上学期的期中、期末两次考试，才会换班。

大家都以为下次换班至少要等国庆节假回来之后呢，谁知赵永振突然"扔了个炸弹"，班里顿时乱作一团。

赵永振拍了拍桌子："这次考试是'一三八'三校联考，校方很重视，你们更得重视。"他笑了笑，有种看热闹不嫌事大的感觉，"是骡子是马是时候遛遛了。"

全班同学都蔫儿了。

姜之栩更是成为霜打的茄子。

她上次考试排第三十七名，危险人物。

不过她身在学霸堆里，有一个最大的好处，就是自我调节能力比以前强了很多。

班里同学虽然刚开始抱怨，但上课铃响了之后，一个比一个学得认真，下课了也没有人动弹。

受他们影响,姜之栩也逼自己进入状态,效率比之前还高。

晚上放学的时候,裴宣儒几个住校生还在位子上坐着学习,丝毫没有动弹的意思,姜之栩悄声收拾书包出门。

她下到二楼的时候,李衔九正在楼梯口站着,他先看到的她:"怎么这么慢?"

她步子一顿,随口扯了个理由:"和同桌讲题呢。"

他神色懒散,耐人寻味地"哦"了一声,说:"就是你的帅哥同桌?"

姜之栩愣了愣。

"对了,你在你们班排第几名?"他很快转移话题,刚才那话就是随口一说而已。

"三十七……"她在班里虽然排倒数,成绩却是全校排名,按理说没什么拿不出手的,可不知道为什么在他面前竟有点难以启齿。

他下楼,走得不快不慢:"那你有点危险哪。"

姜之栩知道他在说换班的事,总觉得他是在揶揄,情急之下脱口而出:"比你危险。"

她的言外之意是:你又没排名,考第几都行。

他步子乱了一下,后背忽然抖动,转过身,笑得那叫一个开心,露出两个梨涡:"是,是,是!这话倒是不假。"

姜之栩一时竟不知道怎么接话。

正好这时有个男生喊着李衔九的名字从教学楼里跑过来,他和他们一起去车棚推车子。

出校门之后,高航说话越来越无所顾忌,被李衔九踹了一脚。

高航就骂:"你……"

"当着人家小姑娘的面,说话注意点。"李衔九淡淡地睨了姜之栩一眼。

姜之栩蒙了。

高航看了一眼姜之栩,明白了几分,笑道:"是,姜之栩,我认识,好学生。"

他给姜之栩道歉:"别介意。"

姜之栩被风吹得有点飘飘然,思绪跟不上,只是说:"没事。"

随后男生们开始侃天侃地,把她晾了一路。

两个人到家的时候,孟黎正在收拾橱柜,地上零散地放着过期药和不用的小物件。

这天姥姥来家里，炖了排骨汤，他们书包都没放下，孟黎就赶他们去喝汤。

姜之栩进厨房盛汤，李衔九去拿筷勺，忽然说："对了，明天起分开走吧，这样以后我们就不用迁就各自的时间了。"

一滴热汤溅到手上，姜之栩倒吸了一口凉气。

他没发觉，眼巴巴地等着接碗："本来我今天晚上就想自己走来着，结果，你穿这样……"他顿了一秒，目光扫在她身上，似笑非笑别有深意，"我怕再有流氓对你吹口哨。"

这……

姜之栩心里飘过一万个省略号。

她把勺子磕在锅沿上，偏头瞥了他一眼："分开走这事你下午说过了。"

他顿了顿："有吗？"

"有。"她端着碗转身，"让让。"

他侧身，目送她端着碗出去。

从那晚之后，姜之栩又回到了之前的状态。

上学的时候，她自己走，放学就和舒宁、项杭一起走。如李衔九所说，她的自由度比以前高了，比如晚上放学，她可以和朋友们去操场走两圈再回家。

而他们之间，成为"不得拜的街坊"。

他早晨出门的时候她刚起，晚上回家的时候她已经洗完澡了，唯有中午，他回家吃饭，两个人能碰一面。

往远了说，她的日子变得和往常没有什么不同；往近了讲，又似乎也有那么一丁点不同。

各种差别在于心境。

好在姜之栩一直是个规矩的学生，自从下了考试通知之后，时间都变得不太够用，她没有忘记主次，永远把学习放在第一位上。

不知不觉就到周末了。

周六、周日下了两天的雨，也考了两天的试，考完试之后不用上晚自习，大家回教室放好桌椅就可以放学了。

中午的时候，舒宁约姜之栩和项杭去光明广场吃旋转火锅。

项杭在（3）班，和姜之栩处于一个楼层，于是两个人一起去楼下（21）班找舒宁。

没想到舒宁的教室大门紧闭，班主任正在讲台上训话。

项杭一脸生无可恋的表情:"张志华以前是我的班主任,特别能念叨,而且我敢保证,越是有人等,他就越拖延不放学。"

姜之栩眼睛往屋里看,问道:"有那么夸张吗?"

项杭说:"可太有了。"

舒宁在第二排中间位置,一偏头看到了她们。

项杭肢体夸张地说着哑语"我们在门口等你",舒宁小心地比了个"OK"的手势。

姜之栩在这时候看到了李衔九——他在最后一排靠窗的位子,正趴着睡觉,外头的风把他头顶的一缕头发吹得左右摆动,就像芦苇一样。

门外也有别班的同学在等人,都抻着脖子往屋里看。

这时,楼道里传来一阵豪爽的笑声,走廊里的人都扭头看去。

来人姜之栩认识,叫满娇。

她从楼道里走出来,看到大家都在看她,没有半点收敛的意思,依然我行我素地和伙伴说笑。

项杭瞪了她一眼,低声骂道:"怎么不笑过去?"

姜之栩拽了拽她:"你神经病啊。"别再让人听见了。

项杭做了个鬼脸。

满娇却在这时候喊了一声:"姜之栩?"

姜之栩愣了愣,和项杭对视一眼,随后两个人同时往满娇那儿看去。

满娇走到姜之栩面前,笑意盈盈地说:"你好啊。"

姜之栩问:"我们认识吗?"

满娇不在意地甩了甩马尾:"你等谁呢,李衔九?"

姜之栩摇头:"我朋友。"

满娇说:"哦,高航请大家滑旱冰,还以为你和我们一起去呢。"

姜之栩笑了笑,项杭忽然插话进来:"哎呀,还放不放学啊,张志华疯了?"

谁知她话音一落,门开了,张志华表情严肃地走了出来。

他应该是没听见项杭的话,但项杭还是吓得哆嗦了一下。

满娇见门开了,也顾不上和姜之栩说话,喊着"九哥",从后门进教室去找李衔九。

项杭吐槽道:"这声'九哥'喊得跟'客官'似的。"

姜之栩一头黑线。

李衔九比舒宁更早出来。

有男生认出了姜之栩,叫她:"姜之栩?我没看错吧,您今天怎么有空下凡了？"

"哈哈哈。"姜之栩还没怎么着呢，项杭笑得比谁都猖狂。

舒宁走过来，问道："笑什么呢？"

项杭的声音很大："我笑姜之栩是天仙！"

那男生不好意思地摸了摸头："哎呀，见女神激动。"

满娇脸色不是很好，同是过来找人的，却被比了下去，哪个女生都不会好受，就先扯开话题，问李衔九："咱们走吧？"

姜之栩看了一眼李衔九，他双手插兜懒散地站着，没有回话，却先迈步离开，后面跟着一群人，浩浩荡荡的。

他好像天生就有种让人愿意追随的气场。

满娇走了几步，回头看了一眼姜之栩，示好似的笑了笑。

姜之栩怔了一秒，也回之一笑。

周末考完试，成绩和排名在周一晚自习的时候就出来了。

班长把成绩单贴到后墙的信息榜上，下了课，大家都跑到后面看成绩。

姜之栩很识趣地从后往前看——673分，第三十五名，竟然还提高了两名。

她捂着胸口，满意地从人堆里挤了出来。

正巧舒宁在门口张望，看到姜之栩，跳起来摆手。

姜之栩小跑出去，问道："怎么了？"

舒宁眼睛瞪得老大，激动得不行："你不知道，李衔九他有多厉害？！"

舒宁一直是很温柔的女生，从不说脏话，也没有这么夸张过，姜之栩不由得好奇："什么情况？"

"699分！"

"啊？"姜之栩一脸疑惑的表情。

"他的成绩！"

"啊？"姜之栩震惊。

其实舒宁说出这个数字，姜之栩就隐隐约约有了预感，却没敢真的往成绩上想。

舒宁走后，姜之栩又挤进人堆里去看成绩。

她从上往下看，班里第五名的学生考了699.5分……

这么说，李衔九这成绩是尖子中的尖子。

如果说之前的李衔九，只在小范围里被同学们知晓，那么这次考试，他直接"一考成名"。

在超市排队的时候，在厕所洗手的时候，在下楼梯的时候……姜之栩总能忽然听到"李衔九"三个字。

换班的事一直拖到周六早晨。

第一节自习课的时候，赵永振领着四个同学进教室，其中就有李衔九。

姜之栩摘掉眼镜，等他做自我介绍。

他的声音很好听："大家好，我叫李衔九，"顿了一下，淡淡地笑道，"你们应该都认得。"

同学们都笑了出来。

初来乍到，他有些狂，可不令人讨厌，只是让人觉得，他理所应当就该这样。

赵永振清了清嗓子，说道："既然班里来新人了，那咱们就得重新调一下座位……"

李衔九忽然举手："老师，我想坐最后一排，"又补充，"最好靠窗或者靠墙。"

赵永振皱眉问："你哪里来那么多毛病？"

李衔九大言不惭地说："学习习惯。"

赵永振往讲台底下看了看，视线落在姜之栩这边："张强，你愿意换位子吗？"

张强是个爱穿格子衫的男生，一向只对学习感兴趣，对换座求之不得，忙说："愿意，愿意。"

于是李衔九就这么跑到后面来了。

姜之栩的后面。

她不由得把脊背挺了挺，说不出哪儿不自在，总觉得背后长了双眼睛似的。然而下课之后，她趁着上厕所，起身往后看了一眼，才发现人家正睡觉呢。

祝婕和姜之栩一起去厕所。

刚出教室，祝婕就神秘兮兮地说："我知道你写的什么了。"

姜之栩没反应过来。

祝婕讳莫如深地说："李衔九。"

姜之栩顿了一下，但还是不明白她要说什么。

祝婕干脆直言："李什么九，李衔九，你试卷上的字。"

姜之栩这才后知后觉地反应过来，干笑道："哎呀，他……他是我哥啊，你忘了，之前来班里找过我的。"

"我知道,我就是突然想到了而已。"

祝婕看起来不像想多了的样子。

姜之栩暗暗吐气。

她从厕所回来之后,李衔九已经醒了,正和裴宣儒聊天。

姜之栩走近的时候,裴宣儒挪了一下凳子,让她进去,接着说:"这边黑板反光,你来这里干吗呀?"

姜之栩不由得竖起耳朵。

李衔九打了个哈欠:"最后一排好啊,玩手机、睡觉多方便,还省得老师看见了添堵。"

裴宣儒觉得惊讶:"哥们儿,你这样是怎么考进来的?"

李衔九转着笔,自信满满地说:"我用功啊。"

裴宣儒:"……"

第二节自习的时候,数学老师占用了二十分钟讲题。

等老师离开之后,裴宣儒把书本拿到课桌中间,戳了戳姜之栩的手臂。

姜之栩便问:"哪道?"

谁知他不是问题目的:"他平时都怎么学习啊?"

裴宣儒因为李衔九这成绩,都快郁闷死了。

姜之栩忍不住笑了笑,说道:"就……正常学吧。"

其实李衔九的成绩刚出来那天,姜之栩也想不透,回家之后一说,孟黎和姜学谦比她还惊讶。

吃饭的时候,孟黎开始旁敲侧击地问:"你是怎么学得那么好的?回头你也给栩栩支支着。"

他大概是想到了他们会惊讶,也不藏着掖着:"之前没开学,闲得没事,只好在屋里刷题。"

姜之栩惊了一下。

她当时还以为他在玩游戏,谁知道摸鱼的却是她自己。

她又听到他说:"我早晨早起背书,晚上一般学到十二点。"

姜之栩愣了愣,总算知道他说"不用迁就各自的时间了"是什么意思。

现在她留心一想也就明白了,如果他晚上回得晚是去玩,那早晨走那么早是干什么?他那帮兄弟有几个是不迟到的?

姜之栩不由得说:"你和偷着学的那些人有什么区别?"

她完全在嘀咕,李衔九不知道听没听清,似笑非笑地问:"你说什么?"

姜之栩慌了一下神,还好这时孟黎说:"你每天就睡六个小时啊,这也太用功了。"

李衔九笑了笑:"没有,上课困了就睡呗。"

姜之栩想到这里,李衔九冷不丁地踢了一下她的凳子。

她摘掉鼻梁上的眼镜,转头看了他一眼,看他正睡着呢,才知道他不是故意的,再往下看,这人把腿伸得老长。

她不由得叹了一声气,他果然是上课困了就睡。

周六一天的自习,李衔九睡了两节课,第三节课开始,只听他在后面时不时地翻着书页,连下课都没有动弹,一直在学习。

姜之栩见他这样,还以为他下午会更用功,谁知道,人家下午压根儿没回教室。

后来接连两天他都这样,想学就学,不想学就找不到人。

不过即便这样,姜之栩也清楚他不是个没有度的人。因为他早就用成绩证明,他并不是一个在家里举债五十多万的情况下,还不学无术的人。

用舒宁的话说,他玩,但不是玩物丧志。

舒宁也说,李衔九走了之后,她的班主任张志华还在班里念叨:"人家李衔九该玩就玩,该学就学,一样没落下,这是本事。不像某些人,心里没点数,以前好歹还假装努力,现在装都懒得装了。"

聊起这事的时候,姜之栩和舒宁分别买了个冰激凌吃。

舒宁说:"我觉得老张这话有道理,和李衔九玩的那帮人,没个学习好的,人高航还能出国,其他人就是混日子。"

姜之栩说:"他们就算不和李衔九玩,也会和别人玩,有些事得自己想明白。"

舒宁点点头,又想起什么,说:"对了,那个叫满娇的女孩子最近总来我们班找李衔九。"

姜之栩微愣,舌尖上的凉意从口腔蹿到脑仁上,冰得她激灵了一下。

她缓了缓,浅笑:"是吗。"

"反正满娇仗着和高航玩得好,经常出现在我们班。"舒宁倒是先叹了一口气,"不过李衔九不怎么理她,也是啊,我总觉得他们不是一路人,做不成朋友。那女生,身上世俗气太重。"

姜之栩笑了笑:"我倒是没见满娇来过我们班。"还没等吃完,冰激凌就化了一手,姜之栩边掏纸巾,边说,"不过,我见他晚自习的时候出去过,谁知道是去干吗呢?"

舒宁点了点头:"唉,班里那个叛逆的少年,经常会想,他晚自习去哪里了？"

　　姜之栩顿了顿，只笑，不搭话。

　　舒宁似乎也不需要她的回应。

　　姜之栩将剩下的冰激凌用卫生纸包起来扔进垃圾桶，又掏出一小包湿巾擦了擦手，做完一系列动作，抬眼看到了裴宣儒。

　　男生像一棵玉树一样，朗然立在那里，笑道："你怎么跟个小孩儿似的？"

　　姜之栩努了努嘴，说道："吃个冰激凌就小孩儿了？"

　　裴宣儒笑意更盛："浪费可耻，你不仅浪费了半个冰激凌，还浪费了一张纸，可耻。"

　　姜之栩笑了笑："你怎么跟我的家长似的？"

　　裴宣儒忙说："可不敢。"又笑道，"不逗你了，我去趟超市。"

　　姜之栩说："好。"

　　等裴宣儒走后，舒宁若有所思地说："他好阳光啊，让人觉得明亮。李衔九身上就没有这种明亮感，李衔九是冷光，像……月亮？嗯……我形容不出来。"

　　这番话让姜之栩顿了顿，嘴角不自觉地向下。

　　之前高一军训，有一周的体育课上了自习，后来要备考，那周体育课大家通常都是做完准备活动就解散，上周经常下雨，体育课又被各科老师占用。

　　满打满算，从高三开学以来，他们竟然没有上过一堂正儿八经的体育课。

　　谁知道他们好容易上一堂正常的体育课了，一上课体育老师就宣布——"体测。"

　　这两个字有恐怖效果，让人脊背发凉，如坠深渊。

　　老师刚说完这话，班里就有女生举手："老师，我肚子疼。"

　　体育老师就说："肚子疼的出列。"

　　他话音刚落，有五个女生站到了一旁，姜之栩犹豫要不要站出来，这时，竟有两个男生也站了出去，惹得大家大笑。

　　因为是和别的班一起合上体育课，那两个人她不认识，只听队伍后面有人喊："张家兴，你也在特殊时期？"

　　"滚蛋！"两个男生里那个稍矮一点、留着寸头，可是较好看的人骂了一句，大概就是张家兴。

　　体育老师笑道："行，我不管你们是因为什么肚子疼，反正体测是必须测的，你们这些人下星期跑。"

姜之栩叹了一口气,还好自己没出去。

张家兴闻言又举手:"老师,我突然又好了。"

体育老师问:"你们还有好的吗?现在归队还来得及,不然下周跑完的人看着你们跑。"

随后又有三个人归队。

体测女生先跑,男生随后。

姜之栩在第一队,跑了二百米就觉得受不了了,腿肚子抽筋,胸腔冒火,各种不适。

跑完第一圈的时候,她处于中后位置。

到起点的时候,旁边有人给她喊加油,又跑了几步,她听到有人吹口哨,瞟了一眼,是张家兴他们几个。

她无暇顾及那么多,抬眸去找李衔九。

李衔九和裴宣儒站在一起,裴宣儒很激动地在鼓励她,而李衔九淡淡地站着,目光落在她身上,很遥远。

就是跑过去的这几秒,姜之栩明白了,李衔九身上的光,好像的确没有这么强烈。但不知道为什么,即使是明媚如骄阳的裴宣儒站在他旁边,大家的目光也只会落在他身上。

有人是光。

有人是光的克星。

…………

体测是姜之栩的克星。

八百米,只有前二百米是不累的,后面的六百米每一步都是煎熬。

跑到最后三百米的时候,她实在累惨了,干脆停下来走,没一会儿,后面跑来一个人。

来人是裴宣儒,他说:"我带你跑。"

姜之栩上气不接下气,摆手说:"不用。"

裴宣儒很固执,一直在原地跑,不肯离开。

于是姜之栩只好又迈开步子,跟着裴宣儒跑完了全程。

最后姜之栩成功地以倒数第二的成绩跑完。

她累得够呛,想也不用想,就知道自己肯定满脸通红,丑得要死,于是赶快到女生堆里坐着,希望自己不被人看到才好。

裴宣儒率先来给姜之栩送水,众目睽睽之下,姜之栩没有要。

裴宣儒说:"李衔九请的,买了五瓶,留一瓶给你。"

姜之栩往李衔九那边看去，他正和别人说话，又见其他人手上确实拿着水，于是就接了过来。

跑完的女生都在一堆坐着。

一个其他班的女生问："咱们去买水吗？"

"不，不，不，走不动，渴死也走不动。"

"我也不去，等着看李衔九呢。"

这话一出，有女生低声笑了笑，附和道："我也是。"

说着说着，班里的女生居然也凑过来，问她："你哥体育好吗？"

她哪知道这个，只好笑道："你们等一下自己看就知道了。"

女生说："喊，不用你说，我猜他肯定跑得很快，不然多辜负他那两条大长腿？"

姜之栩："……"

她们正说着话，第二批女生也跑完了。

很快轮到男生跑。

这天有领导来校检查，学校规定穿校服，校服是运动款的，很适合跑步，可李衔九的校服还没有发下来，只有他一个人穿黑色牛仔裤。

大概是因为这样吧，他跑得很慢。

他慢到刚才讨论的女生们失去了看下去的欲望，干脆离开去超市买水了。当然，还是有更多的女生围着看他。

因为李衔九跑步的时候很惬意，看不出累，好像在玩似的。

有人问："他是不是故意跑这么慢的？"

有人答："我觉得是。"

最后李衔九跑了倒数第一，比倒数第二慢了半圈，体育老师都不想计时了，随便填了个时间就走了。

他跑完之后，恰好那帮买水的女生又回来了，竟然走过来半羞半怯地给他递水。

也是在这个时候，张家兴一行人从旁边过去，笑着调侃："哎呀，原来女的都喜欢虚的啊。"

李衔九的目光轻飘飘地落到张家兴的身上。

张家兴见状，反倒更猖狂，竟然走到李衔九旁边，昂首挺胸，气焰嚣张地说："看什么看哪？跑得还不如猪快呢。"

旁边的男生纷纷起哄。

李衔九还是沉默，反而不像是当事人，倒像是个看热闹的，很闲散地站在那儿。

裴宣儒忽然说:"跑得还不如猪快?他跑倒数第一,合着咱们都是猪啊?你们班体委跑第一,合着人家是最厉害的猪?猪八戒、猪猪侠、小猪佩奇?"

裴宣儒这个人连拿话挖苦人都是一身正气的样子。

姜之栩嘴角抽了一下,身边的女生们也都憋不住笑出了声。

李衔九没事人一样笑了笑:"好了,裴宣儒,我要累死了,上去睡觉。"

张家兴跨步往左,挡住了李衔九的去处:"喂,反了?"

李衔九眼神变了变,似刀光掠身,锋芒毕露。

看热闹的人顿时大气也不敢出,尤其是姜之栩。

她想了想,干脆走过去,尽量平静地对李衔九说:"那个,我有道题不会,回教室给我讲讲吧。"

她比他矮,仰头看向他的眼睛,乌黑的长发都披散在肩头,运动之后脸上的潮红未退,整个人莫名其妙地有些娇软,像一朵初晨带着露珠的花。

李衔九看着她,眸中冷光尽敛,利刃收鞘,反倒眉眼舒展,笑了笑:"不用解围,这还叫事?"

他语气低沉,带有几分令姜之栩误会的哄人感觉。

姜之栩不自觉地把头低下去了。

他话音刚落,又偏头对张家兴说:"你让开。"他眼神坚毅,语气也带着不容置疑。

张家兴顿了一下,旁边有男生不知跟他说了句什么,他神情不耐烦,却真的让开了。

李衔九再也不看他,低头对姜之栩说:"走吧,给你讲题去。"说完就从兜里掏出手机,边玩边闲适地离开。

姜之栩离开之前,听见身后的男生在讨论:"他拿手机了。"

"拿手机干吗?"

"不会要叫人吧?"

"哟,要不是看在他是高航的哥们儿……"

后面的话姜之栩没有再听。

上了楼,李衔九瘫在座位上,直喊累。

大家都累,班里的咳嗽声就没断过,饮水机旁大家在排队接水。

姜之栩刚坐到座位上,就听李衔九的同桌问他:"你保存实力了吧?"

他拿书本扇风,笑得无所谓:"男人的字典里不该有'保存实力'四个字知道吗?要全力以赴。"

所以？他是真的跑不快。姜之栩想了想，似乎从没见他打过球，可见他的体育应该是实打实的差。

有人喊姜之栩去厕所，她正好想去洗杯子，就答应了。

她刚打开水龙头，就听里面的女生在说："我以为李衔九会揍他呢，感觉李衔九是睚眦必报的那种人……"

"就他那体育水平，我怀疑他是不是怕了……"

姜之栩一颗心沉了下去。

"是不是怕了"这五个字，印到了她的脑子里，像一句洗脑的歌词，挥之不去。

这天中午，李衔九出奇地主动要求和姜之栩一起回家。

姜之栩问他："你不和高航一起了？"

他骂了句脏话，说道："我就非得跟高航一起？"

姜之栩很识趣地不再多问。

两个人回到家的时候，孟黎正在做饭，厨房里抽油烟机一直响，闻到一股螃蟹味。

姜之栩赶忙进屋喊了声"妈"。

孟黎正在炸鸡柳，闻言扭头看了一眼姜之栩："来了，正好我看冰箱里这点鸡柳一直忘了吃，再不吃就不能吃了，我给炸出来。"

姜之栩对另一个灶台上的东西比较感兴趣："今天吃螃蟹？"

"鼻子倒是挺灵的，我怎么就只能闻见炸鸡柳味？"姜学谦不知道什么时候也走过来了，去看蒸屉里的螃蟹，"你许叔老家湖边的，正好秋季上螃蟹，他记得你爱吃，拿了不少给我。"

屉笼一掀，白烟冒了出来，那味更浓了，姜之栩从小就馋这个气味。

她问："就是你学校那个教导主任？"

姜学谦说："嗯，他还来过咱家喝酒呢。"

"哦，我想起来了。"姜之栩忍不住笑道，"就是他离婚那天，来咱家喝完了就哭，哭完了接着喝的许叔。"

姜学谦"哼"了一声："你就记这个记得准。"

李衔九过来拿碗筷。

孟黎恰好炸完鸡柳，往后退了一步，想拿盘子，却碰到了姜学谦，差点把盘子摔了，抱怨着："哎呀，别都戳在这儿，碍不碍事？"

姜学谦说："我这不是想帮你吗？"

孟黎把菜铲撂下:"你早干吗去了?……"

趁着夫妻俩拌嘴的时候,姜之栩默默地退出了厨房。

李衔九摆完碗筷,拿起手机去了阳台上。

他面向客厅靠在台上,两只胳膊搭在台沿,一副没有骨架的样子,浑身上下除了懒散还是懒散。

姜之栩出来之后,恰好看到他,怔了一下。

他此时也抬起头,目光一下子和她对上。

她看着他,没动弹,他懒懒地垂下指尖,问:"看我干吗?"

姜之栩想了想,走过去打开了推拉门,又背身将门拉上,他的脸和她的脸一同映在玻璃上。

她顿了一秒才转身,走到他旁边,看着对面的楼房,问:"你怎么一个人在这儿待着?"

他偏头看她,笑而不语。

她微顿,想说点什么,又觉得冷场,抿了抿唇最终什么都没说。

他的目光在她面庞上扫视了一圈,笑得梨涡都露了出来:"哑巴了?"

"没有啊。"她有点急。

"嗯,会说话,没哑巴。"

"你这人……"姜之栩语噎了,丝毫没发觉自己神情如小鹿,慌张的初生的小鹿,眼里像装着一汪山泉水,阳光下波光粼粼。

他深深看了她一眼,咽了一口唾沫,喉结滚动了一下,偏开头,说:"我说是因为压力太大,才在这儿出神发呆,慢慢消化,你信吗?"

他嘴角噙着笑,一直看着门玻璃。

准确来说,他是在看玻璃上她的影子。

时间忽然变慢。

他的侧脸太有轮廓感,线条连在一起,像刀锋雕刻过,因此气质偏冷,可他一笑,春水便融了河冰,整个人都鲜活起来,眼角眉梢的春光倾泻而下。

她低下头,不去看他,低眉顺眼地笑了:"我信。"

秋日的阳光浓而不烈,温柔地倾洒下来。

他笑了笑:"吃饭了,你心心念念的大螃蟹。"

她转头看去,姜学谦恰好把螃蟹端出来,正看着他们呢。

姜之栩赶紧出去帮忙盛饭。

孟黎对姜之栩说:"螃蟹性寒,吃多了对女生不好,你少吃点。"

姜之栩说:"我知道。"说完拿起筷子,二话不说先夹了一只放自己碗里。

姜学谦给自己倒了二两黄酒，和李衔九开玩笑："喝点？"

李衔九认真地拒绝："我对这玩意儿过敏。"

孟黎"哎哟"了一声："真的假的？"她皱起眉头，"我说前天做那个啤酒鱼你怎么一口没吃呢。"

李衔九不在意地说："您不用为我忌口。"

孟黎说："那可不成，过敏可不是小事。"

姜之栩附和道："对。"

李衔九夹菜的手顿了一下，他看了她一眼，笑了笑："行，行，行！吃饭吧。"

一顿饭几个人吃得很香。

李衔九最先吃完进屋。

孟黎第二个吃完，之后到厨房去煮菱角和荸荠，说是让姜之栩和李衔九下午带去学校吃。

孟黎前脚刚进厨房，姜学谦就侧身往姜之栩那儿偏了偏，压低了声音，问道："你们刚才在阳台上干吗呢？"

姜之栩喝汤的手顿了一下。

"什么也没干哪。"

姜学谦皱了皱眉，表情那叫一个一言难尽，直说："反正你和他之间的距离要把握好，不然……"

他的话没说完，李衔九忽然走了过来。

姜学谦和姜之栩都愣了愣，像说人坏话被抓现行似的，大气也不敢出，眼睁睁地见他进了浴室，他们才敢正常喘气。

不知道他听到了他们的话没有。

姜之栩心烦意乱："爸，别乱想了，我心里有数。"

姜学谦听她这么说就没再说什么。

吃完饭之后，姜之栩去房间里午休。

大概是因为刚体测完，她总觉得水没喝够，睡了没一会儿感觉口干舌燥，就起床去喝水。

她拿着杯子推开门，四道目光齐齐地向她射了过来——姜学谦和李衔九坐在客厅沙发上，好像正在交谈。

姜学谦见她出来，尴尬地笑了笑："行了，小九，你不是说要午休吗？去吧。"

李衔九没说什么，站起来进了屋，再也没看她一眼。

李衔九进了屋，姜之栩才走过去，拦住了也要回屋的姜学谦，问道："爸，你是不是给他说什么了？"

姜学谦反问："我能说什么？"

姜之栩被他一噎，顿了一下才说："总之你别自作主张，省得我尴尬。"

姜学谦不耐烦："知道。"

姜之栩偏头又看了一眼那扇紧闭的门，明明离得不远，又觉得不近，可能就是因为有那扇门。

李衔九后来几天还是没和姜之栩一起上下学，姜之栩发现他这个人神出鬼没的。

那天她去饮水机前接水，排队的时候，听住校的女生说，李衔九居然早晨六点不到就在教室里背书了。可是晚自习呢，他又要偷溜出去到别的班里厮混。

他这种想学就学，不想学就彻底放开自我的学习模式，在班里引起过小小的争议。

因为李衔九是新入班的这批人里考得最好的，刚开始老师们都特别喜欢提问他，偏偏他每次都对答如流，甚至能用多种方法解题。

于是不过两三天，质疑声变成危机感。

姜之栩的成绩和李衔九有差距，本来不该拿他对比，可她无疑是班里危机感最重的一个。

她心思敏感，一想到今后每次考试父母都会拿他们比较，就觉得挺慌的。

毕竟，她从小到大都是赢的那个，以前觉得被比较没什么，是因为没有输过，可现在不一样了。

体测之后的第二天，姜之栩就感冒了。

或许就是因为她那点危机感作祟，她怕上课犯困，不肯吃药，晚上又学到十二点才肯睡觉，结果拖了几天，成了重感冒。

周五晚上下了一场雨，她没有带雨衣，淋着回了家，情况更严重了一点，才把家里最后两颗感冒药吞了。

周六早晨起床都觉得无力，可她好强，还是坚持着去学校上自习。

她挨到第二节课的时候，就撑不住了，对裴宣儒说："我睡会儿，你帮我看着点老师。"

裴宣儒问她没事吧，她趴在桌子上，伸出手冲他摆了摆，示意她没事。

裴宣儒觉得她不对劲儿，下课之后去找了根体温计过来，一测，三十九摄氏度。

姜之栩也被这数字吓得傻了，赶紧请假，收拾东西回家。

她走到车棚的时候，看见李衔九了。

其实她有点近视，可不知道为什么，每次都能在人群中一眼看到他。

三中的车棚建在地下负一层，上面是露天乒乓球馆，当时李衔九就和一帮男女坐在其中一个台子上聊天，而满娇紧挨着他。

她走过来的时候，李衔九正拿着手机给王信回消息。

这时，有人碰了碰他，说了句什么，他的眼睛才遥遥看过来。

姜之栩的目光和他的撞了个正着。

她烧得头昏脑涨，偏偏又看到刚才那一幕，心里没来由地沉闷起来。

她想赶紧离开，攥紧了书包带，加快步子往前走着。

突然，有股薄荷味的香气飘了过来，他拦住了她。

"干什么去？"

姜之栩眼皮很沉，沉到不愿抬起来看他一眼，只说："我回家。"

"回家干吗？"他问。

姜之栩只觉得头昏脑涨，偏过头，见乒乓球台边那一群人都在看她，满娇站在最前面，双手抱臂，微微仰着下巴，目光深深。

于是她推了他一把，见他踉跄着后退了一步，她说："你别挡道。"她始终没有抬眸，头也不回地走了。

她死咬着嘴唇，不敢哭出来，以为他或许会过来再拦她一次。

上课铃响了。

她停住转身，见他们几个人正往教学楼走去。

她再转身，泪如雨下。

她哭，不是因为难受，是因为委屈。

为什么委屈？她不知道。

姜之栩就这么哭着回了家，到小区门口见到了保安。

保安问："怎么了，姑娘？"

她哑着嗓子，说："我生病，难受。"真是个好理由。

她昏昏沉沉地回到家，家里没有人，阳台的纱窗没有关，吹得屋里的沙发巾一荡一荡地晃，茶几上随意放置的书籍纸张发出的声音，是屋里唯一的声响。

她倒在沙发上，蜷缩在一处，本想拿医疗本下去打针的，谁知道竟然撑不住了。

因为发烧，她意识模糊，还不住发着抖，迷迷糊糊之中，有人打电话给她。

她完全忘记自己说了什么,也不知道来电的人是谁,只知道接完这通电话后不久,门响了,家里来人了。

她有气无力地直起身子,看到了李衔九。

来人竟然是李衔九。

她愣了愣,确定自己没有烧糊涂,又摔回沙发里。

李衔九浑身都是汗,走过来摸了摸她的额头,汗珠都滴到了她的脸上。

他问:"家里有药吗?先吃药,我再带你去卫生所。"

她回:"没药了……我妈打扫……那天扔了不少药,没补。"

她很努力才说了这么一长串话,听在他耳中却是她口齿不清,烧糊涂了,话都说不利索。

他去橱柜里翻找,翻到电视机柜的时候,想起什么,抓了把头发,又走到她身边,二话不说就拦腰抱起她。

姜之栩惊慌失措,双眼迷离地看着他:"你……你干吗?"

他下颌线紧绷,面色沉重,说道:"可能会有点晃,你抓紧我。"

姜之栩努力眨了眨眼,莫名其妙地鼻酸了,就要下来。

他说:"别乱动。"

她哪里听得进去,气若游丝地扑腾着,说道:"不用你抱。"

他拿腿将她往上顶了顶,抱得更紧,吼了一声:"叫你别乱动!"

她被吓到了,也没力气挣扎了,任他抱着。

出了门,他却没有去等电梯,而是转了个弯走进楼道,二话不说便疾步下楼。

她在慌乱中问:"电梯坏了?"

他说:"嗯。"

她晕晕乎乎,却还是瞬间反应过来,他刚才是跑楼梯上来的。

那他得多累……

果然,他喘着粗气,像是有人攥紧他的肺不让他呼吸似的:"别说话,你有劲儿说,我没劲儿回你。"

楼道是声控灯,他每到一层,灯就会亮一层。

她虽然头昏,但意识不算混沌,知道灯亮了二十次。

那时候是9月下旬,还是穿短袖的天气,二十层楼,一上一下,他爬了两次。

最后到卫生所的时候,他的衣服全湿透了,他却没有停下来休息,又很有条理地带她问诊,缴了钱。

她打好针之后,他才累瘫在一旁的椅子上。

姜之栩打了三瓶吊针,迷迷糊糊地睡着了一次,又在快要起针的时候醒了。左右看了一圈,她拉住旁边正给病人换药的护士问:"和我一起来的那个人呢?"

护士说:"在外面等着呢。"

姜之栩说:"哦。"

等起了针,她走出输液室,只见李衔九正躺在卫生所院子里的滑梯里,眯着眼,就像睡着了。

姜之栩整理了一下心情,才走过去问道:"回家吗?"

他闻声想睁眼,又因为阳光太强而放弃,坐了起来,低头适应了一下,才看向她:"好了?"

她说:"嗯。"又说,"谢谢……"

他站起来,没站稳晃了一下,骂了句脏话。

她知道他今天爬了太多层楼,腿酸,一时眼眶发涩。

他走了几步,揪着衣襟荡了荡,说道:"走吧。"

那时候才中午。

姜之栩大着胆子问他:"我请你吃饭吧?"

他扭头看她一眼,她有点结巴:"反……反正今天中午大人都不在家,何况电梯又不能用。"

他顿了一秒,舔了一下嘴唇,问道:"你想吃什么?"

她说:"麻辣烫吧。"

他直接否定:"不行。"

她愣住了,抠着衣服上的纽扣,想了想问:"菠萝饭呢?"

他皱眉想了想,说道:"走。"

他去骑车子,她在一旁等,随后他们一起去另一条街上吃菠萝饭。

正是饭点,吃饭的人不少,要等桌,于是他们就坐在店门口的椅子上,一个端坐着,一个在看手机。

有树叶落下来,飘到膝盖上,又悄然落到脚尖上,初秋总给人安心的感受。

于是姜之栩没有太纠结,便把心里话问出来了:"你回家,是因为我?"

李衔九弯腰坐着,胳膊搭在两条腿的膝盖上,闻声偏了偏头,看了她一眼。

她目不斜视,看车水马龙,看人头攒动。

他说:"我前两节课一直在做卷子,掐着表给自己考试呢,没注意你。"

她顿了一下,缓缓地扭头看了他一眼。

他的目光未移,一直在看她:"我回教室之后,裴宣儒告诉我你发烧了,所以我请假回来看你。"

他的眼睛里盛满了午后细碎的阳光,却不是很强烈。她心尖发颤,屏息盯着他。

他又把头偏回去,撩了把头发,又捂了把脸,苦大仇深地说:"唉,早知道给你妈打电话了,爬上爬下的,累死了。"

姜之栩顿了顿。

他换了个姿势,仰靠在椅子上,昂着头,眼睑向下,瞟了她一眼。

她顿时就笑了。

他也忍不住笑了笑,眼角眉梢都是风流之意。

这顿饭两个人吃得还算其乐融融。

吃完饭之后,下午一点半了,李衔九要去学校,姜之栩感觉昏沉,需要休息。

而小区群里通知说,电梯还在检修,姜之栩左右是爬不动二十层楼的,打算去孟黎的店里休息。

李衔九自然要送姜之栩过去。

孟黎的蛋糕店在万达附近的步行街上,李衔九不熟悉路,姜之栩在后面给他做人工导航。

从近路过去,恰好要经过一所技校,在过学校后巷红绿灯的时候,姜之栩恰好听到响动,一偏头,看到有人在打架。

再看那被打的人……觉得眼熟。

下一秒她惊了惊,拉了拉李衔九的衣摆,说道:"是张家兴。"

李衔九早就注意到了,盯着那边像在思考什么,又对姜之栩说:"你报警。"说完这句话之后,李衔九从车子上下来,嘱咐她,"你先骑车过马路,到对面再打110。"

"喂……"姜之栩小声唤他。

可李衔九没有回头地走了过去。

前面的绿灯亮了,四十秒的倒计时,姜之栩看了看绿灯,又看了看巷子。她急得脸色发白,拨号的手都在颤抖。

她打着电话,紧紧地盯着李衔九的背影。

她看见他进了巷子里,那些男生停了下来,有人和他说话,他回了些什么,边说边走到蹲在地上的张家兴面前,把人扶了起来。

这个举动让那几个人的脸色都变了,其中一个比别人都壮,染着红发的男生问"你谁啊?",撸起袖子想上拳头。

李衔九看了他一眼，说了些什么，始终从容的模样，仿佛是在路边偶遇好友，叙叙旧而已。

　　姜之栩吓得发抖，情急之下，恰好看到路对面有正指挥交通的交警，于是赶紧跑过去。

　　那会儿正是红灯，她狼狈又跌跌撞撞地跑到交警面前，连句完整的话都说不顺。

　　李衔九到巷子里之后，原本想和那些男生好好说话，谁知道那帮人仗着人多，油盐不进，他话说一半就知道，免不了要动手了。

　　果然，他才刚转身，身后就有人要动手了。

　　他本来以为会有一场恶战，谁知道筋骨还没松动开，巷口忽然有人大喝："你们干什么呢？"

　　那几个男生一见来人穿着警服，撒腿就跑。

　　姜之栩见那些男生落荒而逃，一颗心顿时放了下来，也没有想太多，喊着"你没事吧？"，便跟跟跄跄地往李衔九那边奔去。

　　她笑着，泪珠还挂在睫毛上，整个人又惨又慌，好像刚才被欺负的人是她。

　　李衔九笑了笑："你倒是聪明。"

　　姜之栩皱眉看着他："你下次能不能别这么吓人？"

　　李衔九露出一副吊儿郎当的模样："就他们几个？"意思是他看不上。

　　"你……"姜之栩又气又恼，好在他没受什么伤，于是也没有和他斗嘴的必要，又去看张家兴，问道："你还好吗？"

　　张家兴的伤不在脸上，看上去还好，他咧嘴笑了笑："死不了。"

　　几句话的工夫，交警走过来，询问缘由。

　　姜之栩说："我们报警了。"

　　不一会儿警察就到了，因为姜之栩是报案人，便去所里做了个简单的笔录。

　　她出来的时候，李衔九和张家兴在外面等她。

　　她刚才去叫交警，不注意磕了一下，手肘被蹭掉一层皮。可奇怪的是，她当时竟不觉得疼，这会儿，那股钻心的疼才冒了出来。

　　张家兴见状，摸了摸后脑勺，歉意地说："我对不住你。"

　　姜之栩说："没事。"心想，我不是为了你。

　　李衔九没有姜之栩那么好的脾气，对张家兴冷言道："平时一群人围着你，看起来很威风，看到谁不爽就能上去教训一顿，可你别忘了，常在河边走哪有不湿鞋？"

张家兴嘴角抽了一下："哥们儿，你怎么比警察话还多？"他舔了舔嘴角的伤口，说道，"我今天就是落单了，才让那帮人缠上，我都做好挨揍的准备了，大不了明天再还回去，可是你……"

"你要是这么想，我就白折腾了。"李衍九冷冷地说完，扭头就走。

姜之栩愣了愣，干巴巴地冲张家兴笑了笑，也赶快跟上去。

李衍九走得很快，姜之栩小跑着才追上他。

警局附近有一家药店，他走到药店的时候忽然顿住，她也停下脚步。

他说："你站这儿别动。"然后进了药店。

她便真的一直站在门口等他。

时光悄无声息地流淌，像电影的慢镜头，四十八幅拍出来，要换成二十四幅来放。

从前她最讨厌等待，可这一刻不这样想。

如果她等的人会来，那么等待时的煎熬，不过是让最后纵情奔向他的那一刻变得更欢喜。

李衍九买了一袋子药出来，先是左右看了看，最后坐在台阶上，才喊她："坐过来。"

她听话地坐过去。

他拆开药盒，拿出棉签先蘸了酒精，又给她擦了碘伏，最后把纱布取出来，给她包上。

他紧抿双唇一言不发。

他没有安慰她，没有问她疼不疼，没有说疼了就说出来。但他动作很轻，丝毫没有弄疼她。

她也自始至终没有哼一声。或许用沉默回应他的沉默，也算是一种默契。

姜之栩发现其实李衍九很有生活经验，不知道是否和他的家庭有关，总之，当他给她上药的那一刻，她就知道他已经很擅长处理这种事。

他给她包扎好之后，已经两点多了。

她问他："你还去学校吗？"

他说："去。"

自行车还放在那个路口，他去骑，她等着。

没一会儿他就到了，她上车，车座被太阳烫得发热。

路上有很长一会儿，他们都没说一字半句。

直到眼看快到孟黎的店了，姜之栩才忍不住问出来："你怎么会打架？"

李衍九微微偏头："练出来的。"

姜之栩："……"

他顿了一下，解释道："没爹的孩子不是被揍就是揍别人，你觉得我像是傻站着被揍的那个？"

姜之栩蒙了，心坠了下去，小声说："抱歉啊。"

他不在意："无所谓。"

她抿了抿嘴唇，又沉默了一会儿。

他似乎察觉什么："还想问什么？"

她沉吟了一阵，才说："就是……那次在体育课，张家兴挑衅你，你不生气啊？"

那天女生们失望的叹息声，和"他是不是怕了"的揣测，一度成为她脑海中的回音。

她早就想问他了。

他对她的提问没什么情绪，笑了笑："你跑倒数第二，我跑倒数第一，怎么着，给你垫底了你就不丢人了吧？"

姜之栩整个人呆住了，心像被人攥紧了一般。

但他好像并没有更深的意思，哼笑着回答她上一个问题："他并没有惹怒我。"

姜之栩微愣，只听他顿了两秒，变了语气："人吧，不能经常生气，对肝不好。"

姜之栩只觉得一头黑线，想笑又笑不出来，咬咬嘴唇，说道："你能不能正经点？"

他反问："多正经？"

她不知道怎么接话。

"一个人站得越高，别人就越是无法伤害他。我站得比他高，视线范围内看不到他，他挑衅我，就像在挠脚心。"他又变得狂妄。

姜之栩怔了怔，从这几分狂妄里，察觉他语气里的捉弄之意，于是不讲话了。

他略偏了一下头，这才终于正儿八经地回她："这有什么好解释的？暴力只会滋生暴力，以暴制暴只是末等的选择，比如刚才那种情况。"

姜之栩沉默了，原来他比她想象中要成熟、理智、强大。

李衔九忽然问她："你也觉得我尿？"

姜之栩赶快摇了摇头，又想起他看不到，才说："没有。"

"在你心里我是什么人哪？"

"啊?"

"你不会觉得我是那种,喜欢给家长找麻烦,净干偷鸡摸狗的事的浑蛋吧?"

"当然不是!"

姜之栩不知道他怎么会这么想,强调道:"真没有。"

"其实我确实是厖啊。"他笑了笑,并不在意,"我妈看着凶其实胆子很小,我出去打架又没人兜底,厖点不吃亏。"

姜之栩沉默了,这是他第一次在她面前说这么多话,她却依旧词穷。

她想了半天才说:"那你这次怎么出手相助啊?"

他冷哼一声,笑道:"你得知道,五十步就是有资格笑百步。"

帮人出头打人逞威风不叫仗义,仗义是路见不平拔刀相助;拉帮结派争做大哥也不叫帅,真正的帅是有能力骄狂,却不欺软,处于弱势,却不怕硬。

姜之栩笑了笑,没有再说什么,只觉得这日阳光大好。

李衔九很快就把姜之栩送到孟黎的蛋糕店里,进去和孟黎打了招呼,又把情况解释了一下才离开。

姜之栩去二楼包间休息。

包间很小,关上门之后,她感觉像被隔绝了一般。

姜之栩抱了个靠枕,倚在沙发上,又掏出手机听歌。

听王菲唱"你的温柔怎可以捕捉,越来越近却从不接触"的时候,她想起他的脸,想起他汗湿的衣衫,和他独自走向巷口的背影。

有些事情,被风吹过一角,露出那一点真相。

比如,他是个很好很好的人。

【第三章】

心酸：是她顺从了命运，于千万种可能性里，选择了最酸涩的那一种。

隔天是周日，白天学校不上课。

项杭和舒宁到家里来看望姜之栩。

是李衔九开的门，看到来人是姜之栩的朋友，他随口说了句："进来吧。"

舒宁问："栩栩呢？"

李衔九趿拉着拖鞋，到姜之栩的房门口，用食指叩了三声门，喊道："醒了吗？"

过了几秒，屋里的人才带着重鼻音迷迷糊糊地应道："醒了。"

李衔九不自觉地笑了笑："你姐们儿来找你了。"

屋里的人又顿了一下，才说："哦，马上来。"

项杭和舒宁站在后边，你看着我，我看着你，一个在憋笑，一个神色不明。

李衔九又问她们："喝水吗？"

项杭问："有茶吗？现泡的那种。"

李衔九抬了眼皮，目光扫过来，没有表情。

项杭嘴角一抽，别看李衔九这人平时总是一副懒散的样子，可也不知道为什么，就是浑身上下都散发着一股不好惹的气息，让人忍不住想点头哈腰地叫声"哥"。

她有点怂了，小声说："解……解腻。"

她这意思是，刚才见李衔九敲门，她觉得熟稔又亲密，让人觉得甜。

舒宁意会，干咳了一声掩过去。

谁知李衔九并没有生气，竟然真的去抽屉里拿了茶叶，放在玻璃茶壶里，去饮水机前倒水。

饮水桶冒着泡，项杭和舒宁在沙发上默契地不讲话。

水桶响了两声的时候，姜之栩从屋里出来了。

她手背上还贴着胶带,脸色中还有一丝病态,可能是刚睡醒,人也是蒙的。

项杭如临大敌:"姐姐,你可算来了!"说完又想起什么,悻悻地看了一眼李衔九,脸色变了变。

李衔九看了项杭一眼,把放在水桶上的茶壶盖拿下来,盖在茶壶上,抬脚走过来,把壶放在桌子中间,盯着项杭,随意地笑了笑:"还要我给您沏上吗?"

姜之栩一头雾水,舒宁使眼色叫她别说话。

项杭"嗯"了老半天,眼珠一转,说道:"不用了。"

李衔九手插兜里,像是忽然想起什么,对项杭说:"看你是姜之栩的朋友,提醒你一下,谢秦最近和一个妹子走得挺近。那小姑娘我见过,长得那叫一个水灵,就跟姜……"最后那个字很轻,又被他很快吞下,他顿了一下,又说,"就跟舒宁似的。"

他眼角眉梢都露着舒坦之意,说完便回屋了。

项杭喝不下这壶茶了,气得喘不上气:"给我泡了茶又怎么样?他这是变着法硌硬我,存心让我喝不下去!"

舒宁浅笑:"杭杭,你还有这智慧呢?"

项杭瞪了她一眼。

姜之栩劝道:"他就是逗逗你。"

项杭却待不住了:"不行,我得去找谢秦。"又对姜之栩"嘿嘿"一笑,"我看你也没大碍,我就先走了。"

舒宁不乐意了:"好你个项杭,是不是太不讲义气了?"

"义气是用嘴说的吗?是放心里的,而放心里是看不到的。"项杭说着就走到了玄关处,朝沙发上的两个姐妹甩甩头发,心安理得地开门走了。

舒宁给自己倒了杯茶,喝了一口,眼睛亮起来:"李衔九还放了桂花。"

姜之栩在吃药,不能喝茶,但闻着味就已经馋了。桂花和红茶的气味各不相同,融在一起又特别沁心,那是种很特别的香气,浓而不腻,沉在人心里。

舒宁说:"姜之栩,我都有点羡慕你了。"

姜之栩问:"这是哪儿的话?"

舒宁腼腆地笑了笑:"嗯……也没什么,就是觉得九哥挺帅的,而你每天能见到他,据说看美女帅哥,能让人益寿延年。"

"九哥?"姜之栩捕捉到她这一长串话里很平常的两个字。

舒宁握着茶杯的手指尖泛白,她笑了笑:"我们以前一个班的,大家都这么叫他。"

舒宁的脸没有红，舒宁说谎或者害羞的时候，最爱脸红。

姜之栩暗自舒了一口气。

姜之栩再看看舒宁，她的脸圆润饱满，眼睛生得又圆又大，肤色莹润，白里透粉，便笑道："你也能让人益寿延年哪……他不是还夸你灵来着？"

谁知她却撇了撇嘴，说道："才不是呢，我的鼻梁不高，脸也大。"

姜之栩笑着说："干吗总挑自己的不足？你和项杭学学多好，自信一点。"

舒宁叹了一口气："你别说，有时候我还真想学她，她那不管不顾的劲儿十分难得。"

姜之栩闻言沉默了一会儿，喃喃道："谁说不是呢？"

舒宁没听清，问道："什么？"

"没什么，我是说，你要是嫌脸大，可以剪个刘海……"

"也是……"

两个女生说着话，很闲适，很亲密。

时不时有笑声传到某间屋子里，屋子里的人忍不住笑了笑，不过翻书的空当，笑容又隐去了。

手机响了一声。

满娇："晚自习还上吗？去的话，要不要一起吃饭；不去的话，要不要一起吃饭？总之，要不要一起吃饭？"

紧接着她又发来一条："我发错啦。"

李衔九觉得意兴阑珊，没有回复。

姜之栩的病来得快去得也快。

周日这天，她除了和舒宁聊了一会儿天，其余时间都在睡觉，没想到就把病给睡没了。

晚上有自习，李衔九不到四点就出门了。

她也收拾了一下，去学校补作业。

她到教室的时候屋里没几个人，她那一排只有两个人，她掏出文具和书本，戴上眼镜开始学习，过了一会儿，后门响了。

那会儿她正做英语阅读理解，一篇短文分为正反两面试卷，她最讨厌做这样的题，并没有注意进屋的是谁，正在翻页的时候，听到女生小声说："你们班人好少。"

她的心跳漏了一拍。

有男生回答："都说让你别跟来了，你不听。"

女生笑了笑，顿了一下，忽然说："这不是你妹吗？"

姜之栩后背一僵，把眼镜摘下来，转过身看了她一眼。

满娇笑意盈盈地说："栩栩，你好。"

姜之栩笑了笑，又把头转回来。她竟不知道，她们什么时候成了可以唤小名的亲密关系。

李衔九坐在位子上，踢了踢姜之栩的板凳："化学试卷写了吗？"

姜之栩挺直了背，没有转身，说道："没有。"

李衔九"哦"了一声，说道："太好了，我也没写，这下我就放心了。"

满娇笑了笑："你怎么这么没正形？"

姜之栩微微偏了偏头，见满娇站在离李衔九很近的地方，一脸娇嗔的表情。

李衔九坐着，满娇随后也要坐下，可是一个没站稳差点摔倒，"啊"地尖叫了一声，惹得前排的人都转头往后看。

满娇羞得满脸通红，赶忙坐到李衔九同桌的位子上，把头低在书堆后面。等同学们把头转过去了，她才开口说话："哎呀，我没形象啦。"

满娇原本是那种略高冷的长相，可撒起娇来，别有一番小女孩的娇憨感。

李衔九似乎对她的撒娇没有反应，淡淡地说："好了，你要坐就坐好，不坐就……"

他的话没说完，满娇就坐正了，过了几秒又说："我和你一样都不喜欢桌上有太多书。"

李衔九没说什么。

姜之栩又把头悄悄地偏回去，听满娇又说："哎，我回头送你个书包吧，你的书包有点旧。"

李衔九静了静，随后说："我就喜欢我这个。"

满娇顿了顿，"哦"了一声，又问："你现在要干吗？"

"做化学。"他说。

"那我看着你做。"

"随便。"

"说几次了，别随便对女生说'随便'，很伤人的。"

李衔九顿了一下，语气里带着故意："哦。"

姜之栩没注意，中性笔在纸上画出一道黑线。

她一时竟不知该如何自处，只好起身出门。

姜之栩上了天台，靠着围栏，回想着李衔九对满娇的态度。其实他对这女生一直都是淡淡的,懒懒的,略带着不耐烦。对比之下,他对她反倒还挺好的,就拿最近的事来说,昨天他为了她上下爬了二十层楼。

想想这一个月以来他们之间的相处情景,比如他每天都会踢到她的板凳;早自习她能听到他在背完一长串课文后开心地哼歌;他的口头禅是很不得体的脏话,有时候还会飙几句英文脏话……

他就像一个普通的男同学那样,对她一直都很自然,包括他体育课上给她水,以及踢她的凳子问她作业做完没……

姜之栩知道,他对她或许只是哥哥对妹妹的态度而已。

因为他一直坦坦荡荡,于是她顺从了命运,于千万种可能性里,选择了最酸涩的那一种。

她别无他法,心甘情愿地要吃这个苦头,既然如此,她就必须练就一颗强心脏。毕竟难受也好,心酸也罢,都只能给自己看。

秋天的傍晚无限温柔,霞光灿烂辉煌,从天边浩瀚地铺过来,可越壮观的晚霞,就越显得她此刻形影相吊。

"姜之栩?"忽然有人喊她。

她转过身来,正对上张家兴的脸。

姜之栩看了他一眼,见他嘴角瘀青未消,又把视线移开,说:"我这就走。"

她抬步要离开,张家兴站在原地饶有趣味地盯着她的脸,待她即将走到他身边的时候,他挡住了她的去路。

她不明所以地抬起头,就这样对上他的视线,她的五官浓墨重彩,气质清淡如菊,像一朵摇曳在夏末的香水百合,干净而不寡淡。

张家兴问:"你的伤怎么样了?"

姜之栩淡淡地回答:"没事。"说完又要离开。

张家兴还是先一步挡住了她,摸了把自己的平头,目光自下而上审视她:"干吗看见我就想跑?"

姜之栩微愣:"我没有。"

张家兴弯腰,朝她凑得更近:"真的吗?"

姜之栩微蹙眉头,后退一步,垂眸说:"嗯。"

张家兴看了看她,欲言又止,顿了一下又问:"你哥呢?"

姜之栩反应了一秒,才回答:"在教室里。"

"在教室里?他干吗呢?"

她神色寡淡地回答:"不知道。"

张家兴骂了一句:"我去找他。"说着就要走。

"哎……"姜之栩叫住他,"什么意思?"

张家兴顿了步子,偏头哼笑了一声,说:"我想和他交个朋友。"

张家兴大步流星地直奔(1)班。

姜之栩紧跟其后,也回到教室里。

她出来不过十分钟,班里的人还是不多,李衔九和满娇在最后一排坐着,不知是谁开了窗,风吹得蓝灰色窗帘晃荡,光影起起伏伏,落在他们身上,显得岁月静好。

张家兴吹了声口哨,直奔李衔九,说:"干吗呢,兄弟?"

李衔九抬眼看了他一下,随即便垂下眸子,继续写作业。

倒是满娇站了起来,吞吞吐吐地问:"你……你要干吗?"

张家兴笑道:"不干吗,就找九哥交个朋友。"

满娇咬着嘴唇,不知道该说什么,又低头看了看一旁的李衔九。

他一直在专心地做卷子,笔在纸上"沙沙"作响。他做题很快,选择题不写答案,只画钩,大题通常就列几个式子,或直接写个答案。

裴宣儒不在,张家兴随手拉过他的椅子,反着坐,双手抱着椅子,往李衔九的卷子上看了一眼,笑道:"学习呢?"

李衔九又抬头瞟了他一眼,还是没说话。

张家兴反手摸了摸脑袋,笑道:"别看你成绩这么厉害,想当年我也是学霸,也是正儿八经考进三中的,就是高中学习太难了,我果断地放弃了,从此,拥有了快乐。"

张家兴说起话来就像项杭,喋喋不休。

满娇翻了个白眼,盯着他脸上的伤,问:"怎么挂彩了?"语气里藏着捉弄之意。

张家兴舔了舔嘴角的瘀青,"啐"了一声,冷笑道:"要你管?"

满娇一脸无辜的表情:"你该不会是挨揍了吧?"

张家兴顿了顿,四下看了看,轻咳:"人在江湖飘哪能不挨刀?"

姜之栩想了想,也问他:"事情解决了吧?"

张家兴扭头对她笑了笑:"别怕,那帮人是朋友的朋友。"

"找我干吗?"李衔九写完最后一行字,拿笔帽将笔盖上,随手将笔往桌上一扔,扶着脖子左右动了动,解了解乏。

他睨着张家兴:"最好别废话。"

"你……"张家兴气结,又认命似的点了点头,笑道,"请你吃饭,去不去?"

李衔九眯起眼睛,淡淡地笑了笑:"低于五万的饭局不去。"
张家兴乐了:"请你吃十万的好吧。"
李衔九仰了仰下巴,笑了:"走。"
满娇问:"那我怎么办?"
李衔九回她:"你随意呀。"
姜之栩悄悄把头偏了过去。
偏偏满娇叫了她一声,指了指后门:"栩栩,我也走了。"
"这两个人说走就走了,也没给你打个招呼。"满娇无奈地摇摇头,"不说他们了,假期我们要去玩,到时候你一起去吧?"
她掏出手机,问:"你的QQ是多少?加个好友?"
姜之栩抿了抿嘴唇,说:"我平时不用手机。"
满娇微愣,很快扬起一个笑容:"也是,好学生,一心扑在学习上。"
姜之栩笑了笑,不置可否。

国庆节假期就在两天后。
学校在放假之前,组织大扫除。
姜之栩和祝婕被分在一组,打扫室外卫生,那地方在高二、高三教学楼之间,平时没人去,除了灰尘,几乎没有别的垃圾。
祝婕一边拿着扫把一边背着英语,很久才弯腰扫一下地,姜之栩见她这样,便笑了笑,说:"你回教室里好好背吧,我自己扫。"
祝婕忙说:"哪能啊?"可眼睛还在盯手里的讲义。
祝婕上午默写,错了五个单词,被英语老师批评了一顿,让她大扫除之后去办公室里重新默写,姜之栩作为学生,深知这种压力,反正活也不多,干脆连她那份儿也干了。
她走过去把祝婕的扫把拿过来:"得了,你背吧,不然没法向英语老师交代。"
祝婕想了想,笑道:"那好吧,我不跟你客气了。"
姜之栩笑了笑:"好。"
祝婕左右看了看,说:"这里蚊子还挺多的,也没坐的地方,我去那边楼道等你行吗?"
姜之栩将扫起的垃圾倒进垃圾桶:"行,你去吧,我三五分钟就好。"
祝婕二话不说给了姜之栩一个拥抱,随即便小跑开了。
姜之栩摇摇头,接着俯身去扫垃圾,低头的时候披散的头发总是往面前垂，风一吹就贴了一脸，很不方便。

她取下手腕上的电话线头绳扎头发，随意地扎了个丸子头，几缕发丝随意地散在后颈上，刚弄好头发，听到身后的脚步声。

她转身，不注意碰倒了扫把。

男生顿了一下，弯腰抬手捡起扫把递给她。

她犹豫了一下才接住扫把，笑着说："谢谢。"

她刚想转身，男生喊："学姐，你不记得我了吗？"

姜之栩这才认真地看了一眼他，男生戴着眼镜，理平头，高高瘦瘦，很普通的人，或许见过也或许没有，总之她记不清了。

看着她茫然的眼神，男生了解了几分，推了推鼻梁上的眼镜，小声说："巧克力。"

姜之栩还是不记得，尴尬地笑了笑。

男生一时泄气，肩膀塌了下去。

姜之栩却转过身，开始扫地。

男生往南面教学楼二楼扫了一眼，握了握拳，走过去拿起另一把扫把，弯腰清理垃圾，说："学姐，我帮你吧。"

姜之栩以为他会走，谁知道这个人愣头青。

她说："不用了。"

他却没有表情，一味扫地。

姜之栩见他死缠烂打，心里不快，却不是个嘴毒的人，于是淡淡地说："我不需要你帮我，你这样会让我很为难。"

男生把最后一点儿活干完，将垃圾倒进垃圾桶，放下手里的扫把，站在姜之栩面前，咬着牙，眼神坚毅又带着一丝令人难以捕捉的痛苦之意："我叫赵明，高二（18）班的，希望你能记住我。"

姜之栩敛眸垂首，思考了一下即将说的话的分寸感，缓了缓，说："好，我记住了，你回教室学习吧。"

赵明站着不动。

姜之栩总不能陪着他耗，于是去拿卫生工具。

她的指尖刚碰上扫把，赵明忽然拉住她的一只胳膊，力量悬殊让她躲无可躲，瞬间便按照他用力的方向偏离过去，被他稳稳地带入怀里。

她愣了一下，下一秒便觉得毛骨悚然，挣扎着推开他。

他嘴里胡乱念叨："学姐，求求你，求求你……不要动……"

她着急，却没有乱，立即喊："老师来了。"

他果然身体一僵，她利用这一秒钟推开他，后退了一步。

他左右张望，镜片下的眼神已有些涣散。

她怕他又要过来，很想立刻就逃走，这时脑中及时闪过一个念头。

从神态和形貌判断，他并不是个野蛮的人，她大胆地把他刚才的举动赌为被冲昏了头脑，稳了稳自己，说："今天的事，我可以当成没有发生，但是我会去调监控作为证据，如果你再乱来，我保证会告诉学校。"

男生双手无力地垂下，喃喃："学姐……"

姜之栩说完想说的话，赶快拿起卫生工具离开。

高三教学楼在南面，只有百米远，她走到一半的时候小跑起来，到楼梯口才停下来。

祝婕在一楼上二楼的台阶上坐着，捂着耳朵认真地背着单词和语法，姜之栩没来由地眼眶一热，走过去小声喊了一声："祝婕。"

祝婕没应声，她走过去，晃了晃祝婕的肩膀。

女生这才抬起头，怔了怔。

"你怎么哭了？"

"小飞虫进眼睛里了……"

"哈哈哈，不是吧，这么倒霉？"

"拜托，不求你慈悲心肠，至少别幸灾乐祸行不行？"

祝婕接过姜之栩手上的东西："行，行，行！我给你吹吹？"

"不要……"

两个女生说说话边往楼上走。

说着话姜之栩早已把泪擦干净了，只是眼眶红红的，睫毛上还挂着水汽。以前大家从不觉得姜之栩这人和娇软沾边，她总是温柔的，甚至是平淡的，像一汪秋水。

可她一哭，秋水便成为春池，惹人生怜。

走到四楼的时候，祝婕拱了拱姜之栩的胳膊，犹疑着问："真没事？"

姜之栩说："没事。"

祝婕刚想说什么，恰好碰见有人下楼，她们下意识地让路，后一秒才去看人。

而这时李衍九和裴宣儒已经在她们面前停下了。

两个男生站在高处，两个女生站在矮处，面对面，眼神相对。

李衍九这天穿着正装校服，扣子随意地系着，不修边幅。他又梳了二八侧分头，如她第一次见他那样，露出小部分额头和一边剑眉，一双眼微微敛着，淡淡地盯着她。

那一刻她只能想起"闲云野鹤"四个字。

这个词有闲适和不羁两种含义,恰好将他这个人概括了大半。

裴宣儒问道:"姜之栩,你怎么了?"

祝婕赶紧回答:"她眼睛里进飞虫了。"

裴宣儒又说:"吓我一跳,我心想谁惹你了,我第一个揍他。"

祝婕摇了摇头:"咦……"

裴宣儒笑得坦荡:"少阴阳怪气,这可是我同桌,我供着呢。"

祝婕撇嘴:"人家还是李衔九的妹妹呢,李衔九也没你这么激动啊。"

李衔九这才问:"没事吧?"

他居高临下,姜之栩只能微微仰着头,说:"没事。"脸上看不出情绪。

李衔九点了点头:"有事跟我说。"

姜之栩垂下眼睑,说:"好,我上去了。"

男生们侧身让路。

女生们拾级而上。

姜之栩到了五楼,路过项杭的班级的时候停了停。她让祝婕先拿卫生工具回教室,又拉住正在走廊上擦地的同学,让他喊项杭出来。

随后她们一起去了学校保安室。

姜之栩以丢东西为由调取监控,趁着保安不注意,将某段重要的监控画面录了下来。

姜之栩做这件事,没有瞒着项杭。

项杭盯着监控视频,眉头紧锁,许久没有舒展。

姜之栩平静地把一切事情办完之后,走出保安室,项杭一把抱住她,咬牙骂了句脏话,哭得满脸泪,一直嚷嚷着要去揍人。

姜之栩顿时觉得不那么委屈了。

后来她安慰了项杭好久,项杭说国庆假要好好玩一玩,把这些糟心事忘掉。

国庆假,高三的学生只放三天。

国庆节当天,姜之栩的行程安排得很满,她上午和舒宁看《亲爱的》,几乎从头哭到尾,下午和项杭看《心花怒放》,本来以为是喜剧片,看到最后只觉得喉头哽咽。

项杭倒是没什么反应。

她从看电影开始,就一直拿着手机不停地打字,不知道聊什么,一会儿换一个表情。

出了电影院,项杭问姜之栩:"本来说好放松的,这下反而哭哭啼啼的,咱们要不要转换一下心情?"

姜之栩觉得时间还早,就答应了。

项杭带她去了另一个街区,刚到地方,她就有点后悔了。

来之前,项杭只说是谢秦叫她来玩的,到了姜之栩才发现李衔九他们都在,还有满娇。满娇最先看到姜之栩,跑过来和她打招呼:"栩栩也来啦,我还想着让九哥叫你一起来玩呢。"

姜之栩带着边界感很强的表情,笑了笑:"我还得做作业。"

"好学生就是不一样,三句话离不开写作业。"张家兴从那边走过来,上下打量姜之栩一眼,"姜之栩,你是不是不知道自己多漂亮啊?"

"说什么屁话?"李衔九嗤笑。

姜之栩闻声,才光明正大地抬眼看过去。

店里的吊灯坏了一个,将光影分成两半,李衔九站在暗处,目光沉沉地靠在墙上。

张家兴和李衔九从那天后就变好了:"怎么着?我说得不对吗?"

他说着,走过去将手搭上李衔九的肩,遭李衔九嫌弃地打掉。

"那个,时间不早了,咱还玩吗?"满娇忽然插话,走到李衔九旁边,歪歪头笑道,"九哥,咱可说好了,玩丧尸主题。"

姜之栩这才有了反应:"什么丧尸?"

"我们今天玩鬼屋啊,怎么,你不知道?"满娇问。

姜之栩偏头,冷冷地瞪了项杭一眼。

项杭笑了笑,躲开她的目光。

姜之栩不是个胆小的人,当然,胆子也不大。

去鬼屋对她来说是个挑战,可当她说"我就不去了"的时候,李衔九的目光投在了她身上。

满娇笑道:"这又不吓人,"又说,"但你要是胆子小,就别玩了。"

姜之栩低头想了想,说:"那我试试吧。"

"那人就定了。"李衔九便忽然开口。

他走过来,拍了拍张家兴的肩:"愣着干吗,不是说了你请吗?买票去。"

张家兴表示无语。他们去的这家鬼屋,是青城最大最出名的鬼屋,有不少主题。

满娇一早就预订了西方恐怖色彩的丧尸主题。

高航找工作人员问，还有三个主题可选，分别是鬼校、怨灵医院和以东方恐怖色彩为主题的死人村。

这些场景，姜之栩一个都接受不了，只好也玩"丧尸"。

姜之栩选定之后，原本嚷嚷着要玩医院主题的张家兴改了主意，也加入了丧尸阵营。

李衔九抱着选哪个都可以的态度，被满娇拉进了丧尸队。

于是最后满娇、张家兴、姜之栩和李衔九一起进了丧尸屋，其余人选了医院。

几个人进去之后，周围一片漆黑，定了两三秒钟，四周忽然响起了诡异的音乐。

满娇小声说："我好怕。"

李衔九不耐烦地说："这才哪儿跟哪儿？"

姜之栩站在靠门最近的地方，张家兴挡在她面前，说："你别怕，一般刚开始都没鬼。"

姜之栩用手捂着眼睛，通过指缝看人，说了一句："好。"

他们说着话便往前走，刚拐过一个弯，进入一条很窄的小道，视线里隐约有深蓝色的光亮，原以为安全，谁知刚走到一半，墙面忽然裂开，伸出一只如槁木的血手。

四个人被吓了一跳，女生们更慌，尖叫着贴到另一面墙上，谁知那边也是面假墙，忽然间布幕一撤，露出五六个面目狰狞的"丧尸"。

姜之栩已经管不了别人了，捂着耳朵便蹲了下来。

下一秒有人拍拍她的肩，说："假的，都是道具。"

张家兴将手搭在眼前："别怕，站起来。"

她没有推辞，扶着他的手腕站了起来。

接下来他们进到一个丁字路口，要找钥匙开门才能进入下一个屋，这种丁字路口最吓人，一边通过，另一边是近景的"丧尸"。

姜之栩全程捂着眼睛，小步地往前挪，还好李衔九很快就拿到了钥匙。

打开门后，来到一个火车餐厅装扮的房间里，餐桌边坐着沉睡的丧尸NPC（非角色玩家），他们必须拿到散落在房间里的二十个金币才能走出去，可很多金币在NPC身上。

男生们去做任务，两个女生站在门边不敢动弹。

张家兴刚走到第一张餐桌边的时候，NPC果然应声而动，猛地站起来给他一记"贴脸杀"，他二话不说骂了一通。

这间屋里的丧尸都是真人扮演，好在用链子拴住了，没法走动，张家兴骂骂咧咧地把金币收了起来，再去第二个NPC身边的时候，李衔九已经折回，说："够了。"

刚才姜之栩一直在看他。

室内昏暗的冷光，让他的背影显得有些萧条，他很果决，哪怕忽然被吓，他也只是肩膀抖一下，下一秒便迅速拿起金币。

满娇小声说："你哥，很帅吧？"

姜之栩心想：这问题可真多余。

做完任务，两个男生护送着女生们往另一头走去。

他们过来了才看到这个屋子的出口是一个门洞，把金币投入铁盒后门洞打开，这时候NPC们忽然躁动，竟要挣开铁链。

李衔九喊："张家兴先走，在下边接着女生，我断后，快！"

大家都急了，张家兴二话不说就钻进门洞，刚钻进去便有NPC挣开束缚。

李衔九喊："满娇，你上。"

姜之栩表情滞住，感到错愕，明明是她离门洞更近。

这时候已经有NPC扑过来了，满娇赶忙钻进门洞，等她钻进去之后，NPC已然逼近。

李衔九看姜之栩一眼，很凶："走啊！"

姜之栩站在原地，大脑一片空白，仿佛听不见，她不想矫情的。她知道他没义务保护她，可就是自私，想让他在危险关头先护着她。

李衔九喊了姜之栩好几声，她都没应。

最后他干脆转身，把她推到门洞旁，按住她的身子，拖着她的腿，直接把她推进去了："往里爬，给我腾点儿地方！"

她后知后觉地往里爬，前面有微光，她颤颤巍巍地爬着。

他紧跟其后。

借着微光，她看到他的白T恤皱皱巴巴的，她很怕，又似乎没那么怕，或许是忘记了害怕的感觉，竟丝毫没发现屋里只有他们两个人。

李衔九喘着粗气，倚在墙上，骂道："唉，累死了！"

她以为他在怪她，抠着手指头，很难堪地低下了头。

他看过来："你还好吧？"

她站着没动，不给回应。

他左右看了看："咱们这屋应该没有刚才那屋吓人，不知道张家兴那边情况怎么样？"

她这才迟疑地发现他们分散了。

他把背从墙上挪开,捋了捋头发:"刚才那屋放金币的盒子旁边写着话呢,'逃生通道有二,两人通过一换',合着就我自己看见了。"

他说了一长串话,姜之栩从进了鬼屋之后脑子就转不动,没有仔细去复盘他话里的意思,咬了咬嘴唇,说:"早知道就让我先走了。"话里藏着话。

"怎么着,你想和张家兴那小子一起?"李衔九问。

她闷闷地说:"他挺护着我的。"

她的话音刚落,忽然有个NPC从前面箱子里蹿了出来。

李衔九眼明手快,拉住她就往外跑。

她感受到他的右手中指第一和第二个指节中间有一块异样的凸起,应该是拿笔姿势不正确磨出的茧子。

这个屋子里就一个真人NPC,没有想象中吓人,可到了下一个屋子,姜之栩还是发着抖,抱臂蹲了下来。

这一幕把李衔九逗得直乐。

他笑着,显得嚣张:"跟着我你还怕什么?大不了遇神杀神,遇鬼杀鬼喽。"

他露出少年才有的张狂气,她知道,他有放肆的资本。可她还是蹲在地上,心绪久难平复。

他以为她是怕得胆都没了。

静了静,他也蹲了下来,把声音放得很低,因此听起来温柔了几分:"别怕,马上结束了。"

她偏偏将眼眸敛起,瞥向一旁,小口喘着气,不去看他。

"就你这破胆,还想跟着张家兴?"他皱起眉头,"还好我让你跟着我来的,张家兴那个毛躁的性子,他能顾得上你?"

不是"还好你是跟着我来的",而是"还好我让你跟着我来的",姜之栩只觉得有一道惊雷劈进她混沌的意识。

她后知后觉地想起他刚下门洞时说的那一长串的话,其实可以用简单的一句话来代替——我是故意让咱们一组的。

姜之栩偏头,终于与他的眼眸对视,他眼里的关心之色,像周围唯一的光亮,这束光不是假的。

她不是木头人,感受得到,可是为什么呢?

"还有多久出去?"姜之栩觉得自己不能继续沉默下去。

"顶多也就一间屋子。"李衔九左右看了看。

姜之栩喃喃道:"这样啊。"

李衔九凑近盯着她,好像笑了笑:"怎么看起来还失望了?"

她很快低下头,说:"没有啊,快走吧,不然工作人员该进来找了。"

他没动弹,依旧紧盯着她:"不怕了?"

她视线落在他的下巴上,笑道:"你不是遇神杀神,遇鬼杀鬼吗?"

他错愕,忽然笑了,起身,点了点头:"是,是……"

最后一段路是一个迷宫,两个人穿过这段路,大概就能逃出去了。

李衔九让姜之栩抓住他的衣摆。

姜之栩迟疑了一秒,没忸怩,抓住了一大块布料。

他顿了一下,勾了勾嘴角。

在迷宫里他们走得慢,要摸索着找路,偏偏还有"丧尸"冷不丁地来个"贴脸杀"。

五分钟之后,李衔九说:"别急。"

姜之栩说:"嗯。"

时间静静地流淌,要是再慢一点就好了。

偏偏NPC坏事。

可能是见他们严重超时,几个凶神恶煞的"丧尸"干脆给他们偷偷摸摸地指路,这下他们想走不出去都难。

迷宫之后,只有一段路便能到出口。

李衔九打开了门,亮光兜头劈下,将眼前的黑豁了个口子,眼睛适应了一下才睁开,恰好看到满娇向李衔九奔过来,姜之栩连忙偏过头,又看到项杭正坐在地上发愣。

原来大家都出来了,只等他们。

张家兴走过来问姜之栩:"你们怎么这么长时间?"

姜之栩说:"迷宫,太耽误时间了。"

张家兴讶异地"啊"了一声:"我们那边没迷宫。"

"看来我们那条路更简单。"满娇说。

项杭好像这时候才发现姜之栩,上气不接下气地说:"栩,我差点就见不到你了。"

姜之栩看她着实狼狈,谢秦又在一边气不顺的样子,走过去,问:"怎么了?"

谢秦抢先说:"你不知道她有多气人,进去就开始念经,满嘴胡话,一口一个'唵嘛呢叭咪吽''太上老君急急如律令'。"说着,谢秦伸出一只胳膊让姜之栩看,"还拽着我不松手,我的袖子都让她给我撕皱巴了,别的'鬼'

都是假的,只有她是真的,胆小鬼。"

项杭幽怨地看着姜之栩。

姜之栩一个没忍住,笑了出来:"杭杭,我都能想象到你有多可爱,你可真是个开心果。"

项杭笑了笑,白了谢秦一眼:"哼,还是我姐妹懂我。"

谢秦一口气提不上来,仿佛下一秒就要昏厥。

有人问:"一会儿去哪儿啊?"

张家兴问:"几点了?"

另一个女生说:"快六点了。"

"也不早了,咱找个地儿吃饭去吧,能来的都来啊,高航请客。"

"你个浑蛋,老子的钱不是钱?"

"……"

"你去吗?"项杭拍拍屁股从地上坐起来了。

姜之栩摇摇头:"我就不去了吧。"

她讲话声音不大,偏偏有人耳朵尖。

"别啊,好不容易放个小长假,一起玩玩呗。"张家兴笑道,"一天不学习退步不了多少的。"

姜之栩摇头:"不了,我想赶紧回家换衣服。"

从鬼屋出来,大家的仪容都凌乱了很多。

姜之栩这天穿了一条白色的连衣裙,在密室里摸爬滚打早就皱得不成样子,黑色小皮鞋上不知道被什么划了一道痕迹,缀着白花的白色长筒袜也没能幸免,左边那只不知道什么时候掉了一朵花。

唯一还显得板正的是她那两条乌黑的麻花辫,发尾绑了白蕾丝蝴蝶结,竟没有一丝凌乱。

张家兴忽然就理解了姜之栩想回家换衣服的念头,脱俗的美被揉乱了,无意间擦出了一把白色的火。

"我送你吧。"张家兴说。

姜之栩笑道:"不用。"她看了一眼李衍九。

他的衣服和头发也略显凌乱,整个人不修边幅。

项杭走过来,说:"栩栩,我和你一起回家吧。"

姜之栩点头:"好,"想了想,她又说,"你等我一下。"

她走向李衍九那边。

满娇和另一个男生一直在和他说话,他静静地听着。

她走过去,喊:"哥。"

他望过来。

她说:"我先回家了,你慢慢玩吧。"

他看着她,顿了一秒,才点头:"路上慢点。"

她说:"好。"

满娇朝她伸伸手说"拜拜",她笑了笑,算是回应。

为了看起来自然一点,她转身又和其他人打了招呼,才和项杭一起坐扶梯下楼。

商场门口的风总是更汹涌,裙摆被吹成翅膀模样。

姜之栩去推车子,项杭跟在她身后。

姜之栩看着她颀长的影子,问:"怎么不和谢秦一起去吃饭?"

项杭伸了个懒腰:"唉,我今天太丢人了,没法面对他。"话赶着话,项杭笑了笑,"不过看你和李衔九关系倒是近了不少。"

姜之栩被风吹得有点眯了眼睛,声音也凌乱了许多:"怎么说?"

"以前遇见他,你们基本不说话,这回你还和他打招呼。"项杭笑了笑,一副洞悉的模样,"我可是知道你的,你慢热,这可是迈了一大步。"

姜之栩忽然顿住脚步,偏头无奈地看了项杭一眼,把包里的钥匙掏出来扔给她:"我穿裙子不方便蹲。"

项杭撇了撇嘴,接过钥匙给车子开锁。

"你一会儿有事吗?"推车子出来的时候,项杭说,"要不你别先回家了,咱去吃烤肉吧,给舒宁打电话,问问她有空没。"

于是十分钟后,三个姑娘在某家生意很好的烤肉店碰面。

舒宁有点生气:"你们去鬼屋居然不叫我?"

项杭一副"你没事吧"的样子:"就你那个胆子?"

舒宁吃瘪,不服气地问:"我怎么了?"又看向姜之栩,"栩栩都能玩。"

项杭笑道:"人家有李衔九护送,你呢?"

"我……"舒宁神色黯然下去。

三个人点了单,肉已经上桌。

舒宁问:"满娇也去了?"

项杭翻了个白眼:"聊她干吗?"她扯开话题,"你是不知道,栩栩他们在密室里没出来那会儿,满娇那个脸拉得老长。"

姜之栩不语,拿夹子烤肉,五花肉在铁板上被烤得"嗞嗞"作响,手忽地被油星溅到,疼得她哆嗦了一下,把手伸了回来。

项杭喝了几口水,猛然顿了顿,拍了拍脑门:"哎呀,忘问了,你在密室……"

姜之栩对舒宁笑了笑:"要不咱别掏钱了,让项杭请吧。"

舒宁接收到信号,说:"好啊。"

项杭翻了个白眼,瘫在椅子上:"你们一个个都是什么人哪?上次在你家,让李衔九一壶茶给算计了,这回你又这样。你俩一个睚眦必报,一个锱铢必较,干脆改名得了,他叫'李睚眦',你叫'姜锱铢'。哈哈。"

姜之栩不算是个能说会道的人,可有时候反应莫名其妙地快:"我看你和谢秦,一个没头脑,一个不高兴,干脆改名得了,你叫'项没头脑',他叫'谢不高兴'。"

项杭:"……"

姜之栩在外面磨蹭了很久才回家。

她在玄关低头换鞋,看到姜学谦的皮鞋旁边歪七扭八地放着一双白色回力鞋,解鞋带的手顿了一下。

姜学谦问:"回来了?"

姜之栩应声:"嗯。"

她把鞋换好去客厅,看了一眼电视,在放《雍正王朝》。

"又看这个呢?"

"你今天怎么出去这么久?"姜学谦没回她话,突然发起牢骚,"我出门忘带钥匙,在门口被关了好久,打你的手机也没人接,还是人家小九回来得早……"

姜之栩舔了舔干燥的嘴唇:"他什么时候回来的?"

姜学谦又去看电视:"天刚擦黑那会儿吧。"

姜之栩沉吟:"这么早。"

那他应该没去吃饭,直接就回家了。

姜学谦"嗯"了一声,说:"今天玩就玩了,明天你得学习。"

姜之栩说"知道",转身要回屋。

恰好李衔九推门出来,抬眼看见了她:"回来了,妹妹。"

这……

姜之栩握紧了背包带子,说:"嗯。"

他点了点头,进了卫生间。

姜之栩顿了一下，和他错身进了卧室。

李衔九到卫生间刷牙洗脸，把手机随手放在台子上，牙刷到一半的时候，李青云打电话过来。

他不顾手上有水珠，便往绿色标识那边滑动了一下，李青云的声音瞬间响起："干什么呢，刚才打一半突然就挂了？"

"出来刷牙。"

"刷牙还用挂电话？"

李衔九喝水冲了一下嘴，没有解释，又问："你刚才说什么来着？"

"哦，被你一打断我差点儿忘了。"李青云笑道，"就是想告诉你一声，我现在找了个保姆的工作，伺候老人的，月薪不低，往后可以定期给你打生活费了。"

李衔九原本开了水龙头准备刷牙缸，闻言又把水龙头关上了："保姆？"

"嗯，这家人很好的，两口子一个开律所，一个开公司。哎呀，反正工作的事你别操心，好好学习，考上了好大学，以后找一份好工作，让你妈也能享享福。"李青云笑着说。

李衔九静了静，说："我现在不要钱，之前征文的钱还没挥霍光呢。"

李青云沉吟了一阵，问："那一万块钱……我临走你不是塞给我六千吗，你现在还剩多少？"

"我能委屈自己？"李衔九没什么人情味地说，"倒是你，记得吃降压药，别喝酒了，小心再让人稀里糊涂地骗了。"

"哎呀，我心里有数，家里欠那么多钱我也烦……"李青云有点气恼，"生活把我都折磨成什么样了？我就只有那一点儿爱好了……"

李衔九挂断电话，开了水龙头，往自己脸上扑了几把水，抬头看着镜子里的自己，不知道在想什么。

假期第二天，先前给家里送过螃蟹的许丛伟到家里来做客。

孟黎在店里没回家，姜学谦趁着许丛伟进厕所的时候，偷偷让姜之栩去楼下饭店炒几个菜上来。

等姜之栩炒完菜回屋的时候，见李衔九不知道什么时候也到客厅来了，正和两个长辈坐在一块儿聊天。

她进家之后，几个男人聊得正投入，连头都没转。

她独自去厨房拿盘子，把菜一个个地倒出来，端出厨房的时候，喊了声："吃饭了。"

几个人这才注意到她。

许丛伟笑呵呵的,忙对姜学谦说:"你瞧瞧你,客气什么,还弄这么多菜?"

姜学谦笑道:"没弄几个菜,都是家常便饭,咱们哥儿俩熟,不讲虚礼。"

"……"

许丛伟又客气了几句。

姜学谦唤姜之栩过去:"看你许叔带什么好玩的东西了。"

许丛伟从沙发上拿起一个帆布袋,放在腿上,说:"你们都来看看,有没有喜欢的?"

姜之栩走过去,见帆布袋里还有好多个五颜六色的塑料袋。

"我啊,来之前去花鸟市场转了一圈,买了些小玩意儿。"许丛伟把袋子一个个掏出来放在茶几上,"这是买的佛珠、佛串,这个是花种,还有这个,买了个大砚台……"

姜学谦笑道:"老许你可真是个有闲情逸致的人。"

许丛伟笑道:"孤家寡人,逗闷子罢了。"

李衔九拿起其中的红色塑料袋看,问:"这里都有什么花种?"

许丛伟说:"我还真记不大清了,你瞧瞧,里面的袋子上有标签。"

红色塑料袋里,还有几个透明的小袋子,上面贴了花种名称,有波斯菊、雏菊、多肉……

"您买得真不少。"李衔九笑道。

许丛伟端起眼前的茶,喝了一口:"你要是喜欢,就挑一个。"

姜之栩眼前一亮:"许叔,我也想要。"

姜学谦朝杯子里吐了两口茶叶:"你跟着瞎掺和什么?"

许丛伟放下茶杯:"哎,老姜,孩子喜欢,让她种呗,种不活也没什么,玩玩嘛……"

于是姜之栩也低头去袋子里挑拣。她没注意,一弯腰,柔顺的发丝全往前垂下,像柳条拂过水面似的,掠了李衔九一脸。

他朝外偏了偏,去躲她的头发。

姜之栩眼皮一跳,连忙站直,把头发扎好。

李衔九挑得很快:"就这个吧。"

许丛伟一看,说道:"雏菊啊,这花好,漂亮清新。"又问姜之栩:"你挑哪个?"

姜之栩愣了一下,想起之前看过全智贤演的一部电影,就叫《雏菊》。

而雏菊,是沉默之花。

她借着挑种子看了一眼李衔九，他正低头观察种子，见他闲适，十有八九不知道雏菊的花语，随便就养了。

"你许叔问你话呢，傻了？"姜学谦叫了她一声。

她这才回神，说："哦，我……多肉吧。"

"多肉可不好养。"许丛伟说。

"没事。"她直起腰，拿着种子笑了笑。

许丛伟又说："多肉我倒是不大了解，但是那个雏菊九月种最好，三月进入花期。"

李衔九点了点头："现在种应该也还不晚。"

许丛伟说："也是。"

姜之栩这会儿放松，不由得接话："没关系，就像许叔说的，种不好就当养着玩。"

李衔九回头瞥了她一眼，又不咸不淡地转过头去了。

她顿了顿，不知道这一眼是什么意思。

许丛伟一直在家里待到下午四点多才走。他走之后没多久，姜学谦也被一个电话叫走了。

姜之栩把重要的作业写了一半，犹豫着要不要出门买花盆和花肥，恰好舒宁发消息喊她去理发店剪刘海，于是她就换了身衣服出门。

她们直接在理发店碰面。

因为是周末，剪头发的人不少，前面要排三个人，舒宁就说："你先去逛你的，我因为剪头发就没洗头，顶着大油头不想出去。"

姜之栩想了想，说："行吧，那我去了。"

舒宁特意挑了家离花鸟市场近的理发店理发，姜之栩从店里出来之后，走过一个路口，再拐了个弯，就到市场南门了。

她刚进去，就看到一条街上高低大小不一、五颜六色的广告牌，离她最近的这家店，门头上的牌子已经旧得看不出完整的店名，只有门口有一小块电子黑板，上面用粉笔写了各色发光的字：花卉、咸淡水族及器材、盆景、奇石根艺、鸟雀、工艺品。

看来这是老店，东西多。

她走进去，门口摆了一排鱼缸，各式各样的小鱼，在满是泡泡的淡绿色鱼缸里游窜。

老板走出来，用青城话问："买鱼啊？"

她倒是想，可知道自己喂不好："不买，"她往屋里走了走，问，"我养多肉，您这边有合适的土和花盆推荐吗？"

"都有，都有。"老板边往店里走边说，"你是种子还是插穗？"

她想了一下才说："种子。"

老板找出三小袋不同的土放在柜台上，又去高架子上找别的东西，说："那你得买一瓶多菌灵溶液，先把种子泡泡，杀菌去病……"

老板懂得多，给她介绍了半天，最后姜之栩只买了自己认为重要的东西，算价格一共一百零三元，老板把零头抹了，要了她一百元。

姜之栩拎着一包东西，边往回走，边闲逛。

这里的很多店，都有两道门，姜之栩看到一家叫"春天里"的鲜花批发店在打折，便走了进去。

老板是个四十岁左右的漂亮女人，正在躺椅上织一件孔雀蓝的毛衣，见她来了，并不是很热情，抬抬眼，说："您随便挑。"

姜之栩在花丛中迷了眼，看每一朵花都漂亮，最后拿了九块九一把的白玫瑰。

她从另一个门出去，到了另一条街上。

有时候人的缘分还真是很奇怪，她刚转身，就见李衔九和张家兴正在一家小卖部门口说话。

李衔九手上拎着黑色的塑料袋，低领黑衣，看上去落拓又多情。

姜之栩犹豫了三五秒，本想装没看见，转身走了也就是了，脚尖还没来得及抬起，张家兴的话就到了："哎哟，这是谁啊？！"他的声音很大，"姜之栩你怎么也到这儿来了？"又朝她身后打了打招呼，说："来了。"

姜之栩后知后觉，意识到最开始那话不是给她说的，转身看到一个穿着大红色复古波点裙、长发如瀑的漂亮姑娘，正款款向这边走来。

女生看了看姜之栩，又把视线落在张家兴身上："今天怎么有空来这边玩了？"女生说着话便越过了姜之栩。

姜之栩想了想，也紧跟其后，大大方方地过去了。

张家兴流里流气地说："想你了呗。"说着话还看了一眼姜之栩。

女生"呸"了一声，目光又在李衔九身上流转了一番，问："这两位你不给我介绍介绍？"

"那还用你说，"张家兴笑了笑，郑重其事地伸出一只手，半弓着腰，说，"这位仙女呢，叫姜之栩。"很快又站直，朝李衔九抬了抬下巴，"这男的叫李衔九。"

女生"扑哧"一笑,露出两个令人艳羡的酒窝。

女生转身,朝姜之栩伸出手:"你好,我叫常灵玉,世事无常的常,通灵宝玉的灵玉。"

姜之栩微顿,世事无常的常,恐怕除了她不会再有人这样介绍自己。

姜之栩也伸出手同她握了握,笑道:"我叫姜之栩,嗯……姜花的姜,之乎者也的之,栩栩如生的栩。"

常灵玉歪头笑了笑:"我猜你的小名叫栩栩,是吗?"

姜之栩说:"嗯。"

"你很漂亮,怪不得……"她顿了一下,看了一眼张家兴,"怪不得有人眼睛都发直。"

姜之栩装听不懂,抿了抿嘴唇,没有说话,却见李衔九转身,找出一颗薄荷糖含在嘴里。

常灵玉喊他:"喂,帅哥,就差你没自我介绍了。"

李衔九淡淡地看着她:"刚才不是有人替我说了?"

常灵玉怔了怔,几秒后眼睛却亮了亮,无声一笑,并不忾他,反而直直地盯着他:"哪个字?"

李衔九看着她,没应声。

恰巧路旁一家老旧的理发店在放歌,"转世燕还故榻,为你衔来二月的花"。

李衔九说:"就这个'衔'。"这样的自我介绍实在特别。

常灵玉缓了缓,温柔地笑了:"让我猜猜,那你就是衔来九月的花喽?"

李衔九含着薄荷糖,糖粒从左腮被他弄到右腮,脸颊鼓出小小一块。他瞥了她一眼,无所谓地笑了笑:"随你理解。"

他态度偏冷,却有什么因子在空气中流动起来,至少姜之栩是这样想的。有人能用眼神杀人,有人冷若冰霜,偏偏勾得人难忘,禁欲也是欲。

李衔九吃完了一颗糖,掏出手机看了一眼:"我要走了。"他换了一只手拎袋子,"东西太沉。"

张家兴骂道:"你行不行,几个花盆就把你累的?"

李衔九也不恼,笑着说:"开学别叫我碰见你。"

舒宁给姜之栩发了消息。

姜之栩和他们告别:"我也要走了,朋友还在等我。"

张家兴有些失望:"这么快?"

姜之栩笑了笑:"再见啊。"

常灵玉盯着姜之栩手里的花："你这花是在'春天里'买的吧？"

姜之栩说："是。"

常灵玉笑了笑："我妈的店，我这会儿就是来给她帮忙干活的。"

姜之栩微顿，说："好巧。"

李衔九已然迈步离开了。

常灵玉说："我是隔壁一中的，有空去三中找你们玩。"

姜之栩说："好……"又用拘谨而礼貌的笑容来结束这次交谈。

她紧跟着李衔九走出了这条街，刚拐到正路上的时候，李衔九忽然顿住脚步，转身眯眼看着她。

她心里迟疑了一瞬，面上没有动静。

他把头发往后撩了一下，有点儿不耐烦："走快点。"

她没明白他的意思，却本能地加快了步伐。

她离他还有一步之遥的时候，他往她这边挪了半步，把她手里的袋子抢了过去，打开一看，不羁地笑了笑："买得真不少。"

姜之栩说："你干吗？"她咬了咬嘴唇，"还我。"

李衔九挑着眼皮瞄了她一眼："不要你的，我也买了。"

"那你……"她将手垂在身侧，在他的视线之外，慌乱地用食指抠着大拇指。

他不笑了，又极放肆冷淡地瞥了她一眼，转过脸去："你去找朋友吧，我帮你拿回家。"

她彻底愣住了，缓了缓才说："那……谢谢。"

路一侧的这面墙后是一幢老建筑，墙上面爬满了暗绿色的爬山虎。

盛夏似乎还没走远，至少留存在这一方小小的天地中。

李衔九回家要坐七路车。

姜之栩没有陪他一起等车。

她往理发厅走去，走到一半的时候转身，看到他从车站离开，到路对面一家书店去了。

舒宁最后剪了个空气刘海。

出门的时候，舒宁发现姜之栩手里什么也没拿，觉得纳闷："你逛了半天什么都没买啊？"

姜之栩神色闪烁了一下，说："不是。"

这点细微的异样没能逃过舒宁的眼："你很奇怪？"

姜之栩只好坦白："遇见李衔九了，他给拿走了。"

舒宁怔了怔，说："真巧，"又突然扯到别的话题，"对了，我刚想起来，你们去鬼屋玩，你和他一组做的任务？"

姜之栩点了点头，有些场景想起来都让人觉得发昏。

舒宁失笑："项杭还说，你们没出来的时候，满娇的脸拉得老长。"

姜之栩抿了抿嘴唇。

舒宁喃喃道："栩栩，你知道吗？有时候我很……我觉得满娇很羡慕你，甚至是忌妒。你感觉到了吗？她有时候明明对你很热情，却让人觉得怪怪的。"

姜之栩愣了一下。

"你很优秀，优秀到甚至可以不把李衔九这样的人放在眼里，这已经让人感到落差了。"舒宁低头笑了笑。

姜之栩不由得讶异："你从哪里看出我不把李衔九放在眼里的？"

舒宁看了她一眼，盯着她的眼睛说："每次聊起他，你都是淡淡的表情。"

姜之栩很努力地握了握拳，笑着说道："都说距离产生美，可能是离得近了，反而没有感觉了。"

舒宁笑了笑："可能是吧。"

姜之栩不想继续这个话题，看时间还早，就说："我想吃板栗了。"

"正好我妈要我买点红豆和绿豆回去，"舒宁笑道，"咱们去香港街吧。"

姜之栩说："好。"

天边的月牙和落日，分别挂在暮色尚早的天际上。

【第四章】
保护：失职的撒旦，误打误撞地成为救世主。

　　国庆一共就放了三天假，最后一天姜之栩没有再出门，在家学习了一天，她状态好的时候，自制力强到一整天都没有碰过一次手机。
　　国庆假回校之后，高三学部组织了一场小考试。
　　考试前一晚要排桌子，搬书，结果发生了一件很有意思的事。
　　李衔九的书橱上的锁，在小长假之前坏了，结果不知道这个消息是怎么传出去的，放假回来，礼物将书橱塞得满满当当的。
　　李衔九去放书，一打开橱门，各式礼物盒、成沓的信……泄洪似的涌出来，"噼里啪啦"地掉了一地。
　　李衔九当即吼了一声："这都谁啊？"
　　惹得班主任都跑出去看。
　　赵永振不是个古板的老头，还幸灾乐祸地说了一句："啧啧，羡慕。"
　　李衔九把这些东西一股脑地扔进垃圾桶，书橱最里面有个玻璃瓶，装着满满的红豆，赵永振揶揄他："别扔了，留着回家煮粥多好？"
　　恰好姜之栩当时也借着放书之名，在人堆里看热闹，赵永振眼尖看到了她，说："来，姜之栩，李衔九给你家赚的粮食。"
　　一旁的同学都在憋笑。
　　姜之栩尴尬得脚趾蜷曲，连书都忘了放，干脆回教室了。
　　后来这件事被人传到了学校贴吧上，被人津津乐道。
　　与此同时，关于姜之栩的一个帖子也被盖了高楼，在学校贴吧里热度居高不下。
　　那是个好记的日子——10月10日。
　　这天对姜之栩来说是个特殊的日子——她种的多肉出苗了。
　　因此她心情特别好，特意带了孟黎店里的小熊饼干分给周围的同学们吃，当然，不包括李衔九。

她分饼干的时候，李衔九不在，不过这次他回得快，两三分钟之后就回来了。

裴宣儒扭头问他："怎么来这么早？"

他说："被教导主任赶回来了。"说着话，眼睛一直盯着姜之栩瞧，眉宇间有一丝不易察觉的慌张之色。

但这一切姜之栩都没有发觉，她正趴在桌子上给中性笔换笔芯，祝婕转了半个身子，趴在一摞书上和她聊天。

祝婕说想起小时候因为笔芯不出水而吸过笔芯，结果一嘴的墨水，还被老妈臭骂一顿。

两个人边说边笑，喘不上气。

第二节课下课，她们下楼做操，路上还在念叨喝墨水的事，不知道为什么这件事这么戳中笑点，笑了一路。

直到出了楼道，姜之栩见李衔九和一群男生堵在高二教学楼门口，她的注意力才被转移。

"哎，"祝婕挽着姜之栩的胳膊，小声叹道，"长得漂亮就是好，每天都有这么多人看你。"

姜之栩把视线从李衔九身上移开，接上祝婕的话："别瞎讲。"

她是领操员，学校里认识她的人难免一点，有时候被多看一眼，她也不觉得有什么。

陌生人在行色匆匆间看了她一下，她却在无人知晓时看了他一眼，都是匆匆一瞥，一个是掠影，一个却是惊鸿。

心里装了事，人就容易变成诗人。

姜之栩在主席台上背对着大家，谁也不知道这个万众瞩目的女生，心里在想什么。

有人走到她身边来，是赵永振："你跟我过来一下。"

姜之栩不明所以："可是马上就要开始做操了。"

赵永振一脸严肃的表情："没事。"

姜之栩虽然犹疑，但也没做他想，接着便跟着赵永振下了主席台，在众目睽睽之下走出了操场。

赵永振先走进办公室，等姜之栩也进来之后，他把门关紧了。

室外传来隐隐约约做操的广播声。

姜之栩双手放在身前，绞着手指头，莫名其妙地有些不安。

赵永振没有说什么，也没做什么表情，走到办公桌旁坐下，掏出手机滑动了片刻，然后递给她。

姜之栩迟疑了一秒接过手机，目光盯在屏幕上，然后再也没挪开。

乐极必伤，她一早的好心情，原来是个伏笔——

那是贴吧上的一则帖子，里面有赵明在大扫除那天强拥她的照片。

那一年，贴吧已经式微，人们都玩微博。

学校的贴吧里，只有李衔九收礼物的帖子热度高一点，而有关姜之栩的新帖一开，贴吧里顿时热闹起来，帖子发布不到二十四小时，盖了三百多层楼，各种揣测和谣言密密麻麻。

姜之栩只觉得寒意从指尖蔓延到全身，四肢百骸都发麻。她试图说点什么，可久久找不到自己的声音。

她很明白，照片看起来像一把火，其实能烧到皮肤的，不过是一点火星子而已。

可由此而衍生的谣言，才是逼迫她沉塘的欲加之罪。

"这不是真的。"

她没有慌，没有乱，淡淡地抬起眼皮，问赵永振："老师，如果我能证明这件事情是假的，那么你能帮我正名吗？"

赵永振盯了她几秒，像是想从她脸上看出点什么，顿了一下，叹了一口气："你这么平静，倒是让我有点难受了。行了，回去吧，找到证据，剩下的我给你办。"

姜之栩的目光沉静而有力："谢谢老师。"转过身，挺起瘦削的背，走出了办公室。

从早晨到现在，陌生同学的那些反应，她都懂了。

她脾气倔，所以沉着一口气，整个人也是绷着的，只为了不被人看出她内心早已塌陷了一角。

当她走到楼梯拐角的时候，看到李衔九手插兜站在那里。

她脚尖顿了一下，而后又若无其事地往前走着。

她距他还有一臂之隔的时候，他忽然往左挪了半步，严严实实地堵住了她的去处。

广播里传来伸展运动的节拍，音乐由快转慢。

她垂着眼，说："你也知道了？"

他点头："大扫除那天，不是什么飞虫眯眼睛是吧？"

她抿了抿嘴唇，觉得喉咙发紧。

他不是一定要她回答："视频里抱你那人，我见过了，想问问你，要不要也见见？"

姜之栩抬眼，神色淡得像水墨画里的留白，可做出的决定浓墨重彩："好。"

她跟着他往天台的方向走去。

他穿正装校服尤其显身材，从后面看，他的背就像一座小山峦。

山峦——听起来就很有力量的词。

姜之栩停下脚步，喊他："李衔九。"

他的肩膀先是轻微抖动了一下才停下，他转身问她："怎么了？"

"谢谢你。"她淡淡地说，"刚才做操之前，我在高二教室楼下看到你了。"

他是为了她才去找赵明的，她都知道。

李衔九笑了笑，还是一样懒散："傻样儿。"他顿了一下，又说，"有我李衔九在，你还能被欺负了？"

这日晴空万丈，秋日的天空总是蓝得像一颗不掺假的蓝宝石。

这样的日头和蓝天，注定将一切昏暗都照得透亮。

姜之栩见到赵明的时候，他正被谢秦还有张家兴他们看着，堵在天台墙脚处。她走过来的时候，他们自动让路，让赵明正对上她。

她神色很淡，问赵明："和他们都解释了吗？"

赵明耷拉着眼皮，像是哭过一回，声音里也都是疲惫之意，小声说："没什么好说的，都是我做的。"

张家兴吼了一声："我让你好好说，你忘了怎么着？"说着就要上手。

李衔九喝了一声："别乱来。"

张家兴顿住，李衔九继续说道："让姜之栩和他说。"

姜之栩忽然就变得安心。

她朝赵明又走近了一步，神情沉静，一动不动地紧盯着他，柔声问："他们为难你了？"

赵明像一摊惊不起波澜的死水，看了她一眼，没说话。

谢秦插话："我们可一点儿都没动他。"

"我倒是想教训呢……"张家兴顿了一下，看了一眼李衔九，"某人不让。"

姜之栩缓了缓，又看向赵明："我本来还以为这事是你做的，但你这么轻易承认，我反而不信了。"

她想让自己更诚恳一点，于是尽量去逼视他的眼睛，可他的表情还是没有波澜。

他这样的态度，其实已经让姜之栩觉得没底，随后她又问了几句话，他始终维持着木然的表情。

她知道说不通了。

好在那天和项杭录了视频,于是她不再强迫他,也不再紧逼自己。

她转过身,对李衔九说:"让他走吧。"

"你认真的?"张家兴难以置信。

姜之栩淡笑:"嗯,为难他,也是为难自己。"

李衔九对赵明抬了抬下巴:"你走吧。"

赵明有些难以置信,漠然的神情里带了一丝恍惚感。他慢慢地抬脚,走了两步,却停住了,不知道在想什么。

忽然,他仰头看了一眼天,眼里瞬间蓄满热泪,扯出一个淡得几乎看不见的笑容。

下一秒,他竟然飞快地往天台外围跑去。

"不好!"

电光石火之间,赵明爬上了台子。

李衔九紧跟着跑了过去,眼明手快,几乎是把自己掷出去抓他,却还是慢了一步,不过总算有惊无险,在他要落下去的前一秒拉住了他的卫衣领子。

李衔九重重地喘了几口气,手臂和脖子上的青筋暴起,脸也变得通红,使出全身的力气喊道:"都过来帮忙!"

赵明挂在李衔九的一只手臂上,在天台上摇曳。

大课间出来活动的人多,一个人看到了这一幕,发出惊呼,于是一群人便都走过来看热闹。

赵明满脸都是水,分不清是汗还是泪:"放开我!"

"滚,不可能!"李衔九咬着牙,拼命把他往上拉。

底下已经有人惊呼。

"你有个好歹,先活不下去的就是姜之栩!"李衔九咬着牙,很吃力痛苦的样子,面色狰狞,"一张照片,都能谣言四起……"何况一条人命。

李衔九的声音哑得不成样子,他很费力也没能将最后一句话说完整。

姜之栩心跳如战鼓,她没有傻站着,眼看这样惊险的事情发生,早就让张家兴去找人帮忙。听见李衔九的话,她心中一颤,赶快跑到天台边,让赵明看到她的脸。

她胡乱擦了把泪,竭力让语气和眼神都沉下来:"赵明,救救我,也救救你自己!"

赵明嘴巴微张,静了一秒,眼睛里忽然涌出濒死的悲伤之色,忽然间他

"啊"地大吼了一声。

这是宣泄,也是重生。下一秒,他咬牙伸出了手臂。

谢秦不敢迟疑,立刻反手抓住他的手腕,和李衔九合力把他拽了上来。

他们三个人都瘫在地上。

赵明的脖子被衣领勒出一条红痕,脸色煞白,牙齿打战。

谢秦吓得头发湿了大半。

而李衔九,靠着天台,喘着粗气紧盯着赵明,汗湿的刘海被他往后拂了一把,露出一双寒光四射的眼,狰狞,凌乱,狠厉。

难以想象,所有具象的充满黑暗色彩的词汇几乎同时出现在他身上。

而他,明明才挽救了一条人命,甚至两条,如果算上她的话。

失职的撒旦,误打误撞地成为救世主。

闹了这样一遭,惊动了全校所有的师生,最后是校长亲自过问,将在场的几个人带到了办公室。

在此之前,姜之栩要求和赵明单独谈谈。

姜之栩心理素质过硬,经历过这样的事,却一点儿没崩,眼睛里反而平添一丝坚毅之色。

她把赵明叫到过道靠窗的位置,办公楼里光线不算明亮,唯有远处的阳光透过窗子斜射进来,将他们切割成两个世界。

一个人在阳光下,一个人在阴影里。

赵明的肩膀自始至终没有挺起来,他看着她,眼睛里盛满了她读不懂的东西。

姜之栩问他:"你相信我吗?"

他动了动嘴唇,没有任何回应。

看着这样的他,姜之栩最后只说了一句话:"今天那些人,明明有能力伤害你,可没有一个人这么做。他们本来可以不蹚浑水救你,但也没有一个人这么做。所以……赵明,你可以不信我,但你信他们。"

赵明的眼泪毫无征兆地落了下来,像夏季最迅猛的暴雨最开始的雨点,仿佛把地砸出了个洞。

校长办公室里,李衔九几个人早就在墙跟前挨个站了一排。

赵明和姜之栩一前一后进屋的时候,李衔九抬眼看过来,和姜之栩对视了一下。

姜之栩稳了稳神,站到校长面前。

这件事的来龙去脉,除了赵明,屋里的任何人都不知道。因此,话要等赵明说。

尽管在进屋之前,赵明已经下定决心,但是在真正讲话之前,还是做了好一会儿心理准备。

他语气很缓,听着像没有灵魂,仿佛他已经是一个苦了半辈子的人了,而生活没有指望,看不到方向也看不到希望。

这是一个隐匿在校园的角落,所有人都知道它存在,但所有人都避之不及的话题。

高二有个叫尤炜善的男生,从高一开始就一直以捉弄赵明为乐,无聊了就想些法子耍要赵明。

而这学期开学的时候,赵明听了姜之栩的国旗下的演讲,觉得稿子里有些话可以写进作文,就凭着记忆,把她的演讲稿摘抄了几句。

谁知道这却被尤炜善看到了,他玩心大发,后来就有了逼迫赵明去给姜之栩送巧克力那件事。

赵明送巧克力的时候,尤炜善一群人就在身后起哄,看热闹。可惜热闹没看成,姜之栩压根儿不搭理赵明。

尤炜善觉得无趣,不爽,便骂赵明废物,要给点惩罚让赵明长长记性。

讲到这里的时候,赵明顿了一下,用了比较隐晦的句子组成一段完整的话。

赵明在讲述这一段经历的时候,整个办公室都静得仿佛没有人气。

姜之栩握着拳,眼眶通红。

而赵明,或许早就把眼泪哭尽了吧,情绪竟然没有太大的起伏。可谁要是看他的脸,就会发现,他很虚脱,濒临倒下的那种。

那次之后,赵明被他们折磨了几天,后来到了学校的精神文明周,他们有一段时间没有找他,直到大扫除那天,尤炜善看见姜之栩,就让人把赵明喊了过去。

他说:"你要是能抱她十秒,我就答应以后不闹你。"

赵明当然不会信他的鬼话,但没有拒绝的权利。

他去抱了,谁知道尤炜善拍了照片,还将照片放到了网上。

"高二大课间的时候,高三有些人来打听照片的事,尤炜善听说了这事之后就来找我,可能是知道你们这些人都不好惹吧,命令我把事揽下来。或许是怕他都怕成习惯了,我就答应了。"

再后来的事情,大家都知道了。

听完这件事之后,办公室里的老师没有一个人开口。

缓了三四秒,校长清了清嗓子,沉着声音说:"这件事,我听着十分震惊。"校长清了清嗓子,又静了几秒,才问,"可能有点冒犯,但我想知道,他为什么这么对你?"

赵明握紧了衣摆,似乎有难言之隐,静了几秒,有眼泪像雨点一般砸在地上。

赵明无声地哭了,断断续续,很艰难地才说出半句话:"我妈,以前介入过……尤炜善的家庭……他妈很讨厌我……他……"

赵明浑身发抖,姜之栩只怕他下一秒就会倒地不起,可是老师们都沉着脸,没有人叫停。

"够了。"

姜之栩一口气提了上来。

是李衔九出声制止了赵明,他蹙着眉,语速极快地说:"他的情绪根本就不适合继续说下去。"

这话让赵明的眼泪流得更凶了。

姜之栩心潮汹涌。

在别人的注意力都在伤疤之下的真相上时,只有李衔九关心赵明在自揭伤疤时疼不疼。

校长顿了一下:"好了同学,这件事我们都了解得差不多了,你可以先回教室……算了,别回教室了,先到学校图书阅览室里休息休息吧。其余同学先回教室,今天的事不要多嘴,老师们留步开个会。"

大家前后脚出门,在下楼梯之前,又不约而同地停下脚步。

张家兴叹了一口气:"没想到这事这么复杂。"

李衔九微微仰着头,两三秒后,沉重地呼出一口气。

"各回各班吧。"他说,"姜之栩这事和赵明这事连着筋,要是赵明这边处理好了,姜之栩的难题就迎刃而解。大家回教室上课吧,等老师这边的动静。"

"万一老师处理不好怎么办?"

"那是你该操心的事?"李衔九双手插兜,说,"既然赵明已经把事情告诉学校了,这就是学校的事,相信大人吧,他们解决问题的法子多着呢。"

张家兴被他说了一顿,不由得撇嘴:"臭德行,你以为你德育标兵啊?"话虽如此,却还是没有再说反驳的话,和谢秦勾肩搭背地下楼了。

姜之栩站在离他们两米之外的地方,看着李衔九,柔肠百转:"谢谢你。"

他闻言转身正对她,神态里藏着疲惫之意,精神却很清明。

"你怎么这么招人惦记?"

"啊?"她蒙了。

他不咸不淡地瞥了她一眼:"主席台上念那么烂的发言稿,都有人想写进作文本里?"

姜之栩词穷了。

他又把话锋转回来,伸了个懒腰,说:"谢什么?应该的。"

她眼皮一跳:"回教室吧。"

"走。"他说。

他们一前一后地走到教学楼前面的花坛边时,有人喊了一声:"栩栩!"

她转眼一看,来人是舒宁。

姜之栩刚想回应,脚步一滞,看到了她身后的满娇。

舒宁急急地奔向姜之栩:"你知道我在天台下面有多担心吗?我在下面喊得嗓子都痛了,真的好怕……"

这丫头胆子从来不算大,说着话就掉了泪珠。

姜之栩觉得难受,摸了摸她的肩膀,安慰她:"我没事,你放心吧,有事情我早就第一个告诉你了。"

舒宁吸吸鼻子,点头说"嗯",又缓缓地抬脸,去看姜之栩身侧的李衔九,轻轻地问:"你没事吧?"

李衔九不咸不淡地说了声:"没。"

这时,满娇走了过来:"我也吓得不行,恨不得跑到天台上找你们,又怕添乱,只能和舒宁在底下干着急。"

姜之栩微愣,看着舒宁,问道:"你们……"

"我们这节一起上体育课。"满娇说完,又无奈地摇了摇头,"你不知道我们一个为了你着急,一个为了他着急,还有个项杭,平时看着胆子大,在下面哭得不像样……"

姜之栩闻言,不免心酸。

李衔九瞥了她一眼,怕她会哭,于是提醒:"回教室吧,这节是物理课,讲试卷。"

姜之栩忙把情绪收好,对女生们说再见。

看着姜之栩和李衔九的背影并肩消失在楼道里,舒宁和满娇对视了一眼,谁都没有说话。

事情是在下午有进展的。

尤炜善欺负了赵明这么久,也留下了一些痕迹,学校只要找到一个口子,顺着查下去，事情很快就有了眉目。

赵明的班主任和尤炜善的班主任通力合作，把和赵明事件相关的学生都提到办公室，孩子们的心理素质，在铁面无私的大人面前变得更容易崩溃。

在下午放学之前，老师们已经基本掌握事情的原委。

晚上第一节自习课的时候，赵永振把姜之栩叫到办公室里，告诉她造谣的那篇帖子删了，学校也以学生的口吻给她澄清了。

事实上，在来办公室之前，姜之栩就已经偷偷拿手机去搜过贴吧，看到那篇澄清帖，那帖子远没有造谣的热度高。她往下滑了滑，不过十几个回帖罢了。

不过有就比没有强，她要的就是被正名而已。

她抿了抿嘴唇，问了更关心的事："赵明怎么样了？"

"他的事你别问了，专心学习吧，马上期中考试了。"

"哦，好。"

走出办公室，姜之栩觉得脑袋发沉。

回教室的路上，她走得很慢，脑海里不断复盘这一天的事。

事情处理得比她想象中顺利。

按照上午那个架势，她还以为得报警才行，谁知道，有些事比想象中严重，却也比想象中容易解决。

可见学校是可以解决问题的，大人也是可以相信的。当然，真正破局的还得是每个人自救的决心。

这件事在三天后的课间操上，被教导主任通报解决。

尤炜善被退学。

其余人按照不同程度，分别被处以留校察看和记过处理。

这结果令人痛快又感慨。

通报当日，姜之栩和项杭一起去操场上散步的时候，还聊起这件事。

项杭对她说："学校这次这么雷厉风行，简直把信任值拉满了，我同桌她爸不是高二教导主任吗？她跟我说，通报一发，有少数被欺负了的同学，都敢来告诉老师了。"

可见引路灯是多么重要。

姜之栩原本没把这件事告诉家里，可在晚上回家吃夜宵的时候，想了想项杭的话，还是决定把事说出来。

她主要是想告诉姜学谦，要注重他们学校学生的德育和心理健康。

孟黎性子急，刚听到这话的时候，嫌姜之栩瞒了那么久，都气哭了。后来见姜之栩没受太大影响,竟还像个老干部一样安排起姜学谦的工作来了,孟黎不由得破涕为笑。

姜学谦就说:"你妈啊,年轻时就这脾气,到老了,也是一样可爱。"

孟黎嗔道:"说谁老呢……"

姜之栩失笑,只有最亲近的人,才能把话题转得这么快又这么顺。

暖色的灯光照在头顶,家人在一起闲坐,灯火才如此可亲。

李衍九在他们其乐融融的时候,悄然回了屋。他看了一眼手机,和李青云上次的对话还是在昨天。

她说:"儿子,我想明白了,咱们的情况不能再差了,所以每天都在走上坡路。你要加油,晚安。"

他把手机摁灭。

国庆假期回来之后,学校就换了秋冬时间表。可是一直到下旬才把做操改为跑操。

操场场地不够大,高三学部被分到围着教学楼跑,大家第一天跑操的时候累得喘不过气,偏偏又不能停。

跑着跑着后边有人骂了声脏话,问:"第一排这么快干吗,能不能把步子给我压起来?"

祝婕吐了吐舌头:"李衍九比体委还威风。"

姜之栩喘着粗气:"你少说……两句吧……不累啊?"

结果第二圈队伍跑到教学楼西侧门的时候,祝婕又拉了拉姜之栩的袖子:"李衍九居然溜了。"

姜之栩边跑边往后看,搜寻了几秒,在李衍九走进教学楼之前看到了他。

队伍即将转弯,她把头又偏到右边去看,在下一秒看到一抹艳色身影尾随着他进楼。

她的步调不自觉地放缓,忽然有人踩掉了她的鞋子。

她单脚跳出来系鞋带,再抬头队伍早就跑远,她心念一动,没有归队,而是溜进了教学楼的东侧门。

她从一楼小跑到二楼,二楼每个班都没有人,她从二楼进到走廊,从东边穿到了西边去。

当她走到五楼拐角的时候,听到有人说话。

"我今天没跑,正好想到那天拿了栩栩的两支笔,就过来还她。"

"哦。"

姜之栩的心似沉非沉,她想了想,往台子上走了两步,看到李衔九肩部以上的身子。

李衔九挺淡定的,甚至带着几分不愿搭话的倦懒感,却还是惹得女生低下了头。

姜之栩往后退了两级台阶,以她以往的性格,她大概早就转头离开,然后在心里想东想西好几天。

可这次不一样,外面乱哄哄的音乐和跑步口号声令她厌烦。

她想了三秒,狠狠地咬了咬嘴唇,抬脚两级台阶一步地爬上去,仿佛只要再晚一点就会后悔。

李衔九先看到了她,顿了一秒:"你也溜?"

"我跑不动了。"

姜之栩胸口一起一伏,说完,她又很自然地问舒宁:"舒宁,你怎么跑这儿来了?"

姜之栩神色平常地紧盯着她。

舒宁动了动嘴唇,耳垂忽然红了,接着是脸,再然后连脖子都红了。

她垂下双手,握着两侧的衣摆,说:"来还你笔。"

姜之栩注意到舒宁的神色,面无表情地说:"哦,那你现在给我吧。"

舒宁微愣,缓了缓才去掏兜,脸上泛起一丝尴尬之色:"好像是……刚才上楼的时候跑掉了。"

她顿了一下,又说:"我下去找找吧。"说着便跑走了,鞋子踏在台阶上,发出哒哒哒的声音。

"你别说,你朋友的审美和你没法比,穿浅粉色衣服,感觉错季了。"李衔九看了一眼舒宁的背影,随口说道。

姜之栩看了他一眼,冷冷清清的。

他不明所以,她接着转身去教室了。

等班里同学都解散的时候,李衔九才回教室。

他站在前门堵住了大半边路,喊她:"姜之栩,你出来。"

姜之栩撑着脑袋看他,他抬了抬下巴,示意她赶紧的。

她不情不愿地站起来朝门口走去,一出门,有点愣住了。

"赵明?"她笑了笑,看起来有点傻气,问的问题也笨,"嗯……你来找我的?"

"学姐,我有事想给你说。"赵明笑了笑,脸上的胆怯和阴郁之色少了大半,整个人都显得精神了很多。

准确来说，赵明是来找李衔九和姜之栩两个人的。

前几天那件事之后，他和家里人商量了一番，怕被报复，决定转学，手续已经办得差不多了。

但是临走前，他想答谢他们一下，请他们吃饭。

姜之栩很替他高兴："恭喜你，这次真的否极泰来了。"

李衔九心情也不错："饭我就不吃了，但谢意我收下了，我为了拉你，胳膊现在还疼呢。"

赵明是个老实人，不知道怎么接话，又问姜之栩："那学姐，你来吗？"

姜之栩想了想，说："我也不去了，不过谢谢你的邀请。"

赵明有点失望，情绪都挂在脸上。

姜之栩顿了一下："你等等。"说着进了教室。

她从后门出来，走过去的时候，只听李衔九说："你妈的错，不是你的错，别给自己太多枷锁。"

姜之栩停下脚步。

李衔九很少说这么多话，尤其还是安慰人的话，她知道，赵明这事触到他了。

她想想也就明白了，他从小在单亲家庭长大，和李青云相依为命，李青云在他高三这个重要关口欠债、躲债，以至他要独自来到陌生城市生活，他心里肯定难受，只是从不表露。

或许，他自己身上就背负着枷锁，所以才劝别人别太沉重。

李衔九还在嘱咐赵明："到了新的地方，有类似事情你可以来找我，我没别的能耐，但罩个人还是可以的。"

赵明连连说："唉，知道了……"又有哽咽的意思。

姜之栩怕伤情，这才出声："赵明，送你一个本子。"

她送的是一个黑色皮面的笔记本，老干部风很浓。

"学校发奖状给的，第一页我写了字'动心忍性，曾益其所不能'，现在送给你，祝你……一切都好。"姜之栩笑了笑。

赵明迟疑了一下，伸手接过本子，说："学姐、学长，谢谢你们，我嘴笨，就不说别的了，反正就是谢谢。"

"九哥！航子找你。"有人在走廊一端喊人，搞得在栏杆旁说话的同学都偏头看过去。

"干吗？"

"买了双新鞋，想给你看看。"

"哼，他买了双新鞋就不能走路了？上个楼累死他？"李衔九笑骂，说着话就迈步走了，也没跟旁边的人打招呼。

赵明笑道："学长是不是混得很厉害？"

"他不混，是他朋友厉害。"姜之栩看着李衔九的背影，和随着他走路而在身后飘荡的灰色格子衫衣摆，"但是他的朋友都服他。"

赵明点头："原来是这样。"又笑道，"光看他处理我的这件事，我就觉得他很成熟，我也服他。"

姜之栩看着他的身影消失在拐角处，没有说话，算是默认。

天气真的变凉了，一件薄卫衣已经不足以保暖，外面套件外套才能挡风，而这样的天气里，舒宁穿了一件紧身的粉色针织衫。

赵明走了之后，姜之栩回到教室一直在想这件事。

上午最后一节课，她不顾生物老师还在侃侃而谈，在下课铃响起的瞬间，拿着钥匙冲出了门。

她小跑到二楼，到舒宁的班级教室门口等人。

舒宁出门看见姜之栩，只是淡淡一瞥，没有很惊讶。

随后她们一起下楼去车棚推车子，一路上气氛微妙，谁都没有先说话。

一路上都是项杭在谈天说地。

项杭家离学校最近，没多久她就和她们告别，只剩下姜之栩和舒宁两个人的时候，那种微妙的气氛就变得更重。

姜之栩快到家的时候，终于受不了了，干脆把车子一拐，挡在了舒宁的车子面前。

姜之栩之所以能和项杭成为朋友，是有原因的，她的性格里藏了那么一点项杭的莽撞，在少数时候才会展现出来。

比如这一刻。

"你今天……"

"我知道你要问我什么，但你如果把我当朋友，就别问，行吗？"

舒宁的眼神淡得像一缕雾。

姜之栩呼吸一滞。

她从舒宁眼中读出了太多舒宁不敢示人的情绪，不忍再让舒宁为难下去，于是垂首，把车头掉转，让舒宁走了。

时间过得很慢，慢到一节课怎么也上不完，又很快，快到一个月说过就过去了。

10月的最后一个周末,学校举办了一年一度的秋季运动会,高三生不得参加。

为了防止大家跑去操场看热闹,学校干脆又组织了一场考试,考完之后高三学生提前放学。

班长要请客去看电影《亲爱的》,约五点的场,谁想去都行。

这消息让大家爆发出雀跃的欢呼声,最后举手数人头,足足有九个同学要去看。

裴宣儒笑道:"班长的饭钱都要花没了,看着吧,最后几天他肯定问我借钱。"

姜之栩笑了笑:"所以我不去。"她收拾好书包,"这片子我看过了,你记得带纸巾。"

"你又不去?原本我还打算看电影的时候要和你挨着坐呢。"裴宣儒神情坦荡。

姜之栩抱拳:"感谢您的厚爱。"

裴宣儒眼睛亮了亮,说:"那必须的,班里的女神在我旁边坐,我不得供起来?"

"你什么时候也学说这些话了?"姜之栩笑道。

裴宣儒也笑道:"男人对女人好像天生就会说俏皮话。"

姜之栩摇摇头,心想幸亏是裴宣儒这么说,他性格爽朗大方,即便说些不正经的话,也没有不正经的意思,不像某些人,说正经话也不显得正经。

她从位子上站起来,裴宣儒将板凳往前挪了一下。

他想起还没问她:"那你去干吗?"

她说:"和朋友去看《黄金时代》。"

项杭已经在门口等着,姜之栩小跑过去,一股过道风从她咖啡色的格子裙裙摆下蹿进腿里,她只穿了很薄一层黑打底裤,冷得打战。

项杭抓住她的手,说:"怎么这么凉?"

她摇头说:"没事。"

等舒宁到了,项杭下意识地用空着的手去牵她,一握:"哟,你们一个赛一个冰肌玉骨啊。"

姜之栩和舒宁互看了一眼,又都偏开头,没有说话。

一路上,都只有项杭一个人在讲话。

学校前门穿过一条街就有电影院,步行五分钟就到了,巧的是她们刚到电梯口,恰好门就开了。

一个眼熟的人出来："哎，你们也来给高航过生日？"

"今天是高航的生日？"项杭眼睛一转，"哎，那谢秦在吗？"

"在啊。"那人忽然朝后头摆了摆手，有个拎着蛋糕的人小跑着过来了，那人点了签收，接着说，"九哥、小谢哥、家兴……他们都在。"

他是特意来拿蛋糕的。

姜之栩一行人跟他一起进了电梯，他把蛋糕举起来看，那是一个双层蛋糕，上面全是萌版奥特曼元素。

高航一张方形脸，个子不算高，但块头不小，平时很铁骨铮铮的样子，她们私下谈论过，高航应该爱好搏击。

"看不出高航这么五大三粗一个人，还相信光哪。"项杭直乐。

姜之栩白了她一眼，示意她小心说话，余光瞥见舒宁在偷笑。

电梯"叮"了一声，门开了，往右走是电影院，往左去是餐厅。

那人问："要不要去打个招呼？"

项杭忙说："好啊，好啊。"

"好什么好？我看你就是想找谢秦。"沉默了一路的舒宁，被项杭逼得开口，"咱们都没带礼物，就这么空手去吗？"

项杭跺了跺脚："你们想太多了吧，就是去说句'生日快乐'，你们不去我自己去。"说着就跟着那人往左走。

姜之栩和舒宁拿不定主意，两个人一点儿交流也没有，气氛很僵，两三秒后，舒宁迈步去追项杭。

姜之栩顿了顿，也不得不跟上去。

餐厅的包间装修以灰黑调为主，有音响在放《千千阙歌》，很老的一首歌，大概只有这样的旋律才会让一群男男女女安静下来。

角落的沙发上坐了一排人，几个男生把腿搭在桌子上，颓靡又浑噩。

项杭大喊了一声："谢秦！"

谢秦和旁边的女生聊得正欢呢，被这一嗓子吓得直接从沙发上弹了起来。

项杭直奔谢秦，他们两个人的事谁都插不进话，大家干脆忽略他们，让他们自己闹。

张家兴把注意力又转向门口："姜之栩？！"

这下好了，所有人都朝她看过来。

李衍九也是。

她站在门口的衣架旁，李衍九常穿的棒球服外套就挂在她旁边。

他脱了外套，姜之栩才注意到他里面穿的竟然是短袖，衣摆随意塞在黑裤子里，腰很窄很细。

他不算阔绰，因此穿衣从来简单大方，并不求贵，连名牌都少有，却比别人穿得都好看。

"我刚才还说呢，要是你们能来就好了。"张家兴从沙发上起来，走到姜之栩旁边，"屋里女的太少了。"

"什么叫'你们'？我看你是想说'你'吧。"满娇走过来，自来熟地抓住姜之栩的手："栩栩，你今天好漂亮。"又瞥一眼张家兴，"我看某人的眼珠子都要掉了。"

姜之栩看着满娇，勉强笑了笑："你也很漂亮。"

夸奖的话一来一回，是客套，也是疏远。

这时，舒宁走到高航面前，笑着说："生日快乐啊，我们没带礼物，以后补上。"

姜之栩不动声色地把手抽走，也走过去："我们是来看电影的，给你说声'生日快乐'就走。"

高航在沙发上坐直，伸了个懒腰："别啊，一起玩玩呗，某人在这我们都放不开……"高航幽怨地看了一眼李衔九，又说，"人多点他就管不过来了。"

姜之栩闻言忍不住失笑。她早说过，他们都服他。

张家兴也说："对啊，一起玩吧。"

舒宁看了看李衔九，心里有点动摇，迟疑了一下又去看姜之栩。

姜之栩想了想，说："改天吧，电影再不看就没排片了。"

听到她决心要走，沙发上的几个人眼神各不相同，有人懒散颓靡，有人饶有趣味，李衔九介于这两者之间，一副无聊的模样。

他招手要人把杯子递给他："看完等我，一起回吧。"

姜之栩顿了一下，说："好。"

那边项杭还在和谢秦斗嘴，临走前还放狠话："姐妹们，你们最好和谢秦保持距离……"

谢秦一脸心绞痛的样子，气得直说："我不活了。"

最后姜之栩和舒宁好说歹说，才把项杭给拉出去了。

张家兴直乐："项杭真逗。"

谢秦生无可恋地说："要不你被她逗逗试试，就当救救我了？！"

满娇笑了笑："家兴眼里只有姜之栩，哪有心思看别人？"她挑了挑眉，"家兴，不是我说你，以前你可没那么怂。"

张家兴有点乱："万一吓跑了怎么办？"

096

李衔九抓了一把瓜子朝张家兴砸过去:"在那儿说什么呢?"

满娇回头笑了笑,眼睛亮得像燃了火苗:"为青春发愁呗。"说完,却觉得不对劲儿,李衔九明明砸的张家兴,眼睛却一眨不眨地盯着自己,不由得心慌,把头转了过去。

张家兴走到李衔九旁边坐下,把桌上的饮料拿了起来,讨好地说:"哥,我给你倒杯喝的吧。"

他拿过一个杯子倒满饮料,李衔九看都不看,眯起眼睛,似笑非笑地说:"你少打算盘。"

"我……"

"我看你再多说一个字。"

张家兴一肚子话就这么硬生生地咽了下去,憋得再难受,人家一个字不听,怎么说也没用,他只好蔫蔫地走开。

张家兴一走,李衔九身边就空出了一块位置出来。

他轻轻喊了一声:"满娇。"

满娇转头,见他拍了拍沙发,示意她来坐。

满娇顿了一下,想了一下,才佯装没事人一样坐过去:"干吗?"

他整个人瘫在沙发里,像个精气神被抽走了的纨绔子弟,可仔细一看,他的眼睛清醒锐利,寒光乍现。

"我觉得你管得有点多了。"他语气平常,仿佛在说家常事。

满娇只觉得脸发麻,勉强笑了笑:"我就是觉得张家兴人挺好的……"

李衔九面无表情地静了一秒,旋即笑了笑:"世界上的好人多了去了,他算老几?"

满娇被他噎得一句话没有。

他悠闲地去拿橘子吃,橘香爆在空气里。

她忽然笑了笑,说:"是,人和人相处不是谁对谁好就行的,这个道理别人或许不懂,但我知道……"

他目光一凛,瞥了她一眼:"你这是点我呢?"他笑了笑,慢条斯理地剥着橘子,"我说过,你和高航他们玩得好,你我平时避不了见面,我要是因为你就和这帮兄弟远了,那不值当。再说,你每次来都说是找高航,那我要是撵你,也没有资格。

"但你越界几次了?"

他冷冷地说。

满娇内心一凛。

他知道有些话要么不说，要么就得一次性说清楚，否则拖泥带水往后反而难办："我一个男人，不想太小气。你之前自作主张地跟着我到班里去，还有上次在鬼屋……越界了两次。人家都说事不过三，如果你再越界，那我可真要小气一回了。"

满娇顿了顿，拿起桌上的饮料一口气喝光："你不就是想说，让我少管闲事吗？"

"满娇，我不想说太重的话，搞得太难堪挺没劲儿的，但说几遍了，我还是那个态度。"

满娇被他堵得多说一个字都要哽咽，只好生硬地点了点头。可眼睛里那把熄灭的火，又顺着李衔九刚才话里藏的冷风，再次烧起来了。

《黄金时代》的片子很长，她们进去再出来，已经过去三个多小时。

李衔九让姜之栩等他，可是她不知道，他那边玩得怎么样了，方不方便离开。

她先是给他发了一条消息，打算先跟着项杭和舒宁下楼再说。

项杭在电梯门口磨蹭着不肯走，眼睛不时地瞟向餐厅那边，等电梯下去两次的时候，她眼睛一亮，夸张地挥手："九哥，九哥！"

姜之栩微怔，怎么连她都这么叫了？

"他们怎么轻易放你出来了？"项杭问。

"我走了正好，他们自己玩呢。"李衔九冷笑。

他在，他们都不敢放开玩。

"谢秦还在里边吗？"项杭绕了个弯，才问出最想问的问题。

"早就走了，说是今天他姐姐带外甥回家了。"

"哦，"项杭恍然大悟，"他可喜欢他小外甥了。"

李衔九摁了电梯，问："电影好看吗？"

"好看。"这次是舒宁先回答的。

姜之栩抿了抿嘴唇，站在离他最远的地方，没有说话。看电影的时候，她身上全沾着周围观众制造的烟味，令她看不进去。

电梯门开了，他们一同下楼。

项杭心思活，知道李衔九是要和姜之栩一起回家的，就借口说要买贴身的衣物，让李衔九等着也不合适，就让李衔九和姜之栩先走，又生拉硬拽地把舒宁拖进了商场。

最后只剩下李衔九和姜之栩两个人。

098

李衔九说:"坐公交车吧,也不远。"

姜之栩当然没有意见,他们走去车站等车。

他双手插兜,步履轻快,她紧抱手臂,僵硬别扭。

都一起走了不知多少回了,她还是做不到放轻松。

走到车站,她坐到长凳上,他面对着广告灯箱,在看上面的字,灯箱很亮,把他的皮肤照得发光,好看得像上了层滤镜。

她又抱紧了双臂,这次是因为有冷风从毛衣小孔里钻进皮肤。

她没看见,他也打了个冷战,偏头看她,见她把自己裹成一团,想了想,把外套脱下来单手递给了她。

她下意识地就撒谎:"我不冷。"

他一言不发地看着她,一副"我觉得你冷"的样子。

她拿他没办法,迟疑地伸出手,把外套接过来,披在身上。

熟悉的薄荷香气,铺天盖地地包围着她。

公交车来了,姜之栩先上车,径自走到最后一排。

李衔九紧跟着过来,坐到她旁边。

车子驱动的瞬间,姜之栩看到商场门口的兔子雕塑忽然亮起了灯。她怀着好奇,贴近了窗子,突然看到了兔子旁边的满娇。

因为她有点近视,并不能看清楚满娇的表情。车子渐渐驶入另一个车道,满娇的身影更加模糊。

前面红灯亮了,司机踩了刹车,车子猛然停下,惯性让姜之栩往前猛趴了过去又瞬间摔回椅背上,却没感到疼。

姜之栩偏过头,对上李衔九的眼。

他淡淡地看着她:"还好吧?"

姜之栩心里发紧:"我该问你。"

李衔九刚才把手放椅背上替她挡了一下,这会儿抽回手,中指的骨节明显红了。

他不在意地笑了笑:"你挺瘦的,我没承多大力。"

姜之栩不知道自己的脸是不是红了,想起刚才一闪而过的满娇,下意识地把头低得更深,淡淡地说:"谢谢。"

他却笑了。

"你的多肉种得怎么样了?"过了大约半分钟,他问姜之栩。

她没想到他扯话题扯得这么快,想了想才说:"还不错,再有一个星期,就可以移栽了。"

李衔九说:"我种得也挺好的。"

姜之栩咬了咬嘴唇,心想:我又没问你……却不自觉地笑了,赶忙偏过头,佯装看窗外躲了过去。

后面他们就没再说什么话了。

两个人在小区门口的公交站下了车,风一吹,李衔九"嗤"了一声,她想起还披着他的外套就脱了下来,递给他。

他接过外套的时候,她的指尖不注意碰到他的手背,静电把两个人都电得缩了一下。

她没来得及反应,不远处的汽车打了远光灯,照得人睁不开眼。

李衔九小声惊呼:"危险!"他抓住了姜之栩的左手腕,把她往路边带了一下。

她的手腕被他攥得发麻,连带着心也麻了。他没有失了分寸,待她站稳就把手松开了,血液又正常流动,手腕木木地发胀。

那辆车朝他们按了两声喇叭,近了,车窗摇下来,看清了里面的人,姜之栩松了口气:"爸,你能不能别乱开远光灯?"

姜学谦抻着脖子往外看,先看了眼李衔九,才来看姜之栩:"上车,带你们一段。"

姜之栩赌气:"算了,我自己走。"

姜学谦也不惯着她:"那小九上来,咱爷儿俩走,不管她。"

姜之栩下意识地看了眼李衔九,给他使眼色——别上车。

李衔九好像是没看懂,笑了笑,从车头绕到另一侧,开门坐进了副驾驶座。

姜学谦立刻驱动车子,好像生怕姜之栩后悔似的。

姜之栩难以置信地站在原地,顿了一下,拍了拍脑门,又气又恼。

姜学谦为此哈哈大笑,指着后视镜说:"瞧瞧这丫头。"

李衔九轻轻一笑,没说什么。

姜学谦瞥了他一眼,问:"你们这是干什么去了?"

李衔九偏头,看着姜学谦说:"我去给朋友过生日,她去看电影,回来的路上遇见了。"

姜学谦又瞥他一眼,"哦"了一声,又问:给朋友过生日,得花不少钱吧?"

李衔九说:"还行,小聚而已,没铺张。"

"钱不够问叔要,别不好意思开口。"车子驶进了小区的地下车库。

李衔九微愣,低下头陷入久久的沉默之中。

从来没有人跟他说这些话,他从记事起身边就没有男性长辈教导,而母

100

亲对许多事总是能避就避的。

他缓了缓才说:"我心里有数。"

"你当然是有分寸的孩子,"姜学谦笑道,"不过我还是要提醒你,学习是最主要的,你得好好学习。"

车子稳稳地停住。

李衔九随意笑了笑,说:"我知道。"

姜学谦解开安全带推门,很自然地转了话题:"我估计姜之栩应该进小区了,走吧,电梯口等等她。"

他们想得倒好,可姗姗来迟的姜之栩,不愿意和他们同乘一趟电梯,干脆等下一趟。

进了家,她直接回房。

李衔九和李青云在阳台上打了通电话。

李青云问他:"天冷了,还要买新衣服吗?"

李衔九说:"不用,我又没变胖、没长个,以前的衣服照样穿。"

李青云沉默了一会儿问:"你还剩多少钱?"

"两千多吧。"

"你也太省了吧?"李青云有点激动,"你可不用省,咱们不是欠三五千元,你省那一百两百元的也没什么用,想花就花,不够再给你打嘛。"

他笑了笑:"这个道理还用你说?"

李衔九并不是个十分乐观向上的人,只是深知有些努力是杯水车薪,他哪怕吃糠咽菜也还不起五十万的账,所以不给自己找虐,该怎么生活就怎么生活。

"那明天我再给你打两千,你买件像样的羽绒服。"李青云还是不放心,叹了口气,又笑道,"我刚过来那会儿确实难,不过现在不是都稳定了吗?累是累了点,但是月薪一万元呢。"

李衔九皱了皱眉头,李青云之前提过她在律师家里做保姆伺候老人,能给到这样的工资,可见老人应该是瘫着的,起码大小便不能自理。

想到这里,李衔九忍不住看了看天,有什么被他硬生生地逼了回去。

他对李青云说:"你想打钱我也不拦着你,随便你吧,反正你打了我也不买衣服,还是和朋友玩,乱花,现在谁还注意谁衣服新不新啊,穿着帅就行。"

李青云一听这话,忍不住笑骂:"臭小子,我血压高都是你气的!"

夜深露重,秋天是思念的季节。

李衔九挂了电话,久久没有回屋。

明月高悬，不是很圆，但是很亮。

月光透过窗棂照下来，照到一排盆栽上，他看到他养的雏菊幼苗已经长成大苗了，密密麻麻的。

屋外，风又大了些，他把窗户关紧，心想明天就能把它分苗移植了。

晚上淅淅沥沥地下起了雨，吵得人醒了好几次。

隔天又是周一。

高三的日子就是这样枯燥而反复，周一到周五不是一根线，周一到周一才是一个圆。

周日才考完的试，老师们周一就把成绩核算了出来。

到下午上数学课之前，排名已经出来了。

姜之栩还是那个名次，而李衔九退步了一点，考了班里第八名。

数学老师上课讲试卷，下面有同学闻风油精提神，数学老师吐槽"又不是夏天，你们到天气暖和怎么办"，可还是挡不住那股浓烈的气味飘荡在屋里的每个角落。

老师们总是说，我也是从那时候过来的，实际上他们无法理解学生的困和累。

用数学上的话说，无限接近但永不相交。

当然，这个概念也可以套用在别的事情上。

比如姜之栩和李衔九，住在一个屋檐下，却始终要保持那一点儿界限。再比如张家兴和姜之栩，一个跟得紧，一个躲得虽然慢，却一直在躲。

姜之栩不知道为什么，从高航生日之后，张家兴在她面前出现的次数明显多了起来。她问他怎么没和李衔九他们一起，他就会眼神飘忽地说"他们哪有你好"，搞得姜之栩无比尴尬。

有时候也会在班里碰见他，他是专门找李衔九的，因此不怎么和她说话，可等他走了之后，她就会在桌洞里发现被他偷偷塞进来的巧克力……

11月1日是万圣节，下午放学之前，张家兴来班里找李衔九。

因为过节，他这次没有避讳李衔九，给姜之栩带了一个透明的Hello Kitty（凯蒂猫）水晶盒，里面塞满了五颜六色的糖。

姜之栩心里拎得清，忙说："这个我不能收。"

李衔九在他的座位上一言不发地摘抄作文好句，他这次成绩下降就是因为作文没写好，拉了七八分。

张家兴见李衔九没什么表示，心也放宽了，一副"这不算什么"的样子，说："拿着呗，买都买了。"他笑道，"也不知道你喜欢吃什么糖，我就是看着好看买的。"

姜之栩心想，话再不说明白，事情就复杂了。于是她从桌洞里把张家兴之前送的巧克力和棒棒糖都拿出来，放到桌子上，小小一堆。

教室里只有三五个人还没走，但她讲话还是不敢太直白，主要是还怕伤人："那个，我真的不爱吃甜的东西，这些你都拿回去吧。"她语气虽柔，态度却强硬。

张家兴面子有点挂不住："送出的东西哪有要回来的？"

教室里又走了两个人，姜之栩一上一下拉着外套上的拉锁，不知道该怎么说。何况李衔九还在旁边，哪怕他对她的破事一点儿兴趣没有，可她还是觉得尴尬。

教室里最后两个同学离开。

她想了想，直白地说："张家兴，我真的不爱吃糖。"

话已至此，谁能不懂其中深意？

张家兴瞟了一眼奋笔疾书的李衔九，只觉有点臊，赌气说："那你爱吃什么？"

他有点犯轴。

姜之栩讷讷地说："对不起啊……"

李衔九的笔在纸上画了一道凌厉的黑线，他抬眼，用那双漆黑冰冷的眸子瞟了一眼张家兴，淡淡地问："谁给你出的主意？"

张家兴微顿："你什么意思？"

李衔九把笔往桌子上一撂，靠在椅子上，吊着眉梢看他："满娇？"

张家兴扯了扯嘴角，没说话。

李衔九一时间明白了，笑了笑，连连点头："张家兴，你就是一个蠢蛋！"

"你什么意思？！"张家兴本来就不爽，听李衔九骂人，火一下子上来了。

姜之栩有点搞不清状况，忙说："你们这是干吗？别吵架呀。"

"我什么意思？你送的东西人家动都没动，原封不动地给你退回来了，你还问我什么意思？"李衔九嘲弄地笑着。

以前大家都没见他正儿八经发过火，原来是这样极尽讽刺，和想象中一样吓人。

"我还真要问问满娇，她怎么这么爱管闲事？"李衔九说着话就站了起来，椅子倏然向后倒去，发出一声闷响。

他头也不回地出了教室。

张家兴在他身后欲言又止："……"

听了这么些话,姜之栩大概听明白了,喊了声张家兴:"那个……是满娇告诉你要这样对我的?"

张家兴叹了一口气,猛地踢了一下旁边的板凳,骂了句脏话。

姜之栩想了想,又说:"其实你心里也清楚,我对你是什么态度,对吗?"

张家兴偏头看了她一眼,她讲得这么直白,他反倒矫情了,认输的话说不出口。

姜之栩笑了笑,干脆坐到桌子上,很自如、很轻松的样子:"我不知道她为什么要这样,或许她是看在李衔九的面子上,想照顾照顾我这个妹妹,但是她可能想多了,这世上不是只有一种缘分,而我们这个年纪,友情往往更坚固。"

他们太年轻,容易聚,也容易分。

谁能保证年轻时遇见的那个人,就是以后能白头偕老的那一个?变数太多,结局时太容易面目全非。

姜之栩虽然从未见过生命的全貌,却早早他人的故事里知道了这个道理。所以她有耐心等时光沉淀后的选择。

可是张家兴不懂,他等不了。因此他们注定是不一样的人。

张家兴沉了沉眼眸:"所以你拒绝我了呗。"

男孩子就是这样,非要一个答案不罢休。

姜之栩还是笑道:"家兴,"她第一次叫他更亲切的这个称呼,"我不是拒绝你,是接受你,接受你成为我为数不多的异性朋友之一,可以吗?"

张家兴顿了一下,神色里有复杂到外人看不透的情绪。随后他静了没几秒,又胡乱揉了把头发,说:"姜之栩你可真有本事,以前怎么不知道你这么会说话?"

姜之栩适时俏皮地笑了笑:"你得跟我学学怎么处理人际关系,不要动不动就上头……"

张家兴冷眼睨了她一阵,摇了摇头:"罢了,我这也算是侧面证明自己的魅力了吧,那么多人就我一个成你朋友了。"

"那说明你人好啊。"张家兴这人直肠子,没有坏心眼,所以她才敢直白地同他说要做朋友。

谁知他却直过头了:"你别以为我不知道,你这是在发'好人卡'……"

"我没有……"

"你当我傻……"

空荡的教室里传来小小的回音。

窗帘全是拉开的，露出的玻璃干净透亮，窗外是或粉或橙或红的晚霞，从天际蔓延过来，燃了半个天空的火。

这就是他们此刻尚未发觉，许多年后回忆每每轻叹的时光。

窗外的晚霞，和教室里的少年，就是青春。

操场看台的黄色区域，孤零零地坐着一个人。

天色越来越晚，直到夕阳彻底落下，晚霞烧漫天的时候，有人踏上台子，一步步地朝那人走过去。

满娇知道李衔九来干什么，干脆先开口："是我给张家兴出主意的，但我没有恶意。"

李衔九不耐烦地看着她："姜之栩怎么样，跟你有什么关系？"

"你就当这是一个小女孩的忌妒心吧。"满娇似乎早就想好了要说什么。

李衔九不自觉地皱起眉头："你什么意……"

"忌妒她的意思。"满娇打断他的话，抬眼盯紧他的双眸，"这个理由，够吗？"

李衔九沉了沉眸子，转而以更冷淡的神情看着她："你知道了？"

"嗯，姜之栩不是你表妹，你只是借宿在她家。"

李衔九目光一黯，几乎是瞬间想起那个上午，他和姜之栩从老师的办公室里出来，迎头撞见满娇和舒宁的场景。

"舒宁告诉你的？"他问。

她顿了顿，脸色出卖了真相。

李衔九从不是个糊涂的人，只用一句话，便推出了答案，了解了整件事的关键。他不再停留，转身就走。

天黑透了，可还是有人不肯回家。

操场上灯光大开，有几片落叶盘旋着从灯柱下面飘落，完成零落成泥前最后的舞蹈。

满娇在操场上一动不动地盯着那些不时飘下的叶子看，初冬的微风足以把人吹得麻木。她想起刚开学那会儿，她在学校餐厅里偶遇李衔九，他帅得堪称惊艳。

后来在开学典礼那天，她打听到典礼结束之后，他要和高航那帮人一起去聚餐，于是装作偶遇，也过去了。

可那次，他们连一句单独的话都没说上。不过她没气馁，总觉得反正她和高航关系还行，想见他还是有机会的。

高航也讲义气，某天他们一群人去滑旱冰，也喊上了她。

他滑得特别好、特别帅，她词汇量少，如果要表达出多么好、多么帅，大概也只能再多加几个"特别"来夸奖他——他滑得特别特别好，特别特别帅。

尽管他总是那么冷淡，她也没气馁，毕竟谁说得准以后呢？人是会变的。

她在赌，赌他会动摇，就像小说里写的那样。可是他比她想象中坚硬，像一座大山，神仙来了也移不走。

满娇想，她会不会真的在浪费时间？

可她不想就这么放弃，有的时候人就是这么爱钻牛角尖，就像那些欠着债也要去赌一把的人，总觉得下一局手气肯定会好。

这是种下沉的快乐。

因为爬上去太费劲，人们宁愿欺骗自己在上升，其实一直在吃坠落的苦。

此时此刻的满娇就是在心甘情愿地吃坠落的苦，她像个穷凶极恶的赌徒，明知满盘皆输，还是要赌上最后一把。

她掏出手机，找到姜之栩的号码。

一小时后……

满娇和姜之栩面对面坐着。

满娇眼睛浮肿，头发凌乱，额前、鬓旁的碎发胡乱地贴在脸上，小皮衣上挂着一层水雾。

看来她是在外面待了太久，进了暖和的奶茶店，反而更凸显她的狼狈样。

满娇没有废话太多，急急地喝了一口热水，让自己暖和了一下。

人觉得暖和，说话就不磕巴："李衔九不理我了，我希望你能帮我，现在或许只有你能帮我。"

姜之栩被咖啡烫了一下，忍不住皱了一下脸。满娇这话，让她心里也像被浇了杯热咖啡似的。

她勉强压下心里的情绪，问："怎么了？"

这算是正常的疑问句，只是她看起来比想象中淡定，满娇咬了咬嘴唇……决定豁出去了："李衔九知道我给张家兴出主意之后很生气。"

姜之栩一时无话，想了想，才问："既然你提到这件事，我也正想问你，为什么要这么做？"

满娇神色懊悔："其实我就是一时糊涂，"她迟疑了几秒，咬咬牙说，"我直说了吧，我并不喜欢你……"

直视自己内心阴暗的一面，其实挺难的，何况宣之于口，满娇说完这句话后,中断了好一会儿,但姜之栩不急,静静地等着她说完。

"你长得好,处处把人比下去,招女生的烦不奇怪吧?"她有些哽咽,于是重重地呼了一口气,"以前我觉得你是李衔九的妹妹,虽然不喜欢你,也不至于针对你,直到舒宁跟我说你不是他妹……"

"舒宁?"

姜之栩听到两个尖锐的字眼,像两根钢钉一般扎进她的耳膜。

满娇解释道:"那天我们一起在体育课上聊天,她以为我知道这件事,不小心说漏嘴了。"

姜之栩恍惚了两秒,想起好像确实撞见过她们在一起,当时舒宁还因为赵明的事,为她担惊受怕。

可现在再想起当时的场景,她竟不自觉地打了个冷战。

如果关心是真的,出卖就不存在吗?

她端起咖啡来喝,忘记放糖,从舌尖苦到舌根,又苦到胃里:"你和李衔九的事,我没办法插手。"

满娇瞳孔放大,有点激动:"我很少求人,这次算我求你。"

姜之栩抿了抿嘴唇:"不是我不想帮你,而是……他的事我插不上话。"

讲出这话竟有些心酸,她不介意听满娇诉苦,可也没伟大到可以毫无芥蒂地帮满娇这个忙,何况她压根儿也没那个本事。

满娇眼里的光一分分暗了下去。

姜之栩心里清楚,李衔九生气并不是在乎张家兴如何,是不喜欢满娇插手他的事。

如果李衔九知道满娇过来找她,指不定又怎么生气。

姜之栩勉强地笑了笑:"你来找我,我不会让他知道的。"都是女生,她也不想满娇太难过,"尽管算不上朋友,但我还是希望你能走出来。"

满娇沉默了。

姜之栩也不知道该说什么了。她不是树洞,也不想当解语花。

过了一会儿,姜之栩将整杯咖啡都喝光了,满娇才开口:"栽在李衔九这样的人身上,不丢人。"

她知道她来找姜之栩不过是自欺欺人,可一时还是很难走出来,想自己静静:"你走吧。"

姜之栩看着她,终究是没说什么,然后站起来,转身离去。

姜之栩不知道,在她的斜后方,背对着她的红衣女生听完了她们的整段对话。

【第五章】
双向：我就是在意，怎么着吧？

姜之栩走出奶茶店之后，没有先回家。她拿着手机在小区门口踱步，给舒宁打了通电话。

她们好像很久没有打电话了，自从上次一起看了电影之后，也没有再一起出去过。

可是电话一接通，姜之栩还是很自然地问："干什么呢？"毕竟是三年的好友，熟悉度一直在。

舒宁那边有电视声，她接话也很自然："看《老友记》，就当练听力了。"可毕竟之前有心结未解，她顿了一下，有些别扭，问，"你找我干吗？"

姜之栩沉默了一会儿，说："满娇来找我了。"

那边的人没声了。

过了有十秒钟，舒宁才说："为什么啊？"

姜之栩猜想，舒宁一定把手机攥得很紧，因为她特意留心去听了，发觉舒宁在很努力控制声音里的颤抖之意。

"满娇知道了我和李衔九不是真兄妹，然后和李衔九闹来着，把李衔九搞生气了。"

她不知道怎么和舒宁绕弯子，干脆直接说了。

舒宁那边又是很长一段沉默，可姜之栩知道，她说的话那边的人都听到了。

"是我说的，"舒宁声音发紧，"不过我没别的意思，就是想让她别扭。"

姜之栩忍不住笑了，笑着笑着眼泪就出来了。她没想到，自己生平第一次笑着哭，居然是因为舒宁。

"我们还挺默契。"默契到她甚至不用问，舒宁就给了答案。

舒宁声音淡得发虚："你怪我，对吧？"

"是，我怪你。"

"抱歉。"舒宁这话轻飘飘的，"可你不知道我有多苦，如果你知道了，就能理解我了。"

风更冷了些，一如舒宁的话："我很抱歉，但目前，不后悔。"

姜之栩的眼泪干了，有泪痕的皮肤被风吹得发紧，她捂住了脸。

她不是个大气的人，做不到毫不在乎，也不是纯粹善良的人，做不到勉强谅解。

她只是个很普通的人，情绪到了就顾不了那么多："舒宁，我很后悔以前跟你说了那么多秘密，也后悔向你敞开心扉，让你了解了我不为人知的一面。"

舒宁多厉害啊，既在满娇心里扎了根刺，也算准了姜之栩这个性格。

因为了解她，所以舒宁只是顺带把她也算计了进去。

姜之栩难受就在于这一点。

以前姜之栩心绪再乱，也没有影响过学习，连李衔九都分散不了她在学习上的精力，这次舒宁却打击到了她——上课的时候她总是走神，老师提问，她也答不上来，明明是上午的课，她却因为萎靡不振，被老师叫去洗了两次脸。

这么过了两天之后，她正好撞在赵永振的枪口上了，下了课之后，赵永振把她叫到了办公室。

赵永振并没有批评她，而是问："是不是赵明那事对你还有影响？"

"没有，"姜之栩说，"我就是压力大，怕考不好。"

距离期中考试就只剩四天，尖子班按名次入席，有压力是正常的，赵永振也不知道是信还是没信，顿了一下，说："别的不提，心态上，你得学学李衔九。"

姜之栩现在一听这个名字就难受，沉声回道："好的老师，我知道了。"

她回到教室里，看到李衔九正转着笔，眉头紧锁地看着资料书，不知道是哪道题难住了他。

临近考试，他基本不出去玩了，不仅如此，张家兴和高航来找他，他也会不耐烦地赶他们滚去学习。

高航骂他这是宋江领着好汉们招安。

反正高航是要出国的，除了对英语上点心，其他的科目都不在乎，可张家兴不行，因此在李衔九的召唤下，张家兴也开始认真学习了。

这会儿是大课间，张家兴拿着数学资料到班里来找李衔九，看着是学习，实际上在聊别的事。

他背对着门,姜之栩过来了他也并没发觉。

姜之栩刚到位置上,就听他说:"我听高航说,满娇想见你,但你不见。那天放学,高航他们喊你去吃饭,你过去之后一见满娇也在,坐都没坐就走了?"

姜之栩屏住了呼吸去听。

李衔九没回答,张家兴自顾自地说:"人家再怎么大大咧咧,也只是个小姑娘啊……"

"你要么自己滚,要么我把你踹出去,你选一个。"

张家兴撇了撇嘴,转身想走,看见了姜之栩。

"栩栩,你管管你哥。"

栩栩?

李衔九挑起眉,目光审视:"你不会还贼心不死吧?"

张家兴语噎:"你把我想成什么人了?"那天姜之栩把话说得那么明白,他回家时想了一路,决定拿得起放得下,也多亏他不是个心思重的人,"哥们儿我投入快,走出来也快,没吃苦。"

张家兴表情欠揍。

姜之栩忍不住笑了笑。

"不是最好。"李衔九冷哼。

张家兴"哎"了一声:"和你有什么关系?"

姜之栩呼吸一滞,僵着后背,只听身后的人顿了几秒,随后冷冷地说:"你脑子有病就去医院。"

…………

张家兴再不走,真是要被踹出去了。

张家兴回教室之后,姜之栩也收心准备上下节课。

排与排之间,间隔太小,她戴上眼镜,靠在后桌上看书,马尾辫像柳丝一样扫在李衔九的桌子上。

李衔九拿笔戳了戳她的后背。

她缩了一下,摘掉眼镜,转身皱眉看着他。

"朝前点。"他笑了笑。

谁知她顿了一下,淡淡一瞥:"你不会朝后吗?"说完就转过头,维持原姿势看书。

他怔了一下,随后笑了笑,把桌子朝后拉,小心翼翼地只拉开十厘米,可她没有防备，被他晃了一下，整个人都朝后仰去。

她赶紧坐正，转过头，怒气不掩。

"我听你的还不行？"他一脸无辜的表情。

她咬咬唇，转身用力把椅子往前拉，离他远远的。

安静了那么两三秒，她忽然感觉他又在戳她的后背。

她转过头，不耐烦地问："干吗？"

"我惹你了？"他一脸不解的样子。

"我为学习发愁不行吗？"

他定定地看她一眼，没找出破绽，顿了一下，说："愁可没什么用，抓紧调节。"

调节个鬼，她调节到一半，到放学不还是得难受？

那通电话之后，舒宁和她就疏远了，遇见了也不说话，放学也不在一起走了。

项杭就这事问过姜之栩，但姜之栩不愿多说。项杭虽然大大咧咧，但不傻，她夹在舒宁和姜之栩中间，不该问的不问。

也是，人就该学会通透一点，学会缄口不言，学会不质问命运的安排。很多时候，项杭反而才是有大智慧的那个人。

期中考试结束，正好是周末。

这一年的初雪，就是在这天下的。

雪天路滑，姜学谦开车送他们去学校："建设路新开了一家馆子，你妈说，你们考完试放松一下，咱们出去吃。"

李衔九说："我就不去了吧，晚上和朋友有约了。"

"要不晚上再说吧，雪越下越大，看你阿姨安排。"

"行吧。"

可等考完英语，回教室搬书调座位的时候，他却特意过来跟她说："晚上吃饭我就不去了，你们一家三口好好聚吧。"

他这段时间备考，好久没出去玩了，姜之栩能说什么呢，当然是："好。"

放学是孟黎开车来接他们。考英语的时候，姜之栩写到一半，看到窗外雪停了，谁知道这会儿又下起来，比刚才下得还大。

孟黎见姜之栩自己一个人出来，不由得问："小九呢？"

姜之栩打开车门，坐进副驾驶座，回道："和朋友一起出去聚了，"再看后座，"你怎么还带了个蛋糕？"

孟黎拿手机边给李衔九打电话，边说："小九今天过生日啊。"

"他生日？"姜之栩吃惊。

孟黎叹气："你说这事搞的，本来想给他一个惊喜呢。"

这也太突然了，姜之栩的心情一下子变得低落。

孟黎打了几个电话没打通，干脆先开车去餐厅。

孟黎的驾照是今年才考的，她买了辆二手别克当代步工具，从没在雪天开过车，速度不敢超过四十迈。

姜之栩坐在她的车上，觉得连时光都慢了几分。

她从书包里把手机拿出来，把音量调大，想起什么，说："他没接电话，可能是考试调静音了。"

孟黎紧张兮兮地开着车："等会儿我再打试试。"

她又点开QQ，找到好友列表里最下面的单独分组，这个组别的名称有点长，叫——衔来九月花。

她点开，看到他Wi-Fi在线，估计是已经到聚会的地方了。

孟黎问："你知道他和谁一起出去的吗，他不会就是去过生日的吧？"

姜之栩说："不知道。"

她的手却不自觉滑到张家兴的昵称上，想了想，发消息问："你和李衔九在一起吗？"

消息刚发出去，张家兴的电话就打来了："喂，我们在吃烧烤呢，你来吗？"

姜之栩说："不了，"又说，"你把电话给李衔九。"

张家兴说："等会儿啊。"

那边传来张家兴的呼喊，他喊了好几声也没人应，于是又问"他人呢？"，对方说"在楼下放烟花呢吧，好像你喊来那美女也在"，他骂了句脏话，又对准听筒说："你都听到了，人家现在没空搭理咱。"

姜之栩握紧了手机，看似很自然地接上话："有美女？"

"常灵玉。"张家兴说。

姜之栩顿了顿。

张家兴以为她没记起来，提醒她："你之前见过的，在花鸟市场。"

姜之栩"嗯"了一声。

张家兴那边不时传来嘈杂的欢笑声，有人喊他，他和对方说了句什么，就在这短短几秒，姜之栩拿定了主意："你在哪儿？"

"文化路蔷薇花园，你要来？"

"嗯，我等会儿过去。"

她挂了电话。

孟黎问:"你去哪儿?"

姜之栩说:"去找李衔九。"

她看了一眼前方的路标,说:"妈,他离这儿不远,你前边停车吧,你先过去,我等会儿和他一起过去。"

孟黎想了想,说:"行吧,不过他要是和朋友一起过生日,就别喊他了,咱们自己吃也一样。"她把车缓缓地停在路边,"你路上慢点,地滑。"

姜之栩说:"知道了,你路上小心。"

蔷薇花园是在青城很有名的餐厅,有扎满帐篷的独立院落,也有可以开派对的露天天台,还有点歌台供开派对的客人一展歌喉。

李衔九一行人包了天台,姜之栩站在旋转楼梯上,就闻见了木炭和烤肉混合的香气。

天台上人不少,有的在烧烤,有的在台子上放烟花,最里边有投影仪,在放《来自星星的你》里的主题曲。

沙发上的人最先看到她:"你怎么来了?"

"我来喊你去吃饭。"姜之栩看到桌上没有蛋糕,想来大家并不知道他过生日。

李衔九兴致不高,像盘核桃一样转着两个小橘子。

"我不是说了我不去吗?"

"可我妈想让你去。"

姜之栩这么一说,惹得大家都笑了。

张家兴走过来,把一串烤五花肉递给姜之栩:"干吗非得跟你妈吃啊,来和我们一起玩多好?"

"家兴这话说得不错。"常灵玉从天台一侧走过来,冲姜之栩笑了笑,"你好呀。"

她刚才在那边写字,雪落了薄薄一层,就以雪为纸随意涂鸦,没一会儿手就冻得通红。她走过来到烧烤架上烤火,问姜之栩:"路上堵吗?我刚才看了一眼,旁边这条街都堵住了。"

姜之栩走到沙发边坐下,朝常灵玉点点头笑道:"还行吧,不算堵。"

常灵玉点点头,随意笑了笑。

雪簌簌而落,落在常灵玉乌黑浓密的头发和毛茸茸的红色及膝大衣上,她总是素颜,却那么美,美到连雪和她沾边都变得风情万种,美到姜之栩听见她的名字,就不管不顾地过来了。

对比之下,她就暗淡多了,臃肿的白色羽绒服和又厚又笨的黑色打底衣,使她整个人都显得笨重。

当然,也只有她会对自己有如此深的误解。

在两个女生正说话的时候,张家兴旁边烤着鸡爪的男生就悄声评论:"本来觉得那红的就够好看了,没想到这个白的也很惊艳,啧啧,下着雪穿白色衣服怎么还能那么惹眼?你说李衍九怎么就这么有福气。"

"说什么呢?"张家兴瞪他,"你搞错了,白的和李衍九没关系。"怪只怪这人以前没见过姜之栩。

可要说不是红、白玫瑰之争,倒也不全是,毕竟姜之栩心里有些警惕常灵玉,很奇怪,这种感觉从没在满娇身上出现过。

她们聊了几句,常灵玉人很爽朗,进退有度,没有让姜之栩觉出一点儿不适感,正因为如此,她心里更有种说不清道不明酸意。

过了一会儿,常灵玉嫌冷,拿了瓶热饮,到旁边点歌唱。

沙发这边只剩下姜之栩一个女生,她瞬间放松下来,想了想,凑近李衍九说:"我妈给你亲手做了蛋糕,今天是你的生日,回去过吧?"

夜色浓重,姜之栩没看清有一丝很复杂的神色在李衍九眉间出现,夹杂着吃惊和动容,又很快像雪一样融化,恢复那星星点点的冷意。

"好意我心领了,但我从来不爱过生日。"

"可今天是你十八岁的生日。"

"那怎么了?"他不在意地把玩着橘子,恹恹地说,"永远有人十八岁。"明显在拒绝。

姜之栩无语。

常灵玉在唱歌,这歌的前奏姜之栩听过无数次,瞬间就听出是《半城烟沙》,那首有李衍九的名字的歌。

常灵玉声音不是传统的女生腔,带一点点沙哑,给人不一样的感受。

"这谁啊,唱那么悲伤的歌干吗?"有人喊。

"我倒觉得挺好的啊。"李衍九百无聊赖地笑着,顿了一下,起身去拿另一个话筒唱。

姜之栩皱着眉,思绪翻涌,不一会儿念头又被他的歌声打断。

烧烤的烟好浓好大,眯了她的眼睛,呛了满脸的泪。

张家兴看见了,让人把架子挪挪地方,问道:"没事吧?"

她笑了,胡乱抹着泪,笑得很可悲:"没想到他唱歌五音不全。"

张家兴舔牙笑了:"好事不能让他一个人占全啊。"

姜之栩笑道："我可听不下去了。"她要走了。

张家兴忙说："别啊。"见她真的要下楼，忙喊："李衔九，你看你把人都给我唱走了。"

歌声停了。

李衔九转过身看着那抹白色的背影，顿了一下，又顿了一下，直到她的衣角消失在楼梯口，他忽然举着话筒喊："你上来唱首歌，唱得我高兴了，我就跟你走。"

张家兴骂他："你有病？"急急地跑去楼梯口，定住了，眨了眨眼睛，"你还真回来？要是我，你看我理不理他！"

姜之栩脸颊上还挂着晶莹的泪珠，不知道是不是刚才没擦干净的，在夜色的掩映下，让人看不清。

她真的又走回来了，脚印铺在雪上，那么坚定。

她二话不说，径直走到李衔九旁边，把话筒夺过来，然后颤了颤。

她看到了常灵玉在雪面上写的字，其余的图案她没有在意，只有那个醒目的"X"，刺痛了眼。

"那你就是衔来九月的花喽？"

姜之栩心里的雪也落了下来。

"唱什么？"大家问了她好几遍。

她脑子很混乱，半晌，才回神："《最炫民族风》。"

满场哗然。

常灵玉目露欣赏之意，而李衔九眼底一片茫然。

姜之栩没有注意这些，盯着投影给自己做心理建设，这是首欢快的歌，她赌气在唱，完全没注意自己早就跑调了。

"姜之栩，可见你唱歌也能把人送走。"张家兴笑得没了眼睛。

其余人也大多被她唱笑了。

可常灵玉没有笑，她静静地看着姜之栩，像在欣赏。李衔九也没有，他站在那里，脸上没有情绪。

在她唱到副歌的时候，话筒被人夺去了。

"我跟你回去。"

李衔九的刘海扫着眉眼，让人看不清神色，说完，他去沙发上拿手机，错身的那一瞬间，她听见他小声抱怨"真服了"。

她的目的达到了，心里却没有半点愉悦感。

常灵玉提醒她："跟上去啊。"

她回过神,向常灵玉感激一笑,赶忙跟着李衔九下楼。

地上都是雪,姜之栩光下楼梯就打了两个趔趄,李衔九步伐不停,她也倔,不央求他一句,只大步去追赶他。

走出蔷薇花园店门的时候,恰好门口是个陡坡,姜之栩脚底一滑,一屁股摔到了地上。

李衔九的步子在这个时候停了下来。

他转身,看她疼得脸都皱了,皱眉不耐烦地走过去,把她扶起来。

她觉得狼狈,脸都红了,忙说:"我没事。"

他一副"你闭嘴吧"的表情:"我打车,你站着别动。"

雪天交通不便,车过了一会儿才来。

他先走到车旁开了车门,转身看她。她屁股被摔得很疼,可不妨碍走路,就没说什么,小跑地上了车。

他随后也坐进了后座,眼里有嫌弃的意思:"还跑?看来没摔疼。"

她说:"是不疼啊。"

他怔了怔,笑着说:"会哭的孩子有糖吃,你不懂?"

她心里有说不清道不明的感觉,顿了一下,问:"我说疼,你就能变出糖给我?"

他沉默了,头一次被她噎住。

餐厅离得不远,没一会儿车子就到了地方。

李衔九先下了车,姜之栩挪到门边,紧接着也下了车。

当她脚尖沾到地面的那一刻,他忽然伸手,摊开掌心,笑:"给你糖。"

透明的彩色糖纸,在雪色中、路灯下闪着隐隐的光。

他这是从哪儿变出来的?

她怔了怔:"你……"

他却抬脚就走。

姜之栩觉得自己一定是晕了,不然怎么会觉得雪停了,风停了,车水马龙都停了,只有他和她是动态的,从马路这一头穿到那一头,像完成某种仪式?

到了餐厅门口,李衔九抖了抖衣上的落雪,五官里沾染了一丝清冷的风流之意,似笑非笑地看着她:"进去吧,妹妹。"

她的欣喜如泡沫,被他轻飘飘地戳破,散下细密的水珠。

她也在沉迷向下落的快乐,不知道他有没有对别人这么温柔过。

想来，她应该是以"妹妹"之名享受了特权，当然也会因"妹妹"之名而受到加倍反噬。

什么都需要付出代价。

孟黎专门订了个包间。

李衔九和姜之栩一前一后进来的时候，姜学谦正给姜之栩打电话："我还说呢，你们怎么还不来？"

李衔九说："下雪不好打车。"

孟黎笑道："来就好。"她让姜学谦把蛋糕拿过来，自己又从旁边椅子上拿了个盒子过来，"你妈昨天晚上才把你生日这事告诉我，我没什么准备，给你买了一双鞋。"

李衔九打开看，是一双限量版运动鞋。

李衔九从没有这么贵的鞋。他沉下眸子，看不出是否喜欢："谢谢阿姨，谢谢叔叔。"

姜学谦在点蜡烛，笑着说："快来吹蜡烛许愿吧。"

孟黎埋怨："让你拿蛋糕，又没让你点蜡烛，孩子才刚进屋，手都没热乎呢。"

姜学谦吃瘪，李衔九笑了笑："没事，叔，早点蜡烛早许愿。"说着还无比配合地戴上了蛋糕帽。

姜学谦又把最后几根蜡烛点上，孟黎掏出手机准备拍照，大家一起唱生日歌，姜之栩唱得很小声，悄悄去看李衔九眼睛里摇曳的烛火。

灯被关了，烛火更亮，李衔九双手合十，如此虔诚。

从进屋之后，姜之栩都是沉默的，直到这一刻，她都很平静，甚至没有去想他许了什么愿。

什么愿望都好，她都希望他梦想成真。

李衔九吹了蜡烛，灯又被打开。

孟黎有点感慨："时间过得太快了，想当初你的满月酒，我去看你，满屋子谁抱你，你都哭，就我抱你你不哭，现在想想也是缘分……"说着说着就哽咽了。

姜学谦在切蛋糕，见状便说："开心的日子，你可悠着点，留着眼泪等栩栩十八岁那天再掉吧。"

孟黎娇嗔："你管我呢？！"

李衔九和姜之栩都是笑了笑。

孟黎想起什么："说起来也巧，"他看着李衔九，"你是立冬生的，栩栩是春分生的，日子都好记。"

其实这算是勉强的关联，因为节气的特殊而变得奇妙。

姜之栩心里发紧，偏头看了李衔九一眼。

他恰好也瞥了她一眼，随即偏过头，笑道："吃饭吧。"

孟黎接话说道："对，先吃饭吧，蛋糕不着急，饭菜不吃就凉了。"

一顿饭吃得还算其乐融融，大家保持着有距离的熟络气氛，攀谈不多，基本都是姜学谦和孟黎在斗嘴。

吃完饭之后，姜学谦和孟黎去开车，李衔九和姜之栩等在门口。

李衔九忽然问："我的礼物呢？"

姜之栩说："生日快乐。"

"糊弄我呢？"他挑眉斜睨她，嚣张跋扈，和刚才吃饭的时候那副收敛样子完全不同。

姜之栩说："太急了，没准备。"

李衔九瞥她："随便给个什么，意思意思也行啊。"

姜之栩顿了一下，摘下书包拿到身前，单腿撑着拉开拉锁，找了找。

"要吗？"她拿出一个蓝粉相间的蝴蝶塑料书签。

这是她陪项杭逛两元超市的时候随手拿的，质量和做工都很一般，胜在蝴蝶还算漂亮。

他接过来，端详了几秒，说道："栩栩如生。"

再看他神色促狭，姜之栩不自觉地低下了头。

她想起范柳原，总说白流苏爱低头，可见低头是有原因的，因为对面的男人太坏。

几句话的工夫，姜学谦的车就开到了，他摁了一下喇叭，问："你们说什么悄悄话呢？"

姜之栩说："没有啊。"

姜学谦看着李衔九，说道："要不你上我的车，让栩栩上你阿姨的车？"

李衔九没说什么，迈步下了台阶，打开车门坐了进去。

眼见姜学谦驱动了车子，姜之栩看着红色的车灯，呢喃了一句："生日快乐。"

这天过后，就是十七岁的姜之栩，和十八岁的李衔九了。

李衔九跟姜学谦的车回去，刚上车，李青云就打电话来。

"祝儿子十八岁生日快乐！"女人夸张地说。

他笑着说："刚才不是打过了？"

李青云说:"刚才你挂得急,没来得及好好说会儿话。"

那会儿在蔷薇花园,朋友们在放烟花,他在角落里打电话,张家兴不知道有什么事情喊他,李青云听见后就匆匆挂断了电话。

这一刻,李青云开始侃侃而谈,说不知道是时间过得快还是他长得快,或是她老得快。感慨着,又说抱歉,觉得亏欠了他,最后抹着泪挂了电话。

姜学谦说:"你妈很想你。"

李衔九说:"嗯。"

姜学谦打了方向盘,瞥了一眼李衔九手上的书签:"栩栩给你的?"

李衔九知道这才是姜学谦真正想说的话题,摩挲着书签上的蝴蝶,又"嗯"了一声。

姜学谦笑道:"是栩栩主动给你的,还是你问栩栩要的?"

李衔九抚摸书签的动作顿住了,他偏头去看正握着方向盘认真开车的姜学谦。

姜学谦的话问得轻巧,可谁都知道,他绝不是随口一提。

李衔九把书签放到棉服口袋里,笑了笑,满不在乎地说:"我要的,怎么了?"

姜学谦瞟了他一眼,笑道:"叔叔可没别的意思,之前话都说清楚了,我当然相信你。"

李衔九沉默不语。

他想起高航生日那天,和刚看完电影的姜之栩一起回家,上车前他脱了外套给姜之栩穿,下车后她还衣服给他的时候,姜学谦开了远光灯,让姜之栩晃了眼睛。

李衔九一直知道,那个灯不是随意亮的,那代表着一个父亲的戒备心。

见李衔九不搭话,姜学谦缓了缓又说:"我知道你敞亮,我也不是个糊涂人,今天说这些话,不是不信你,而是不确定栩栩……"

李衔九不由得皱眉。

他想起她总是那么淡,像水一样,一点儿涟漪也没有,觉得姜学谦多虑了。

姜学谦扭头看了李衔九一眼,笑得别有深意:"高三日子还长,你的魅力又大,有些事保不准。"

李衔九的眉头一直没有舒展。

父亲这个角色可能没有母亲那么体贴,却会在关键事情上考虑周全:"栩栩这孩子从小就敏感,我了解她,任何风吹草动都能让她琢磨半天。何况高三对你们来说太关键了,这个阶段为了别的事情耽误学习,不值当。"

119

姜学谦不愧为人师表，讲起话来简明扼要，没有废话。说实在的，李衔九有时候挺羡慕姜之栩的。

她有这么照顾她的母亲，把她养得没有一丝坏习气，也有么爱护她的父亲，在她不知道的时候，就已经帮她扫清了生活中一半的难题。

李衔九沉默良久，最终在车子即将驶进小区的时候，开口说道："叔，你犯不着解释那么多，家里突然住了个男的，无论住的是谁，多留心是应该的。你放心，我有分寸。"

姜学谦知道这一刻，面前的少年理解了自己，于是不再说这些扫兴的话。

车子进到小区，他换了长辈口吻："今天你十八岁了，人家都说十八岁代表长大，我觉得不是这么算的。"他拍了拍李衔九的肩，"或许你早就长大了，孩子，冲你刚才说的话我也感觉得出来。"

李衔九又沉默了。

下午放学后他匆匆逃离，和朋友相聚时他兴致缺缺，得知有人为他备了生日宴，他却百感交集⋯⋯

这一切都是因为他不想提醒自己，他即将彻底不是个孩子。

以他的家庭来说，他应该比同龄人更早地成长起来，他却偏偏对长大不感兴趣，即便如姜学谦所说，他早已长大。

回到房间，他把窗子打开，呼啸的冷风卷进几朵雪花，吹散了屋子里暖气的闷热感，让他清醒了很多。

他把蝴蝶书签拿出来，摩挲了一阵，又放在抽屉里。

或许是因为这一天十八岁，所以他脑中容易有很多零碎的记忆闪现。

他想起那天吃螃蟹，和姜之栩在阳台上说话，没想到姜学谦起了戒心，午睡前他出来上厕所，姜学谦把他拦了下来，说："聊聊？"

聊什么呢？无非是一些想直说却不好意思，最后拐着弯说出来的话——姜学谦要他和姜之栩保持点儿距离。

话说完，他还没觉得怎样呢，姜学谦挺尴尬的，后来姜之栩出来接水，姜学谦慌了，没等他回答，就让他进屋了。

他回屋之后，没睡着。

多余的情绪在心里翻滚，一直没找到化解的方法。

冰凉的雪花被风吹到脸上，李衔九瑟缩了一下，思绪瞬间被拉回，又在片刻间想起，这种疼很熟悉。

他在很多时刻体会过。

更早的是在这一晚，她唱歌的时候。

其实姜学谦有疑虑也并不全是捕风捉影，有时候确实是他没把握好分寸。

可最后，他也只能淡淡地叫她一声"妹妹"来掩饰心思。

想到这儿，李衔九忍不住自嘲地笑了笑，怪只怪姜之栩每次见他都一副不咸不淡的样子，生怕他不知道她想跟他保持距离。

可是人有时候就是这么奇怪，她越是不搭理他，他就越对她好奇。这种心理在她发高烧那次之后更加强烈，直到这一刻已经野火燎原。

他放肆惯了，李青云要为生计发愁也很少管束他，他向来随心所欲，唯有这次，知道了克制的滋味。

孟黎和姜学谦把他接进家里照顾，是越过了本分的人情，他再浑，也知道有些事不该做。何况，他拿什么承诺将来，潦倒的家境和居无定所吗？

李衔九抬眼看到了窗台架子上的雏菊。他父亲最喜欢雏菊，总说雏菊代表纯洁和快乐。

而那天他之所以挑了雏菊来种，更是因为许丛伟无意说了一句——这花在三月就能开花了。

在九月播种，在三月开花，沉默了整个冬季，终将在春天绽放。九月包含着他的名字，而三月代表她的生日。

期中考试成绩在周日晚自习时如期贴在教室公告栏上。

还好情绪只是影响心情，却没有影响成绩，姜之栩考了第三十五名，保住了在尖子班的席位。李衔九考得更好了，707分，位列班级第四名。

考得好了，李衔九也飘了，晚自习的时候一直在睡觉。

他身上混着薄荷的香气，被墙边的暖气烘了一会儿，形成另外一种奇妙的香气。

"有时候气味就是一种记忆。"

姜之栩托着下巴，在演草纸上潦草地写下这一行字。

他睡了很久，在第三节晚自习刚上课的时候才醒来，随后在后面"哗啦啦"地整理试卷。离放学还有十分钟的时候，他对同桌说"老班来了就说我在厕所"，接着就从后门溜了。

不知道他又去了哪里。

放学后姜之栩去隔壁班找项杭一起走，车棚离学校后门近，平时她们都从后门走，然而这天项杭想吃正门的烤面筋了，于是她们从正门离校。

校门口全是小吃摊，一时没找见烤面筋的推车，正要推车子往里去，项杭推了推姜之栩的胳膊："那不是李衔九和张家兴吗？"

姜之栩看过去。

项杭又问:"那美女是谁?"

姜之栩抿唇不语。

项杭自顾自地说:"长这么漂亮……"

"杭杭,我忽然肚子疼。"姜之栩忽然出声,"不知道是不是来'大姨妈'了,咱能明天吃吗?"

项杭"啊"了一声:"那赶紧走吧。"

姜之栩转身上车,冬日的风吹眯了眼睛,涩涩的。

张家兴去吃炸串。

常灵玉盯着某个骑着车离开的背影,眼睛亮了亮,问李衔九:"那是姜之栩吗?"

李衔九倏然抬头看过去,只见姜之栩骑着车拐过了街角,他闷闷地说:"嗯。"

常灵玉讳莫如深地说:"离那么远,她裹得那么严实,你都看得到啊?"

李衔九抬头盯了她一眼。

他这一晚很烦,原本想和张家兴去滑旱冰,谁知道常灵玉找来了。早知道她来,他就不出来了。

这会儿他在这破地方坐着,冻得要命。

常灵玉笑得坦荡:"你放心,我可不是什么满娇,不会那么笨去打姜之栩的主意。"

李衔九皱眉:"满娇?"

"是我无意间碰见,那个什么满娇找过姜之栩,才去找家兴打听的。"常灵玉试探地说,"好像是你把人家姑娘弄伤心了,人家找姜之栩说情呢。"

李衔九皱眉。

"不过你放心,她拒绝了满娇,但是……"她顿了一下,故意卖了个关子,"她走之后,我悄悄跟上去,看到她在打电话,是哭着打的。"

李衔九的眼神已经变得很冷,他自己可能没察觉,但常灵玉看得真切。

常灵玉想了想,问他:"心疼了?"

李衔九明显怔了怔,两秒后抬眼,直直地盯着她:"我告诉你,不该你管的事不要管。"他捋了捋头发,很烦躁地说。

常灵玉挑了挑眉,不在乎地笑道:"要不是这几次相处下来,觉得你身上有股子劲儿还挺吸引人的,你觉得我愿意多嘴?"

李衔九仰脸瞥她,顺口问:"什么劲儿?"

常灵玉歪歪头看着他，不知道自己的词语用得恰不恰当，只是瞬间想起这样的形容：“那股子拼命向上蜿蜒的劲儿。"这是轻描淡写又浓墨重彩的一句话。

李衔九没对这句评价发表任何评价。

路边摊没吃完，常灵玉便去追末班车，先离开了。

张家兴本想送她，奈何追不上她的脚步。

李衔九盯着公交车的尾灯出神，想起常灵玉刚才的话，说什么"满娇找过姜之栩"以及"她在打电话，是哭着打的"。

他想让张家兴传话给满娇，不要找姜之栩的麻烦，话到喉头，又觉得不妥。既然最近大家都相安无事，他多嘴反而矫情，又多生事端。

张家兴又吃了两口小吃，才问："回家吗？"

李衔九站起来，说："上次在蔷薇花园你破费了，打车我来吧。"

张家兴笑了笑，说："行。"

朋友之间就是有来有往才好。

李衔九在路边拦了辆出租车，上车之后，张家兴忽然踢了踢他的腿："觉得常灵玉长得咋样？"

李衔九不咸不淡地瞥他一眼："就那样。"

"嗬。"张家兴来劲了，"不愧是你，你是第一个这么形容常灵玉的。"

李衔九笑了笑："你忘了我身边的人是谁。"

张家兴没明白："你是说……"

"姜之栩还不够正？"李衔九淡淡地笑了笑。

张家兴舔了舔唇："这倒是……"

就像是女孩子们会背地里讨论男生的长相，男孩子们通常也会对女生们的颜值侃侃而谈。

张家兴笑了笑，继续聊常灵玉："常灵玉她爸走得早，她生活挺困难的，从小跟着她妈摆地摊，见过的人多，人精似的，尤其是看人特准。"

李衔九沉默不语，张家兴思绪翻飞。

"她其实没什么朋友，长得好看，不招女的喜欢，也就和我玩得熟。"讲到这里，张家兴挑眉，"对了，她有一个人生目标，十分奇葩。"

李衔九不是很感兴趣的样子。

张家兴却讲到兴头上："暴富就是她的人生目标。"

李衔九："……"

"你可能觉得这就是一句玩笑话，但以我对她的了解，觉得她还挺认真的。"张家兴叹了一口气,"因为她也是从小穷到大的。"

李衔九不搭话,张家兴自顾自地说:"说到暴富,她最近和一个蛮有钱的男生走得很近。那男生叫许桉,是常灵玉一中的学长,毕业好多年了,给学校捐了栋图书馆。"

"捐图书馆?"李衔九这才有点反应,"那确实是有钱。"

"她跟我聊过一次,说是在校外偶遇了一次,后来图书馆捐赠会的时候她去看热闹,才知道大名鼎鼎的许桉就是她遇到的人。"张家兴耸肩。

张家兴后面的话,李衔九没仔细听。

姜之栩给他发信息:"我妈让我问你,什么时候回家?"

李衔九回复:"快了。"

随后他一路上看了好几眼手机,她都没有再回复。

满娇成为过去之后,常灵玉就无缝衔接,成为姜之栩生活中另一道波澜。

常灵玉出现在三中的次数变多了,渐渐地,学校里有人注意到她,甚至连一心只读圣贤书的裴宣儒,有一次还向姜之栩打听:"我舍友问我来着,经常来找李衔九那人是谁?"

姜之栩愣愣地说:"不清楚。"

其实姜之栩知道,常灵玉不是只和李衔九关系不错,她性格好,又通晓人情世故,和高航那一大帮人也打成了一片。

只是李衔九受到的关注多,而常灵玉本身又是个引人注目的人,所以就在学校里有了名气。

对此,姜之栩不知道该用什么情绪来看待。

这天她和祝婕一起去文具店买笔芯,回来的时候迎头撞见李衔九一群人在一起,而常灵玉是其中唯一的女生,穿着扎眼的红大衣,正和李衔九讲话。

巧的是,满娇恰好和朋友一起从学校里出来,看到李衔九的那一刻,满娇顿了一下,傻傻地不动弹了。

常灵玉灵敏地察觉到满娇的存在,侧头看了一眼,又对李衔九说了什么,李衔九往满娇那边瞟了一眼,很随意的一瞥,目光一秒钟也没停留,继续和常灵玉说话,那神情好像满娇从没有在他的生命里出现过,连路过都没有。

姜之栩知道他这样的态度很合理,却还是在那一刻有了兔死狐悲之感。

从那以后,很长一段时间,姜之栩刻意和李衔九保持距离。

这个冬天显得特别长。

岁月之手,把日历一页页地撕去,轻轻一撒便化成漫天大雪。

很快就到了 12 月。

中旬的时候，赵永振下了两个通知：一个是坏消息，元旦只放一天假，另一个是不知道算不算好的消息，放假前一晚，高三学部要开元旦晚会。

姜之栩没想到，她高中三年唯一一次元旦晚会，竟然是在高三这年举办的。

12 月的最后一天。

高一和高二放了假，高三学部却张灯结彩，热闹非凡。

教室里挂满了彩带和气球，班长指挥大家把桌子摆成一圈，中间留出空地表演节目，每个人的桌子上都放满了零食。赵永振甚至借了两个大音箱过来，就是看准了怎么热闹怎么来。

这大概是高三学生最后的放纵机会。

开场之前不时有其他班级的同学来串班，中途项杭和谢秦过来了，两个人斗了好一会儿嘴，谢秦哪里说得过项杭呀，最后干脆被气走了。

项杭拉着姜之栩去她班里看布置，她们两个班都在五楼上，离得近，不过几步路的工夫，却没想到在路上碰见熟人，被拦下说话。

那女生是姜之栩高一的老同学，笑起来露出两颗虎牙：说："姜之栩，那个美女你认识吗？她长得真好看！当然啦，比你还差一点点，嘿嘿。"

不知道她在说谁，姜之栩直发愣。

女同学手里还拿着荧光棒，分了两根红色的给姜之栩，又给了项杭两根黄色的，说："就是那个外校的美女，像二十世纪的港星。"

姜之栩明白了，一时没接话，还是项杭说了句什么，把人打发走了。

项杭皱眉："她怎么还光明正大地进咱学校了？"

"今天热闹，来玩的人不少。"

"喊，她每次来，谢秦都激动得跟什么似的，要我说，她婆婆妈妈的，不会还想做万人迷吧？"

姜之栩低头走路，沉默不语。

项杭叽叽喳喳地说个不停，姜之栩扯了一下她的胳膊："别说了。"

面前恰好有一行人从楼梯口拐过来，也不知道听没听见项杭的吐槽，常灵玉笑容很深，盯着她们看。

项杭避免尴尬，先夸张地打了声招呼："哈喽各位！"

张家兴笑了笑："哈喽，哈喽，今天晚上有节目吗？"

项杭"嘿嘿"一笑："这就不告诉你了。"

常灵玉很自然地接过话："栩栩你呢？"

"我没有，"姜之栩笑了笑，又说，"怪冷的，我先进教室了。"

她出来得急，只穿了一件毛衣，冷得打哆嗦，好在可以当逃之夭夭的理由。

她回教室没多久晚会就开始了。

开场节目之后，为了活跃气氛，班长设计了抢凳子游戏，为了防止有些同学不积极，做游戏的名额抽签来定。

谁承想主持人第一个就念到了姜之栩的名字，大家都在鼓掌，祝婕她们笑着推姜之栩上去，姜之栩也没扭捏，把外套脱了，走到主持人旁边。

抢凳子游戏八人一组，姜之栩站过去之后，其他被念到名字的人也纷纷上前。

然后突然——

"李衔九。"

掌声又响起来，大家的目光都朝教室后面的一处看去，唯有姜之栩低下了头。她摆弄着毛衣上的一个毛球，那一刻心情确实复杂。

等掌声快要平息了，她才抬起头看向他。

李衔九的目光早就遥遥地望过来。

他定了定，谁也不知道他在想什么，两三秒后，他站起来，散漫地走了过来。

人都齐了，游戏在音乐响起的时候开始。

八个人围着七张椅子转啊转，突然，音乐停了，几个人迅速往就近的椅子上坐下去。

姜之栩反应还算快，第一轮没被刷下去，而李衔九凭着人高腿长，愣是把一旁的男生挤走，自己大摇大摆地坐上去了。

很快开始第二轮游戏，有个女生明显不想玩了，干脆放弃抢凳子，剩下的人很轻松就进了第三轮。

而那个下场的女生本来恰好夹在姜之栩和李衔九中间，她下去了之后，姜之栩和李衔九便只好紧挨着走。

谁知道这次的音乐只响了三秒钟便戛然而止。

姜之栩倏地坐下去，却发现不对劲，一仰头，看到近在咫尺的竟是李衔九深沉的眼。

姜之栩慌张地站起来，却逼着自己用轻松的语气说："我输啦。"说完，她小跑着下场。

高三了，学习把人变成了苦行僧，任何不相干的心思一动，就有了要万劫不复的错觉。

李衔九玩到下一轮就心不在焉地输了。

他出去透了一口气，心里全是说不上来的感觉。

他打算回教室的时候，常灵玉和张家兴来了，他们刚从高航班里过来。今天热闹，大家自由度比较高，有人带外校的人过来玩，随意串班老师也都睁一只眼闭一只眼。

张家兴说："人给你放这儿了，我去谢秦那儿一趟，有点事。"

李衔九说："行。"便领着常灵玉从后门进教室。

他再回教室发现节目已经开始。

李衔九和常灵玉进教室的动作不大，但还是瞬间就被班里人发现了。

其实大家平时看着书呆子似的，但也八卦，不一会儿你拽拽我，咬两下耳朵，我再拍拍她，把事一传，这么一来二去，全班的人都注意到了不起眼的角落里那个打眼的人。

常灵玉说："我怎么觉得我坐得这么不踏实？"

李衔九说："不踏实就出去找张家兴。"

常灵玉撇了撇嘴，很无语，紧接着又用胳膊肘碰了一下李衔九："姜之栩看你呢。"

李衔九倏然望过去，与姜之栩的视线冷不丁地撞到了一起。

两个人的目光触到一起，按理说不该溅起火花，可那一刻，他们都像被烫到一样，很快移开目光。

身后有女生在讨论，很小声："你说是那女的好看，还是姜好看？"

"我选那女的吧。"

"你小点声。"

"姜也好看，但是看惯了……"

"我觉得姜之栩好一点儿，有股不食人间烟火的仙气，那女的恰恰烟火气太重。"

"……"

"到底是学霸，比喻都这么形象。"

祝婕显然也听到了后头的讨论声，不由得贴着姜之栩咬耳朵。

她完全没注意到身旁女生的低落情绪，也侃侃而谈："大家都在传最近李衔九身边多了个美女，我还不信，现在一看，哎呀……但愿她是个空有其表的人吧。"

姜之栩咬了咬自己的嘴唇，很用力地控住即将泄洪的情绪，淡笑着说："反正学习好这件事，很少有女生能比过你……"

"你猜她说什么呢？"常灵玉问李衔九。

李衔九又瞟了姜之栩一眼，冷淡地回了句："听歌。"

有人又切了一首歌，《时间煮雨》。

从这首歌开始，大家都唱起慢歌，什么林宥嘉、刘若英，一首接一首地唱。

大概一个小时后，赵永振上场，点了这一年爆火的《青春修炼手册》来唱，十分热闹欢快。

姜之栩觉得她大概是满屋子里，唯一一个意兴阑珊的人。

李衔九则大大咧咧地靠在墙上，散漫至极的样子，刘海很久没修理，遮住了他的半张脸，也敛去了他一半的情绪。教室里不乏其他班里的小姑娘，借着机会来看他。在那些人眼里，他令人捉摸不透，因为神秘而极具吸引力。

可是常灵玉知道，他借着刘海半遮半掩，肆无忌惮地在看斜对面的那个女生。

她问："真那么在意？"

李衔九懒懒地靠着墙，目光始终未移，此时无声胜有声。

"是男人就承认呗，"常灵玉轻轻嗤笑，故意激他，"告诉我怎么了？我又不害你。"

李衔九偏头看向她，目光有点凌厉，常灵玉以为他会发火，谁知顿了一下，他却笑了："对，我就是在意，怎么着吧？"

常灵玉愣了愣，被他搞得有点害怕，就像刚拔完老虎须。

她顿了一分钟，才敢接着说："万一，我是说万一……"

他吊儿郎当的，脸上带着一丝很敷衍的淡笑："那我就把命给她，行吗？你不就是想听这个答案吗？"

常灵玉一时分不清他是在开玩笑，还是在说真的，姑且当成是真的好了，说："我了解你这种感觉。"

李衔九扭头看向她。

她笑了笑："许桉。"

一个名字，解释了所有。

这会儿班上又玩了一轮游戏，姜之栩觉得自己快透不过气了，忍不住去看他们，在她眼里，他们相谈甚欢，每一个表情都那么生动。

之前满娇让她发酸，是因为满娇的目光总是落在李衔九身上。可现在她失落，是因为李衔九的目光落在了常灵玉身上。

"要不要去唱歌？"

这时，距离晚会结束还有一节课的时间。

班里学霸多，文艺上突出得少，节目已经用光，班长临时起意，加了个自由环节，谁想来表演谁就上来。

裴宣儒推了推姜之栩，唤她回神："去唱吗？"

姜之栩没有心情，也没有故事，不适合当一个歌颂者。

"我唱歌一般，就算了，"姜之栩说，"要去你去啊。"

裴宣儒嗑着瓜子："我也一般。"

"谁说的？你成天哼的那首《我的歌声里》就还行。"

"真的假的？"

"嗯。"

"那这样吧，我唱给你听，就当是前几天你帮我做笔记的礼物。"那天裴宣儒肠胃炎，没有来上课，就托姜之栩做笔记。

没等姜之栩回答，裴宣儒却已经上前点歌。

主持人笑道："咱们'裴帅'要唱歌啦！"

"呜呼！"同学们的欢呼声很配合。

裴宣儒笑道："这歌送给我的老同桌，姜之栩小姐。"

"哇！"祝婕发出惊呼声，其余的同学也跟着起哄。

姜之栩下意识地低下了头，又在不经意间朝李衔九那儿瞄了一眼。

他正偏头和常灵玉讲话，一点儿也不在意这边的动静。

"啧啧，我今晚真是来对了，名场面啊。"常灵玉笑了。

李衔九便给了她一记眼神杀："不说话没人把你……"

"要不你也去唱一首？"常灵玉笑嘻嘻地说，"别输在新年的起跑线上。"

李衔九转头看了姜之栩一眼——她低着头，而裴宣儒正对着她，玉树临风，神情笃定。

都是男生，他看得出某些真相昭然若揭。

裴宣儒只唱完了一半，图个乐就不唱了，下台之后，有个男生踊跃地想上去点歌，李衔九心一酸，就不讲究了，直接拽着那男生的领子把他推到了一边。

李衔九拿了话筒，问："找找有没有《贪得》？"

姜之栩惊了一下，不自觉地定住了，往他那儿看。

调控音箱设备的同学也很惊讶。

班里没有一个人想到李衔九居然会主动参与集体活动。

他又强调一遍："我要唱《贪得》。"

"哦，哦，好。"管理设备的同学赶忙去搜索这首歌。

裴宣儒下场,问姜之栩:"唱得还行吧?"

"很好。"姜之栩说。

裴宣儒笑了笑:"那就好。"

点到为止,他再没说什么。

《贪得》的前奏很快在屋内飘荡。

大家都像说好了似的,瞬间安静下来,连嗑瓜子的人都停了。

祝婕碰了碰姜之栩的胳膊:"这是什么歌?"

后排也有人互相问:"这是什么歌啊?"

"没听过。"

"我也没听过。"

"……"

陈粒的《贪得》,姜之栩听了没有十遍也有八遍的歌。

如果你来过能不能找到我

如果你来过懂不懂这难得

………

忧郁没着落不言语陪着我

明天没着落和我一起斟酌

孤独没着落你给我点个火

李衔九唱歌并不算好听,甚至有点跑调,姜之栩注意到,在他开口唱第一句的时候,有人差点被他逗笑,又不敢笑,只好低下头。

可姜之栩觉得,他唱得不难听,因为他本身声音就好听,加上唱得认真,可能就因为认真,才平添了别样的味道。

她移开视线,余光又无意间瞥到了常灵玉,突然后知后觉地意识到了一个被她刻意忽略的问题。就像避不开的一道南墙,她狠狠地撞了上去。

姜之栩不由得往常灵玉那儿看过去,却没想到她也在看自己。

两个人四目相对,常灵玉朝她点了点头,又带着那丝意味深长的笑容。

姜之栩经过满娇那事之后,心里留下阴影了,此时此刻实在想不通常灵玉那个笑容的用意。

一团乱麻,姜之栩越想越理不清。

李衔九的歌声未停,她却待不下去了,借口上厕所,夺门而去。

门被关上的那一刻,李衔九语调乱了一下,有半句歌没有唱出词,不过他到下句还是接上了，直到把这首歌唱完。

他得承认，这首歌是被自己的情绪怂恿的产物。可他不觉得后悔，新的一年到了，就当是一份新年礼物。

李衔九唱歌的视频被人传到了空间里，晚会还没结束，就已经被转载刷屏了。

姜之栩刷到视频的时候，晚会已经结束，她在一楼楼梯口的拐角处等折回教室拿钥匙的项杭，百无聊赖地点开了空间，第一条就是李衔九的唱歌片段。

她点了点手机，把这个视频保存下来。随后一想，觉得自己真是在找虐，又打开相册把视频删掉了。

她删掉视频之后，自动跳转的那张照片，恰好是李衔九十八岁生日那天，孟黎拍的他许愿的照片。

画面里烛火摇曳，他双手合十，微垂着头，很虔诚的样子。

她不自觉地往前滑，当时她保存了好多张照片，有几张角度并不算好，但仍然把他照得挺好看。滑着滑着她停了，看到有一张照片，孟黎把她也照了进去，她在偏头看着他许愿，没什么情绪，但目光里有股沉静的力量。

"干什么呢？"张家兴一行人走过来，"栩，你和项杭一起走是吧？那我们不送你了，得把灵玉送回去，她没骑车。"

姜之栩和张家兴身后的常灵玉对视上，相互点了一下头。

"走不走？"李衔九也从楼道里出来，"外边怎么这么冷？"

姜之栩转身低头，不看他。

李衔九瞥了姜之栩一眼，没打招呼，下了台阶。

姜之栩察觉他们要离开，才偏过头来，只见常灵玉走在最前面，而李衔九很自如地走在她身后。

姜之栩又低下了头，点开手机，开始删相册里他的照片，删到那张合影，指尖顿了一下，最终还是没有落下去。

李衔九觉得别扭，唱完那首歌之后，刚才下楼梯都不敢往她那儿瞥。

这种感觉平生未有，真的丢人。

一行人到了车棚，常灵玉说："家兴送我就行了，你们各回各家吧。"

高航笑着调侃："美女不给表现机会啊。"

张家兴踹了他一脚，说："人家哪里需要你表现？"

高航故作夸张，拖着音儿"哦"了一声，问："不会是指着李衔九表现吧？"

"他是天神哪，所有人都迷他？"张家兴吐槽。

李衔九哼笑："走吧，想拌嘴也别在风口处，冻得慌。"

"其实你们可以继续的，我不在意。"常灵玉笑意促狭。

李衔九先进车棚了。

刚才在晚会的时候，李青云给他打了好几个电话，这会儿他没事干，正好回过去。

"儿啊，晚会结束了？"

"嗯。"

"明天就是新年了，我给你打了五千块钱，我心想你看看给你孟姨买点什么……"

李青云要叮嘱的话有很多。

李衔九就在台阶下的路灯旁站着听，倦懒地仰着头，天上没有星星，但有一架闪着尾灯的飞机，不知道他是在看天空，还是在看飞机。

两三分钟之后，高航骑车来到李衔九身边，示意他坐上来。

李衔九坐上去，听李青云顿了一下："有件事，我得和你说一声。"

李衔九"嗯"了一声："你说。"

"之前欠的钱，好像有办法解决了。"李青云的声音在颤抖，"我这家男主人很孝顺的，我照顾他母亲细心，他今天特意问了一下我的事，我说了之后，他说这种高利贷，除非是逼对方上诉我们还24%利息，否则没有很好的解决办法……不过他也说了，可以借钱给我。"

李衔九紧握着手机，一时发怔，缓了缓才说："人家肯帮忙？"

"我给人家聊起过你，人家除了觉得我照顾他母亲细心，还觉得你这么好的孩子不能耽误了，才肯帮忙，不过就算这样，也是要立字据写欠条的，利息也要按银行的贷款还给人家。"李青云哽咽了。

李衔九沉吟："天下能有免费吃的午餐？"

"人家每年捐款还捐几十万元呢，不是坏人，你放心吧。"

"你之前也说借高利贷的是好人……"

"否极泰来懂吗？你妈我遇见个烂人已经快把咱们娘儿俩毁了，老天爷还能再让我遇到一个？"李青云狠呼了一口气，"唉，都是我耽误你，你说像你这样的孩子，哪怕不生在有钱的人家，那就是普通人家，也前途无量啊……"

"我现在怎么就不是前途无量了？"李衔九笑了笑。

"反正这件事我有信心解决……"那头传来易拉罐开环的声音,大概是李青云又要用酒精平复心情,"欠这边的钱,总比欠高利贷的强,至少咱们不用担惊受怕到处躲。"
　　李衔九想了想说:"别想太多,好好的,嗯?"
　　李青云又能说什么:"是。新年到了,万象更新,你好好的,我就好好的。"
　　李衔九又"嗯"了一声,随后挂断电话。
　　高航问:"你家里的事?"
　　"对。"李衔九说。
　　剩下的事他没再说,高航识趣,也不多问。
　　夜色朦胧,月亮在云层中时隐时现,路边火树银花,霓虹点点。但愿真能万象更新。

　　元旦过后,日子过得快了。
　　期末考定在新年的立春,这是最后一次换班考,大家都揪着一颗心,老师们也更加严厉。
　　试卷成沓地发,笔水换得更勤,赵永振把班里的横幅从"不苦不累,高三无味",换成激励性更高的"两眼一睁,开始竞争"。
　　他也重新调了一次座位,姜之栩被换到第二排,离讲台更近、离李衔九更远的地方。
　　当然,原本她也下决心新的一年要打起精神去学习了,只有成绩不会骗人。
　　她摒弃了很多杂念之后,好像一夜之间,生活就回到了原来那种按部就班的模式。
　　她按时起床,按时吃饭,按时睡觉。起床很难,跑操很累,耳机里的音乐很解压,她偶尔和项杭一起去吃点馋嘴的小吃,偶尔和祝婕一起讨论题目,偶尔发发呆想起某个名字再赶紧回神。
　　日子无聊到,几句话便可以概括大部分日常。
　　李衔九的生活也没有多姿多彩。
　　他发现了,自从换位子之后,某人离他就远了。当然,她对他本来也算不上亲近。只是不亲近和疏远,到底是不同的,而她现在是后者。
　　不过学习已经占据了太多的精力,很多事他反倒来不及整理。
　　他前段时间太放松,元旦一过,不免又要投入紧张的学习之中,通常一个晚上都不起身。

学习好最直接的意义是"分数"二字，但这背后付出的心血，能映射出这个人的耐力、专注力和思维能力。

　　姜之栩耐力最强，而李衔九思维能力最强，姜之栩忍得住学习的寂寞，这点李衔九比不过她，但同样的题量和知识量，李衔九能用更短的时间消化完，这点姜之栩比不过他。

　　说来残忍，有时候努力真是拼不过智力，这点在期末考试中就体现得淋漓尽致。

　　期末在立春考，三天后发成绩和排名。

　　李衔九进了两个名次，729分排年级第二名，姜之栩爆冷出局，678分卡在第四十一名上。

　　晚自习的时候，赵永振把成绩单打印出来，贴在后墙公告栏上，贴完之后径直走到姜之栩旁边，用手点了两下桌子，示意她出来。

　　那一刻，姜之栩就有预感，她可能考砸了。

　　姜之栩出门之后，裴宣儒往门口张望了几下，心里不踏实，小声问后排的同学："帮我看看后面的成绩单。"

　　那人转过去，很费劲儿地看，又转回来："第二十二名。"

　　"不是，看姜之栩的。"

　　那人嫌弃地瞥了裴宣儒一眼："不早说，"又费劲地抻着脖子去看，"第四十一名？"

　　裴宣儒的心一下子沉了。

　　忽然有人站起来，板凳划地在寂静的教室里发出突兀的动静。

　　"李衔九，你干什么？"纪律委员铁面无私地质问。

　　只听"砰"的一声，他摔门就走。

　　姜之栩悬着一颗心跟赵永振到了办公室。

　　赵永振桌上摞着一沓纸，他找了找，从里面抽出两张，一张递给她，一张自己拿着。

　　那是她的成绩分析表。

　　赵永振看着这个表，一字一字地说："你也看到了，这次你运气有一点点差，差两分排第四十名。"

　　那一刻姜之栩心里怅然若失，不知道说什么。

　　"不过你也别太难过，这次大家考得普遍都高，你上次在班里排第三十五名，这次分数比上次高却掉到四十名开外。"赵永振说着，看了她一眼，安慰道,"有时候成绩不仅是和别人比,也得和你自己比,你比之前进步了。"

姜之栩指腹摩挲着纸张:"谢谢老师,您放心,我会做好总结,继续努力的。"

赵永振点了点头:"嗯,正好马上放假了,回去好好过个年,什么也别想,你的成绩很稳,这是你最大的优点。"

姜之栩点点头,说:"好,我知道了。"

其实没人比她更清楚自己的实力,她平常学习很用功,每次考试也都是全力备考,就像老师说的,她很稳,几乎没有考砸一说。所以她才清楚,她能触到的最高点,也就是年级的第四十名上下,再高就别想了。

出了办公室的门,姜之栩深呼了一口气,四周静悄悄的,是独属于学校的那种安静。

这种气氛把她的情绪放大了那么一点,她没有泪意,但遗憾在心头萦绕。成绩还能再考,可是她被踢出(1)班,就再也没有回去的机会了。

她转身拐进楼道回教室,在办公楼通往教学楼的连廊上,看到了李衔九。听到动静,他先瞥过来看她,模样不羁。

"出来透透气。"他说。

姜之栩点头,甚至好心提醒:"老师马上回教室。"会经过这里。

他点了点头:"那一起回教室呗。"

姜之栩顿了一下,他们太久没这样近距离单独说过话,原本这段时间她心静了不少,可他一靠近,她才发现,他依旧有让她暗潮汹涌的能力。

她先他一步朝前走,她抿了抿嘴唇,紧跟上去。

有很长一段路他们都各怀心事,没有说话。

直到还有几步进教室,他忽然说:"真不难受吗?"

他在说成绩。

姜之栩顿住脚步。她本来已经平静,他这么一说,她倒是又难过了。

她轻轻地说:"我还好。"她在想该怎么解释,"其实我觉得这个成绩也不差,我努力了,虽然可惜吧,但是不遗憾。"

李衔九顿了一下,哼笑:"你很擅长解决自己的情绪。"说完就先一步进教室了。

知道下学期就要离开(1)班,姜之栩做什么事都没精神。

期末考试之后,学校又给尖子班补了几天课,一直到年根才放假,那时候已经离春节很近了。

除夕这天，男人们一大早就忙着写对联，贴对联，孟黎在厨房里和面调馅儿，姜之栩成为最清闲的那个人。

快到中午的时候，大家又聚在一起包饺子，姜之栩不会擀皮，李衔九洗了手过来，说："我来吧。"

和平时那副吊儿郎当的样子完全不一样，他做饭的时候像模像样的，擀出的饺子皮比姜学谦擀的还圆。

孟黎就说："栩，你包你爸擀的，我包九擀的。"

姜之栩说："你可真疼我。"

大家拌着嘴干活就是快，十二点准时吃饭，吃完饭之后孟黎又在厨房忙活，因为初一不能动刀，她每年都提前把第二天要吃的东西备好。

姜之栩和李衔九则在屋里学习，等天擦黑的时候，姜之栩从房间里出来，才发现李衔九不知道什么时候出门了。

他再回来的时候，拎了一袋子烟花。

姜之栩从小就胆子小，害怕弄出响声的东西，连气球都不玩，何况烟花。

她从来没买过这些东西，等吃完饭之后，孟黎偏偏还撺掇她："我看小九买烟花了，你们去楼下放啊。"

姜之栩十分为难……

李衔九冷笑道："这种烟花不响。"

她顿了顿，觉得他小瞧了她，赌气说："那走吧。"

小区里放烟花的小孩子不少，空气里充满硝烟的气味，混着冷风，吸进鼻腔里。

他们去了小区的人工湖边上，这一片小孩子少，他说"省得吵"。

到湖边长椅上他把袋子摊开，先拿出一把仙女棒，给了她两根，随后又自己拿了一根。他先拿打火机把自己手里的仙女棒点燃了，又用他那根把她手里的点上。

火花蹿动，坠下无数星屑。

她的眼睛被照得亮亮的，她说："好漂亮。"

他看着她，说："是很漂亮。"

她没意会，笑着说："你手里的也很好看。"

他勾了勾嘴，没说话，又去拿其他的烟花来放。

他买的烟花十分神奇，有的像喷泉一样在地上散开的，有的像流星一样旋转着飞上天，有黄色的、红色的，还有绿色的，绿色的像萤火虫，一点一点地往外飞溅，好看极了。

自从期末考之后，姜之栩很久没好好笑过。

这会儿她心情轻快不少，烟花太美，她怕眼睛不够记，全用手机拍了一遍。

李衔九则看着她笑，一言不发。

那一刻，他们忘记了烟花易冷。

直到最后一束烟花散尽，他们才意识到，这一刻的时间就像这一刻的烟花那样，声势浩大地绚烂过，突然就又美又干脆地消失了。

回去的路上，姜之栩怅怅的。她太贪心了，想留住烟花，就像想留住时间一样。

李衔九却很满足，沉默了一路，进电梯的时候，忽然说："今天谢谢你陪我看烟火。"

姜之栩愣了一下。

他敛着目光，居高临下地看着她，淡淡地说："还有，谢谢你们全家让我能过这么个好年。"

姜之栩喉头一哽，这个人怎么连感谢的话都讲得这么生硬啊？

"你给阿姨打过电话了吗？"

"嗯。"

"好，祝阿姨新年快乐。"

他似乎不想多聊，姜之栩也没再问。

她只是在想，他从小就在单亲家庭里长大，会不会也有哪怕那么一刻羡慕过别人家的小孩？会不会在和他们一家人一起吃年夜饭的时候，感到那么一点点意难平？

这些问题她都没有答案，但她并没有让自己多想下去。

她知道，他很自尊也很好强，所以她更不该对他有哪怕半点的怜悯之情，否则她会责备自己。

【第六章】
心声：她是我的旗帜，我是她的拥趸。

开学就在元宵节过后。

在这之前发生了一件事——姜之栩的多肉死了。

她已经小心翼翼地照顾它，可它还是不肯扎根，只能说是有缘无分。

而李衔九的雏菊长得很好，在她宣布多肉幼苗死亡的时候，他恰好将那盆雏菊顺利定植。

她眼红，问他能不能把她的多肉抢救一下。

他到阳台上看了一眼她的苗儿，整个茎都黑了，哂笑了一声："我是神仙？"

她和他顶嘴："不种拉倒。"

他却特别哲学地回了她一句："对这根烂茎断舍离，就能割舍掉生活里其他烂掉的东西。"说完还考她，"懂不懂？"

她猛地点头，然后把那些多肉都丢进垃圾桶。

生物钟有时候挺神奇的，开学第一天，姜之栩在早晨六点准时睁眼。那会儿李衔九估计已经到学校了。他在清早的记忆力最好，他一般要比别人多晨读一个小时。

姜之栩洗漱完之后，赵永振才给她打电话，说分班的事。

她都快忘了，自己已经不是尖子班的一员。

分班安排其实在前两天就已经发了下来，赵永振一直忘记通知她，今天才想起来："你被分到（21）班了，张志华是个很负责的班主任，我已经给他打过招呼了……"

后面的话，姜之栩觉得都是念经。

接下来她用了一个早餐的时间，来接受自己和舒宁被分到一个班的事实。

到校之后，姜之栩先去五楼把自己的书橱里多余的书收走。李衔九当时正闭眼捂着耳朵背书,对周围所有事都毫无察觉,她没有打扰他。

恰好裴宣儒看到了她,就帮忙把东西拿下去。

"平时整天和你在一起倒没什么感觉,你这一走,我心里空落落的。"

"你还会有新的同桌呀。"

"可他们都不是你。"

他脱口而出,姜之栩怔了一下。

"没事啊,海内存知己,天涯若比邻,咱们的革命友谊永不变质。"

裴宣儒看她一眼,没有说话,直到送她到(21)班门口,才说:"好好学习,考个好成绩。"

姜之栩接过他手里的书,说:"必须的。"

进了教室,她才发现张志华早早就到班里了。

张志华以前带过项杭,据项杭描述他是个脾气古怪的秃顶中年男人,不喜欢直接批评人,就喜欢冷嘲热讽,项杭那样面子不薄的女生,有一次都差点儿被他说哭。

不过张志华对姜之栩的态度还好,大概是赵永振真给他打过招呼,他竟对她说:"我听赵老师说舒宁经常去你们班找你,那你去跟舒宁坐吧。"

姜之栩愣了愣,忙说:"不用了。"

张志华显然不解。

姜之栩笑道:"我怕上课控制不住和她聊天。"

于是张志华把她安排给班里一个叫蔡茜的女学霸做同桌,位子就在舒宁斜前方。

她走过去的时候,舒宁从一堆复杂的英语语法里抬起头,看了看她,又把头低了下去。

这个场景姜之栩预料到了。

舒宁和满娇不一样。

满娇雷声大雨点小,风风火火一阵子,过去了就真的过去了。

舒宁不是。

舒宁是一场绵绵细雨,就像江南的梅雨期,缠绵个把月也不停,停了也是潮湿一片。

下了自习,李衔九到班里来。

姜之栩还以为他是来找高航的,结果他穿过讲台,径自走到她面前,问:"你怎么下来了也不打声招呼?"

姜之栩问:"这是什么值得庆贺的好事吗?"

李衔九气得牙痒痒:"你可真是越来越牙尖嘴利了。"

姜之栩皱眉,她说的不是实话?

他踹了踹她的桌子:"所以你让裴宣儒帮你搬的书?"

她说:"嗯。"

他点点头,笑了,几秒后高喊:"高航,走。"

他说来就来,说走就走。

蔡茜说:"他可真随性。"

姜之栩点头:"谁说不是呢?"

换班第三天,舒宁才忍不住给姜之栩递了字条:"放学后别走,去操场,聊聊吧。"

姜之栩考虑了一天,决定去见她。

晚自习之后,舒宁先离开,大概五分钟后姜之栩才收拾好书包出去。

舒宁在操场门口等她。

很久都没有再面对面,两个人再见面,既熟悉又尴尬。

还是姜之栩先开口:"嗯,总不能干站着,进去绕操场走走吧。"

舒宁说:"好。"

绕了快一圈,两个人都沉默着。

这次见面,是舒宁邀约的,姜之栩已经主动一次了,不想再主动第二次,于是并不着急说什么,只等着舒宁开口。

绕了一圈半,舒宁才忽然停下来,开门见山地说:"之前满娇的事,我向你道歉,我们和好吧。"

姜之栩半天没有说话。

事到如今,她回过头再看以前的事,就有了云淡风轻的感觉。

对于舒宁,她一开始打算绝不原谅,可这一刻变成摇摆不定。

不考虑别的,还有项杭呢,三个人玩得那么好,项杭和两边的人都没什么矛盾,难不成她真要让项杭夹在中间伤心,要不要退一步呢?

而既然舒宁肯道歉,姜之栩在想,要不就算了。

她正想开口,舒宁又说:"如果你觉得好不了,那我也认,但是我希望你别告诉李衔九我的心情。"

姜之栩眼眶一热,诧异地看着舒宁。

原来舒宁最在意的不是她们能不能和好如初,而是自己会不会在李衔九面前嚼舌根破坏她的形象。

舒宁一直在观察她的脸色,小心翼翼地说:"当然,如果你还在生气,也别憋在心里,你可以跟我说出来。"

姜之栩看着舒宁慌张的脸色,忽然感到陌生,缓了缓,才问:"你为什么突然跟我说这个?"

舒宁咬了咬唇:"今天早晨,我在走廊上碰到他了,我和他打招呼,他没理,我在想……是不是有什么误会?"

"误会?"姜之栩简直想笑,"你是想说,他是不是知道什么了,对吧?"

舒宁脸色很差,却一直盯着姜之栩,想得到肯定的答案。

姜之栩忍不住背过身,深呼吸了一下。

她性子慢,不轻易付出感情,和舒宁、项杭的友谊,已经是她从小到大仅有的全部真心,可没想到是这样的结果。

作为曾经熟悉的朋友,她不想太质问对方,也不愿剑拔弩张,可是控制不住自己的情绪。她太生气了,以至忍不住讥讽:"我没法给你保证什么,我和他相处时间久,保不住哪天就说漏嘴了。"

说完,她留给舒宁一个自求多福的表情,随后转身离开。

走出操场大门,姜之栩开始加快步子,最后忍不住急急地跑起来。冰冷的凉气涌进鼻腔,她哭不出来,却喘不上气。

她停下来,捂着胸口让自己冷静。

她清楚,有些事,哭过一回就好了。有些事,她哭再多回,也还是好不了。所以她不想流泪。

第二天下了春雪,因为天气不好,大课间没有跑操,屋里铃声响了之后,数学老师要第一排的同学把广播关掉,接着讲题。

而这个时候,舒宁却举手说要上厕所。

数学老师放她出去了。

姜之栩心里隐约不自在,却也没有多想。

讲完题之后,老师没有走,问习题的同学全围上了讲台。

门口有人在叫:"姜之栩!"

是项杭,她大口喘着气:"跟我去小花园。"

姜之栩并不知道发生了什么事,只是见项杭神色慌张,顾不得多想,就跟她去了。

项杭拉着姜之栩急急地跑着,出了教学楼,才发现地上竟有薄薄一层积雪。姜之栩顾不得地滑,硬着头皮跑到小花园,刚到路灯那儿,正要拐进鹅卵石小路的时候,舒宁忽然哭着从花园里跑了出来。

她们一打照面,大家都惊了一下,然后都愣住了。

舒宁反应最快,只是顿了一秒,就跑走了。

而紧接着,李衔九从小花园里走了出来。

姜之栩瞬间就明白或许发生了什么事。

那一刻姜之栩陷入深深的疑惑之中,舒宁一直是个温和又理性的姑娘,怎么突然这么冲动?

想到这里,姜之栩激灵了一下。

她这才明白过来——舒宁这么急,十有八九是因为她昨晚最后的那句话。

说到底,舒宁不信她,所以先一步豁出去。

姜之栩眼睫被风扯了一下,她低下头,对项杭说:"我先回教室了。"

李衔九察觉出不对劲儿了,没拦姜之栩,把项杭拦下了:"什么情况?"

项杭悻悻地说:"是我去超市的时候瞥见你俩了,才告诉栩栩的……"

李衔九微顿,想起刚才舒宁借口高航找他,把他叫到小花园里说的话。

那一刻李衔九还挺尴尬的,想了想才说:"我今天就当你在开玩笑。"

舒宁没听完他的话就哭着跑走了。

项杭见李衔九神色认真,只好把知道的情况都说了一遍:"其实吧,栩和舒宁闹掰了。"

通常在下完雪之后才最冷,这会儿风就像刀子一样刮着脸,李衔九听项杭说着话,把事情捋了一遍,大体懂了。

等他差不多搞清楚事态,上课铃响了。

李衔九之前背过姜之栩班里的课程表,知道她下一节课是体育,因为下雪应该会改成自习。

他决定去找她。他小跑到(21)班门口,敲了敲门,喊:"姜之栩。"

姜之栩趴在桌子上,正抑郁呢,没有听见。

舒宁猛然抬头,眼底全是紧张之色。

李衔九换了个姿势站着,又喊了一遍:"姜之栩出来。"

班里的同学一会儿往李衔九那儿看,一会儿又去看姜之栩。

蔡茜推了推姜之栩的胳膊,姜之栩抬头,迷离了几秒才看见李衔九站在门口。

她顿时心跳加速,怕泄露什么,于是赶紧起身走出去。

舒宁故作淡定,目送他们离开。

在楼道上,拐过弯,李衔九忽然转身和姜之栩对视。

两个人视线对上的那一刻，就像树枝上的积雪轰然掉到地上，让人猝不及防地颤了一下。

他也不拐弯抹角："你和舒宁的事，我都知道了。"

她咬了咬嘴唇，想低头。

他先她一步出声制止："看着我。"

她便仰着脸，鼓起眼睛瞪他："你找我干吗？"

明知故问。

他笑道："我就是想说，你上次不是把那些烂茎多肉扔掉了吗？我打算给你买些新的多肉种子，保证比之前那些品种好。"

姜之栩忽然想起他之前的话——对烂茎断舍离，就能对其他事情断舍离。

她懂了，对他笑了笑："嗯，知道了。"

后来的日子进入到加速模式，姜之栩无暇顾及那些小伤感。

高三上学期和下学期完全不一样。

上学期节奏适中，他们偶尔偷个懒也无伤大雅，可下学期是备战状态，三天两头考试，考完就要讲评试卷，节奏快到令姜之栩怀疑自己就是上了发条的机器。

当然，这种心境的转变或许也和李衔九有关吧。

从前他的一举一动她都会琢磨好久，加上他们在一个班，什么小事都是她平淡日子里的大事，创造的回忆太多。

而分班之后，他们不再是低头不见抬头见的关系，她的小心思变少了，多了一份想和他一起奋进的大志向——考上同一所大学。

她想想就觉得斗志昂扬。

在勤换的笔水和成沓的试卷里，天气越来越暖，燕子衔新泥，柳条抽新芽，春分这天是周六，上午上完自习，下午放假。

中午放学，项杭等在校门口的老地方，等姜之栩出来之后，她递了个淡紫色的盒子给她："打开看看。"

姜之栩心领神会，这话今早已经有两个人给她说过。

裴宣儒送的东西是一本书，用淡青色的包装纸包上才给她，张家兴给了她一个红色正方形小盒子，里面装了小夜灯。

姜之栩接过项杭的盒子掂了掂，挺沉的。

她满怀期待地打开一看，是一双红色的高跟鞋。

"这……"

"成年的第一双高跟鞋，意义非凡！"

姜之栩挠挠下巴，不知道该说什么好，抱着盒子傻愣愣地站着。

项杭看出她的不情愿之意，咬牙切齿地说："大姐！这礼物是我从家里拿来，抱着爬了五楼又从五楼爬下来，费尽千辛万苦才亲手交给你的！"

自从姜之栩换班之后，项杭就不怎么来找她了，说是怕舒宁看到尴尬。要不是这个原因，估计这礼物早就在她爬五楼的途中就交到姜之栩手里了。

姜之栩笑道："我喜欢……可就是……这么红，又不是结婚，而且这么高，怎么穿啊？"

"才十二厘米！"项杭吼道，"你知道我们一米七以上的女生多羡慕你们可以踩这么高的东西吗？"

"我一米六六，很矮吗？"姜之栩说得很小声。

项杭"哼"了一声："不喜欢就还给我！"

"不，不，不！喜欢，喜欢，我太喜欢了。"姜之栩把盒子抱紧。

她社交简单，要好的朋友不过寥寥，项杭的礼物她很珍惜。

当然，实话实说，这却不是她最期待的礼物。

中午回到家，她才发现爷爷奶奶还有姥姥姥爷都来家里给她过生日，孟黎做了一大桌子菜，一家人热热闹闹地吃了一顿。

而李衔九一直没回家。

等到下午三点多，姜学谦去送爷爷奶奶，孟黎去送姥姥姥爷，倒是也巧，他们前脚刚走，他后脚就进家门了。

姜之栩没关房门，他换完鞋回卧室的时候，先走到她的房间门口，靠着门框也不说话，就这么看着她。

姜之栩被看得心里发慌，忍不住转头看向他："怎么了？"

他很沉静："刚打完电话，让王信给我寄他的考试卷子。"

他的学籍还在莱城，他高考肯定要回莱城考的，做莱城试卷不奇怪。

姜之栩"哦"了一声。

他又说："估计得有一大摞，够我熬好几个通宵的了。"

姜之栩点点头，又"哦"了一声。

"学习呢？"他往桌子上瞥了一眼。

"做笔记。"

"那你做吧，我回屋了。"

"……"

他真的扭头就走。

姜之栩把笔扔在桌子上，心想：不抱期待就不会失望，她失算了。
念头还没闪过，他又折回来："你可真能忍。"
姜之栩："啊？"
"生日礼物不要了？"
姜之栩心里咯噔了一下。
他定定地看着她："姜之栩，成年了是吧？"
她没明白他的意思，下意识地"嗯"了一声。
他从书包里掏出一个信封，随手递给她。
她迟疑了一秒接过信封，问："信吗？"
他一副看傻子的表情："不明显吗？"
姜之栩的心都要化了："谢谢。"
他"哼"了一声："失望吗？"
"嗯？"
"听张家兴说，他送你的夜灯五百多元一个。"
姜之栩沉默了一下，说："礼物的价值不在于金钱。"
她刚才有一秒钟想俏皮一点，说句"是挺失望"来着，可一开口就变成实话了。她从来不是个灵动的姑娘，就像以往有人夸她仙，仙是什么呢？是脱俗，也是寡淡。
她身上没有浓烈的东西，而他连头发丝都显得浓墨重彩。
目送李衔九出了门，姜之栩才把信封仔仔细细地看了一遍——很简单大方的设计，乳白色的厚纸，背面下方镌刻着一丛金边的烫金玫瑰，前面什么图案也没有，开口处竟是火漆封缄的，很有质感。
这既符合他的审美，也符合她的。
姜之栩都舍不得打开了。
她拍了几张照片，才用小刀小心翼翼地打开信封，取出里面的信一看，有点吃惊，居然是学校发的演草纸。
他撕下来的时候没注意，左下角撕扯了一道口子。
姜之栩没看内容就已经笑了，把纸翻开，信是反的，她又拿正——
姜之栩：
生日快乐。生日快乐。生日快乐。生日快乐。生日快乐。生日快乐。生日快乐。生日快乐。生日快乐。生日快乐。生日快乐。生日快乐。生日快乐。生日快乐。生日快乐。生日快乐。生日快乐。生日快乐。

李衔九
2015.3.20

纸上是十八个工工整整的"生日快乐"。

姜之栩先是皱起了眉，觉得哭笑不得，再想想又觉得一颗心像被人揪起来了似的。

十八岁真好啊，她无比感叹，这一封信就像是十八岁的祝福上的最后一块拼图，她感觉一切都完整了。

姜之栩过完十八岁生日，预示着3月份也就过去了。

进入4月，全市组织的考试变多了，全市排名比全校排名更具有说服力，每次排名下来后，班里都会陷入混乱的情绪。

有人兴奋，有人低落，笑声和哭声掺杂，张志华把班里的标语换成了"挺住意味着一切"。

谷雨前一天学校体检。

今年的体检时间比去年晚，先是去博远楼检查其他项，血检要到第二天去指定医院检查，体检按照班级排顺序，姜之栩所在的（21）班排到十点多才开始。

等她这边结束，出了博远楼，她才发现李衔九和张家兴正等在门口。

她现在不像以往那么忸怩了，想也没想就跑到了他们面前。

"查完了？"李衔九先问。

"嗯。视力下降了一点儿。"她回答着，又想起什么，"不过我长高了一厘米，现在一米六七了，你之前说你是一米八七？"

李衔九的学籍还在莱城，早就在半个月前回莱城原校体检完了，他点头："对，比某人高了十厘米。"

话音刚落，张家兴骂了一句："你不就是刺激我呢吗？你闲不闲？"

姜之栩忍不住笑了笑，但凡和张家兴稍微熟一点的人，都知道他一直纠结自己的身高。

她想安慰他："你的个子刚刚好，和女生比较搭呀。"

"九哥，家兴。"是高航的声音。

姜之栩回头，却见高航后面还跟着舒宁。

姜之栩摸了摸脖子，问："你们有约了？"

李衔九点头："给他们补习。"

离高考也就四十天的样子了，在李衔九的带动下，这帮贪玩的少年也都逐渐收敛，慢慢地游进知识的海洋。

146

"嗯。"她点头,"那我先回了。"
"对了,你去吗?"李衔九盯着她的眼睛。
姜之栩愣了一下,笑道:"我不去,你们好好学。"
"好。"他说。
姜之栩没和高航打招呼,转身先走了。
高航笑了笑,没在意:"得了,咱走吧,我估计常灵玉得等急了吧。"又对舒宁说:"回头你把那套英语试卷拍下来发我啊,多谢。"
舒宁一直很安静,听到高航和她说话,也就是点点头,说:"那我回去了。"
女生越走越远。
高航问:"她和姜之栩,还没好呢?"
很多事不用特意去说,大家也都看得出来,至于背后的原因,当事人不提他们也知道得差不多了。
"我还以为舒宁这类型的人,和谁都处得来,更何况和姜之栩玩了这么久……"张家兴勾上李衔九的肩,"居然还会闹掰?"
张家兴一副女人真难懂的样子。
很多事他只知其一不知其二,比如他完全不知道,满娇之所以给他出馊主意,其实是舒宁嚼了舌根。
张家兴感慨地说:"她们这样,你心里一点儿波动没有?"
李衔九白了张家兴一眼:"把你的爪子拿开,"然后冷冷地说,"她们的事,和我没关系。"
李衔九自带一套处世哲学,女孩子们的事,他一个大男人瞎掺和没劲儿。
有时候,帮倒忙比不帮忙招人烦,瞎操心比不操心惹人厌。

舒宁在二楼拐角处看到了姜之栩的身影。
姜之栩这天穿着白衬衫、灰格子裙和灰色西装外套,脚踩黑色帆布鞋,是学校里随处可见的打扮,但她腿长腰细,身体发育也好,总是比别人穿起来好看得多。
姜之栩在某些事情上很敏锐,比如记忆力很强,但在某些事上也很迟钝,比如不会系鞋带。要不是鞋带开了,估计她早就进教室了。
舒宁看她弯腰好一会儿,衣服上滑,露出了一截雪白的后腰。
她提醒:"你后面露了。"
姜之栩抬头,边拉衣摆边转身,看见是舒宁,神色淡了:"谢谢啊。"
舒宁看了一眼姜之栩系成死扣的鞋带:"你可以掖进鞋里踩着的。"

姜之栩还是说:"谢谢。"

舒宁敛了眸子,问:"刚才听高航说,他们和常灵玉有约来着?"

姜之栩深深地看了舒宁一眼:"也叫我了,我没去。"

"我没有别的意思。"

"我也没有。"

…………

春天到了。

姜之栩举目四望,到处已是生机盎然。可是有些人还在那个冬季里,没走出来。

姜之栩看着舒宁,她的刘海长了,用卡子别在头顶,模样和高三刚开学那会儿一模一样,像一只鲜嫩的水蜜桃。

姜之栩先开口:"舒宁,别想那么多,都过去了。"

舒宁半晌没动弹。

姜之栩冲她笑了笑,转身先离开了。

舒宁就在楼梯口傻站着,像是被困在这狭小的空间里,明明外面就是人群,抬头就能看到春景,可她偏偏把自己围困了起来。

多年的默契让她一下子明白了姜之栩话里的意义。

"都过去了,你放下吧。都过去了,我们再也回不到从前。"

舒宁哭了,只落了两行泪,随后就没有了哭意,连她自己都觉得神奇,居然连眼圈都没红。

姜之栩却与舒宁截然相反。

背身离去的时候,姜之栩的眼圈红了,但是她也没有一丝一毫的泪感。

现在她对舒宁已经没有很激烈的感觉了,谈不上什么原不原谅,想来想去,或许用那句形容爱情的话来形容才合适——相濡以沫不如相忘于江湖。

她没想到彻底告别的这一刻,竟是在这么平淡的中午,平淡到气温都是适宜的,也没想到,最后居然是她先开口,心平气和地说出这么平淡的和解和再见的话。

但姜之栩相信,一切都是最好的安排,也相信舒宁相信。

放学后姜之栩被项杭拉去给谢秦买生日礼物。

谢秦长得人高马大的,实际上比她们都小,还没满十八岁。

社会印象那么刻板,总是以年龄给人下定义,项杭却因为自己比谢秦年纪大而开心了很久。

项杭是这么说的:"我比他先成年,正好替他先探好成人世界的路。"

姜之栩心想:这丫头什么时候变文艺了?

她面上却淡淡的:"既然你这么有心,难道不应该自己给他挑个礼物吗?"

项杭跺脚:"你少绕我!我就是要你陪!"

于是姜之栩还是没逃过,被项杭生拉硬拽地带去了商场。还好项杭列了计划单,谢秦是篮球特长生,她想给他买个篮球或者买双球鞋。

她们挑了一大圈,最后看中了一双橘白色相间的球鞋。

项杭把自己攒的压岁钱都花光了。

买完鞋之后,项杭开始变得阴晴不定,一会儿说钱没了肉疼,一会儿说被父母知道了少不得要被骂一顿,可过了一会儿,她又念叨,这鞋真的太适合谢秦了,还好买了下来。

姜之栩笑而不语,任女孩子沉浸在满心欢喜情绪里。

出了商场,项杭说要请姜之栩喝奶茶。

姜之栩说:"你把饭钱都搭进去了,跟我还客气什么?"

项杭"嘿嘿"一笑,说:"就是因为把饭钱搭进去了才得请你。"

姜之栩反应过来,忍不住拧了项杭的胳膊一下:"你休想蹭饭。"话音刚落,冷不丁看到路旁咖啡店里的男男女女。

李衔九一行人就坐在那面澄亮的落地窗后面,阳光透过玻璃,毫不吝啬地倾泻在他们的身上。

常灵玉离开位置到高航旁边,李衔九恰好和高航挨着,从姜之栩的角度看,常灵玉离李衔九很近。

她明知道他们之间还隔着高航,一切都是角度问题,可这一刻竟分不清自己是什么感觉。

项杭循着她的目光也看过去:"好巧。"

姜之栩转身:"走吧。"

"不去打个招呼?"

"每天都能见。"

"可是李衔九好像已经看见你了。"

姜之栩猛然转头,只见李衔九不知道什么时候站了起来,正往门口走来。

项杭得意地笑了笑:"肯定是来找你的。"

姜之栩忽然间心跳快得不正常,这一刻没有风,天地间静悄悄的,可不知道为什么,从李衔九推门而出的那一刻,空气就变得汹涌起来。

他目不转睛地看着她,不紧不慢地走过来,阳光照到他的脸上,他特惬意地眯了眯眼，问："来干吗？"

她说："买东西。"

他自动解释："我来伺候他们学习。"

姜之栩捉到敏感的字眼，心里想笑，偏过头："哦。"

项杭说："就高航还学习？"一看就是没少被谢秦吹耳边风。

"他学英语。"李衔九说。

姜之栩说："那你们学吧，我们先走了。"

5月下旬。

高考前最后的冲刺期，学校广播站每天都会放一遍《北京东路的日子》。

姜之栩彻底放弃了和李衔九冲刺同一所学校的理想。

她成绩稳定，无论试卷难易，分数基本在660分到680分之间。姜学谦常开玩笑，说她的成绩比死人的心电图都平。

而李衔九就不一样了，成绩已经足够亮眼，要是非挑个毛病，大概就是在作文上，但凡作文偏一点点题，至少十分就下去了。

听裴宣儒说，那次上课，语文老师凶李衔九，说道："你是不是觉得被扣个十分还能稳坐前五名的位子挺牛啊？你现在是没有吃大亏，万一高考被扣个五十分，有你受的！"

李衔九那个气啊，上着课就把试卷都给撕了。

他不爱听批评，可不代表听不进批评。

这不，语文老师说完之后，他就上火了，嘴角起了个火泡，吃饭都不敢大口吃。

孟黎特意去抓了服中药煎给他喝，为了预防，让姜之栩也喝一碗，最后李衔九嫌苦一碗也没喝，姜之栩觉得预防一下也不错，连他那份也喝光了。

真正能解决李衔九的心火的是其他消息。

比如李青云的一通电话。

"我今天把协议签好了，王律师陪我去还钱，一块大石头落地了。"

"一共多少？"

"算上利息，一共是七十万六千八百元。"

李衔九沉默了。

"我这一年的工资是十二万元多一点，刨去我的开支，还剩十一万元左右。我打算先给王律师十万六千八百元，你9月开学，在这之前我应该还能再攒点。"

李衔九听完这话，沉默半晌，才对李青云说："前面有光，人知道该往哪里走就行。"

李青云想说什么，被人叫住了，她匆匆总结："不说了，老太太又拉了，我得过去看看。"讲完这句话，她顿了一下，竟然没有挂电话，"唉，要我说啊，人有什么别有病，只要身体健康，万事就都有希望。可要是生了病……其实人吧，活一辈子最大的风浪也就是生老病死了，得病之后拖累家人不说，自己也没尊严。"说完，李青云匆匆挂断了电话。

6月，距高考还有不到一周的时间，李衔九该回莱城做最后的准备了，没想好回去之后还要不要回来。

按照李青云的意思，既然当初他来青城是为了高考，那高考结束之后，还是不要麻烦孟黎一家人了。

李衔九也不是不懂这个理，只是还有些道理之外的事需要考虑。

他回莱城的前一晚，孟黎做了很多好吃的菜，吃饭的中途，开了个家庭会议，主要是说，孟黎决定陪李衔九回莱城，等他考完试再回来。

姜学谦说："原本是我跟你去的，但是我走不开，高考一结束就中考，学校净是事。"

李衔九看着满桌子菜，根本咽不下去。他想说"不用"，却明白孟黎肯定不会让他自己一个人回莱城的。

沉默了一会儿，他没有说话。

吃完饭之后，孟黎收桌子，姜学谦去看电视。

姜之栩给李衔九发了条消息："聊聊吧。"

其实她不给他发消息，他也打算找她："去楼下吧。"

他先出门，她过了十分钟才出来。

她给他发消息，问："你在哪儿？"

他没回。

她打算摁电梯先下楼，走到消防通道的时候，忽然有人拽住她的胳膊把她拖进了黑暗的楼道。

他的双眼好像在黑暗中也能熠熠生辉，两个人就这样对视着，谁也没有开口说话。

姜之栩不是个喜欢夏天的人，却在漆黑的楼道里，第一次体会到夏天的美妙滋味。

过了好一会儿，他忽然说："我们慢慢走下去吧。"

姜之栩看着长长的楼道，想起那次生病，父母都不在身边，电梯又不能用，是他把她一阶一阶抱下去,送她去输液。

两个人都很久没有说话,声控灯暗下去,他这时开口:"我后来想了想,或许这里对我其实充满意义。"

姜之栩微怔,想说点什么,几次开口,还是什么都没说。她什么都懂,知道他不是个爱装酷的人,不会刻意收敛自己的心情,但也不是爱长篇大论的人,从来都是点到即止。

而这已是柔情万丈。

两个人下楼用了很久,因为李衔九刚才那句话,姜之栩一路上都在回想高三这一年发生的事。

她忽然意识到,他们从来都没有聊过之前的事。那些委屈和伤心的情绪,她想过有朝一日一定要让他知道。

可此时此刻,她反而觉得没有必要了。

因为知道他这么一个由着性子放肆的人,也曾压抑本心缄口不言过,她就与过去那个卑微的自己和解了。

············

楼层太高,走到最后一层,两个人都累得不行。李衔九气喘吁吁,满脸都是汗,姜之栩虽然也不比他好到哪里去,但是见他那样,还是忍不住笑了。

他抬眼看她那幸灾乐祸的样,不由得冷哼,作势要掐她:"还笑不笑?"

姜之栩忙说:"不笑了,不笑了。"她却控制不住,笑得更过分。

他骂了一句,又说:"再笑待会儿你背我上去。"

姜之栩捂住嘴,憋笑把眼睛瞪得大大的,像动画片里的那种傻兔子,把李衔九逗乐了。

他又问:"这个告别还满意吗?"

姜之栩的心一凛:"我不喜欢你这个说法。"就算明白他这个告别仅仅是指这一次,她心里也不舒服。

他冷哼一声:"毛病,"又问,"高考之后,去哪儿玩?"

"考完估计会学车,旅游的话,挺想去看海的。"

他点了点头:"考完之后,我先去找我妈,再带你去看海。"

他们还在黑漆漆的楼道里,整个世界只有"逃生通道"四个字泛着绿光,那一刻姜之栩想,如果注定要和他在黑暗中相见,她就忘记什么是光,也绝不逃跑。

她扬起笑容:"好。"

他讽笑一声:"AA啊。"

她还是说:"好。"
然后两个人都不说话了。
语言在真正重要的事情面前是多余的。

高考在6月7日这天准时到来,考试的时候发生了一件有意思的事情,姜之栩竟然和满娇在一个考场里。
姜之栩在靠近门口的位子坐,考语文的时候,满娇卡着点姗姗来迟,在安检的时候,她们恰好打了个照面。
后来一场考完,在离场的时候,满娇竟主动来和姜之栩打招呼。
"作文写得还好吗?"没想到两个人时隔这么久再说话,她竟是这么自然。
姜之栩答得也没有破绽:"还行。"
满娇骂了声什么,说:"出题的人都是变态。"
姜之栩笑了笑:"考完就别想了。"
满娇沉吟了一阵,忽然切入主题:"我真没想到会和你在一个考场里。"
姜之栩说:"我也是。"
她们不算熟悉,又因为一些间接的事,有些尴尬并没有机会化解,可好在她们此刻正站在人生的分水岭上。
她们深知,山前相见的人,山后不一定重逢。即使做不到敞开心扉,她们也实在不用再假客套。
满娇笑道:"其实李衔九给我留下阴影了,这大半年我都躲着他,也躲着你。"
姜之栩笑着说:"感觉到了。"
"没办法。"她叹气,"刚开始挺难受的,后来见不到面,加上身边也有新的人出现,慢慢就好了。"
姜之栩说:"网上说人都会有这么个过程。"
"唉,可惜难受的只有我自己。"满娇"呸"了一声,"以后最好也有个人来好好虐虐他,说实在的,我挺想看他被虐是什么样的。"
姜之栩微顿,想了半天,说:"想象不出来。"至少她才不会虐他。
满娇说:"就看他什么时候认栽吧。"
两个人说着话已经来到校门口,一群人围在大门之外,阳光曝晒下来。
姜之栩跟满娇告别:"下午加油。"
满娇说:"不了,随缘吧,数学加不了油,只能随缘。"

那一刻，姜之栩第一次觉得满娇还挺可爱的。

不知道是不是每个人的青春里都有一个这样的人，他招摇地出现在生命里，你们因为某些事而有了交集，却很少说话，也很少微笑，成为朋友，更是差了那么一点儿缘分。

但你们都知道学校里有彼此这号人，听到对方的消息，也会留心一下。

他就像青春期时淋的一场暴雨，浇下的时候，你以为他会是记忆里很重要的一部分，但实际上，这场雨只是来时凶猛，天却很快放晴。

谁都没有对彼此的人生造成过实质性的影响。

姜之栩念及此，想在这一刻温柔一点儿，由衷地笑了："那就祝你幸运。"

寒窗苦读十余载，用两天的时间一锤定音。

姜之栩觉得高考根本没有想象中那样盛大。

考前没有撕书，也没有抱头痛哭，一切都很平静，大家把学校里自己的东西收的收，扔的扔，各自祝愿"高考加油"，再无其他。

真正让姜之栩感受到高考与众不同的，反而是考完之后。

她那两天没看手机，等考完最后一场英语之后，发现高考相关话题上了热搜榜，语文作文"丝瓜藤和肉豆须"被网友们津津乐道，不只是满娇吐槽，青城学子简直集体想骂人。

连李衔九都发消息给她："幸亏我没在青城考，不然真要应了语文老师的乌鸦嘴，作文干脆零分得了。"

姜之栩笑道："我觉得没有那么夸张，找好切入点和平时一样写。"

李衔九回了个敲打的表情，又说："你妈今晚就回去了，"紧接着又说了一句，"多谢您把母上大人相借。"

姜之栩藏不住脸上的笑容："您不必客气。"

姜之栩发完这句话，退出了聊天界面，忍不住嘴角上扬。

有些人把青春的时长笼统地定义为从初中开始到高考结束，姜之栩觉得不是。

姜学谦曾经同她聊起过从前的日子。他说儿时清贫，少年时一直在刻苦求学，等到了大学才第一次感受到世界的色彩，同年遇上了孟黎，他的青春才刚刚开始。

李衔九的东西没有全被拿走，至少那盆雏菊就不好带。

姜之栩在阳台上给那盆雏菊浇水时，忽然也开始思考关于青春的问题。想来想去，她终于肯定她的青春是在高三才开始的。

某个霞光万丈的黄昏，她看到他从连廊上走过，随意地瞥了她一眼，她的青春才被摁下开始键。

很稀松平常对吧。

这的确没有惊心动魄的情节，但对于姜之栩来说，有种宿命感在指引。

世界上只有那一个王子能吻醒沉睡的公主，也只有唯一的那个公主能把野兽变成王子。

李衔九发消息给她，是一张车票，定在6月12日。

等他回来，他们就能去海边了。

姜之栩心里的雀跃情绪藏也藏不住，尽管成绩还没有发下来，她却好像提前触碰到了清晰而明朗的未来。

高三最后的冲刺期，李衔九整天坐着刷题，坐得腰疼屁股疼，没一天过得好。

考完之后，李衔九没去王信家，而是去超市买了些吃的，又去便宜的小宾馆开了个单间。反正没人管，他在里头吃了睡，睡了吃，连着三天没出门。最后宾馆老板差点儿报警。

他睡了三天总算缓过来了，到理发店刮了胡子理了发，神清气爽地去见李青云。

他们母子快一年没有见面，这次李衔九来，李青云特意请了假来虹桥高铁站接他。

李衔九出了出站口走了许久，在去坐出租车的方向，两个张望的人视线才对上。

李青云问："路上还好吧？"

李衔九说："坐高铁还能有什么不好的？"

李青云白了他一眼："你这性子随谁啊？"

李衔九笑道："谁生的随谁。"

李青云只能摇头，说："随你爸。"

李青云出来不能耽搁太久，两个人边说着话，边去打车。

一年的时间，李衔九从未成年跨向成年，可无论是身高还是外形都没什么变化。李青云就不一样了，本来就有些胖，人到中年之后，身体呈现各种亚健康状态，李衔九劝她减肥，她减不下来，这一年反而更胖了。

李衔九问："现在还没戒酒吧？"

李青云含糊其词："我没断过药。"

李衔九气笑了："你以为你喝一口酒,再吃一片药,疗效和副作用能互相抵消?"

李青云叹气:"我压力大啊,拉扯你容易吗?伺候老太太容易吗?不喝酒,我真是要死了,还不如死了……"

又来,她每次都是这样一句话。

李衔九默然不语,心想,再聊下去,他就要发火了。

车子又开了五分钟,等红绿灯的时候,有人打电话给李青云。

李青云看了一眼手机接起来,笑眯眯地喊了一声:"王律师,怎么了?"

那边的人说了什么。

李青云脸色大变,紧握着手机,眼睛茫然失去焦点,话都说不利索了:"我的天哪……好,好……早知道我就不该出这趟门!哎,我马上回去……"

挂了电话,李青云早已吓得脸色苍白满脸是汗,哆嗦着嘴唇看了李衔九一眼:"老太太没了……"

李衔九的心一凛。

李青云又说:"我不陪你去酒店了,你在路边下车吧,等我去看看是什么情况,再来找你。"

李衔九就这样在路边下了车,马路上的车倏忽闪过,像一道道疾风,也像无数人骤然转变的人生。

过了一个小时,李青云打电话来,声音哑了:"我走之前把老太太擦好身,喂好饭,换好衣服,王律师特别满意,什么都不用问,在她旁边用电脑处理工作就行。没一会儿老太太睡着了,等王律师关上电脑,再一看,老太太没气了,就这么两个小时不到的工夫。"

李衔九又问:"那边怎么说?"

"等葬礼结束,我就收拾东西离开。"李青云叹气,"你说以后上哪儿去找工资这么高的工作?"

"以后的事,以后再打算吧。"李衔九说。

李青云"嗯"了一声:"老太太瘫了这么多年,她走了,她自己解脱,这一家子人也解脱了。"

伤心是一时的,如释重负的感觉才是永久的。沉重的是生命,残忍的才是人生。

李衔九明白,说:"你这两天在那边帮忙就行,我随便逛逛,你不用操心。"

李青云又能说什么:"好,我也顾不上你了,忙得我头疼。"

"注意身体。"

156

"死不了。"

"……"

李衔九当时正在黄浦江边。挂断电话之后,他沿着岸边走着,这边人很少,只有几个老人在慢悠悠地散步,沿岸的水里还长有芦苇,远看江水茫茫,如滚滚红尘。

他忽然很想找个人说说话。他向来不是压抑自己的性格,十八年来仅有的隐忍,也都用在了姜之栩身上。当情绪陷落的这一刻,他首先想到的也还是她,于是不自觉地先拨了她的电话号码。

"喂,"她很快接通电话,好像在吃什么东西,讲话含混,"到地方了吧?"

他顿时觉得轻松了下来:"我没给你看票?"

"看了呀。"她咽下食物。

"那你不知道我什么时候到站?"

姜之栩顿了一下:"知道呀。"

李衔九提了一口气撒不出去:"非叫我说那么明白?你怎么不给我打电话?我不找你,你永远不会找我?"

电话那头的人静了好一会儿。

"我怕打扰你。"姜之栩语气别提多认真。

"哼。"李衔九恨不得现在狠狠地咬她一口,让她体会一下她能把一个懒散到连气都懒得生的人气成什么样,"我挂了!你打过来!"

挂断了电话,李衔九深呼了一口气。

她果然很快打电话过来。

他的手心手机振动,酥酥麻麻的,和江边芦苇上蹲着的那只蜻蜓翅膀震颤的频率一样。

李衔九点点头笑了。

接通电话,她好久没说话,他也不语。

过了一会儿,她的声音被江风吹来:"你不说话,我真的不知道怎么开场。"

他没忍住,"扑哧"一声笑了:"你傻不傻?"

她一听这话,知道他没有生气,也笑了,笑着笑着又轻咳了一声:"以后打电话你都先讲话吧,挂的时候我先挂,好不好?"

李衔九沉默了。

把对面的姑娘搞得心里没底了,刚想把话收回,他却不咸不淡地"嗯"了一声。

她听清了,顿时无声地笑了。

他好像忘记为什么要打这个电话了。

她也是过了好一会儿才想起来问:"见到青云阿姨了?"

那时天色已晚,远处的晚霞是粉紫色的,这种绮丽的美景,专属于消逝之前。

李衔九虽然不温柔,但也不是个扫兴的人,这么好的景色,说些现实的话干吗呢?

他笑道:"我就是觉得这边景色挺好看的,给你看看?"

他不知道,这句话让她在千里之外心空了一秒,被他浪漫到了。

"好啊,正好我这边在下雨,外面雾蒙蒙的。"

"那你可别眨眼。"

他挂断电话,又给她打通视频电话。

江边粉紫色的晚霞和远处船只、楼宇的灯火顿时出现在眼前,还有白衬衫的肆意少年,飞扬的头发像江边飘荡的芦苇。

那一刻,姜之栩只想到四个字:地久天长。

老太太出殡的那个下午,李衔九去徐汇区的某幢别墅里,把李青云的行李搬了出来。

如李青云所说,王律师一家似乎确实是好人,他们一家常年捐款做善事,李青云最后一个月的工资是按照整月发给她的。临走之前,女主人将自己前几年坐月子时穿的几件大码的衣服送给了李青云。

李青云满怀感激之情地在屋里和他们告别。

李衔九在屋外冷眼看着。

他不习惯被施舍,于是离开的时候把背挺得很直。

这是他如今唯一能做的事。

李青云的行李不多,两个行李箱刚好装完,他们打算先回莱城一趟,毕竟之前追债的人将家里折腾得不成样子。

他们先重建家园,再开疆拓土。

两个人离开那天下了雨,天气顺着车行驶的方向而一路放晴,临近莱城却又开始变阴,到莱城之后,雨又落下来了。

家里的窗户还是破的,莱城夏季多雨,闷热潮湿,两个人进家之后发现阳台上的地板都长满青苔了,家具、墙面也多有生霉的地方,地上泥土很多,好像除了水龙头里流出的自来水,没一处是干净的。

水电费是李衔九去找李青云之前交的,他果然有先见之明,否则这一屋子脏乱样子，想打扫都打扫不来。

　　他们把窗户补好，再把整间屋都清扫一遍，晾晒一遍，花了两天的工夫。第三天的时候李衔九去王信家拿之前寄放在他家里的行李，回去的路上到商店买了窗帘。

　　他站在一匹蕾丝复古帘面料旁边，摩挲着面料上的纹路，想到窗帘是每天闭眼之前要关上，睁眼之后要打开的东西，便给姜之栩打电话，问她喜欢什么样的。

　　她想了想，说白色蕾丝的，有点旧的那种。

　　挂了电话，他让老板把他面前的帘子裁了一段下来。

　　在挂窗帘的时候，李衔九忽然意识到，他身体里某些部分似乎被她驯化了。

　　比如棱角，正在被她慢慢磨平。

　　他以前很怕自己会沦为一个没有个性的人，但他才只有十八岁，考虑平庸为时过早，温柔还能学来试试。

　　他对李青云说："我得去一趟青城。"

　　李青云问："干什么去？"

　　他说："带姜之栩看海。"

　　李衔九决定在6月20日之前带姜之栩去看海，因为再过不久，姜之栩就要去学车了。

　　在此之前，李青云决定去青城一趟，给孟黎打电话："我得请你吃饭！"这话真敢说，实际上她去了青城，还不是要吃人家的？

　　孟黎觉得老姐妹大老远过来，那天都没有去上班，一大早就喊姜之栩去买菜，恨不得把菜市场都搬回家。

　　李青云和李衔九下高铁时还不到饭点，孟黎忽然心血来潮地说："要不我带孩子们去赶庙会吧。"

　　"去干吗呀？"姜之栩惊讶。

　　孟黎认真地说："去给你们求个好成绩啊。本来你们刚高考完的时候去最好了，这不是小九才从莱城回来吗？"

　　李衔九刚说："我就……"

　　"你必须去。"孟黎直接打断他的话。

　　于是李青云和姜学谦拎着孟黎和姜之栩母女俩买来的菜先打车回了家，孟黎则开车带着姜之栩和李衔九说走就走地向寺庙进发。

不知为何,来上香的人很多,庙在一座不算高但灵秀的山上,车从几里外就开始堵,他们又是找停车位,又是爬山,又是排队,等上完香,系完红绸带,三个人都累得够呛,下山的时候干脆坐缆车下去。

　　然后就发生了一件巧事。

　　和他们乘同一趟缆车的居然是熟人,姜之栩怎么也没想到,会在这里遇见常灵玉。

　　常灵玉显然也很诧异,不过很快就明白过来,大家都是家长带着来上香的,于是先开口向孟黎打招呼:"阿姨好。"

　　于是姜之栩也笑了笑,冲常灵玉的母亲说了声:"阿姨好。"

　　……………

　　一番客套话说完,两位家长热火朝天地聊起天来。

　　常灵玉问姜之栩:"你许的什么愿?"

　　姜之栩说:"就是家人平安什么的。"

　　常灵玉笑道:"我也是。"又说,"我妈许愿我能考上双一流大学。"

　　姜之栩说:"家长都这样。"

　　"可这是许愿就能成功?"常灵玉不在意地把头发别到耳后,顿了一下又笑道,"不过我自我感觉上一本还是没问题的。李衎九说了,本来要是我能豁出命学,考上双一流大学也是有可能的。不过,谁愿意为了个高考就豁出命?我还要留着命赚大钱呢。"

　　成为有钱人是常灵玉的理想之一。

　　偏偏常灵玉的母亲听到了这话,嗔怪了一句:"死丫头,说什么呢?"

　　常灵玉吐了吐舌头,闭上了嘴。

　　安静了一会儿,常灵玉又问李衎九:"喂,我刚想起来,你有没有系红绸?"

　　"系了。"

　　常灵玉看了一眼姜之栩:"我敢打赌,你红绸布上写的内容肯定和缆车上的人相关。"

　　常灵玉明摆着话里有话。

　　姜之栩低下头,只当自己不存在。

　　李衎九不信那些有的没的,红绸上就写了"平安健康"四个字。

　　可既然常灵玉有意提及,他拿话噎人从没输过,哂笑道:"我也知道你的红布条上一定写了……"他看了一眼一旁的大人们,把"许桉"两个字咽下去,给她留了一条生路,"大写的'X',是不是?"

　　姜之栩眼皮一跳。

常灵玉心虚地瞥了一眼身后的母亲,怕把李衔九这疯子刺激得什么话都抖出来,赶紧又说高考的事,问他:"不过我觉得我高考发挥不错,说不定真能考上双一流大学呢?"

李衔九挑眉笑道:"这事你去孔庙拜拜孔子,问问他老人家吧。"

姜之栩似乎格格不入,他们聊着,她就扭头去看外面的风景。

远处石路上人头攒动,很遥远的热闹景象,近处有一只落单的鸟掠过天际,生命力这么蓬勃而孤独。

她无声地旁观这一切,好在缆车很快就到了山底。

回程的路上也还是堵,孟黎突发奇想,干脆走城郊,多绕两千米,那也比堵着强。

然而刚开车不久,孟黎就停了车:"这儿怎么还有座小寺院?!"

姜之栩摇下车窗一看,确实是一座小寺庙,灰色的砖墙,明黄的琉璃瓦,朴素陈旧,虽然破旧,却有工整之美。

于是他们在寺庙门口下车。

他们进到大门里面,才发现这寺庙比想象中要大那么一点儿,庙里摆设很平常,院子里铺的石板路,往里走几步就到了主殿。

他们进去之后,有个小沙弥从后殿进来,孟黎便同他交谈了几句。

姜之栩心里有些别扭,反观李衔九却无比平静,她的心也不免沉了下来。

孟黎求姜之栩的成绩,但姜之栩不信这些实打实的东西要靠求才能得到,她把心愿寄托于笼统的感情和难料的世事上。

比如,愿她所爱的人,都能一世平安。

孟黎跟着小沙弥进了后殿,主殿里就只剩下姜之栩和李衔九。

姜之栩有些不自在,而不知道为什么,总觉得李衔九也不是很自然。

还好这时候他的手机响了。

姜之栩暗自松了一口气,见他看了一眼屏幕,边走出去边点接听。

她偏头见他走了出去,走到院子里,站了站,又出门,直到身影消失在门后。

只剩下姜之栩只身站在空荡的主殿里,很沉默,很孤独。

她满脑子都是"X",心绪难平,然后忽然就想放下了。

她自然是可以任由情绪挑拨意志,在自己一个人的世界里天堂、地狱两头流浪。

有很多个瞬间,她都下定决心,要一个人完成一场荡气回肠的戏剧。在若干年后有机会的话,她可以对那个曾经存在于这段故事里,却对这段故事一无所知的人娓娓道来。

可是她不想这样了。

她又失神地往门口的方向看了一会儿,然后缓缓地转身,看着佛像,浅浅地笑了笑。

她自认不是个勇敢的人,有些话不敢和俗世里的任何一个人讲,只敢在此时低语:"就在刚才,我忽然理解了众生平等的意义。哪怕我集万千宠爱于一身,可他也不会多看我一眼,而哪怕他邪恶、丑陋、卑劣,不被世人接受,我也照样会为他一个人低头,这种心绪,不因对方是谁而转移,是不是就代表只有在这种境况下,众生才平等呢?"

青灯古佛,檀香袅袅。

有一个这样新的生命,新到看不破人世,却拥有这样老的内心,老到试图悟透哲理。

"我也打算放弃过,可他只要主动和我说话,我就会把刚下定的决心忘得一干二净了。

"这是我的劫难吗?如果是,我该怎么度劫?"

不知过了多久,她长叹一口气,转过身,顿住了。

她慢慢地转过头,却见李衔九就在门口站着,他目光很轻地落在她身上,脸上没有多余表情,仿佛站了上千年。

她微微张嘴,一时错愕又涩然,复杂地难以用语言表达的感情瞬间淹没了她。

他什么都没有说,可她知道,他都听到了。

怎么办?

她想哭,又想笑,该逃走吗?可她似乎没法动弹了,只好呆呆地站着,一言不发地看着他。

他沉默了几秒,随后跨进来,向她走了过来。

他的视线始终没有离开过她,离得越近,他的目光就变得越深,他在离她不足半米时站定,抬起头。

"我不确定我会有一个明朗的未来,所以我只想要一个可能,因为比起当下的快乐,我更想要以后的幸福。

"请让她永远为我低头,哪怕我以后烂到泥里,姜之栩一尘不染,也像她说的那样为我一个人低头。

"她如果看向我,她就是我的旗帜,她如果不看我,我还是她的拥趸。"

他的声音笃定,那么真诚,他从来没有一刻是这样温柔的,从出生起就没有。

这是冲动吗？或许吧，可他不后悔。

他说完然后起身，转头看向她。

她很平静地看着他，目光穿透时光。

他给她相同的回望眼神。

空气安静了那么几秒，他觉得不能什么话都不讲，于是痞痞邪邪地笑了："干吗，傻了？"

他这么说，她明显愣了一下，低下了头。

他走过来，弯下腰，自下往上凝视着她。

她微微抬头看了他一眼，又抿了抿嘴唇，无声地把头又偏到一边。

她看着地上的青石板，他看着她，屋外的阳光直直地照进殿内，一个长方形的光印，恰好就罩在他们站的地方。

孟黎的声音从老远就传过来，带着藏不住的欣喜之意，喊道："抽的是上上签！"

正所谓无巧不成书，孟黎求完签，准备带着李衔九和姜之栩回家，出来时又遇上了常灵玉母女，两位家长又是一阵寒暄。

等待的时候，常灵玉瞄了一眼姜之栩，不知想起什么，忽然把姜之栩拉到一边，然后从包里拿出便签本和笔，在上面写下一个字母，点给姜之栩看："X。"

她顿了一下，看姜之栩的反应，而后意味深长地笑了笑，又写下两个字："许桉。"

阳光恰好落在纸张上，像某种神谕，姜之栩知道常灵玉在给自己解释。

她心一暖，接过笔，在那个"X"旁边写了八个字："念念不忘，必有回响。"

常灵玉呼吸一滞，失神了片刻，随后对姜之栩笑了笑。

姜之栩也回之一笑。

都说一笑泯恩仇，想来一笑也会知音。

后来姜之栩回忆，大概就是在那一刻，她推开了常灵玉的心门。

回程的路上孟黎心情很好，和姜学谦打电话说完"上上签"的事，挂了电话后还在哼歌。

车子颠簸，晃得人心七上八下的。

姜之栩坐在左侧最靠窗的位置，李衔九坐在右侧最靠窗的位置，中间空了很大一块。

一块不可逾越的雷池。

刚才在寺庙里,她说了一堆话,他也是。

可他们平时都不是善于表达情感的人:一个性子淡,边界感强;一个性子野,懒散心重。那些话在有气氛的时候讲出来特别动人,可等矫情劲儿过了之后,就只剩下尴尬。

两个人的心都乱。

可李衔九到底还是脸皮厚一点的,下了车,在等电梯的时候,他忽然问她:"你们买菜的时候是不是没有买饮料?"

姜之栩没反应过来:"啊?"

"我们俩现在去买饮料?"他斜睨她,说得更清楚了一点。

"对,对,对!不说我都忘了,买你们爱喝的就行,你青云阿姨带了酒来,我们大人喝酒就行。"孟黎嘱咐姜之栩。

"行吧。"她应道。

两个人出了门,肩并肩地走着,李衔九转过头盯了姜之栩几秒,忽然说:"我在想一个问题……"

她讷讷地问:"什么?"

"咱们到底谁更好看?"

"……"

"我应该略胜一筹吧?"

"……"

"我想想,你应该是输在这儿上。"他假笑,手指点了点脸上的梨涡。

"你好烦。"

她面无表情,说出一句带着鼻音、软软糯糯的话,挠痒痒似的。

李衔九"扑哧"一声笑了,笑得很深。

姜之栩第一次觉得他的梨涡好讨厌。

李衔九:"调节一下气氛不行?"

姜之栩:"我说不行有用吗?"

"没用。"他一点儿也不客气。

姜之栩吃瘪,愤愤不平地偏头去看天,灰蒙蒙的。

他喊她:"看我还不够?"

姜之栩:"……"

李衔九看她这样,不忍心继续拿她打趣了:"我知道你现在别扭,我也别扭。"

姜之栩又转回头来小心翼翼地看着他。

他也歪头瞟她："不管你怎么想，我许过愿了。"

姜之栩怔然，等他的下半句话。

他舔唇笑了笑："哪怕我李衔九以后是个烂人，你也不能反悔。"

回程的路上他一直在想，要是他没有听到她的那番话，他可能一辈子都不会往这方面想，可能等上了大学，两个人就散了，以后的日子各过各的。

可既然命运安排他知道了这一切，他就不会置之不理。

时光变慢后又暂停。

姜之栩忽然问："你这是在给我画饼？"

李衔九明显怔了一秒，随即无声地笑了。

他盯着她的眼睛，试图窥视她的灵魂："你还记得我说过什么吗？"

她不解。

他提醒："比起当下的快乐，我更想要以后的幸福。"

"……"

"我是说，你把我排第一位吧。"

她抬眼，他的目光那么沉，似一汪湖水："我家的情况你也知道，不管你在不在乎，我心里放不下……所以你给我开个后门吧，等我把那些焦头烂额的事情处理完，你让我当第一个和你一起去未来的人吧。"

她看着他，无论怎样看，都觉得他是一个浪荡子。

可就是这样一个人，在轻描淡写间，向她索要了未来。

姜之栩认真想了想，才说："先等成绩出来再说吧。"她停顿了一秒，忽然笑道，"要是考不好，什么都免谈。"

李衔九顿了一下，明白了她的话外之意，不由得笑了："哈哈，你可真是个人精！"

话都说开了，两个人一时无言。

李衔九却总觉得还有话没说完，恰好此时手机响起了消息提示音，他拿出手机，瞥了一眼消息列表，猛然看到常灵玉的账号，顿时想起什么。

"常灵玉的事，我想我得解释一下……"他收起手机，语调和缓，带着一分他自己都没察觉的温柔之意。

事情比想象中还要简单，他两三句话就给说开了。就像他们之间，明明只隔着一层纱的距离，可没人动手挑开，就谁也触碰不到谁。

其实姜之栩早在常灵玉给自己解释时便放下了芥蒂，此时听完李衔九的话，嘴硬地不肯承认自己介意过。

李衍九大概也猜到了她弯弯绕绕的小心思，又掏出手机，从好友列表里找到姜之栩的账号，她的头像是一张电影截图，网名很长——Le silence de la Mer（沉静如海），他读都读不下来。

他动动手指，就站在她旁边给她发了一条消息："lxjjzxin2015。"

2015年的李衍九和姜之栩。

这是他所有账号的密码。

姜之栩掏出手机，发现是他发的消息，只觉得一头雾水："你给我发这个干吗？"

"我对哄人没有经验，这是在网上搜来的。"

"我又不查你。"

他笑了。

姜之栩那一刻忽然感到羞愧。或许她早该知道，能体会这感觉哪怕一瞬间，对于以前的她来说也算是没有辜负青春。

此刻，她已经不遗憾。

李衍九和姜之栩拎着饮料回到家时刚好开饭。李青云给姜学谦带了两瓶酒，不是什么值钱的东西，却是家乡老酒馆里酿的，姜学谦打开了，给李青云倒了一杯。

"他没给你们添麻烦吧？"动筷之前，李青云问。

孟黎说："没有啊，我还说呢，你之前怎么也没提过他成绩这么好？"

"他也就成绩好一点，我告诉你们之后，你们把他想得太好了，到时候他胡闹起来，你们有心理落差。"

"……"

某人的脸色忽然变得阴郁，姜之栩扒拉着碗里的饭菜，硬生生地忍着不笑。

李青云和姜学谦碰杯，姜学谦习惯第一口酒先倒出一点，李青云直接一口闷了。

李衍九冷冷地看着她："少喝点。"

李青云白了他一眼，转而和姜之栩说话："栩啊，有空可以去莱城住几天，阿姨带你到处逛逛。"

姜之栩悄悄地看了一眼李衍九。

"她得学车。"姜学谦替她回答。

李青云"哦"了一声。

姜之栩没注意李青云又问了什么，孟黎恰好说道："之前去莱城的时候，她去梧桐街玩，回来之后，倒是和我说见了个帅哥，那可是她第一次和我聊异性……"

"那个，妈，吃饭。"姜之栩忙说。

孟黎笑了笑："哎哟，还害羞了？"

李青云说："女孩子脸皮薄嘛。"

孟黎对姜之栩说："这有什么啊，不过就是在路上遇见的帅哥而已，我们又没多想。"

姜之栩干巴巴地笑了笑，恨不得把头埋进碗里，不敢去看李衔九的表情，又有点好奇。

这时，手机振动了一声。

她点开看："你妈说的人是我吧？"

她偷偷地瞥了他一眼，又快速把视线放回到手机上。

他又发："那时候就觉得我帅了？"

姜之栩的脸一热，她赶忙回他："再见。"

惹得他忽然低低地笑出了声。

李青云问："好端端地傻笑什么？"

"有人夸我长得帅。"他把手机放下，懒洋洋地靠到椅子上，笑意不深，但眼角眉梢都流淌着舒坦之意。

李青云用莱城话骂了一声："你脑子有病。"

吃了会儿饭，叙了会儿旧，李青云想起什么，起身去拿包，从里面掏了个红包塞给了姜之栩。

姜之栩很诧异，一时愣了，下意识地看向父母。

孟黎眼明手快地把红包拿起来，急切地问："李青云，好好地吃饭，你这是干什么？！"

"你干吗呀？我这是给栩栩的，又不是给你的。"李青云又固执地把红包塞回姜之栩怀里，"李衔九这一年让你们操心了，不过咱们之间用钱表示不出来，我这一万块钱是给栩栩上大学的。"

孟黎说："不行，不行，这成什么了？不能要。"

李青云说："你要是不要，我现在就走。"

"……"

姜之栩和李衔九互相对视了一眼，只一秒就移开目光，两个人都若有似

167

无地笑了。

最后姜之栩还是把钱收下了。

姜学谦敬了李青云一杯。

李青云正要端起酒盅，李衔九冷冷地出声："最后一杯。"

姜之栩知道，李衔九之所以"酒精过敏"，完全是因为李青云嗜酒如命。

果然，李青云不听劝，紧接着仰头把酒一饮而尽，咽下去后回味地皱了一下眉头，又说："我这辈子最后悔的事，就是当初没生个闺女，生这么个儿子，成天欺负我。"

李衔九把筷子撂下："那随你。"他站起来去客厅了。

孟黎忙说："小孩都这样，姜之栩气人的时候你是没见到。"

姜之栩筷子一顿，想了想，说："我也吃好了。"

孩子们都离席了，姜学谦笑道："不管他们，咱们接着聊。"

李青云又给自己倒了一盅酒，开始说那老太太的事："老太太以前是舞蹈老师，优雅了一辈子，得这个病也是遭罪。要我说，我要是这样干脆死了。"

孟黎也说："是啊，死了清净，自己不遭罪，家人也不遭罪……"

在三位家长侃侃而谈的时候，姜之栩和李衔九互相使了个眼色。随后姜之栩回了卧室，等过了一会儿，门响了。

那会儿姜之栩才把空调打开不久，屋里闷气未减，她正仰脸对着空调出气口吹风。听见响动，她偏过头，头发都被吹得飞扬起来，最后全贴在脸上。

她拨开发丝，看到他进门之后的第一个动作是把门锁上，姜之栩心跳顿时乱了。

李衔九却在门口不动，定定地看着她，两秒后，神情嚣张地问："我怎么觉得你一点儿没想我？"

"有吗？"

他冷冷地瞥她："进门之后你就这表情？也不笑一个。"

姜之栩傻了："有吗？"

她直直地看着他，神情无辜，搞得他好像是个很爱挑刺的浑蛋。

他狠狠地点了点头："行，你行。"说着话，就转身要出门。

姜之栩一惊，见他的手碰到了门锁，她慌了，上前扯了扯他的衣摆。

李衔九背一抖，接着把开了一半的锁又关上了。

"你怎么跟只小狗似的，"他转身，垂眼看她，"这时候知道急了？"

她的脸变红了，像桃花的花瓣最边缘的那一抹粉，淡淡的，专属于小女孩。

李衔九看着她的模样笑了笑，掏出手机，打开日历，在6月19日这天留下标注：未来的第一天。

这几个字的杀伤力好大。

温柔不足以形容，好像是心都要化了一样。

窗帘开着，外头万家灯火，带着星星点点的温柔之意，空调的风上下吹着，将书桌上的《少帅》吹得纸张乱响，桌旁的架子上有植物，那盆他亲手栽种的雏菊，不知道什么时候被她搬进了屋。

又静了好一会儿，正当姜之栩想说点什么的时候，却听门外"扑通"一声，仿佛有块巨石把地上砸了个坑。

下一秒两个人就听孟黎高声惊叫："青云！"

李衔九和姜之栩的笑容都凝固在了脸上。

【第七章】
噩耗：青春里为了一人倾尽一城。

直到许多年后，姜之栩还是会回忆起这一天。

她千万次地想，也只有某种她从不了解的力量，像一场地震、海啸、山洪、火山、雪崩……这种野生的，迅猛而不可收拾的自然力量，才能形容当时那一刻的感觉。

她对生命的理解和不理解，都是从此刻开始的。

听到响声，李衔九想都没想，慌张地跑去开门，姜之栩紧跟着跑了出去。

只见李青云不省人事地躺在地上。

据孟黎所说，李青云嫌自己被李衔九管得太紧，好多天没有喝酒，好不容易有了喝酒的机会，多贪了几杯，中途起身去上厕所，上完厕所刚冲完水的时候，不知道为什么忽然栽到了地上。

拨打120，几个人将李青云送去医院，好一顿折腾，诊断的结果不太好，是脑血栓，紧急做了开颅手术，随后李青云一直在昏迷。

到第三天的时候，李青云醒了过来，当然，事情并没有因为她的清醒而变得更好。

李青云瘫痪了。

她没有吞咽功能，也没什么自主意识，不能说话，眼睛只能向一侧看。

医生说，李青云的状况不算最糟的，因为她的肝肾功能和心肺功能都没有问题，如果家人好好照料，后期多做康复治疗，能够长期地存活。

得知这个结果之后，孟黎在医院走廊上控制不住地哭了，哪怕知道会惹李衔九伤心也忍不住。

李衔九则在旁边一声未吭。

医生说，瘫痪病人最需要家属有一颗强大的心脏。

李衔九的强大，姜之栩从来没有怀疑过。

她曾经总觉得他散漫,游戏人间,把玩一切,江湖上走一遭只为当个过客。可自从那次在天台上他把赵明从人生的悬崖边拉上来后,她就知道,他虽然轻描淡写,但绝不是漠不关心。

这样的他,在面对病重的母亲时,他真的能淡定吗?真的可以像以前一样独当一面,把一切事情都处理得游刃有余吗?

生活不是小说,他也没有离谱的光环。

他变得更沉默了,整日浑浑噩噩,胡子也不怎么刮,像个漂泊多年一身风霜的流浪汉。

姜之栩很难受,胸口像被一块嶙峋的石头硌着,把她的每一寸肉都磨得发烂流血,可她不能哭,咬着牙死死地忍着。

因为李衔九没有哭,她得陪着他。

6月25日的十六点,莱城高考成绩发布,那天恰好李青云从ICU转入普通病房,李衔九考了711分,稳定发挥,但没人高兴得起来。

最后还是姜学谦问:"孩子,你打算怎么办?"

李衔九闻言抹了把脸,说:"走一步看一步吧。"

孟黎闻言,咬着嘴唇又憋不住开始哭,怕影响李衔九,借口说去上厕所。

姜学谦接着说:"不能走一步看一步,你上大学是大事,你必须赶快做出决定,这样还有两个月可以准备,无论是钱还是你妈的安置问题,都得花时间。"

李衔九闻言只是捋了捋头发,抬头望了望天花板,又把头低下来。

"李衔九,你得上学。"

姜之栩以往一直很安静,大人们忙来忙去,李衔九沉默以对,她就做一个影子,尽量把存在感降低,不去影响他们。

可这次不一样。

李衔九对她笑道:"你就别操心了,"他瞥了她一眼,看到她眼底青了一片,不由得沉声说,"这边没事了,你回家休息吧。"

姜之栩想都没想地说:"我不累。"

姜学谦忽然开口:"我和你妈在这儿陪着就行了。"

姜之栩咬了咬嘴唇,声音低了几分:"我也得在这儿。"

姜学谦一头乱绪,眉头紧皱。

李衔九站了起来,扳过姜之栩的肩。

姜之栩被迫转过身去,却固执地拧着头,要她去看他平静的脸,还不如把她的心剜出来。

171

"让你回去睡个觉是害你怎么着？"

她很固执："我不想睡。"

"你存心气我是不是？"

"这有椅子可以休息。"

李衔九放开了她的肩，双手无力地垂下。

"姜之栩，是我以前太惯着你了？"

姜学谦忍不住转过头。他知道或许在这一刻，他不该插话进来，可他终归是一个父亲。

他去拽姜之栩的胳膊："我送你回去。"

姜之栩往后缩："我不。"

李衔九看着她："回去吧。"

"我不……"

"你在这儿我心里难受。"

"……"

四周都安静了。

姜之栩的眼泪最终还是落了下来，她咬牙绷紧的那根线，最后还是崩断，洒了一地泪珠，她妥协了，静悄悄地离开了。

她走之后，只剩下姜学谦和李衔九二人相顾无言。

又过了一会儿，李衔九想去冷静一下，姜学谦说"你去吧这儿有我"，于是他没客气。

转身的刹那，李衔九变得冷硬，越往外走脸绷得越紧，等走到楼梯口的时候，过道的风吹了过来，他眨了眨眼睛，有水雾沾在浓密的睫毛上。

他只用一瞬就敛去多余的表情。

路的尽头是急诊。

他迎面看到一个浑身是血的小女孩被一群人慌慌张张地推了进来，领头的护士大喊："都让一让！都让一让！"

李衔九下意识地往墙根儿贴了几步，视线追随着她，见她进了急救室，护士拉上了帘子，一群人焦急地堵在门外。

不一会儿，又有个左腿流血的男人嘶喊着从大厅门口被推进来，接着是个口吐白沫的女人……急诊室里乱成一片，打架斗殴的、车祸的……一趟接一趟。

李衔九又往墙根儿贴了贴，最后直接靠在墙上淡淡地往里面看着。

忽然，悲痛的哭喊声在急诊室里炸开。

等了一会儿，李衔九才知道，那个小女孩走了。

她的母亲在那里几乎要哭死："她的命怎么这么硬？！骨头都被撞碎了，来医院的时候她还没有咽气啊！可是……为什么？！为什么她的命要硬又不硬到底？"

这世上意外和苦难太多，谁能说谁的痛苦更多，谁承担的事更少？

李衔九再也待不下去，转身往外走去。

姜之栩就站在走廊到大厅的拐角处，静静地看着他。

李衔九直接定住，是她先走过来，低下头说："出来再说。"

他跟着她走着。

他们走出大楼，在花坛处停下。

他先问她："怎么没回去？"

她说："想离你近一点。"

他淡淡地点头："回去吧。"

她看着他："刚才为什么在急诊室门口站着？"

他明显停了两秒，才笑道："比惨呗，看看他们，心里好过。"

她怕他忍着会憋坏了，又怕他如果宣泄出来，她接不住。她想叹气，没有叹，最终只是问："李衔九，你为什么觉得自己是一个人呢？"

路口的照明灯坏了，一闪一闪的暗色橙光，在李衔九的脸上投射出寂然的光影。

风把他的眼睫扯动，他后退了一步，没心没肺地笑道："警告你，别煽情。"

姜之栩抿了抿嘴唇："好，我不煽情。"她只是想问，"你怎么不问我怎么回来了？"

他看着她问："为什么回来？"

"走到医院门口的时候，看到一个小男孩在买气球，刚吹起来的大红色气球，他刚接到手里忽然就炸了。"

他舔了舔干涩的嘴唇，等她说完。

"我以前一直以为意外离我很远，可直到今天才发现，生活里到处都是意外。"她像在回忆，"像那天，我去楼下超市买鸡蛋，刚从筐子里拣起一个，它就摔碎在地上了。"

姜之栩的话戛然而止。

李衔九一动也不动地看着她。

她说的话他都懂。

她想让他知道，意外无处不在，而意外之所以被称为意外，是因为它不能被弥补,只能被接受。

她有心了。

他终于找到自己的声音:"我在急诊室,就是在想,生活真是一篇漏洞百出的作文,老天爷的语文真不咋的,伏笔写得太深了,还不会写过渡段。"

"其他的事我倒没想那么多,真的。"他缓缓地说,"毕竟我还有妈,往后日子再难,我不是个孤儿。"

昏暗的灯光明明灭灭,他的正脸被光覆盖又被阴影掩埋,最后又坦荡地暴露于灯光下。

姜之栩和他一样安静,任彼此的影子映在彼此的瞳孔里。

那一刻,羞愧感掩埋了她,她在黑暗中无法自立。

刚才在病房里,她看到李青云插着呼吸机的那一刻,想到的全是李衔九该怎么办。他才十八岁,那样风华正茂、前途无量的少年,负债累累,父亲早殇,母亲重病⋯⋯他都占了。

他该怎么办?

她以为他至少也会为自己的未来发愁,显然他在乎的是,还好李青云活着。

姜之栩心里很不是滋味,李衔九却不觉得有什么,笑道:"还有什么想说?"

姜之栩说:"没有了。"

他轻笑:"乖。"

她沉默了一会儿,心安了不少:"那我回去睡觉,明天给你带早饭好不好?"

他说:"好。"

于是她往医院门口走去,他沉默地走在她身后,直到把她送到车上。

车子启动。

车尾的红灯灯光模糊了他的身影,而川流不息的车子将她淹没。

刚入夜,他们被漫长的黑暗冲散。

第二天姜之栩的高考成绩也出来了。

她也是正常发挥,六百八十分,在青城这个分数上不了最高学府,但重点一本还是稳的。

她查了成绩,第一时间就想把消息告诉李衔九。

她去医院的时候,李衔九不在病房里。

她先把消息告诉了父母,又问:"他呢?"

得知姜之栩考得好，姜学谦和孟黎的脸上终于展露笑颜，两个人问东问西："到时候填志愿，学谦你记得给你朋友打个电话，让人家给个建议。"

姜学谦笑道："那是当然。"

似乎只有考了这个成绩的姜之栩漠不关心，又问："他去哪儿了？"

姜学谦顿了一下，说："去和医生聊转院的事了。"

姜之栩闻言，整个人都蒙了。

"怎么这么突然？"她问。

"不是现在就转走，"孟黎说，"如果情况稳定，再过十天半个月就能转走了。"

姜之栩心乱如麻。

姜学谦捕捉到她的变化，不由得皱紧了眉头："你跟我出来一趟。"

孟黎狐疑："你们怎么回事？"

姜学谦没应声，两三步走到姜之栩面前，架着她的胳膊把她拽了出去，到电梯间的墙脚才停下。

姜之栩揉了揉被抓得通红的手臂："爸，怎么了？"

姜学谦看着她沉下了眼眸："你和李衔九淡了吧。"

姜之栩猛然抬头，表情有些艰涩。

"你不要觉得你对不起他，咱们家和他家非亲非故，我和你妈忙里忙外，时间、精力、钱都搭进去不少，已经算仁至义尽了。"姜学谦讲到这里，语气缓了缓，"也不用现在就断，等过段时间，他回莱城，你们慢慢地减少联系就行了。"

姜之栩安安静静地听完姜学谦的话，淡淡地开口："爸，我知道你们的难处，我不会让咱们家去填这个无底洞的。"

姜学谦听她这么说，不由得神色稍霁。

"你们过你们的生活，他的路，我陪他走。"

姜学谦一时惊了，以为自己听错了："你说什么？"他大惊失色，"你再给我说一遍！"

姜之栩看着他，态度坚决："我想得很清楚了。"

"你不要胡闹！"姜学谦神色严肃，"他妈是全瘫痪。"

"我知道。"

"大小便不能自理。"

"我知道，"她没有等姜学谦说第三遍，"我真的都知道。"

姜学谦忽然失声了，站在那儿，双手不知道该往哪里放才好。

175

电梯开了，有人出来，紧接着又"叮"的一声关闭，显示屏上的数字在飞速减少 23、22、21……7、6、5……

姜学谦的心也飞速降落下去，他们聊不下去了，父女俩相顾无言地回了病房里。

随后的两天，他们父女俩的关系都很僵。

孟黎渐渐也了解事情的来龙去脉了，不由得劝她，可劝不住。

事情的转折在 7 月的时候来临。

那天孟黎和姜学谦不在，姜之栩到医院之后一直傻站着，实在觉得无所适从。

正好看到桌上的水果，她就拿了个苹果，心想削了给李衔九吃。

李衔九当时正给李青云擦脸，打眼瞟了她一眼，眼见一颗苹果被削得几乎只剩个核了，就说："你别削了，我都是直接啃的。"

姜之栩眼一亮："不早说，我也是。"

李衔九摇了摇头："你像是拿着牙签一小块一小块吃的人。"

她"哼"了一声："我吃苹果和梨永远都是拿一个大的，一口口咬下去，我喜欢看苹果被咬下来的痕迹，也喜欢听咬苹果的声音。"

李衔九一本正经地"哦"了一声："随我。"

姜之栩只觉得一头黑线。

她刚转头准备收刀，却不注意把指头划了一下，口子不小，血汩汩地流。她一慌，下意识地瞥了一眼李衔九，怕他看见觉得她笨，忙把刀子收好，又拿衣服前摆把手指包上止血。

李衔九没注意到姜之栩的伤，当他再转身的时候，发现李青云竟然落泪了。

李青云没有自主意识，所以流泪不大可能是因为情感波动引起的，可李衔九还是静默了一瞬。

他把她的眼泪擦干，也不知道怎么回事忽然特别烦，直起身子把毛巾扔进盆里，水花飞溅的声音藏住了他骂的那句脏话。

姜之栩也没有注意到李衔九的情绪，一心想着赶紧去卫生间处理伤口。她刚迈步，孟黎和姜学谦一前一后地推门进来了。

他们撞个正着。

姜之栩的白 T 恤单薄，被血刺目地洇了一大块布料，地上还零星落了几滴血。

她从小娇惯，蹭破点皮孟黎都心疼，何况见到这么多血。

孟黎要拉她去处理伤口，姜之栩不愿意却拗不过，出门前转头看了一眼李衔九，见他站在那儿，眉头紧锁看着自己，再看姜学谦，正幽幽地盯着李衔九。

姜之栩心里生出不好的预感，去处理伤口的路上一直沉默着。

等她把手指包扎完，回来的路上，孟黎憋不住，开口说道："栩栩，其实你爸爸都是为你好。"

姜之栩沉默不语。

孟黎一时不知该如何说下去。

她一向没有丈夫那么条理清晰，擅长在生活琐事上张罗，可但凡稍大一点的事，她已经习惯了丈夫去解决。

姜之栩也不忍看母亲担忧："妈，从小到大，我都没强求过什么，但是认定了的事，我就不想放手。"

孟黎怎么会不了解女儿性格里倔强的部分？

孟黎还记得她八岁那年，放学的时候丢了一个水兵月的钥匙扣，那天下了大雨，她不听任何人的劝，偷偷跑出去沿途找了一路，当天挨了批评，第二天、第三天还要接着找，持续了一个月。

后来姜学谦干脆买了个一模一样的丢在草丛里，假装让她找到，她这才结束找寻。

也是那次，姜学谦对孟黎说："你闺女看着性子淡，欲望低，但其实是个执着到执拗的人。就像表面平整的水面，可风一吹就成狂澜了。"

"就因为知道你是什么样子的人，你爸才这么着急……"孟黎说。

姜之栩果真温柔却执拗："妈，所以你们也该知道，着急也没用。"

孟黎心惊，沉默了。

姜学谦和李衔九在屋里沉默良久。

当着李青云的面，姜学谦到底没有多说什么。

姜之栩包扎的时间不长也不短，随后她们母女俩进屋，姜学谦才说："小九，咱俩出去聊聊吧。"

姜之栩心一紧。

李衔九面无表情地说："行啊。"

姜之栩赶紧跟上去："我也去。"

孟黎扯住她，闪烁其词："你……你留下来帮我的忙吧。"

可是有什么忙好帮呢？

姜之栩眼看着两个男人走了出去，一颗心悬着放不下，在椅子上坐下。

孟黎打开食品袋，跟她说"刚才出去炒了点菜"，又说"给你带了风味茄子"……

姜之栩急得简直像热锅上的蚂蚁一样，再也待不下去，起身夺门而去。

孟黎没有跟上去。

她在原地叹了一口气，眼眶又红了，瞥了一眼李青云："你瞧你生了个好儿子呀。"眼泪扑簌簌而落。

姜之栩来到楼梯间，发现没人，急急忙忙地去按了电梯，下楼去找了一圈，都没有人。

她只觉得胸腔要炸了，急得坐在花坛边上抓自己的头发。她是板正惯了的人，着急也只会为难自己。

平复很久，她才重新上楼，整个人浑浑噩噩，回病房里看到姜学谦已经回来了。

姜之栩没看到李衔九，顿时清醒，问："他呢？"

孟黎看了她一眼，叹气，偏过了头。

姜学谦直面姜之栩，说："在楼道里。"

姜之栩淡淡地说了个"好"字，转身往楼梯口走去。

孟黎和姜学谦看着她的背影，两个人眼里都满是复杂之色。

孟黎问："你跟小九说了什么？"

"没说什么。"

孟黎看了一眼李青云，小声说："你不要太过分了。"

姜学谦沉声说："真没说什么。"

他们走到楼道上，怕姜之栩跟上来，特意往上爬了一层。

姜学谦刚掏出烟，李衔九就说："叔，我怕麻烦，你想说的话就别说了，我答应。"

姜之栩到了楼梯口，步子顿了顿，揉了揉眼睛，拍了拍脸，推门进去。

楼梯上下都空无一人。

她喊了一声："李衔九。"

几秒后，他从上一层的拐角处站出来，面对着她居高临下地站着，她一级一级地踏上台阶，走到他身边。

她没有拐弯抹角的耐心，迫不及待地问："我爸跟你说什么了？"

他转身看着她："你爸想资助我上大学来着。"

姜学谦说，这钱和姜之栩无关，可李衔九还是拒绝了。

他那时还不够成熟,做不到坦然接受别人的馈赠,如果不能同等回报回去,他宁愿不要。

姜之栩问:"你怎么说?"

李衔九嗤笑一声:"我说,钱太少了,我看不上啊。"

姜之栩愣了愣,"扑哧"一声笑了出来,嗔道:"你干吗这个态度跟我爸说话呀?"

他目光深深,看着她的笑颜没说话。

她笑着笑着停了下来,好像预料到了什么,嘴唇紧紧地抿在一起。

他果然还有更重要的话等着她:"要不我放过你吧。"

楼道挺闷热的,两个人没有刻意渲染什么情绪,天气已经足够让人发闷。对李衔九这句话姜之栩不意外,就像阴云密布的天空,即使没来雨,可人们也有预感。

等雨之前的心情很忐忑,忐忑是因为人知道雨一旦落下,就会被浇得狼狈无比。

可惜天公不作美。

"我爸到底跟你说什么了?"姜之栩语气重重地问。

李衔九答非所问:"长篇大论不是我的性格,之前我和你约定要一起去未来,但现在我反悔了,就是这样。"

姜之栩只觉得喘不上气来,太闷了,天气太闷了。她背过他去扇风,呼了一口气又转回来。

片刻之间,她已经想好说辞:"不管你说这话是因为我爸,还是因为你妈,都不重要,重要的是咱们两个人。"

"你爸或许不重要,可我妈也不重要吗?"李衔九笑了,声音很轻很轻,带着疲倦之意,"你是不是太天真了?"

她一言不发,双目灼灼地看着他。

沉默代表另一种语言,而她早就说了万语千言。

李衔九眉头紧锁。

眼前的女孩儿好像变了很多,或许他早该知道,她压根儿不是什么淡如水的人,表面看着纯净,其实是杯白酒,烈,辣,香,有滋有味,只等有人来催发,他恨自己就是那个人。

"我吧,不太想煽情,但要是什么都不说,未免对你太不负责了。所以……"他顿了一下,掏出手机,在屏幕上滑了几下,把页面给她看,"今天是7月1日。"

他的日历备忘录上清晰地写着"再见"。

姜之栩只是看着他,知道他很认真。可能连在寺庙许愿的时候,他都没有这么深思熟虑过。

这一刻她真的很恐惧,恐惧到忍不住发抖。她拼命地忍着,说:"可是才十二天,谁的未来才十二天?"

他淡淡地说:"已经足够长了。"

这十二天已经够他受的了,他的时间不能用天来计算,而是成千上万秒,每一秒都盛满了命运的波澜。

姜之栩试图挽回他:"我可以多付出一点儿的,一加一等于二,一点五加零点五也等于二啊。"

李衔九被她弄得哑口无言。他知道即便真的把她留在身边,他也一定不会让她吃苦,但也知道,她想帮他分担的心,他拦不住。

那么,他们又何必在真实生活里上演一出《麦琪的礼物》?

他想赶紧结束这一切:"你记不记得之前你种多肉的时候我对你说过什么?"

对烂茎断舍离,就能割舍掉生活里其他烂掉的东西。

"可你不是我生活里的烂茎。"她离他近了一步,没有流眼泪,心却在淌血,心疼得厉害。

李衔九以前不是没对姜之栩说过一些听起来挺像那么回事的话,可那些话终究掺杂了少年意气在里面。

他双手颤抖着,沉默许久才说:"就当老子要遭天谴下地狱吧,什么话都别说了。"

她点了点头:"好,那我告诉你,我不同意。"

"姜之栩!"他转过身喊道。

"李衔九!"她硬顶了回去。

两个人硬碰硬,撞碎一地玲珑心。

姜之栩的叛逆期好像比别人来得晚了一点。

自从那天和李衔九不欢而散之后,她就像变了一个人,固执地按照自己的心意做事,谁的话都不听,谁的理都不信。

她每天都会去医院,李衔九不理她,她也不急,幽灵一样坐在角落看着他。

姜学谦看不下去了,把她骂了一顿,她也不反抗,就浑浑噩噩地到走廊的椅子上坐着,有时候睡着了,又被医院浓重的消毒水气味刺激醒来。

孟黎不是个爱管束孩子的母亲，见她这样也急了，劝她回家，也劝她放弃。

她一言不发，第二天照样到医院来。

"太年轻，有些女孩儿爱幻想救世主，有些女孩儿爱把自己幻想成救世主。"姜学谦对孟黎说。

"反正小九也该回莱城了。"孟黎说。

"嗯，栩栩也要上大学了，都会过去的。"姜学谦说。

…………

李衔九是在填完高考志愿之后才离开的。

他被两所顶尖大学同时录取，最后第一志愿填报了其中一所的金融学专业，姜之栩则报考了和他同一座城市的一所外国语大学念英语。

填报志愿之后，姜之栩的情绪好转了不少，她想着反正都是去同一个地方，以后的日子还长着呢。

7月10日，姜之栩记得很清楚，早晨起床之后，奶奶打电话说爷爷生病了，闹着想见她，于是她就坐公交车去了爷爷家一趟。

当时爷爷还在咳嗽，打吊瓶把手背都打青肿了，但是老爷子性子倔，不肯让儿子操心，就一直没对姜学谦说。是奶奶总听爷爷"栩栩，栩栩"地念叨着，才给姜之栩打了电话。

那天姜之栩陪爷爷去卫生所打了针，拿了药，一直到下午才离开去医院。可等她到病房的时候，她就见护士正在收拾被褥。

整个房间里空无一人，唯有姜学谦站在窗前。

她走过去，问："他呢？"

"回莱城了。"

她立刻掏出手机打电话给他。

"您好，您拨打的电话暂时无法接通……"

怎么每次都是这一句？她急得在原地直跺脚，恼得脸发红。

姜学谦静静地看着她闹。

姜之栩抬头，愤怒地问："为什么？"

"住院半个月，护工、单间病房、医疗费、医药费……杂七杂八加起来，一共两万七千块钱，这个钱是我们花的。"姜学谦给她算这个账，"包救护车和高铁转运，一共三千多元，还不算我和你妈跑前跑后花费的时间和精力。我们非亲非故，哪怕是你妈以前欠李青云的，现在做到这份儿上，也可以了吧。"

他把成人世界里的计较和利益摆出来给她看。

她不想听:"你有话直说吧。"

姜之栩这话说得很生硬,姜学谦顿了一下。

他感觉自己好像从来不了解这个女儿,她的叛逆期好像迟来了,这是她第一次反叛,却那么强硬,那么娴熟,好像类似的争吵已经在他们的生活里发生过千百次。

他养了她十八年,才养成她这一身温润的血肉,可还不抵李衔九短短一年带给她的这一根反骨。

"我只是想让你知道,生活处处都是计较,磨难多到你想象不到。"

"那又怎样?"她吊起眉梢,表情冷如刀锋,"万水千山只等闲啊。"

"你……"姜学谦语噎了。

姜之栩继续说:"爸,那天你也说了,谁也没法保证能够从十七八岁走到最后,我没想那么多,起码能陪他走一天是一天。"

姜学谦只觉得太阳穴突突地跳:"你真就打算陪他走一段路?"

姜之栩的声音被硬生生地截断。

姜学谦嘲讽地笑道:"我还不了解你?!你就是个飞蛾扑火的烂性子,就算走完这段,你还是得一头往火里撞死!"

姜之栩一句话都说不出来,诚如姜学谦所言,她被看透了。

让天使降落的人,有资格主宰天使的生死。

他是火,她也愿意扑上去,干脆烧掉她的翅膀,将她永远困在他的火坑里才好。

"你知道瘫痪是什么概念吗?这是两三天就能变好的?以后受苦的日子长着呢!"姜学谦很是严肃,气得发昏,"你不要以为自己可以拯救一个人的人生,你做不到!我把你养这么大,难道是为了有一天你折在这种事上头?"

姜之栩把头偏向一边,微仰着下巴,垂着眼眸,倔强得不像话。

争论是没有意义的。

我心匪石,不可转也。

姜之栩生平第一次明白这个古老的句子是什么意思。

后来的几天,姜之栩疯了一样给李衔九打电话,一直没有回应。

她想去找他,却被姜学谦牢牢地看着,最后还把爷爷奶奶都请到家里来,轮流给她打感情牌。

也是那时候姜之栩才偶然发现,那天奶奶打电话让她去看望爷爷,也是姜学谦提前安排好的计划。

姜之栩变得更沮丧。

孟黎从莱城回来之后就生了一场病，急性肠胃炎引起发烧，连烧了几天还是不见好。

姜之栩把自己关在房间里，根本不关心孟黎的情况，也不吃不喝，身体每况愈下，状态则更糟，用行将就木这样严重的词来形容都不为过。

姜学谦没有再对她发火。

常年从事教育工作，他看多了这种状况，知道姜之栩和李衔九到这个份儿上，基本已成定局。

他拿出一家之主的担当，越是这时候，就越是要沉住气，于是每天早上气定神闲地起来写毛笔字，下午则去钓鱼，晚上回家做饭给孟黎吃，常被孟黎念叨难吃得又要反胃，这便是家里唯一的热闹。

李衔九走了之后，项杭到家里找过一次姜之栩。

孟黎引她进来，看到姜之栩躺在床上蜷成一团，项杭半天没动，并不是震惊，而是难以理解。

她傻傻地看着姜之栩："你这是怎么了？"

从小到大，姜之栩的性格都很稳，很少有失态的时候，何况像这次这样把自己折腾得瘦成皮包骨头。

姜之栩只瞥了项杭一眼，随后像个迟暮的老人一样缓缓地转过身去。

项杭吓哭了，跑过去抱她。

孟黎悄悄地把房门关上，给女儿留出足够的释放空间。

项杭才不管什么三七二十一，硬是把她扳过来，低头询问："你这是干吗啊？"

姜之栩表情漠然。

项杭并不知道姜之栩和李衔九的事情，但在进门之前，孟黎误以为她是知道的，就和她交代了几句，项杭这才猜出了六七分。

她呜咽道："小栩，其实分开只是暂时的，以后念完书，有能力了，你还是可以去找他的。"

姜之栩闻言把自己蜷缩得更紧。

"栩栩，所有的道理你都知道是不是？你只是太难受，怪自己不能陪他一起面对这些事，所以惩罚自己是不是？"项杭哭了，"但是过了这阵子，你会好起来的吧？你说话呀？"

姜之栩依旧双眼无神。她就是在惩罚自己。

凭什么他痛苦的时候，她还能好好活着？

书里说了,其中并无舟子可渡人,唯有自渡,她自己不愿意放过自己,谁来劝都没用。

转折在 7 月快结束时才出现。

那晚她去上厕所,无意间听到孟黎和姜学谦在谈话。

当时姜学谦的话恰好说一半:"我特意买了商店里堆积着卖不出去的那个,觉得颜色比较旧嘛,谁知道还是没瞒过她,但其实她后来跟我说过,她知道那个钥匙扣是假的。"

"怎么看出来的?"

"她说重量不一样。"

孟黎沉默了下来。

姜学谦叹气:"所以虽然我说过她很执拗,但还留有余地。"

"她的余地是我们。"

"但愿现在还是……"

"学谦,我想了想,没必要一棍子打死,让他们慢慢淡了不行吗?"

"她的性子我清楚,飞蛾扑火都没她雄赳赳气昂昂。"姜学谦说,"我不怕栩栩吃苦,人生哪有不苦的?我是怕她吃不属于自己的苦……就是要让她知道,这事绝对没有商量的余地,否则她看准了我们的软肋,更加一意孤行,事情反而不好控制。"

姜之栩听到这里转身欲走。

"你和李衔九的小姑联系好了吗?"

姜之栩的步子又顿住了。

"别提了,他就李美慧这一个近亲,那人还是个守财奴。"

"那我交代你的事呢?"

"我从莱城回来之前特意去池州找过她。"孟黎说,"不出你所料,她觉得咱们能每月给小九打一千五百元,却一点儿好处都不给她,未免太小气。"

姜之栩呼吸一滞。

"你没按我说的跟她说?"

"说了,我说'用你的卡资助李衔九,以后他感激的是你,往后如果他有出息了肯定忘不了你,要是没出息你也博个好名,不吃亏'。"

"好,我也穷过,这钱烫手,不能明着给……"

姜之栩一直在门口站着,直到屋里的话语声渐渐归于宁静,又发出轻微的鼾声，她都没有动弹。

她抬头看天，月亮很亮很圆，到后半夜她终于回屋。

她看着镜子里的自己，短短几天她已经瘦得有点脱相，真的成为一块嶙峋的石头，不仅硌伤了自己，还硌伤了别人。

她自责于自己的低迷样子。

伤心是难免的，她是凡人一个，未能免俗。因此她不强迫自己摆脱这种痛苦情绪，可是日子还得过下去。她伤害自己，就是伤害父母。

她终于决定结束这样的状态，想了又想，给他发了一条消息："李衎九，你把我排第一位吧。"

没有多余解释，她知道他一定懂她的意思，因为这是当初他对她说过的话。

我在你心里占个座，等痛苦和悲伤都过去之后，让我第一个奔向你吧。让我以更成熟的文笔，重新续写这故事。

发完消息之后，她走到窗台前，窗户大开，温和的夜风呼啸而来，她恍若未觉，静静地看着这城市。

青城。

倾城。

青又有青春的意思。

青春里为了一人倾尽一城。

她在这座城，完成了她的成人礼。

她的故事放在偌大的红尘之中，并不算惊心动魄，可要是立足于一方烟火地，是一个人全部的荡气回肠。

她看着远方遥不可及的灯火、城市上空闪烁的飞机尾灯，还有难得一见的星星，人间本是黑暗的，但总有些闪光藏于黑暗之中，给人希望。

她知道，结束了。

她的青春以李衎九开始，也以李衎九结束。可她仍然认死理地坚信，结束是开始的序章。

姜之栩渐渐恢复到以前的生活。

因为之前折磨自己，她瘦了很多，头发也大把地掉，后来干脆将长发剪短，只留到齐耳长度。

常灵玉差点儿没认出她来。

常灵玉和姜之栩在同一个驾校学车，夏天热得流火，两个女孩在等车空当,会在阴凉地挨着坐。

姜之栩和往日一样,话很少,常灵玉虽然是个活泼的女生,但姜之栩总是拒人于千里之外,拒的次数多了,两个人也就不交谈了。

常灵玉在7月初给李衔九打过一次电话。

有些事李衔九不想多说,只用寥寥数语相告,却足够让人理解命运究竟对他做了什么。

常灵玉朋友少,从小到大的热情都不过是一种社交手段。

当初她能和李衔九成为朋友,就是因为他们都年少丧父,家境微寒,心里却都有股想向上爬的劲儿。

然而她现在的生活越来越好了,可命运仍然没给他一个好的安排。

带着对李衔九的可惜之情,再见到短发的姜之栩,常灵玉的心理防线崩溃了。

常灵玉尝试过带动姜之栩快乐,可总是使不上力。

科目二考试之后,张家兴和高航分别从外地旅行回来,喊常灵玉聚会。

原来高航两天前和李衔九通过电话,也是两三句聊出了一些内情,这才知道他身上发生了什么事。

他们在大排档喝酒,忍不住像隔壁桌的中年人那般长吁短叹。

喝到一半的时候,他们聊起了姜之栩,有些事其实是瞒不住的,后半程大家都陷入沉默之中。

那次聚会是大家最低迷的一次,两个男生不断给自己灌酒,喝到最后,张家兴和高航竟抱头痛哭起来。

只留常灵玉一个人在旁边冷眼看着,然后忽然之间,常灵玉的心一凛。

她终于窥见了姜之栩万分之一的痛苦感受——她拒绝了昏醉的宣泄,平静地接受了清醒的痛苦。

常灵玉再也忍不住,给李衔九打电话,问:"你知不知道,有些女孩儿是心甘情愿地和男生一起吃苦的?"

李衔九静了许久,回她:"男生为什么要祸害人家?"

常灵玉不知道该如何开口:"姜之栩剪短发了。"

"以后她的事都别告诉我。"李衔九挂了电话。

那会儿他正在一家摄影棚里拍摄,挂了电话之后,他到窗边望着天发呆。

外面风很汹涌,却托不起太多现实的东西。

她说:"李衔九,你把我排第一位吧。"

他打了个"好"字,在发送之前,摁灭屏幕。

他觉得自己现在就像一头蒙着眼睛的驴，看不到未来，只能闷头拉磨。
不如把她归还于人海，他再转身向另一片人海走去。在人生的波动里，他理应径自扛起生活的难题，不拖累任何人。

姜之栩学车很顺利，每门考试都是一次过，在 8 月中旬就拿了证。
她拿证那天，裴宣儒恰好打电话约她见面。
裴宣儒早在刚毕业的时候就找过她，问她去不去国外玩，她一直没动静，到最后裴宣儒也搞不懂了，给她发了好多消息，话里藏话，其实是想问她"我惹你了吗？"，她还是没有回复。
这次再联系她，他已经从国外回来了，约她在一家新开的寿司店见面。
她的短发不仅让常灵玉惊讶，裴宣儒更是盯着她半天失语。
"怎么剪短了？"
"掉头发。"
"人家都是高考之前掉，你怎么是高考之后掉起来了？"
"谁知道呢？"
外面阳光刺眼，姜之栩的半个身子都沐浴在阳光下，她端起沁着水珠的桃气泡泡，随意地看向窗外。
裴宣儒动了动嘴唇，想说什么却没说，笑道："哦，对了，我给你毕业照。"他从兜里掏出一张照片，"赵老师让我给你的，之前分班考被淘汰的同学都有一张，毕竟有同学情谊，留个念想，正好那天我去学校，他就让我给你捎过来。"
姜之栩接过照片，一眼就望见其中的一个少年，并不挺拔，校服松松垮垮地穿着，吊儿郎当得像还没睡醒。
她目光落在他的脸上，就再也移不开了。
"可惜最后没能和你出现在同一张毕业照上。"裴宣儒说。
姜之栩顿了一下，把照片装进自己的帆布包里，说："是啊，有点可惜。"
裴宣儒看着她，没捕捉到她多余的情绪，笑道："听说你考上了北外。"
"嗯。"
"我去的航大。"裴宣儒笑得露出洁白的牙齿。
"哦，恭喜。"
姜之栩始终淡淡地笑着，态度让人挑不出错，但气氛实在算不上融洽。
裴宣儒不是傻子，知道姜之栩情绪不高，等寿司上桌，两个人没吃几口就离开了。

从小店出门正对着一家古老的杂货店，这家杂货店貌似开了很多年了，只是姜之栩一直没来过。她忽然想起项杭就要过生日了，于是就对裴宣儒说："我想进去逛逛，你先回去吧。"

裴宣儒说："那一起吧，反正我也没事做。"

于是他们一起过去。

风铃晃动，门开了。

老板是个年迈的老头，长得很像《飞屋环游记》里的爷爷。老人当时正在给金鱼喂食，笑着说："你们随便看哪。"

姜之栩往里走，货物很多，但归纳并不工整，反而有种满满当当的充实感。

裴宣儒拿起一个飞鸽哨子给姜之栩看："很精致。"

姜之栩笑道："是啊。"

她顺着他的手看过去——一排明信片。

姜之栩眼睛一亮，走了过去。

那些明信片也是没有规整随便挂在架子上，她凑近了去看，每张都很漂亮。

她知道项杭喜欢蓝色，挑了一张克莱因蓝的正方形明信片，问裴宣儒："这个还不错吧？"

裴宣儒说："挺好看的。"

她点了点头，又想起什么："可是颜色太深，会不会不显字？"

裴宣儒说："可以挑个浅蓝的呀，"他在货架上搜寻了一番，笑道，"哎，这个天空元素的就很好看。"

姜之栩的笑容僵在嘴角。

裴宣儒拿起的那张蓝色明信片后面，恰好是一套白色的信纸，不知道被谁塞到这一栏，恰好是背面朝外，露出镌刻了一丛烫金玫瑰的信封。

她将信封拿起来，裴宣儒还在说什么她没有在意。她走到柜台前，把信封的背面扬起给老板看，问："这张多少钱？"

老头抬了抬鼻子上的眼镜："这张啊，这张是旧款了，只要十块钱。"

姜之栩想了想，问："嗯……您这儿能火漆封缄吗？"

老头顿了一秒，抬起眼皮看了姜之栩一眼："你还真问对人了。"他笑了笑，把鱼食放下，又说，"这信原本一共就剩两套，哎，奇了怪了，你们买的时候都要火漆封缄。"

姜之栩心跳快了起来："这个还有别人买吗？"

"嗯，还有一张是春分那天卖出去的。"老头低头去找东西，声音忽远忽近,"没想到我这个老脑袋还能记住,哈哈,不过那天日子特殊,加上那小伙子长得帅,难免嘛。

"那小伙子估计是找了很久,才找到喜欢的东西,我一看就知道他是买给什么人的。"

"我还说:'小姑娘哄哄就行,你还么么上心哪?'他在门口,就是我那鱼缸前头,笑着说'信纸太差劲儿了,信封得买个好点的'。"

姜之栩在一旁怔怔地听着,好一会儿都没有接话。

裴宣儒碰了碰她的肩膀:"你要现在就写,然后封缄吗?"

她缓缓地舒了一口气:"哦,不用了。"她笑着打断正在费劲找东西的老头,"您别找了,我不买了。"

"怎么了姑娘?"老头问。

"因为我已经有一张了。"

她笑了笑,随后推门离去。

恰好孟黎打电话来:"今晚回姥姥家,你赶紧回来。"

姜之栩只好对裴宣儒说抱歉:"我有事得先走了。"

裴宣儒欲言又止:"我怎么觉得你好像突然就讨厌我了?"

"没有啊。"

"那个,你是不是因为看了那本书?"

"什么?"姜之栩没懂他的意思。

"就是你过生日时我送你的书。"裴宣儒说。

有辆银色迈巴赫从巷子那边开过来,他们都朝路边后退了一步。杂货店门口的花架就在一步之隔的地方,一个没注意月季花碰到了肩膀,花刺从脖子那儿划了过去。

姜之栩下意识地抚了抚后颈,这才想起来,那天他是送书给她了,只是当时还没来得及拆李衔九就来了,她后来就把那本书放在了书柜上没动。

姜之栩觉得有点不好意思,就说:"不是,我没讨厌你,我就是最近……学车后遗症,被教练虐得太惨了。"

裴宣儒讷讷地说:"哦。"

两个人并肩走出这条小路,走到了香港街主道上去。

裴宣儒要去坐公交车,姜之栩则打车回去,他们互相告别,裴宣儒转过身去公交站,刚走没几步,又忽然转身叫住她:"姜之栩。"

她转过身,看见裴宣儒远远站着:"那本书,你别放心上了,我翻篇了。"他说,"今天见到你很高兴,我们以后还是朋友吧?"

189

姜之栩云里雾里，有点儿迟钝："当然。"

裴宣儒露出一个阳光的笑容："好，"他朝后指了指，"那我走了。"

姜之栩还是那样淡淡地笑了笑。

回家后，她连包都没来得及放下，便去找裴宣儒送她的生日礼物，淡青色纸包装，她用剪刀剪开蝴蝶结和胶带，一本书映入眼帘——《爱你就像爱生命》。

姜之栩不自觉地蹙起眉头，打开书，恰好看到扉页上的字："老同桌，高三有你在身边，学习一点儿都不累（你换班之后，我才知道什么是高考生的痛苦）。生日快乐，希望有机会一起去看星星。"

姜之栩合上书，静默了好一会儿。

她细细地回想，根本找不出裴宣儒的心意的蛛丝马迹，坐在椅子上一直发呆，直到孟黎喊她"收拾好没有"，她才把书放回书架上，却没急着出门。

她打开抽屉上的锁，拿出那封白色的信，打开抽出那张演草纸，十八个"生日快乐"，笔力锋利，几乎割伤了她。

她扫了一眼就忍不住鼻酸。忽然，她觉得不对劲儿，再一看，察觉出异样。

她拿起纸对着太阳，发现纸上有很多密密麻麻的印子，全是"生日快乐"四个字。

她顿时怔住，就像有什么惊动了静谧山林，一群鸟儿挣扎着从森林中飞出来，她的心也是如此震撼。

原来，他不止写了十八遍"生日快乐"，这张纸不过是他选出的最满意的一张。

谁也不知道，在她十八岁的那个上午，他写了多少遍"生日快乐"，也不知道他究竟找了多少家店，才找出他看得上，而她也会喜欢的一张信封。

孟黎又喊："还出不出得来呀？"

姜之栩抹了把脸，拿着包出门。

姥姥家在青城另一个区，孟黎平时回去得不勤，因此每次去姥姥家，孟黎都会拎很多东西，什么补品、成箱的纯牛奶、水果……现在住新房子还好，以前住老单元房没电梯，抱着东西下楼特别费劲。

孟黎把车开到楼底下，姜之栩把东西搬去后备厢。

孟黎问："你拿证了，要不你开试试？"

姜之栩说："到人少的路段再说吧。"

上车之后，孟黎开了一段路，姜之栩便仰在一旁闭目，没什么精神。

车行驶到一半的时候孟黎去加油，加完油之后，姜之栩上了驾驶座。

自动挡的车没什么难的，姜之栩开得很顺，孟黎忍不住拍了小视频发朋友圈，夸她："到底是年轻，比我强多了。"
　　姜之栩兴致不高，心完全被李衎九那张写满"生日快乐"的信占据。她不确定自己还适不适合继续开车，告诉孟黎："还是你来开吧。"
　　她想靠边停下车，车载电台忽然切了一首歌——如果你来过能不能找到我，如果你来过懂不懂这难得。
　　是《贪得》，姜之栩猛踩刹车！
　　她在那个瞬间忽然惊觉，元旦的时候，他那首歌是给她唱的。
　　孟黎并不知道发生了什么事，笑着解开安全带，嗔怪道："你说你停就停，干吗刹这么猛？"
　　姜之栩回神，随口解释："我技术还是不行。"
　　就是那一刻，她话音还没落，身后急速行驶的小轿车直直地冲上来，刺耳的刹车声磨坏了耳膜，然后——
　　"砰！"

　　姜之栩仿佛做了一个梦，梦到还是上高三，晚自习的时候突然停电了。
　　在大家乱作一团的时候，有人忽然用手指点了点她的肩膀，她转过身，黑暗中有柔软的触感落在她的眉心上，于是她战栗着惊醒过来。
　　姜之栩刚睁开眼，便看到洁白的天花板和陌生的墙壁，静了片刻，又仿佛闻到了淡淡的水果香，偏过头，看到床头全是果篮。
　　她怔了怔，喊了一声："我妈呢？"吐字很不清晰。
　　那会儿是凌晨十二点，姜学谦迷糊了一会儿，听到动静倏地直起腰，怔了怔才说："你醒了。"
　　姜之栩盯着他："出车祸了？"
　　姜学谦的声音透着疲惫感："嗯，肇事司机酒驾了。"
　　姜之栩猛然想起什么，问："我妈呢？"
　　"你妈没事。"
　　"她在哪儿？"
　　"……"
　　"爸……"姜之栩这声带着哭腔，藏着无尽的害怕之意。
　　姜学谦故作轻松地说："她没事，就是腿断了，你姥姥陪护着呢。"
　　"腿断了……还叫没事？"
　　她发现自己的声音很虚，讲完这句话后意识到什么，动了动自己的四肢，没什么问题。

她问:"那我呢?"

姜学谦面露难色:"你还好,轻微脑震荡,不碍事。"

"你说实话。"

"……"

姜学谦明显挣扎了一下,转身去拿了手机,开了前置摄像头递给她。

姜之栩很平静地接过手机,看了一眼。她顿了一下,那一刻连她自己都不知道,她是反应不过来,还是不愿意反应过来。

她想了想,又拿起手机,盯着屏幕眼睛一眨不眨。

她问:"我的脸怎么了?"

怎么她的脸上全是绷带。

"划了一道。"

"划了一道?"她蹙眉,"我怎么感觉不到疼?"

"麻药还没散。"

"我毁容了?"

姜学谦叹气:"我就知道你会这么想,没那么严重,做几次修复手术就行了。"

姜之栩沉默了。

姜学谦安慰她:"我刚才给你许叔打电话了,他儿子很厉害的,可以给你联系到好的医院,可以治愈的。"

姜之栩轻轻"嗯"了一声,目光沉沉地盯着天花板,不知道在想什么,过了好一会儿,才问:"多长?"

"三厘米……"

"哦。"她说,"横着的还是竖着的?"

姜学谦不知道该怎么解释。

姜之栩问:"不会满脸都是吧?"

"你别多想……就左脸上有一道,然后下巴上有一点。你放心,爸爸咨询过专家,真的可以治愈的,我不骗你。"

"这样啊……"姜之栩喃喃。

她偏过头,看到外面一格一格地亮着灯的大楼,就像俄罗斯方块。

灯光越来越少,每隔一会儿就熄灭几盏,麻药的药效也像那些光一样一格格地消失。

到最后只是偏一下头,她就疼得必须顿住,缓一缓才能化解那尖锐的疼意。那痛感从脸颊上传来，导致她的牙根、口腔、耳朵、太阳穴和半边脖子都疼。

挨到第二天早晨医生来给她上药，她整个人脑袋都昏了，发着热一样，一股一股地胀疼。

医生打开纱布，上药的过程中她一声没吭，要换新纱布的时候，她说要照镜子。

医生第一时间去看姜学谦的脸色，姜学谦沉着脸点了点头，医生才拿镜子给她。

她的第一反应是脸肿得像个猪头，左半边脸上沾满了黄色的药水，玻璃几乎把脸颊插穿，用黑线缝上的伤口，就像歪七扭八的蜈蚣。

姜之栩就看了那一眼，往后直到出院都没有再碰过镜子。

姜之栩在9月开学季去往大学所在地，不过却不是为了报到，而是要去看医生。

她记得很清楚，那天天气很好，孟黎因为还在养伤就没有去送她，姜学谦独自带她进京。

愈合中的伤疤很痒，姜之栩一路都在忍。

姜学谦很想找个话题跟她聊，看到车厢里有拎着行李去学校的大学生，便问："项杭考去外地了是吧？"

"嗯。"姜之栩转头看向窗外。

"和你一起练车那小姑娘呢？"

"华北科技。"

"……"

绿油油的玉米大片大片地掠过车窗，山头上的树黄绿参半，列车驶过，外面的景色就变成一幅油画。

姜之栩这个不喜欢夏天的人，和往常一样，再一次为夏天离去而感到难过，这种感觉可以用"最是人间留不住"来概括。

再炙热的温度也会变凉，再热血的少年也会变老，四季之中，因为夏天最嚣张，所以夏天消失时也最残忍。

项杭去了一所二本学校，谢秦的特长没用上，他最后去了跟项杭同城的一所专科学校。二人在毕业之后终于牵手成功。

高航去了国外，张家兴高考前那阵子被李衔九看得紧，居然冲刺上了一所一本院校，去了青岛理工。

夏天走了，属于夏天的少年也都散落在南北东西。

姜之栩并不觉得伤感。

青春终结了，生活还要继续，大家步履不停，为了去往更好的未来而所向披靡，有些人山前相见了，就已经是人生之幸，倘若大家都能获得幸福，山后不相逢也没什么要紧的。

姜学谦这次拜托许丛伟办事，许丛伟的儿子在大城市混得风生水起，据说能请到最好的医生。

两个人出了高铁站，有个叫陈清的人来接他们，他自称是许总的秘书，说是许总还在开会，先让他们去酒店歇歇。

他们直到下午四点多钟才见到许丛伟的儿子，男人身材高大，五官很立体，带有混血的立体感，傲而矜贵。

他讲话的时候始终没什么表情，就像一个没有感情的机器人，不难想象他处理起工作来会是怎样严谨。

他给姜之栩介绍了一家私人医院。

主治医师乔治是中德混血，四十岁上下的样子，先是端详了她的脸，满意地说"幸亏没有伤到嘴唇，否则是绝对不可能恢复如初的"，随后又带她做了两个多小时的精细检查。

在晚饭之前，她办理了入住手续。

其间，那男人一直都陪着姜学谦在等结果，手续也安排秘书办得妥妥帖帖，随后乔治问他要不要一起吃晚饭，喊了他一声"许桉"，姜之栩才猛地愣了愣，恍然想起常灵玉。

一切都是那么凑巧，似乎又有着千丝万缕的联系。

姜之栩在这家医院做了手术，随后又住了小半个月。

出院之后，她直接去大学报到了。

第一次手术之后，脸上仍旧留有很清晰的痕迹，她很长一段时间都戴着口罩生活。

有一次上完课，她回宿舍的路上，半路被男生要微信，她没说什么，把口罩摘下来，男生紧接着说了句"抱歉"，尴尬地转身就走。

那段时间她一直处于没有社交的状态。

常灵玉的学校离姜之栩的学校很近，偶尔常灵玉会在周末的时候来找她。

久而久之，舍友会问："你都去见谁啊？"

姜之栩刚开始说是朋友，后来见舍友们实在八卦，干脆改口说"男朋友"。

这三个字才是她们想听到的答案，后来她们再也没打听过。

这样一直持续了三个学期，姜之栩的头发从齐耳长到齐肩再长到锁骨，没有任何人怀疑这件事。

某天她逛某乎,里面有个问题是"你遇见过的最惊艳的人是什么样子的"。
当时已是凌晨,舍友们都睡了,在夜晚情绪总爱作祟,于是她心念一动,留下一段话——
"见到他那一刻,忽然读懂了金庸。
明白了纪晓芙'不悔'的倔强。
明白了郭襄'一见杨过误终身'的滋味。
明白了李文秀那句'那都是很好很好的,可我偏偏不喜欢'的意思。"
她在最末附上了他十八岁生日那晚,双手合十的模糊的侧脸照。
她关掉手机,辗转反侧,每每刚要睡着就惊醒,脑子里除了他还是他。她以为那晚会梦见他的,可是没有。
她一直到早晨六点才算彻底平静下来,睡到七点多的时候却忽然被舍友摇床晃醒。
她懒懒地坐起身,揉了揉眼睛。
舍友问:"宝贝,你某乎里发的那人是谁?"
她顿时清醒,这才想起自己或许忘记设置匿名。
她打了个哈欠,掩饰慌乱样子:"哦,我男朋友啊。"
"你男朋友和一个演员超级像!"舍友抢话道,特别激动地问她,"你还有他的照片吗,我想看!"
她敷衍地说:"他不爱拍照。"
舍友有点失望:"这样啊。"又说,"可是真的好像啊!"舍友说着就要找剧照给姜之栩看。
姜之栩把被子一蒙,倒头又睡,舍友又说了什么她没有听。
直到几天后放寒假,姜之栩又要进行一次修复手术,这次是到国外做,在去机场的路上,她看到了一张电影的海报。
那部电影叫《结痂》,一周前她和舍友去电影院看电影的时候,也在候场区看到了这部电影的宣传海报,只是那张海报里的人物并不是他。
而这张海报,是张群像图,男主角后面的人,就是他。
剧照里,李衍九一身暗蓝色的衣裳,脸上带血,目光倨傲,仿佛在隔着车水马龙与她对视。
姜之栩不知道哪儿来的倔强,毅然决定改签机票,就近找了个电影院买了《结痂》的最近场次的票。
李衍九在电影里演了一个阴鸷而脆弱的冷血杀手,是造成男、女主角悲剧的关键人物,戏份不算多,结局不算好。

电影是悲剧。

观影途中不时有观众抽泣，姜之栩在人群之中，满脸也都是湿意。

他们哭的是戏，姜之栩哭的是人，但并不能看出差别。

姜之栩改签后，比预定时间晚了七小时起飞。

她到目的地之后，天已经擦黑了。

姜之栩很晚才到医院，而受了许桉的嘱咐，医生一直没下班，一直等着给她初检。

姜之栩在医院住了三天之后，许桉来出差，顺便来医院看她。

姜之栩怎么也没想到他是兴师问罪来的。

他一进门就冷冷地扫了她一眼，随即翻开她床头的抽屉，把一盒安眠药拿出来，无声地看了一眼，随后狠狠地丢进垃圾桶。

姜之栩眼皮一跳，看到了跟着他进门的小护士。

许桉皱着眉盯了她几秒："你父亲托我照顾你。"

姜之栩淡漠地说："而不是叫你监视我。"

"你现在最需要的不是面容修复，而是心理修复，"许桉说，"你得看心理医生了。"

姜之栩抿了抿嘴唇，半天没动静。许桉转身欲走，她才喊住他："别跟我爸说这事。"

许桉冷冷地瞥了她一眼："早知道你这么麻烦，我就不该接手你的事。"

姜之栩轻轻地笑了："谢了。"

其实姜之栩并不认为自己情况严重。

失眠早在李衔九离开青城之后就出现，她没有当回事，后来脸花了，她不只是睡不着这么简单，还总想哭，心里空了一块似的，呼吸都觉得是种折磨，这才去搜"抑郁症"三个字。

然后她发现自己的状况和网络上的其他人相比根本不算什么，就没有去看医生。

许桉是个严谨的人，既然发现了姜之栩的毛病，就没有置之不理的道理。

回国之后，他并没有放任她回青城，而是带她去做了检测，查出她是重度抑郁和中度焦虑，这个结果出来之后，姜之栩恍惚了。

"我觉得自己没有这么严重。"

"你有过轻生念头吗？"

"从没有。"

医生沉默了片刻，才说："每个人包容痛苦的能力是不同的，一块砖，孩子是拿不动的，大人却能轻而易举地拿起，但是砖的重量是不变的。姑娘，你的痛苦并不比别人少分毫，可你的承受力比别人强。"

姜之栩把他这话琢磨了几遍，却有些不解："医生，是永远沉重而痛苦地活着好，还是在痛苦来临时解脱好？"

医生明显怔了一下，旋即才说："你知道什么是生命的感受力吗？痛苦，也是活着的意义之一。"

姜之栩点了点头，没有再问什么。

她从医院出来之后，许桉好心地请她吃午饭。

姜之栩没客气，只说："下次让我爸请你爸，子债父偿，扯平了。"

许桉便皱起眉头，一言不发。

许桉这个人话很少，她和他认识一年半，在国外那次对话，是他们之间唯一一次交流。

姜之栩一直觉得，每个人都有他独特的色彩，像项杭是活力橙，常灵玉是红，而一眼望去，她就觉得许桉是灰色的，像一面生硬的冷铁。

在此之前，只听过他的名字，姜之栩还以为他会是绿色的，茂盛的苍绿色，桉树。

果然在用餐过程中他们也是一句话都没交流。

许桉比她先吃完，姜之栩吃饭时没有被别人参观的习惯，于是很快也放下了筷子。

随后许桉回公司，陈清送她到高铁站。

姜之栩回到青城的时候正好是除夕夜，她这次在国外待的时间并不算长，否则真是赶不上春节了。

这次过年姜学谦把爷爷奶奶接到了家里来团聚，老人给她包了压岁钱，孟黎一个劲儿不让她收，遭奶奶数落了两声，等爷爷奶奶回老家之后，孟黎把姜学谦骂了一顿，好几天都生气没做饭。

初五那天，朋友们约姜之栩出去聚会。

张家兴在大二刚开学的时候脱单了，大家都嚷嚷着让他请客，张家兴刚赚了压岁钱也就没推辞。

他特意点了个包间，好让姜之栩没有顾忌地摘了口罩吃饭。

姜之栩不知道自己是不是心肠太硬，对这种暗暗的照顾举动没太多感激之情。

落座后，她揭开口罩，露出那块突兀的褐色伤痕，尽管以前聚餐他们也见过她的脸，但她还是明显感觉到大家都沉默了一瞬。

项杭是这帮人里最不会藏着掖着的，看到姜之栩脸上的疤，表情特别不忍和揪心。

姜之栩只当没有察觉，默默地低头拆餐具。

开吃前大家寒暄了一阵，随后常灵玉和姜之栩单独聊起来："听说许桉也去你那边了？"

"嗯，"答完之后，又怕她多想，姜之栩解释，"他在忙业务。"

常灵玉听了竟然笑了笑："那么屁大点的地儿，还轮不到许桉亲自跑一趟。"

姜之栩猜不出常灵玉要说什么。

"许桉是个事业心很重的人，其实他和他父亲感情更深，但是他爸妈离婚的时候，他为了前途还是跟了他妈。现在他能年纪轻轻就管理一个公司，就是沾了他继父的光。"常灵玉停顿了一下，夹了块咕噜肉给姜之栩，"他这一个事业心强的人，竟然能为了你，放下总部的工作专门飞过去。"

姜之栩怔了怔，把常灵玉夹的菜吃掉，说："我们话都没说过几句。"

常灵玉一脸疑惑的表情："所以，我在想到底是哪个环节出错了？"

姜之栩干脆直说："我心里只有李衔九。"

常灵玉顿了顿，竟把自己弄尴尬了："这么直白吗？"

姜之栩看着她说："大家都心知肚明的事，瞒着没劲儿。"

项杭也听到了李衔九的名字，脱口而出："没想到他能做演员。"

大家的对话都停了下来，转到李衔九身上去。

"九哥那相貌，他不当明星都可惜了。"谢秦感慨道，"不过高中毕业之后就没怎么联系过他，不然我也能要个签名是不是？"

"别说你了，他毕业之后就和高航还说过两次话，一次是借钱，一次是还钱。"张家兴也说，"每次想和他聊聊，他那边都在忙，我知道，他倒不是没义气，而是日子难，得花时间赚钱，所以久而久之也不太敢打扰他……"

"张家兴！"常灵玉眼见张家兴要感慨上了，不由得警告出声，瞥了一眼姜之栩。

满桌子的人只有姜之栩一个在好好吃饭。

她嚼着菜，听到大家停了，如常地说："你们聊你们的。"可大家都不敢再说什么了。

那天以后姜之栩决定不再出来聚会了，不想大家都迁就她，说句话都得琢磨半天。

除去了社交，姜之栩的生活变得孤独但轻松了许多。

一年复一年的枯燥生活，好像时光都凝滞了。不知道是不是因为这样，她脸上的疤没有想象中好得快。

姜之栩的大学生活只有两个关键词，"口罩"和"医院"。

带着这个伤疤生活，她的心态不可避免地发生了很多改变。

开始的时候大家都很担心她的状态，尤其是姜学谦，不止一次告诉她"想哭就哭，难受别忍着"，可她哭不出来。

她当时觉得，受这次伤，好像和李衔九扯平了。

不都说，爱要势均力敌？

你在吃苦的时候，我也在受罪，岂不是刚刚好？

然而那年在影院里看《结痂》，她忽然有一种伤口被撕裂的感觉，从那以后开始过分在意自己的容貌。

因为她深知，娱乐圈最不缺美人，然而她在普通人里，也算不上美丽了。

上大学期间，她一共上了两次学校表白墙，每次都是别人偷拍她，然后问："这个总是戴口罩的小姐姐好漂亮啊，不知道全脸是什么样子，不知道能不能加个微信，有没有机会一睹芳容？"

下面总会有人附问。

当然也有些听到风声的同学在评论里解释："别看了，听说脸伤了。"

跟评里，有震惊的，有感慨的。

姜之栩知道这些议论会让她心里难受，可总是控制不住去看。

她越来越敏感，有时候走在校园里，总是会感觉自己收到很多别样的目光。

她明白大家都对神秘的东西有探索欲，于是更沉默了。

到后来，她连舍友都很少来往，踽踽独行，恨不得把自己隐匿在人海里，就像水滴消失在水里。

毕业之后，她进入一家外企当翻译，和来京工作的常灵玉一起在五道口附近租了间房子。

每天早晨她们一起洗漱，当姜之栩看到镜子里常灵玉细腻白皙的面庞时，总是会不自觉地低下头。

常灵玉经常鼓励她："恢复得挺好的呀。"

姜之栩自嘲："漂亮惯了，也该丑一段日子体验体验。"只有她自己清楚她有多没底。

大学四年，她一共做了六次手术，这期间她不敢晒太阳，不敢吃高糖食物和发物。每次手术之后，她都渴望看到一张洁白无瑕的脸，可都四年了，离得近了，还是能看到淡淡的痕迹。

乔治让她相信，不用再手术了，最多两次纳米祛疤技术修复，脸就能完好如初。

姜之栩便笑着说，我好像除了相信没有别的选择。

等吧。

她除了等待，别无他法。

下卷・无人不晓

【第八章】
重逢：姜之栩，你还要我吗？

9月的时候，姜之栩在公司转正，部门领导叶青觉得她性子静，正巧手头上有一张成芳菲的摄影展门票，就送给了她。

姜之栩原本没打算去看，然而周末的时候，姜之栩去医院做了个近视眼激光手术，回程的路上乘错地铁了。

地铁恰好是去798艺术区的方向，于是她就过去看了。

摄影展起名《芳菲》，以花为主题，拍生命的鲜妍和腐朽、衰败和怒放。

姜之栩没有可分享的人，就拍了几张照片发给项杭和常灵玉。

项杭没有回复。

常灵玉很快打电话给她："这就是原价五百八十元的摄影展？"

姜之栩问："怎么觉得你那么不屑呢？"

常灵玉叹气："同样是花，人家的花香气逼人，而我们家的花一身铜臭。你可不知道，以前我和我妈天不亮就去花市，取货卸货，修剪花枝……"她说着打了个冷战，"哒——玫瑰的刺扎人最疼了。"

姜之栩很不会安慰人，想说"都过去了"，可她知道，常灵玉过不去，没有人能真正走出自己的童年。

于是她沉默了，垂了垂眼睑，刚组织好语言想说什么，忽然看到右侧的展厅有一个高挑的男人，就在那幅占据了整面墙的向日葵作品下站着。

身量太像了，她呼吸变慢，不由自主地走了过去。

她起步的时候，那男人也迈起步子，她紧紧地跟了上去，跟着男人从左边出口走出去，走过不长不短的一条走廊，又见他拐到一面白墙里面。

艺术馆的设计总是复杂的，她紧跟着去了白墙那边，却见里面是弯弯绕绕的迷宫一样的路。她一时顿住了，不知道该不该往里去。

这时，忽然有人拍了一下她的肩。

她缩了一下肩膀倏然转头，冷不丁撞上一双利眼——居然是许桉。

他问："找什么呢？"

她只扫了许桉一眼，眼底的光就熄了，很快恢复如常："随便逛逛。"

许桉注意到她的神情，顿了一秒，再开口语气依旧冷冽："你喜欢成芳菲？"

姜之栩不想多费口舌，于是点了点头。

许桉说："跟我来。"

他总是那样不容置疑，像在命令下属一样，姜之栩不情不愿地跟了上去。

他领着她穿过几道白墙，到了主展区。

一个穿着套装的女人看到他笑着迎了上来："我就说，但凡是给伯母打过电话，她就一定会让你来。"

许桉板着脸，一丝笑意都没有："她喜欢你，你跟她合个影。"

女人打量着姜之栩，目光带着审视意味，却不令人不适。

她问："怎么戴着口罩？"

姜之栩说："感冒了。"

成芳菲笑道："合影也戴着口罩吗？"

姜之栩："嗯。"

姜之栩掏出手机递给工作人员，那女生接了手机，脸上写满了不确定的意思："确定用这手机照？"

姜之栩的手机一直没换过，旧手机的 QQ 和相册里有以前的一些回忆。

"就用这个拍吧。"她说。

照没拍完，就听有人喊："芳菲姐。"

这声音让姜之栩瞳孔放大。

"逛完了？"

"我可是收了工直接来的，困死了。"

"哈哈，看来我的面子不小。"成芳菲笑得那叫一个花枝乱颤，"你这次的《VOGUE》（时尚杂志）封面我打算就给你拍花的主题。"

"……"

说着话，他已经近在咫尺。

姜之栩背对他，死死地咬住嘴唇，原来刚才看到的真的是他！

许桉察觉出什么："你怎么了？"

许桉不出声还好，一开口成芳菲才想起介绍："哦对了，这位是许桉，SARA 副总，"顿了一下又说，"这位是……"成芳菲不知道姜之栩的名字，别有深意地对许桉说:"你还没介绍呢。"

"许桉!"姜之栩慌忙出声,"你送我回家吧。"

许桉没动静。

姜之栩偏了一点头,去拽他的袖子:"走吧。"

他顿了两秒,对成芳菲说:"告辞。"

许桉迈了步子,姜之栩的心才稍微放下一点。

李衔九并没有认出她。

她只觉得有点庆幸,又有点失落,分不清哪种情绪占上风。

她刚走出门口,心已然放下来了,忽然听到有人叫——"姜之栩?!"

他还是认出她了,并且在认出她的那一刻,想也没想就跑过来拦住了她的去路。

仿佛是一个时间很长的慢镜头,她见他在她面前站定,风把他的眼睛吹得眯了一下,发梢掠过眼皮,他的目光定在她的身上,那双眼因熬夜而充斥血丝,眼神混浊,好像在废墟里挣扎了很久,才爬出来站到她面前。

姜之栩身子僵成石头,那一瞬间好像有什么东西要从眼眶里被逼出来,所以她低下了头。

李衔九刚才跑得急,忍不住喘着粗气,问:"不认识了?"

姜之栩没说话。

他又瞥了一眼许桉:"这么急往哪儿去?我送你?"

姜之栩依旧没有勇气抬头,往许桉身后躲了一下,小声说:"能不能让我们过去?"

她没有去看李衔九的表情,只知道他沉默了,却没有动弹。

许桉低头看了姜之栩一眼,随后攥住她的胳膊:"咱们走。"

李衔九没等姜之栩迈步,便攥住了她的另一只手臂。

姜之栩心里咯噔一下,眼睛盯着李衔九的下巴,说:"我回头再跟你解释。"

李衔九没放手。

许桉已经大喊:"保安!"

姜之栩心一凛,意识到李衔九是公众人物,不想闹出动静,干脆推了他一把,冷然说:"你别闹了。"

他踉跄一下,不再动了。

许桉带着姜之栩离开,那辆银色迈巴赫就停在路边,他们探身进去,没去看身后的人是不是还在原地站着。

成芳菲从展厅走出来,问李衔九:"你怎么和许桉的女人搞上了?"

李衔九冷冷地扫了成芳菲一眼:"她什么时候成他的女人了?"

成芳菲顿了顿,说:"啧啧,你眼神不要太吓人,和我有什么关系?又不是你们两个抢我一个。"

李衔九扭头就走。

回家的路上,姜之栩心乱如麻,很感激的是,许桉什么都没问,把她送回了小区。

她下车跟他告别,他才硬邦邦地说了一句话:"你倒是出人意料。"

什么出人意料?哦,他不过是看她和今年最红的男星牵扯不清。

姜之栩笑了,无从解释。

"下次再有这样的事,最好不要再拉着我挡桃花。"

"没有下次了。"

他闻声紧紧地盯着她,她不由得感到压迫。她还从来没有见过这样的人,丝毫不热情,却丝毫不收敛。

姜之栩只好先一步转身离开。

走到小区的健身区时,姜之栩看见了捧着半块西瓜的常灵玉。她穿着波西米亚风的长裙,头发垂下来,没过了秋千的横板,家常样子仍然美得惊心动魄。

姜之栩想了想,走了过去。

"回来了?"常灵玉先开口。

姜之栩点了点头:"你看到了?"

"你是说迈巴赫还是许桉?"常灵玉歪了歪头,"迈巴赫是见了,许桉没有。"

姜之栩坐到另一个秋千上,知道不是什么事都能靠默契化解,有些误会,不解释是不行的。

"我今天见到李衔九了,"姜之栩没有废话,平铺直叙地说,"我这个样子,没敢和他多说话,就借许桉脱了一次身。"

常灵玉万万没想到事情是这个样子。

"你不怕李衔九误会?"

"来的路上我想了很多,想来想去,觉得误会比不误会强,误会代表他心里有我。"

常灵玉顿了一下,叹了一口气:"这叫什么事啊?本来我想让你安慰我,结果你整这么一出,我话都不知道怎么接了。"

姜之栩笑了。

这几年她们二人能交好，就是因为她们都是心思很正的人，不会强求别人迎合自己的情感。

常灵玉仰头看了看天："我以前的目标是变有钱，而许桉是我认识的所有人中最有钱的一个。到现在我也会恍惚，我是爱他的钱，还是爱他的人？"她的语气带着疲意，"其实都不要紧，因为比他有钱的人，未必有他那样的相貌和风度，比他帅的人，都没他有钱。"

姜之栩没想到常灵玉会这么直白地跟自己讲这些话。

按理来说，每个人都会下意识地包装自己，即便真有阴暗面，也会竭力美化成有苦衷。可常灵玉不是。

她要么不袒露半分，决心袒露了，那便和盘托出。

姜之栩正是欣赏她这一点。

"阿玉，其实道理你都懂，我多说也不过是废话。我只知道你要的东西从来不是钱，而是爱。"

不凭别的，常灵玉这个相貌就能生财，但她手上所有的钱，都是她辛辛苦苦赚来的，每一分都清清白白。

"如果你爱上一个不爱你的人，你会怎么办？"常灵玉淡淡地看着她。

姜之栩恍然记起这问题有人向她提过。

她神色也淡，眉宇间却带着倔强之色："什么都可以靠努力获得但是爱不行，如果我爱上一个不爱我的人，我就永远都不会让他知道。"

"怪不得你当初会那样。"

姜之栩沉默了。

常灵玉笑道："其实第一次见许桉我就很佩服他，一个那么年轻的男人，居然为学校捐了座图书馆。接近他比较难，我就接近陈清，你也知道，我看上的朋友还没有交不到的。可能老天爷不想看我做什么事都顺风顺水……你说，声势浩大这么些年，最后没追上，我丢不丢人？"

"可是放得下，比拿得起难多了。"真心爱过人的人都知道这点。

常灵玉顿了顿，摇了摇头："我想好了，如果许桉真对你有意思，我就潇潇洒洒地和他再见，最好场面大一点，我冷冷地丢下'再见'就扬长而去！"说到这里，常灵玉目光桀骜起来，"搞什么，男人一定会让女人反目成仇吗？我就是要让许桉知道，他远没有我的姐妹重要！"

姜之栩不是个爱煽情的人，可是听完常灵玉的这段话，没忍住，抱住了她。

上楼之后，常灵玉去榨西瓜汁了。

姜之栩把自己摔到床上，掏出手机看，微博的开屏广告恰好是李衔九。她点进去，看到大家都在为他的新戏的造型而津津乐道，看来又会圈粉无数。

李衔九在《结痂》之后沉寂了许久，终于在今年夏天爆火，如今不再是李衔九拖累她姜之栩，而是她姜之栩高攀不上李衔九了。

姜之栩锁掉手机后，抱膝把下巴抵在膝盖上，盯着窗台上的多肉久久未动。

从上大学开始，她就有了养多肉的习惯，多肉难养，就像一段感情，特别小心翼翼它才会扎根。

她看着那些多肉，情绪被怂恿了，莫名其妙地又去搜索李衔九的消息。

第一条内容就让她停住指尖——

"今夜有约官博：你们的老公李衔九9月15日就要来录制节目啦，转发加关注，揪三位宝宝送入场门票。"

她点了转发，没别的，正如博尔赫斯所说，玫瑰即玫瑰，花香无意义。

她就是想去见他，大概是念念不忘，必有回响，老天爷都愿意成全她——她被抽中了。

她这天卡着点下班，戴好帽子和口罩，直奔电视台。

她躲在角落里，看见舞台上有一束光为他亮起，底下的万千少女如她一样期待着他从光束中走出来。

终于，在导演录制了台下一些观众的镜头之后，主持人开场，随后音乐灯光一变，李衔九从后台走了出来。

台下的人登时大喊："爱与衔九，长长久久！"

李衔九和大家打完招呼之后，主持人开始访谈，这个节目的老规矩是开场先回答网友提问。

正是在这些提问里，姜之栩窥见了他从前生活的万分之一。

落座后，主持人与李衔九闲聊了几句，才开始正式访问。

主持人问的第一个问题，是李衔九在此前无数个采访里都被问到过的："都知道你是高才生，能不能讲讲你为什么会选择做演员？"

李衔九答得很快："穷呗，不然还想当艺术家吗？"

台下的人发出一阵笑声。

主持人问："能不能具体聊聊？"

"具体聊……"李衔九想了想，说，"事实上在我进入这个行业后，高校学子这个身份就已经不重要了。我需要钱，就当了模特，然后就进了美亚，再然后就试镜了《结痂》。"

李衔九知道，一个人如果愿意倾诉，会有很多的故事可以讲，但有些事讲了也不过是娱乐大众，他不想把自己的经历掏心掏肺地说出来，就只为了娱乐。

主持人在他的回答中捕捉到关键字眼，紧接着问："怎么能说这对你不重要呢，高学历也是你的魅力点不是吗？"

谁都知道娱乐圈从知名学府毕业的人少之又少，这确实是人设加分点，但主持人的提问让李衔九轻笑了一下："我需要的是赚快钱，专心搞科研帮不了我。不过，考大学之前的那段时光，确实很重要。"

主持人反应敏捷："是啊，最近不是很流行一句话？'人生没有白走的路，每一步都算数'，想必高考之前的用功和努力，也影响了你以后做事的态度。"

主持人这话很励志，台下的粉丝们都在为李衔九骄傲，姜之栩夹杂其中，心思很沉——时光难忘，或许李衔九指的不是寒窗苦读的经历，而是鲜衣怒马的青春呢？

主持人又问："我们再说回来，有个问题大家都挺好奇的，叫我一定要问，就是《结痂》之后你完全沉寂了，两年来一部作品没有，一直到《千秋岁引》才又接戏，这和学业有关吗？"

李衔九沉默了。

主持人不急，只等着他的回答。

安静了一会儿，他才沉声说："各有因缘莫羡人吧……"

"网上有消息说，去年播的楚凡的爆剧《猎杀者》，你本来是双男主演之一，但你进组拍了两天就不演了？"主持人试探着问。

"和我没缘呗。"

"有人说你和剧组工作人员吵架了，脾气不太好是真的吗？"

李衔九换了个姿势坐，闻言笑了笑："真的。"

主持人自知问不出什么，继而转问其他事："前段时间你有一个话题，我不知道你看没看，好像是你在出道前拍的成人纸尿裤广告，那时候是你最难的时候吗？"

姜之栩心一紧。

李衔九很平静地说："都过去了。"

台上，主持人又问了李衔九几个问题，李衔九说话少，主持人知道他不好访，幸好留有后招："其实今天我们还请了嘉宾。"

嘉宾是李衔九的经纪人王信。

他刚出场,台下就有人喊:"美亚倒闭了!"

王信无奈地笑了笑:"我就知道我来这儿是找骂的。"

主持人打了个马虎眼,又说:"来,先给观众朋友打个招呼。"

王信做了自我介绍。

主持人紧接着便问:"网上说你还是他的高中同学?"

"对。其实我比九哥进公司晚,我是专科毕业,大三实习那会儿,正好他这边的工作没人负责,我就过来了。"

"刚才在后台你也听到我们的对话了吧,要不要给我们粉丝朋友交代一下?"

"反正九哥在《结痂》之后确实挺难的,各种原因都有吧,主要是老板觉得九哥名导作品出道,不能高开低走,给他推掉不少网络剧,美亚在对艺人规划上还是很有良心的,没想着赚快钱。"

主持人素来以犀利著称,听完王信的话后,一针见血地问:"可是想法是好的,不一定就是对的。"

王信怔了一下,点头说道:"网上有句话说得好,'这个圈子实力强、人脉广的新人比比皆是,拖拉机上的诸葛亮再厉害,也跑不过奔驰上的臭皮匠',美亚当初太弱,确实没给九哥什么好资源,不过呢,最重要的一点是,九哥性子太强,伏低做小的事他做不来,自然要得罪人,要走弯路。"

主持人忙问:"哎?是不是这个原因才错失了《猎杀者》的角色?"

王信看了一眼李衍九,想了想,才说:"圈里各种事都有,我只能说,每个人都有他自己的命运,九哥这个人看着散漫,但有时候挺认死理的,有些事能打碎牙齿和血吞,有些事他做不到。"

镜头切换到李衍九身上,他一言不发,神情如常。

而台下的人唏嘘一片。

…………

接着主持人又问到拍《千秋岁引》的契机。

王信说:"当时他挺缺钱的,之前家里发生变故,借钱给他的什么律师,好像是姓王,王律师要移民了,想把债务理清,就差他手上这五十多万元了。"

姜之栩不由得提起一口气。

王信看了一眼李衍九,接着说:"那会儿他穷得叮当响,恰好这部剧找到他,我们杨总想让他接电影,就直接放弃了,他气急了就闹上了。"

王信讲话时,李衍九就在旁边慢条斯理地吃节目赞助提供的零食,仿佛这些经历与他毫无关系。

主持人问:"怎么个闹法?"

王信苦笑:"杨总就说,这是爱惜羽翼,九哥就急眼了,冲进办公室二话不说先骂了一顿脏话。"

讲到这里,王信停了下来。

姜之栩知道,他在琢磨接下来的话能不能说、怎么说。

或许是知道李衔九走真性情路线,而这又是娱乐性的访谈节目,王信还是继续说了下去:"当时九哥和杨总吵架,我吓得站那儿半天没敢动。我印象最深的就一句话,他说,'你把我的羽翼养得再丰满,东风给我捂上了,我还飞个屁!'"

"……"

"后来九哥和我说过,他都做好被雪藏的准备了,结果当天晚上通知他说戏接了。"

事实证明,李衔九那次闹得没有错。

历时五个月拍摄后,作品杀青,后又经过两年的制作,剧在今年6月播出。

这个夏季,整个娱乐圈都因"李衔九"三个字而震撼。惊艳了姜之栩的少年,终于也惊艳了其他人。

提问环节结束,节目组独家公开了一段李衔九的试镜片段。

屋里有七八个剧组的工作人员,坐在人堆最后戴着鸭舌帽的导演对李衔九说:"你演第十页那段看看?"

那是李衔九生平第一次看剧本,他翻到第十页,眉头不自觉地便紧紧锁住。

那段戏全是台词。

他自打上中学开始,就没有再念过这样长篇大论的句子了。

对面有人喊:"怎么着,还为难啊?"

其余人大笑,毫不留情地讥讽道:"那就别浪费咱们的时间,哥儿几个都忙着呢,出去呗。"

李衔九顿了一下,眼底蔓上一丝嘲弄的笑容。

别说他眼看着就要山穷水尽了,哪怕不是,来都来了,发现前边有堵墙,他也没有打道回府的念头。

南墙嘛,不就是用来推倒的?

他顿了一下,酝酿了一下,照着剧本给出的情绪和动作,演了一遍。

现场的反应并不算好,这样的结果也不意外。

他并非科班出身，又是第一次接触戏剧，说是演，其实干巴巴地念台词还差不多。

他挺直背站着，等面前的大佬们回话。

他们都没言语。

过了一会儿，导演才说："第五十七页。"

李衔九又去翻第五十七页，好家伙，这次一个词都没有。

剧本描写了一段抽烟的戏份，男人脸上都是血，走出案发现场的时候点了根烟，路过一家废弃幼儿园，就躺在滑梯上虚脱地抽烟。

李衔九没有经验，不懂无实物表演那一套。

他把剧本随手一扔，从兜里掏出烟，按照剧本上所说，咬上烟，摁开打火机，火影在鼻梁上晃了晃，随后烟气弥漫开来。

他点上烟，踱了几下，呼了几个烟圈，随后把烟从嘴上拿掉，虚脱地躺在地上，发出一声喟叹。

印象中，他躺倒的那一瞬间特别解乏。

太阳照在眼皮上，他眯起眼，觉得阳光还是强烈，又用手把眼捂上，另一只手则送烟到嘴边。

没有人喊停，他就把烟抽完。

等他真的抽完烟，还是没人喊停，他只好先问："我到底什么时候停？"

导演说："好了，好了，这程度就可以了。"

李衔九从地上站起来，随意地拍了拍衣服。

导演又问："你刚才在想什么？"

李衔九微顿，心想：你管我想什么，演完了不就行了？当然他没有莽撞到真的这么说："您觉得我在想什么？"

他竟然反问回去，惹得对面的几个人都面面相觑地笑了笑。

导演沉吟了一声，对旁边的男人说："像不像发泄之后，那种满足又空虚的感觉？"

李衔九目光闪了闪，拿手挠了挠眉毛。

视频在这里戛然而止。

现场响起一片掌声。

姜之栩坐在人群之中静静地看着台上，看到李衔九演第二个片段时，她不可抑制地想起她生病那次，她输完液出来，看到他特别颓靡地躺在滑梯上的样子。所以当大家都在为他骄傲的时候，她忽然悲从中来。

因为她知道，那一刻的他并不是技巧高超，他没有演，只是让自己回到那个中午,然后重活了一回。

主持人问李衔九:"剧组告诉你通过试镜的时候,你想过今后会拥有这么耀眼的人生吗?"

这个问题让李衔九沉吟许久。

最后还是王信举起话筒,替他回答了这个问题:"不该用耀眼形容,他的人生,应该是滚烫的。"

姜之栩沉默了。

在节目结束之前,她起身离开了。

她走出电视台,那会儿天正下着雨。

9月的空气中总掺有一丝温良的意味,缕缕清风吹过来,混着雨气,人的心不由得就沉了下来。

姜之栩没有带伞,这正合她意,她就这么沿着街道淋着走,雨水让她清醒了一点。

很快到地铁站,姜之栩随着人潮被拥到出口。再出站的时候她才发现雨下大了,真是很大的雨,地上都冒出气泡。

然而在浑浑噩噩之间,她竟坐反了方向。

节目录到很晚,刚才的地铁已经是最后一班,姜之栩决心打车离开,可是大雨让一切简单的事情都变得很难,打车软件上要排四十三位,路边的出租车也不停。

她打算去路对面的连锁酒店凑合一晚。

下了这个决心之后,她没再犹豫,把随身的斜挎包顶在头顶,冲进了雨里。

忽然,一辆黑色的保姆车在路边停了下来。

有人打了伞下车,竟直接朝她走过来:"跟我上车。"

雨天视线不好,她反应了一秒才看出来人是李衔九,说:"不用了。"

"不想被拍,就赶紧进去。"

他压根儿也不是和她商量的,架着她的胳膊,连拉带搡地把她带到了车里。

等车子启动了,姜之栩才觉得无地自容。

她浑身湿透,脚底和小腿上还沾着泥,脏兮兮的,把干净整洁的车内也弄上了雨渍泥垢,可她没有说抱歉。

是车主人主动邀请她上来的,那么她就不算失礼。

李衔九丢了包纸巾给她:"擦擦。"

她无声地接过纸巾,把额头、脖子和手臂都擦干净。

他斜眼看她:"不打算摘口罩?"

"感冒。"

他顿了一下,伸手到她的耳朵上,就要来揭她的口罩,她吓得缩了一下脖子,把他的手打掉。

李衔九目光一黯,不知道摁了什么键,驾驶室和后座之间升起了一道隔板。

姜之栩警惕地往窗户边靠了靠,直到退无可退,才开口:"我都说了感冒了。"

"这么湿一大块捂脸上,不怕重感?"

"不怕。"

"你是木婉清怎么着,谁看你的真面貌谁就要娶你?"

"我怕传染给你。"她声音发虚。

"我体质强。"

"下次吧。"

他顿了一下,问:"我好糊弄?"

姜之栩极力控制着情绪,一直沉默。

李衔九并没有把时间的处置权交给她,直接问:"你别扭什么?"

她无力地反驳:"我没……"

他打断她的话:"你再说?"

他看来是真的生气了,否则不会一连串问这么多反问句。

姜之栩抱了抱手臂,那一刻竟觉得有点荒凉。她不想再和他纠缠下去:"你把我放在路边酒店门口吧。"

他离她近了近,换了个姿势坐,一动弹,身上的男士淡香便飘过来:"你想开房?"

她无奈:"我要自己去住酒店。"

"那不可能。"他偏要气她,笑出讨厌的梨涡,"要么我送你回家,要么你跟我回家,要么我和你开房。"

他"好心"地给了她足够多的选择项。

姜之栩蒙了,干脆告诉他她的地址。

李衔九又把隔板摁开,交代了助理一句,紧接着又把隔板升起来了。

他还是在纠结同一个问题:"我掀开看看怎么了?"

她慌张地揪住口罩:"感冒,而且还没化妆。"

他的目光在她的脸上打转:"你什么样我没见过?"

"……"

这话未免太有歧义。

她不经撩拨,两三句话就缩成一团。

他乘胜追击,又离她近了近,浓浓的压迫感让他身上的气味更具体,她这才隐隐嗅到那股熟悉的薄荷香,混着烟味。

一个男人靠近一个女人,大概率是要玩暧昧那一套了。

果然,他忽然说:"想你了,真的。"

姜之栩整个人蒙了。

她不懂他是怎么说出这些话的,好像四年的空白时光根本不存在。

她不敢鼓励他继续:"你这话显得好轻佻。"

他闻言笑了,身上的冷峻气息消失不少:"你知不知道你越是不给看,我越想看?"

他逼得太紧,她有那么一点点动摇,但是只一瞬间又偃旗息鼓了。

她不再是小孩儿了,知道普通人的感情里根本没那么多大风大浪,能不能走到最后看的是细枝末节。如果那些被他吸引的女孩儿拿她比较怎么办?如果他因为这道疤对她小心翼翼怎么办?她真的能不介意吗?

她无力地撒着谎:"真感冒了。"

他的目光在她的脸上流连,话狠但语气温柔:"又不亲你,传染什么。"

她推他,只求他别逼她了,至少让她缓解一下。

他却变着法子来,之前来硬的没用,这会儿又不要脸地哄她,轻声说道:"让我瞧瞧我的仙女变美没有?"

就是这句话让姜之栩脑子"轰"的一下炸了。

她骤然冷下脸来:"李衔九你离我远一点!"

他的动作僵住了。

她把脸偏到一旁,彻底背对着他,十分抗拒地说:"给我们彼此都留一点儿体面吧。"

车玻璃上映着李衔九沉默的脸,他想起上次在画展见她,他对她不是很客气。

她走后他后悔了,原本想去找她的,可无奈临时又有工作安排。他连家都没回,直接跑去拍摄,直到今天录节目才回来。

这期间他无数次点开她的QQ,又怕自己像重逢那天那样唐突,耐着性子忍住了,想的是面对面看着她的眼睛把心里话告诉她。

天知道他刚才看到她有多激动,一见到她,他的理智就没了。

他紧张,所以别扭,显得不太温柔,等他适应过来,她却不接受他的温柔了。

姜之栩看李衔九默然不语,情绪有一丝落寞,心里很不是滋味,准备说点什么。

他却忽然问:"是不是上次见面我惹你生气了?"

姜之栩讶异,咬了咬嘴唇,说:"不是。"

"可是姜之栩,是你先惹我的。"他的声音里带有一丝不易捕捉的委屈感,"我都站你面前了,你不认我也就算了,让别的男人送你回家是什么意思?"

姜之栩死死地攥住衣襟,默然不动。

"你到底为什么抗拒我?"他急切地问。

他不明白,她到底是不愿意给他看她的脸,还是不愿意给他看她的心?

他狐疑地盯着她:"变心了?"

"不是……"她的声音很淡,"我们四年没见了,我做不到就像四天没见一样。"这句话让他们都陷入沉默之中。

目的地很快到了。

姜之栩想要下车,才把门开了条小缝,他冷冽的声音又传来:"姜之栩,要是你变了就直白地告诉我,我也把心收回来。你不要的东西,我也不稀罕。"

他早在少年时期就已是这样霸道,现在那股子跋扈劲儿更是野蛮生长。

姜之栩顿了一秒,随后飞速地推门跑了下去。

雨气朦胧,空气中浮着雾似的,她穿着细纱质地、姜黄和淡紫混着的紧身上衣,晃在黑夜里,也像一丝握不住的雾。

姜之栩回到家之后就把自己关进了浴室里。

热水蒸腾出水汽,把她整个人包裹住,她不断地冲刷自己,直到手指都被水泡出褶皱,才感觉身上的凉意被驱散了一点。

随后她去镜子前吹头发,用手擦掉镜面上的水雾,露出她那张有瑕疵的脸。

她盯着盯着,不明白哪儿来的情绪,忽然崩溃,眼泪不受控制地流了出来,又怕出声吵醒常灵玉,拿了块毛巾捂住嘴,才敢放心地痛哭一场。

一直到后半夜,她想起自己还有药,也不管什么医嘱,倒了杯水就咽了两片。

到凌晨四点多情绪才彻底平静下来,可她不敢睡,只要闭上眼,就能看到以前,他眼神暧昧地在她身上打转,流里流气地说"我怕再有人给你吹口哨"的样子。

他从没说过,但她知道,他喜欢她的脸。可现在,岁月已经把她的脸刮花了。

姜之栩想来想去,还是决定给乔治打一通电话。

她问他下一次面部修复是什么时候。

乔治便说:"要不中午见面聊吧。"

姜之栩下班之后就急匆匆地赶到三里屯附近的一家德式餐厅,进去之后,才发现许桉也在。

他们已经吃了有一会儿了,清豆汤、烤杂肉、肉肠、苹果酥……摆得满桌子都是。

服务员给姜之栩上了一套新餐具,餐厅灯光昏暗,加上她化妆了,就把口罩摘掉了。

乔治是个特别有意思的男人,每次看到姜之栩的脸,都会叽里咕噜地念一段德文,姜之栩听不懂,但知道是在称赞她好看。

"乔治,别这么夸张。"她说。

"很夸张吗?"乔治连连说"不",又叫许桉评理:"这样的脸蛋儿,男人不该激动吗?"

许桉紧绷着脸默不作声,像极了欧洲宫廷剧里那些爱拿乔的贵族。

姜之栩接过乔治的话:"我的脸到底什么时候才能恢复?"

乔治说:"你现在就已经足够美,恢复如初,我估计我旁边的冰山男就融化了。"

许桉的眼睫动了动。

乔治忙扯开话题:"其实我刚才正和许桉聊这事呢。"

姜之栩愣了愣,去看许桉,他挺背敛眸,正在专心用餐,她便把目光收了回来:"所以?"

"下周如果你没别的安排,我想应该可以再进行一次治疗。"乔治说。

姜之栩眼里漾起一丝欣喜之色:"敬您一杯!"

乔治摇头:"谢我做什么?都是许桉安排得好。"

姜之栩敛了笑容,取而代之的是一丝不自在之色。她看向许桉,许桉漫不经心地抬眼,生硬地对视上她。

她暗自呼了一口气,然后举杯"砰"的一声先碰了一下他的高脚杯:"许总,我嘴笨,别的不多说了,我们家乡有句话,都在酒里了,我先干为敬。"

说罢一饮而尽。

她鲜少露出这样的江湖气。

许桉盯了她一眼，随后端起自己的酒杯，晃了晃，喝下一小口酒，再看着她：“上万块的酒，是这么喝的。”

乔治摊手：“有人就是天生嘴臭，没有办法。”

姜之栩心想，常灵玉从小在地摊上长大，青春期又跟着她母亲混市场，烟火气那么浓，怎么会喜欢许桉这么不接地气的人？

这念头刚闪过，她又想，是了，一直处在深沟里遥望夜空的人，怎么会不为高高在上的星星着迷？

就像她，平淡惯了，忽然一抹刺眼的红闯进来，那么显眼，她想把他从自己的人生里擦除，却怎么擦都擦不掉。

吃完饭之后，姜之栩要回去上班，乔治下午有手术，不方便送她，问许桉愿不愿意绅士一点儿。

姜之栩哪里好意思："我坐地铁挺方便的。"

许桉冷睨乔治："我是什么司机吗？"随后坐上他那辆迈巴赫离开了。

姜之栩也忙去赶地铁。

这附近奢侈品店很多，她路过一家门店的时候，发现那家店的玻璃上贴着一张巨大的李衔九的海报。

人群在眼前扎堆。

几乎每个人手里都拿着印有"李衔九"三个字的横幅，路口都是扛着相机的女生在蹲守，现场起码有三四百人，把整条街围得水泄不通。

大白天的，她没有见李衔九的准备，哪怕躲在人堆里都够她怕的了。

她正想赶紧挤出去，忽然有人喊："来了！来了！"

人群忽然开始躁动，无精打采的女生们顿时像打了鸡血，全乌泱泱地围过去。

不一会儿，有汽车鸣了两声笛，人群像一道被劈开的海浪，向两边散开。

姜之栩被迫挤到人群后面，人太多，乌泱泱地乱成一团，扛着相机的女生们不断往前挤，人群也顺着车子行驶的方向浪一样涌过来。

然后一个不注意，有人踩空，手里的相机"砰"的一声掉到地上，那人想去抓，没站稳直接扑倒了姜之栩。

真倒霉……

姜之栩摔倒是没摔惨，就是觉得点子背，被撞倒之后也没人扶一把，众人全忙着追车去了。

忽然人群中爆发出惊呼声。

姜之栩站起来拍拍身上的土，这才发现李衔九下了车，正往台上走去。

她远远地看了他一会儿，在他接过主持人递上的话筒时转身离开。

李衔九站在台上，台下的一切场景都一览无余。

人们都聚集在台子四周，那个逐渐远去的身影便尤为扎眼。

李衔九不由得多看了她一眼。

主持人恰好开口："给我们现场的朋友打个招呼吧？"

李衔九没想多想，回过神来，说："大家好，我是李衔九。"这是他一贯的开场白。

他简单利落惯了，公司知道有些东西就像火，纸是包不住的，就没有在这一块给他立规矩，干脆让他走真性情路线。

这次活动在一个小时后结束。

李衔九婉拒了饭局，让江建平把他送回家。

他原先在蓝旗营租的老小区，今年夏天红了之后，常有粉丝跟车、堵门，老小区安保系统不好，公司给他在朝阳区找了个高档小区入住，一切才归于平静。

进家之后，他照例先去看李青云。

欧阳说李青云刚拉完肚子，刘姨给她擦拭完，去清洗床单了。

欧阳是李衔九给李青云请的营养师，正打算去拿食物用破壁机打碎，喂李青云吃。

她们都去忙活了，李衔九在床边坐下。

这几年他眼睁睁地看着李青云从健硕到皮包骨，一天天地瘦下去，每天吸痰、拍背、扎针、鼻饲还一天到晚瘫着，因为躺的时间太久，即便刘姨每天帮她按摩，她的双腿还是因为肌张力高而扭曲变形了。

记得李青云刚瘫不久，8月，父亲的忌日，他做了个梦。

梦里父亲也是这样坐在李青云的床头，哭得满脸是泪，请求他："孩子，求求你，小云不想这样活着，让我带她走吧。"

等他醒来之后，屋内空荡荡的，一如他的心。

他想过要不让李青云离开了，谁都不受罪。可他一看到李青云对一切都浑然不知的脸，就觉得他有这种念头，一定会遭报应的。

欧阳把饭端了过来。

李衔九给李青云插胃管，用喂食枪给她喂饭，这些事情他做的次数不多，不是很熟练。

他其实没怎么照顾过李青云，几乎所有的精力都用在维持生计上。

他最难的时候在大一的期末，那会儿学业重，房租催交得紧，偏偏李青云因为肺部感染被送进了重症监护室。他那时候的开销完全是几张信用卡轮番刷，这样一来，还款平衡都被打破了，连支付医药费的钱都没有。

如果不是《结痂》的机遇，他早死了。

老天一路关门，却又一路给他开窗。或许喜忧参半，才是生活本来的样子。

如今李衔九最不缺的就是钱，从负债累累到日进斗金，他用了四年，这个结果连他自己都没想到。

可是他得到他想要的东西了吗？

没有钱之前，钱真的就是万能的，可有了钱之后，他才知道钱不能做到的事实在太多了。

比如李青云的健康和他的青春，用钱也换不来，有些伤痛注定是绵长而深远的，随着年深月久，而越发历久弥新。

他给李青云喂完饭之后，回到自己的卧室，准备冲个澡。

王信给他发来几段今天活动的视频，拥挤的人潮推推搡搡，他无意之间看到最后传过来的那个视频，封面上有个人很熟悉，他才点开视频看。

视频里有人摔倒。

他只看了一遍，那一遍已经令他确认，摔倒的人是姜之栩。

他顿了一下，也不知道哪里来的脾气，"砰"的一声把手机砸到了墙上，随后去洗了个冷水澡。

从浴室出来之后，他神色已恢复清明。地上的手机在振动，是小姑打来的电话。

李家人丁稀少，人情淡薄，亲戚之间一向没有往来，他和小姑的联系是在他考上大学之后——小姑听说李青云患病，便每月给他打一千五百元的生活费。

之前拍《结痂》的片酬，他除了还信用卡，少部分打给了姜学谦，还他在青城的住院费，剩下的全给小姑打了回去。

今年他的剧爆火，他也没有吝啬，又打了十万块钱给小姑。

哪怕日子再难，活一天就要有一天的人样，恩情不能忘，人情不能丢，他死去的爸除了这点做人的道理，也没什么留给他了。

他接起电话，听到听筒那头的人叫了声"哥"，却是小表妹打来的电话。

《千秋岁引》播出后，表妹也成了他的粉丝。

他点了烟来抽："什么事？"

"我有个惊天大秘密要跟你说！"

"挂了……"

"哎！别、别、别！我以高考成绩发誓！是大事！"

缕缕青烟中，他忽然觉出有什么不对劲："长话短说。"

"我要你和漾漾双人的二十张签名照，你们都签名的那种！"

"如果有价值，可以。"

"哥，你不知道我妈多过分，我今天偷听我妈和我爸说话，他们居然想让你拿钱给我哥买房子！"小表妹愤怒不已，"但其实当初那些生活费根本不是她打给你的！是一个姓孟的阿姨来我们家……"

李衔九忽然耳鸣了，摁断了电话，仰倒在沙发上，抽烟抽得双颊深凹。

他摁灭那支烟之后，决定出去一趟。

地下停车场里摆放着一辆崭新的大G，是王信上个月给他提的。

考驾照对于之前的他来说也是一笔不小的花销，直到今年冬天他才去考，考完之后没钱买车，7月份有钱了，买了车却忙疯了，一次没开过。

这是他第一次开车上路，没想到竟是去找姜之栩。

路上他给孟黎打了通电话，问了一个问题，没等到答案就无所谓地挂断了电话。

姜之栩这天下午陪上司参加一个会议，对面的外国人磨磨叽叽，一直揪着合同里的最后一项不放，她翻译得口干舌燥，一直到七点半才结束。

她坐地铁回家，出地铁站的时候，常灵玉给她打电话，问她什么时候回去。

她说快了，常灵玉便"嘿嘿"一笑，安排她——刚才在小区附近看到有阿婆卖花，挣扎了一会儿没买，上楼之后又心痒痒，你挑几朵上来。

卖花的地方在小区一角，接近红绿灯的位置，姜之栩恰好是从这边过来的，顺路就过去挑了一把雏菊。

阿婆取了透明的包装纸给她包装，等花的空当，看到对面有个拿了一大把氢气球的男人飞奔而来，一辆忽然驶过的吉普车差点撞到男人。男人躲开，摔到地上，手里的氢气球尽数飞去。

各种各样五颜六色的氢气球缓缓飞到夜空中，男人懊恼，路人惊呼，孩子们跳起来大喊，一时间所有人都仰头去看飞走的气球。

姜之栩再低下头的时候，忽然看到路对面那人的身影。好像只有他无视这热闹场景，把视线落在她的发梢上。

姜之栩傻站着，像被定住一样，早就僵成一块石头。

阿婆说："花好了。"

她回过神来，接过花，手机同时响起来。

她掏出手机一看，是一则QQ消息："要是不想闹得尽人皆知，你就乖乖过来。"

她死死地握住手机，扭头看去，他那样不可一世地靠在车上，一身黑衣，连口罩都是黑色的，仿佛是一滴墨，就这样自然地融进黑夜里。

这样的他，能做出什么事，她心里有数。

于是她也不再矫情，过了马路，他早给她开了后座车门，她低头进去，他接着把她往里一推，也钻了进去，"砰"的一声关上车门。

她还没有坐稳，他就问："感冒还没好？"

她心虚地说："嗯。"

他也没有摘掉口罩，似乎是在追求某种公平。

当然，他不只是这个意思："我现在戴口罩了，不怕被传染了，你摘了口罩我看看？"

他果然还是在意这件事的，也是，感冒这个破理由拙劣到连自己都说服不了。

夜色渐浓，车里没有开灯，路边老旧的路灯也并不亮，她为了下午的会议特意化了很厚的粉底。

挣扎了又挣扎，她索性把口罩摘掉了。

她穿着一身得体的套装，V领的白色衬衫，头发又密又长，妆容是精心化过的，只看眼尾咖色的眼影和嫣红的嘴唇就能知道。

她果然是长大了，从前他就觉得她单看五官其实是浓颜系的，只是气质清冷，可她现在长大了，身上沾了几分烟火气，纯上加了一抹欲，以前是漂亮得让人想保护，现在是漂亮得让人想摧毁。

李衔九眼神黯得像深潭，他不知道他这种毫不避讳的迷恋眼神刺痛了她。

她又把口罩戴上："我可以走了吧？"

他说："不急，我们聊聊。"说着他把他们之间那束碍眼的花拿开，随手扔进驾驶座，"这花那么卑微，买它做什么？"

姜之栩眼皮一跳，反问："这不是你以前种过的吗？"说完之后怔了怔。

男人的眼里好似有什么情绪在翻涌："那花你还留着呢？"

"阳台上的花多着呢。"

"好好和我说会儿话能要了你的命？"

姜之栩咬了咬嘴唇："我只是想回家。"

"你想带我去你家，我也不反对。"

"……"

她该拿他怎么办？

于是她干脆说："你有什么事就说吧，我听着。"

他却变得沉默。

他把口罩摘掉，起身到驾驶座找烟来抽，把窗户打开了一点，青烟顺着窗缝袅袅飘散。

抽了快半支烟，他才掏手机出来，解了锁，乱摁一通后丢给她："输密码。"

那是他的 QQ 登录页面。

姜之栩心尖一颤："我怎么知道你……"

"你知道的。"他说。

姜之栩喉头哽了一下，还是说："我不知道。"

他的眸色在烟雾里变得越发深沉，整个人都像没了骨头。

姜之栩把手机还给他，他不接，昂着下巴，神情倨傲。

"姜之栩，你还要我吗？"

姜之栩红了眼眶，偏过头去不说话。

他拿起手机，用英文字母念出那段话："lxjjzxin2015。"

2015 年的李衔九和姜之栩。

时间仿佛没有往前走过，时光深处的少年，似乎也还在原地等她。

李衔九冷笑："这下记起来了吗？"

姜之栩忍了又忍，拼尽全力才没有让眼泪落下来。他都这样了，她怎么舍得再去伤他？

"我要的。"她说。

身旁的男人明显僵了一下，两三秒钟没有动静，待他反应过来之后，他就像野兽一样扑过来，一下子撞上她的嘴唇。

隔着口罩，呼吸喷薄。

他舔了她的唇瓣一下，很快偏了头，嘴巴移到她的耳畔，用舌头去挑口罩上挂耳的那根线，舌尖碰到她的耳朵，一股子湿热感贴在皮肤上，痒得她颤了一下，身子顿时软了，不由得挣扎着往后躲。

她越躲他就越来劲，口罩早被他弄掉了，他一刻也没迟疑地接着咬上她的唇。

221

她想说话:"你……"

他接着就吞掉她的声音,他压得她太紧,可以说是严丝合缝,别说声音,真是要把她呼吸的权利都夺走。

这还不够,他太想她了,恨不得揉碎她,不自觉就动上了手。

他摸她揉她,姜之栩的脑子"轰"的一下炸了,这才惊觉他要失控了,很激烈地把他推开。他顿了一下,她才抽出空说:"我还没说完!"

他依旧压着她,却停下了其他动作。

她偏了偏头,让没有伤疤的那一边脸对着他:"我们都分开四年了,"她喃喃,"再等一会儿好不好?"

他压抑着情绪,整个人显得很凌乱,深深地盯了她两秒,问:"你是不是对我还有不放心的地方?"

姜之栩摇头。

李衔九只当她对他还有疑问,自顾自地解释:"之前混得差,生活中有一堆烂摊子要处理,确实没有回去找你的打算,这不是今年夏天混好了,如果那天在画展上没见你,我也是要去找你的……"

"不,和这没关系,我就是想再等等。"姜之栩不去看他。

李衔九怔了一下,自嘲地笑了笑:"你要等什么?"

她低着头:"我不想你误会,"他碰过的皮肤都冰凉一片,她不由得抱紧自己,"我还没准备好。我答应你,以后主动和你解释。"

车外零星的光亮落在李衔九的脸上,斑驳凝结像琥珀,姜之栩眼见着他的目光深了深又变淡。

他终于起身,又去拿了根烟。

打火机不停地响,他摁了好几次才打上火,闷闷地呼出个烟圈,问:"你有话直说吧。"

"我只求你信我。"

"和那个叫许桉的男人有关?"

"当然不是。"姜之栩颤抖着,根本讲不出话。她恨自己的懦弱,可偏偏懦弱绊倒了她。

安静了一会儿,李衔九说:"姜之栩,我的头只低一次。"

姜之栩怔了一秒,随后拉开车门,落荒而逃。

怎么上的楼,姜之栩自己也不知道。

她只知道进了门,常灵玉"呀"了一声,问:"你的口红怎么花了?"

她偏头去看玄关处的小镜子，嘴巴周围果然晕了一圈红色口红。
"你见他了？"
这媚气横生的脸，加上失魂落魄的眼，常灵玉琢磨了一下，还反应不过来就见鬼了。

姜之栩"嗯"了一声，没有再多说什么，进了屋，靠着门滑坐下来。
烟草气沾了一身，他的味道到处都是。
这注定又是一个无眠夜。

那天之后，李衍九很久没有在她眼前出现。
可是网上处处是他的消息，就算她不主动去搜，手机的消息栏也会自动弹他的新闻给她。
9月下旬的时候，姜之栩又去做了一次面部修复治疗。
这次之后，脸上真的只剩下淡淡一道痕迹，之前用粉底盖上之后差不多就是这么淡，如果她现在再扑粉底，估计会完全看不出脸上有疤了。
9月末领导叶青下了一个通知，说是国庆节小长假，国外总部的副董事要来京，需要留两个翻译陪同总裁去接待。
这是一个在领导面前露脸的好机会。
姜之栩脸上有痕迹，以往有这些单独跟着总裁出去的机会，也都不会落到她的头上，然而这次修复效果很好，她便大着胆子主动请缨。
叶青在午饭的点单独找到她，委婉地说："我看你最近老是戴口罩，你修复之后是不是好久都不能化妆？"
"一周不能化，正好到国庆节期间就能化了。"
"这样啊……"叶青很为难，"可是咱也不知道能不能遮住是不是？"
姜之栩眼眸一黯，瞬间了然。
果然，叶青笑道："下次吧，下次有机会第一个想到你。"
那一刻，姜之栩很想再为自己说些什么，因为她脸上的痕迹很明显是可以遮住的。
可她没有，只是很懂事地笑了笑："好啊。"
她知道叶青的决定是经过考量的，哪怕叶青选择了她，也是因为同情心而已，可工作上不能有同情心。
她也不想被同情，最后还是如常地收拾了行李回青城。
很久没回家了，她想给父母一个惊喜，精心化了妆回去，脸上的痕迹果然被遮住了。

223

姜学谦和孟黎看她恢复得这么好，高兴得大半夜没睡着觉，第二天一早就打电话给许丛伟要请他来家里吃饭。

许丛伟没有空手来，拿着大包小包的螃蟹、菱角、荸荠、莲子……

他说："正好昨天刚回了老家。"

姜学谦觉得不好意思："老许，你这是逼着我请你喝茅台啊。"

许丛伟笑了笑："行啊，咱们哥俩儿一醉方休！"

姜之栩在厨房帮孟黎装盘，端菜到餐桌上，喊："来吃饭了。"

许丛伟赶忙走过来看她："我瞧瞧，脸怎么样了？"

姜之栩虽然对人情世故不上心，却也不是个不礼貌的人，大大方方仰着头给许丛伟看，真诚地说："叔叔，这都要谢谢你和许总帮忙。"

许丛伟："哎，哪有的事。"他不讲那些虚礼，"这都是医生治得好，和我以及许桉都没什么关系，你不用放在心上。"

姜学谦说："那哪儿成啊？老许，要不是你们对栩栩的事情那么上心，她不会恢复得这么好。"

孟黎给他们拿筷子，笑道："老许，你可真是个好人，我都忍不住想把女儿认给你当干闺女了。"

大家都愣了愣。

这时，忽然爆发出一阵"我在仰望，月亮之上……"的音乐声。

许丛伟去沙发上拿手机接电话，接通后顿时喜笑颜开——

"桉桉哪。"

"真的假的，你怎么有空回来了？"

"好，好，好，我在姜叔叔家……好，你过来吧，开车慢点……"

他挂了电话后，大家都在看他。

许丛伟说："老姜，看来你家要多添一副碗筷了。"

姜学谦说没问题，眼见孟黎进了厨房，对许丛伟打哈哈说："你先坐，我进去帮她。"

其实拿副碗筷有什么好帮的？他就是有话对孟黎说："谁让你乱说话的？"姜学谦压低声音说。

孟黎不解："我说什么了？"

"什么干闺女？"

"就这事？"孟黎白了他一眼，"老许不是挺喜欢栩栩吗？他对栩栩的事也挺操心的，再说你和他私交又好……"

"得，得，得，你可别给我添乱了。"姜学谦皱眉，"许桉年轻有为，成熟稳重，给咱当女婿不好？"

孟黎一下子愣住了，万万没想到姜学谦有这个心思。

"你忘了小九了？"孟黎问。

这个名字太长时间被刻意避而不谈，乍一听到，姜学谦恍惚了一下。

"有件事没给你说，"孟黎有点犹豫，"小九知道我们给他打钱的事了。"

姜学谦沉默了一会儿，才问："他怎么说？"

"他问我……"

孟黎看了看姜学谦的脸色，沉吟："他问我，他欠我们的恩，能报在姜之栩身上吗？"

…………

许桉来的时候，大家已经开始吃了。

许桉这天西装革履，格外绅士贵气，姜之栩则相形见绌，穿着灰色的家居服，衣领子那里还有一滴没洗干净的油渍。

姜之栩不好意思地挠了挠头，让他进门。

他连个好脸色都没给她，走到屋里，面对孟黎和姜学谦的热情也不过是略一颔首，不知道的人还以为是什么了不起的领导来视察工作。

许丛伟问："你穿这么板正，在青城也有工作？"

许桉说："老同学结婚。"

"那你不好好参加婚礼，过来干吗？"

"人多，太闹。"

冰山男是不是都这么说话？

姜之栩自顾自地吃着碗里的糖醋里脊，孟黎给她使眼色示意客人来了别只顾着吃，她当看不见，又夹了一块凉拌藕。

姜学谦一直在向许桉道谢："小许，叔叔敬你一杯，多谢你照顾姜之栩。"

许桉抿了抿嘴唇："开车来的。"

"以茶代酒，以茶代酒。"许丛伟忙说。

桌上没有茶，只有姜之栩跟前放着椰汁，孟黎撞了一下姜之栩，眼睛瞥了一下椰汁："给许桉倒一杯。"

姜之栩只好拿了一次性杯子，给许桉倒椰汁。

姜学谦笑着说："那这样，栩栩也敬许桉一杯吧。"

姜之栩顿了一下，才仰脸笑道："许总，我也谢谢你对我的照顾，这份感谢用'谢'字真的表达不出来，但好像也只能不断地说'谢谢'。"

一段话说得真诚又客气，随后她把满满一大杯椰汁一饮而尽。

她嘴巴上还沾着一圈白色的痕迹,浑然不知,对许桉说:"许总,几块钱一瓶的椰汁是这么喝的。"

许桉明显想到了什么,随后端起杯子,也学她那样,一口气喝光椰汁。

客套完了,大人们张罗着吃饭。

姜之栩偏过头,舔了圈嘴唇,自然地去夹菜吃,根本没注意许桉一直在看她。

吃完饭之后,三个男人到沙发上喝茶,女人们收拾桌子。

孟黎低声说:"闺女,你对许桉是什么想法?"

姜之栩说:"没想法。"

孟黎问:"真的?"

"当然。"

"那就好。"孟黎长舒一口气。

"怎么了你?"

姜之栩顿了一下,把碗筷端进厨房。

孟黎紧跟其后,端了剩菜进来。

"我看许桉刚才吃饭的时候盯着你看,我的天,那眼神我瘆得慌。"

姜之栩愣了愣。

"太冰冷了,这样的人结婚怎么过啊?住冷宫似的。"

"……"

"刚才吃饭的时候,我都想小九了,以前他就坐在许桉的位子上,你们一句话也不说,都闷头吃饭,当时不觉得有什么,现在想起来,却觉得特别温馨的。"

姜之栩不由得看了孟黎一眼。

孟黎也在幽幽地看着她。

姜之栩开了水龙头,把筷子放在水柱底下冲洗,没什么特殊的反应。她知道孟黎在试探她的心意,可不想接招。

打探有用吗?现在她说什么都为时过早。

洗完碗之后,姜之栩打算出门找项杭。她换好衣服出来的时候,恰好许桉也要走。

许丛伟连连说:"让许桉送你一段。"

盛情难却,他们一起出门等电梯。

其间许桉一直板着脸,直直地站着,她在他身后就像是个饱受压迫的秘书。

等进了电梯后,姜之栩实在受不了了,对许桉说:"那个……我朋友家很近的,我自己过去吧。"

许桉在电梯反光镜里瞥了她一眼,没有说话。

到了小区门口,她跟他说再见。

他才问:"你说想谢谢我?"

姜之栩不知道他是什么意思,却还是点了点头。

许桉"嗯"了一声:"那你帮我一个忙。"

天气很好,玻璃晴朗,橘子辉煌。只有秋日的晴天,会让人想到北岛的诗。

姜之栩坐在许桉的迈巴赫上,酒红色的抹胸纱裙漂亮但并不保暖,车窗外的阳光洒到手心上,握起来也是清凉一片。

许桉邀请姜之栩陪他参加一个名流宴会,面上是消遣的活动,实则是他继父安排的相亲宴,他推托不掉。

姜之栩一开始是拒绝的:"其实你还有更好的选择。"

"你是指常小姐?"他冷笑,"姜小姐这么聪明,应该知道我对她毫无感觉,吊一个自己不爱的女人的胃口,我许桉算不上清高,却也不会卑劣至此。"

姜之栩便说:"可我……"

"你心里并没有我,我并不需要对你负责。"他冷言道。

于是她就这么同意了。

这个宴会在一家私人酒店里举行,下午宾客就开始进场,据说半夜才会结束。

这是姜之栩第一次踏进所谓的上流社会,起初她并不觉得这和电视上演的有什么不同,后来坐了一会儿,不时有名媛上前找她讲话,她才觉出一丝不对味来。

这群有钱人玩的是高级社交,变着法地套她的话,讲话一个比一个高深,完全是高智商的人在打擂台。

许桉说:"这下知道我为什么要拉你做挡箭牌了?"

"你的性格,似乎的确不爱和弯弯绕绕的人打交道。"姜之栩说,"可这里的女人也不一定左右逢源呀。"

许桉喝了口香槟:"我只是讨厌被安排。"他丢下一句话就走,把她扔在这片人生地不熟的地方。

姜之栩家教不差,但算不上名媛淑女,很多规矩她都不懂,怕给许桉丢人再帮了倒忙，就坐在角落里一直等到黄昏。

傍晚天凉了下来，大家便进到宴会厅活动。

舞会正是在宴会厅举行的。

在舞会开始之前，许桉才来找她，一开口就差点令姜之栩落荒而逃——"陪我跳一支。"

"我不会。"

"随便晃就行，别踩到我就好。"说完，眼看姜之栩又要拒绝，他不由得沉声说，"就看你是不是真心道谢？"

姜之栩骑虎难下，心想，这里谁也不认识她，这个圈子日后更是与她毫无关系，她才答应了他。

等两支舞曲结束之后，许桉才拉着姜之栩到舞厅中央。

他向她做出邀请姿势，姜之栩学着其他女人那样，给许桉回礼。

随后她开始晕晕乎乎的乱晃，他们离得很近。

她这天是到高级会所细心打扮过的，化妆师给她喷了香水，可许桉从不用香水，身上什么气味都没有，他们之间萦绕的全是姜之栩的气味。

跳着跳着姜之栩就有点不好意思了，生硬地找着话题聊："这首是什么曲子？"

"你只知道是贝多芬的就好。"

意思是就算她知道，以后也用不上。

姜之栩不免吃瘪，又问："你经常参加这种舞会吗？"

许桉说："不。"又说，"我的时间可不是用在这上头的。"

姜之栩顿了一秒，恍然想起曾经常灵玉跟她讲过，许桉其实和许丛伟感情更深厚，是为了商业理想才跟了母亲。

她对打听别人的故事没有兴趣，于是沉默了下来。

许桉显然还有话要说："为什么不接着问？"

"嗯？"姜之栩不解。

"问一下我的时间用在了哪里。"

姜之栩顿了一下，问："那你的时间都用在哪儿了？"

他却罕见地勾起了嘴角："不想说了。"

他笑的时候也很冷峻。

姜之栩简直要被他冻成冰块了，干脆闭嘴。

一曲终，人们纷纷下场。

许桉举杯去和男人们聊生意，姜之栩又被冷落，只好拎着长裙走到角落里。

　　她刚走到沙发旁边还没有来得及坐下,就看到隔着过道的香槟台后面,站着一个熟悉的人。

【第九章】
和好：不为日子皱眉头，只为吻你才低头。

李衍九穿着一身黑色西装，负手站在那儿，他旁边还跟着一个衣着干练的中年女人，想必他是随老板过来应酬，拓展人脉的。

在姜之栩望向他的瞬间，他好像有感应一般，也扭头看过来。

隔着交响乐和香槟以及三五座上宾，他们两两相望。

李衍九的眼神很锋利。

这股子锋利和少年时期不一样，少年李衍九是刀光掠春水，不经意间杀气腾腾。而如今的李衍九完全像是鹰在盯猎物，有着赤裸裸的攻击性，似乎下一秒就要弄死你。

姜之栩在这样的眼神中丢盔卸甲了，低下头，一时不知道该怎么办，又莫名其妙地有点心虚。

她想了想，决定先离开，径自走到门口，见身后没人追上来，呼了一口气。

她顾不了太多，拎着礼服就走，门口有管家询问她："女士，要不要给您备车？"

她想了想，没有推辞，回复："我有急事要先走，麻烦送我一程。"

司机不到一分钟就开了车过来，等不及别人给她开车门，她就钻进车里离开了。

这个过程不到五分钟。

坐上车之后，她才发消息给许桉道别。

许桉立刻打电话来，问："怎么回事？"

姜之栩说："就是突然想起一件重要的工作没有做，如果不马上做完，会给团队的人添麻烦。"

许桉沉默了一阵，也不知道信没信，总之没有回复，就把电话挂断了。

结果刚挂断电话，领导叶青的电话就打了进来——公司里临时有紧急安排。

姜之栩对司机说:"麻烦你送我去和谐广场。"

成年人就该有随时冲锋陷阵的觉悟。

叶青是个很有原则的女人,如果不是事发突然,不会在员工休息的时候把人叫到公司来。

当姜之栩穿着隆重的礼服出现在工位上时,叶青大吃一惊。

然而叶青深知私生活和工作需要分开的道理,并没多问什么,只是拿了自己新买的香奈儿化妆品,到姜之栩的工位上给她补妆,告诉她:"等会儿要出去见一个重要的外商,我上次欠你一个机会,这次补上。"

叶青刚跟她交代完,秘书就来通知,十分钟后出发。

叶青又去自己工位上拿礼服,催姜之栩去换。那是一件价值不菲的名牌连衣裙,不会出错的黑色系,比较适合应酬的时候穿。

可等姜之栩去换衣服的时候,她才发现这裙子前面看着落落大方,后背却是裸露的。

她有点犹豫,想了想,还是把衣服换好了。

原本以为叶青这么火急火燎地把自己叫来,是因为她有事情去不了,结果等姜之栩跟着秘书到酒店下车的时候,才看到叶青从老板车上下来了。

姜之栩当时有点纳闷,但没有多想,等到客户来了之后,姜之栩才发现端倪。

饭局上的外国人是两兄弟,姜之栩紧挨着弟弟奥利弗坐,叶青紧挨着哥哥莱恩坐。

莱恩只谈生意,不问风月,奥利弗则只谈风月,不谈生意。

仅仅坐了二十分钟,奥利弗问了姜之栩无数乱七八糟的问题,比如"你喜欢吃什么""你的前男友是个怎样的人"。

姜之栩一度猜测奥利弗是不是认了中国大妈当干妈。

姜之栩后来都被他问得嘴飘,干脆去一趟洗手间。

她站在镜子前看自己,没一会儿镜子里出现了另一张脸。

"坐不住了?"叶青问。

姜之栩摇头:"口语没好到那个地步,交流不过来,出来缓缓。"

叶青从镜子里盯着姜之栩:"小姜,你有外貌优势,也有实打实的本事,不利用白不利用,只要掌握分寸,向男人展露一点儿美,不用多,勾人就行。"

姜之栩垂首,明白叶青的意思,有时候做事点到即止就能获得许多好处,给得太多反而贬值。

231

姜之栩终于接话："青姐，我是来工作的，卖的是知识，不是人。"

叶青闻言便劝："男人的手腕多了去了，女人利用一下男人的好色特性又有什么不行？美丽没有错，觊觎它的人才有错，只要不自轻自贱，大家各凭本事，没有谁比谁高贵。"

职场上的事情不是非黑即白的，就像这世上的许多事，都是如此。

这个道理姜之栩懂。

"青姐，我明白你的意思……"姜之栩转身，和叶青对视着，"之前我的脸上的痕迹还遮不住，很多口译的机会根本轮不到我。"

这个世界就是这样，太漂亮，所有人都觊觎你，不漂亮，所有人都忽略你。

可是她懂，不代表就认同。

"青姐，其实这种要靠女人陪酒的买卖，我不认同，因为我觉得这本质上是对女性能力的否定。"姜之栩呼了一口气，"不过我知道，颜值有时候是重要的加分项，我不会情绪化，今天我还是会好好表现。"

叶青顿了一下，不知道该说什么，只能笑笑："好，那就进去吧。"

"好。"姜之栩说。

后半段饭局，姜之栩表现得比前半段还要进退有度，落落大方，没给中国姑娘丢人。在讲话的时候，她又看似不经意地提起公司项目，最终也推动合作达成。

当然，这样的场合难免要喝酒，姜之栩不胜酒力，尽管喝得不多，还是晕晕乎乎，似醉非醉。

工作结束之后，叶青被老公接走，总裁没义务送姜之栩回家，姜之栩怕这样醉醺醺地离开会出事，只好先坐在酒店大堂里醒神。

许桉就是这个时候忽然出现的。

许桉不是一个人来的，他身侧还跟着一位窈窕淑女。

姜之栩在那一瞬间只想得起这四个字来形容这个女人，女人仅仅站在那儿，就已经无比优雅从容，气质好到完全掩盖了容貌的平庸。

当许桉站到姜之栩面前的时候，她问："这位是……"

许桉说："一个朋友。"

这可真是引人遐想的介绍。

许桉眼睑微敛，居高临下地问她："怎么在这儿？"

"谈工作。"

"喝了多少？"

"没多少。"

这对话好像家长在质问叛逆的孩子。

他冷，她也不热情。

"这位小姐，我们是不是在哪儿见过？"许桉身边的女人盯了姜之栩半天，实在忍不住问出了声。

姜之栩看了她一眼，没想起来和她在哪儿见过。

还是许桉点了点头，说："她是我在舞会上的女伴。"

"哦，原来是这样啊，我说怎么这么眼熟呢。"那女人恍然大悟，朝姜之栩伸出了手，自我介绍道，"我叫白薇薇，今天的宴会就是在我家办的。"

姜之栩对白薇薇笑了笑，以示礼貌。

看来今天她这个女伴并没有给许桉带来什么帮助，许桉还是没逃掉被安排的命运。

白薇薇很有名媛淑女的教养，看到姜之栩一脸醉意，便问许桉："我们要不要送她回家？"

见许桉半天没说话，白薇薇又说："你说话呀。"

"送。"许桉说。

白薇薇笑看着姜之栩："你家住哪里？"

"我送，你跟陈清的车走。"许桉打断了白薇薇温柔的客套话，"回家帮我向伯父伯母问好。"

白薇薇顿了一下，看了看姜之栩。

姜之栩忙说："我不要你送。"

许桉却又下达了一次命令："陈清，送白小姐回去。"

白薇薇没说什么，笑了笑，便跟陈清离开了。

姜之栩胃里翻滚着酒气，但意识还算清醒："真不用送我，大不了我在附近开个房住一晚。"

"你不要多想，就算是普通朋友，对醉鬼也没有置之不理的道理。"

姜之栩恍惚地笑了笑："说得好像你是那种乐于助人的人一样。"

许桉的嘴角紧绷。

姜之栩深呼了一口气，站了起来，却有点儿没站稳。

许桉没有扶她。

她径自扶了把椅子站定："白小姐就是你家里给你安排的相亲对象吧，最好不要让她误会。"

"这是我自己的事。"

他的言外之意是，这事与她无关。

233

姜之栩点了点头："好，我得走了。"

许桉紧紧盯着她："那我只好打电话让常灵玉来接你。"

"不要。"她忙说。

许桉看着她。

她一字一顿地说："别伤她了。"

她往外走，不走路还好，就是这么一走，整个胃都翻江倒海，还好这里的桌子下面都有垃圾桶，她没有吐得到处都是，但还是挺丢人的。

等她吐完了之后，许桉拉她起来。

"你这样怎么回家？"他问。

姜之栩悄然挣开他："我去住酒店。"

"我送你到酒店门口。"他一副"总不至于再反对吧"的表情。

她确实不好太矫情，因为餐厅两百米之外就有酒店。

外头挺冷的，姜之栩穿得又少，硬咬着牙才不至于失态，进到酒店之后，她去开房。

许桉就在一旁站着。

前台服务员问许桉要身份证，许桉冷冷地扫了她一眼，就差脱口而出"我像是来这里住的人？"。

姜之栩取了房卡，许桉看了她的房号才放心地离开。

他真是做什么事都一丝不苟，考虑全面。

姜之栩听常灵玉说过，他是行业翘楚，想必在工作上也一定十分周全严谨，不是电视剧里演的那种，只开开会提提意见的总裁。

姜之栩到酒店之后，赶忙去洗了个澡。一天下来，她身心都已经疲惫到了极致。

可忙起来总比闲着好，只剩下自己一个人的时候，她就容易胡思乱想，白天那些被她暂时搁置的事情又全涌入她的脑海里。

她不知道事已至此，还该不该再和李衔九联系。大概是心有灵犀，这个念头刚闪过，李衔九竟然给她打来电话。

看着来电显示，姜之栩像被电了一下似的，手机都差点没拿住。她赶快点了接听，他的声音瞬间响起："你在哪儿？"

他语气很冷，她不由得怔了怔："怎么了？"

"见一面吧？"

"去哪儿？"

"我去找你。"

"我在外面。"

讲完这句话之后,她恍然想起自己才刚洗漱完,没有带妆,脸颊上那道痕迹就像一抹灰,很淡却很明显。

她包里也没带化妆品,连刚才的妆都是用叶青的化妆品化的。

"你在外面干吗?"他的声音里有难以捕捉的隐忍之意。

她只顾想该怎么办,丝毫没注意到他语气并不如常。

顿了好一会儿,她才说:"今天太晚了,要不明天见?"

他好长一会儿都没说话。

姜之栩不是想一直瞒着他,就是还没有准备好。

她也很急:"或者……或者你等半小时后再来。"

"好。"他竟然很快答应了。

挂了电话,姜之栩发了定位给他,又急忙套上刚才的裙子出门。

晚上十一点了,她不知道还有没有美妆店开门。

她在门口扫了辆共享单车,就这么穿着两万块一条的裙子,和与它同等价值的细高跟鞋,在深秋的街头狂蹬不止。

她体内的酒精还在折磨她,让她很是昏沉,外头又冷,冻得脑仁一抽一抽地疼,被这样双面夹击,她真是很难受。

偏偏最近的商业街的商铺全打烊了,她又跑去商场,保安已经等着锁门。

她只好灰溜溜地怎么来又怎么回去。

到了酒店,离约定时间已经很近,她忽然觉得孤独又无助,停了车子,在门口仰头静默了一会儿,把眼眶里某些多余的东西逼回去。

她推门进大厅时,李衔九打电话过来:"我在停车了。"

她挂了电话之后,急得在电梯门口来回踱步,都打算要么就戴口罩和他见了。

前台服务员过来问她:"有什么可以帮你?"

姜之栩看到服务员脸上精致的妆容,意识一闪,忙说:"能不能借我粉底涂一下?"

大概是酒精把她搞傻了!现成的人不问,她还大半夜出去跑这么一趟。

她真是被自己气哭了,怕时间来不及,一直在扇风,希望眼泪不要掉下来。

偏偏李衔九这么快又打电话来:"我的助理也在车上,很不方便,上去说吧,把你的房间号给我。"

她报了个数字。

他立刻挂了电话。

她火急火燎地去打扮了一番，等她再上楼，他已经站在门口了。

他眼眸漆黑，面上没有一丝笑意。

她看到他眉尾处有一道竖着的血痕，将他的眉毛分成了两半。也不知道他是怎么受的伤，她不由得多看了他两眼，走过去开门。

他自动后退一步给她让地方，她把门打开，再转身，却见他定定地站在那儿不动，脸色难看得不成样子。

她不解："怎么了？"

他抬脚进门，反手把门关上，目光始终紧紧地锁着她的脸庞。

他沾血的断眉让他整个人显得更凌厉，她被他看得心发毛。

他走到屋里，坐在了床上，先掏了一根烟出来，倒放在烟盒上磕了两下，才说："王信拍到了你和许桉进酒店的视频。"

李衔九并不是迂回的性格，因此他讲话也没有半分迂回。

姜之栩一下子蒙了，满心的欢喜和激动情绪就像放了气的气球一样，瞬间干瘪。

她脑子"嗡嗡"地响，用尽了力气才让自己稳下来："你什么意思？"

李衔九的指尖在颤抖，出卖了他的紧张心情。

可姜之栩没有注意到，她只是很诧异，反问他："别的不说，要是许桉带我开房，他会来连锁酒店吗？"

"我没有那个意思。"李衔九顿了一秒，语气低沉。他给自己点上一根烟，此时此刻好像只有尼古丁可以平复他的情绪。

他抽了口烟，才说："我们聊聊吧。"

姜之栩还在生气，为了见他，大半夜出去跑了一大圈，他却一上来就告诉她，王信拍到了她和许桉的视频，这叫她怎么冷静？

她以一种自卫的姿态，倔强地昂着下巴，眼睑向下，一言不发。

李衔九见她不说话，顿了一下，先开口了："今天在舞会上见到你之后，我确实很难受。后来王信给我看视频，我的心更乱。我不会说我一点儿都不在乎许桉，更不想心上明明扎了根刺还要故作大方，说我从来没感觉过。"

李衔九语气特别低沉："可是来的路上，我想了很多，我在想，这四年我可以从一个穷小子变成大明星，那么你呢？"他弹了弹烟灰，"我还没问过你，你经历了什么事？"

姜之栩眼皮一跳，有一股泪意逼上眼眶。她想说点什么，却开不了口。

李衔九似乎比平时更有耐心，这种耐心和温柔无关，更像是低迷。

抽完了一根烟，他又点上一根："姜之栩，重逢以来，你带了太多谜题给我,又不给我谜底。我问常灵玉,问张家兴,他们都说我们的事他们作为外人不能插手,有些事未经你的同意他们也没权利让我知道。究竟是什么事让他们都闭口不谈?你把我蒙在鼓里,这对我不公平,真的不公平。"

李衔九说了很多掏心窝子的话,带着很大的诚心,甚至决心来见她。可是姜之栩无法面对他。

她也不明白为什么,当面对这样掏心掏肺的他时,她这一刻竟是慌乱的。

她的心跳得越来越快,在心里那根弦彻底断掉之前她赶紧开口:"我会给你一个解释,但不是现在,你别逼我好不好?"

李衔九看着她,四周烟雾弥漫着,衬得他很沉郁,很凌乱。

他知道话已至此,聊不出什么了。

他坐在那儿,像一张黑白默片,所有的色彩都消耗光了。

她想起她生在春分,他生于立冬。

不止一个朋友曾评价过她的性子恰如初春,带有三分料峭七分温暖。她不知道自己是否真是这样,然而这一刻无比确定,李衔九已经越来越像彻彻底底的冬天。

安静了片刻,李衔九才从床上站起来,迈步往外走去。

姜之栩跟上去给他开门。

门被打开,他把嘴角的烟拿下来,偏头看着她:"我走了。"

她低着头闷闷地"嗯"了一声。

他往外面走,她想要关门,他却忽然转身,手拍在门上猛然用力一推,她还没反应过来他就又进了屋,又反手一推,只听"咔嚓"一声,门又被关上。

他接着把烟朝地上狠狠一摔,两三步逼近她,把她抵在墙上,不容抗拒的吻落了下来。

他蛮横地钳制住她,把她的双手扣压在头顶,另一只手扳住她的下巴,迫使她仰着脸。

她透不过气,只知道胡乱地躲,不住地喃喃:"不要……"只听到两个音节,所有的声音都被他吞到了肚子里。

他带着野蛮的侵略性,不知道是不是缺氧的原因,渐渐地,她也有点意乱情迷。

吻了好一会儿,他终于舍得停下,身体还是压着她,鼻尖抵着鼻尖问:"你喝酒了?"

她早已洗漱完,也只有这么近的距离他才闻得到她衣服上沾着的酒气。

她推他,让他起开。

他有点恼,低头咬了她的嘴唇一下,是真的咬,疼得她半天没反应过来。

她一阵战栗,紧咬着牙:"李衔九,别过火。"

他凑近她低喃:"要我停下也行,你告诉我,你在抗拒什么?"

他说着,低头继续去亲她,她偏头,眼泪一下子就掉了下来。

湿意沾了他满手。

她心里那根弦断了,可她挣不开他,眼泪模糊了视线,她却怕妆花,不敢再哭。

于是她安静了下来,心如死灰。

她这个样子,李衔九反而停了下来,他胸口一起一伏,眼眸染了红,一如他眉上的血痕,忍耐着深深地看了她一阵,最终把她放开。

姜之栩一阵阵发晕。

李衔九整个人都低沉下来,两个人又陷入可怕的死寂气氛中。

他的状态深深地影响着她,两个人就像在打羽毛球,一来一回,而他是掌握节奏的那个,刚才他意乱,她也情迷,现在他沉郁,她也失落。

李衔九没有立刻离开,又点了根烟,狠狠地抽着。

过了好一会儿,他把烟抽完了,好像用了很大的力气才又开口:"我走了。"

人家都说盛极必衰,火烧到一定程度,就要渐渐熄灭了。

李衔九现在就是这样的状态,心一寸寸地冷却下来,心火消退,唯余灰烬。

姜之栩心里何尝不荒芜?

在年少时,他就是散漫轻狂、不可一世的性子,成年后,他又做了一份集万丈光芒于一身的职业,这样的他,该睥睨一切才对。

让她看到李衔九这么落寞,比什么都让她痛苦。

他拿夹着烟的指尖,摸了摸眉上的伤痕,笑了笑,重复了一遍:"走了。"

他看着她,缓缓后退。

她就这么眼睁睁地看着他一步步退后,然后转身。

她张了张嘴,想叫住他,一开口就泪流满面,一个音节都发不出来。

他走得头也不回,并没有来时声势浩大,只是很安静地离开了她。

她气得抓了把头发,把头皮都扯了起来,还是缓解不了那一头乱绪。

于是她失眠了一整夜。

隔天她很早就离开,前台人员帮她办退房手续,问她:"现在还很早,不吃点早饭再走吗?"

她摇头说:"不了。"

前台人员又笑道:"那你也不等昨天和你一起入住的帅哥?"

见前台人员神色暧昧,她怔了怔,下一秒恍然明白了什么。
她转身到大厅沙发上坐下,许桉八点钟出了电梯。
她站起来,他的目光恰好迎上来。
她走了过去:"我请你吃早饭吧,许总。"
她说得客气又疏离,许桉抿唇不语。
几分钟后,长廊尽头的小厅里,姜之栩和许桉面对面坐着。
许桉先开口:"你不用有任何情绪,留一个醉鬼独自住酒店,不是我的风格。"
姜之栩把一切都搞明白了,许桉是真的离开了,不过只是虚晃一枪,实则不放心她一个人住酒店,又怕光明正大地陪着她,她会于心不安,于是等她上楼,他才又返回。
姜之栩很久没说话。
过了好一会儿,她才问:"你是不是看上我了?"
许桉面无表情,比任何时候都沉默。
姜之栩轻轻地笑了笑:"我不会劝你珍惜阿玉,因为我知道不爱就是不爱,勉强得来的感情没什么意思。"
许桉不说话,姜之栩就一直说。
"你没有对我表达过,我之前也没有察觉什么,可今晚,我好像察觉一点点什么了,那既然如此,即便是我多想了,我还是要和你说明白的。
"这几年,你帮我联系医生,预约医院,请专家会诊,甚至帮我争取了乔治最便宜的医疗费……我真的很感谢你,但我在想,如果你想要的感情我永远没办法给你,该怎么办?"
"你不要说了。"
许桉终究还是打断了她的话。
他一直没什么表情,连语气都还是如往常那般冷淡:"爱不是付出就有回报,这道理我还是孩子的时候就知道了。"
姜之栩心酸难耐。
许桉淡淡地扫了她一眼:"你知道有一种树叫蓝桉吗?"
她怔了怔,十分茫然。
他淡淡地笑了,很快把这丝笑容隐去:"这树像我,够孤独。"
许桉冷漠寡言,惜字如金,姜之栩知道,他突然说出这样没头没脑的一句话,一定别有深意。可她不懂。
即便懂,她也无法给他任何回应。

许桉看了她一眼,语气依旧冷然:"你不用太介怀,我是个生意人,早就料到你心里没我,也就没有付出全部真心。"

他不是个没有世俗欲望的人,可面对没有把握的事情,习惯了不期待,没有期待,自然没有悲戚之情:"其余的话多说无益,你我都是成年人,话说到这里已经足够。"

姜之栩看着他,只一眼就确定,真的不需再多言什么了,于是先起身离开。

她打了车,上车第一件事就是打开手机搜索"蓝桉"。

她曾暗自思忖过,许桉应该是苍绿色的,就像桉树一样。可是见到他本人之后,她迅速推翻了自己的假设,觉得真正的他是灰色的,如一块生硬的冷铁。

可直到她查完"蓝桉"的意思,她才发现她错了。

蓝桉是一种有毒且霸道的树,会杀死身边所有的植物。

许桉可不就是一棵蓝桉树吗?

他是苍绿色的,越是茂盛便越显得难以接近的,孤独的树。

姜之栩锁上手机,有些喘不过气来。她深深地理解了,他为什么说自己是孤独的。因为这样霸道的生命,唯有一个例外——蓝桉只允许释槐鸟栖息于它身上。

他是蓝桉,却等不来他的释槐鸟。因为她,从来不是他的释槐鸟。

姜之栩的抑郁症加重了。至少这一次,她是主动到医院看医生的。

医生问她:"这次不是因为疤了,对吗?"

姜之栩这天没有化妆,脸上那道疤就像一道灰痕,好像轻轻一擦就能擦掉,但她知道不是,就像心上蒙的那层灰,擦不掉。

她说:"我跨不过心里那道坎,伤害了一个人。"

医生顿了一下才问:"是你爱的人?"

"也是爱我的人。"

"哦,"医生沉吟,"原来是这样。"

姜之栩看着医生,一动也不动,就像隔着橱窗渴望壁炉的卖火柴的小女孩儿,她现在也很需要有人能给她一点儿热气。

医生却很轻松:"这个问题太简单了,你还要白白花五十元挂号费来问我?"

姜之栩笑道:"您讲。"

"天底下痴男怨女多了去了,不外乎是你爱我,我却不爱你,现在你有一个你们互相爱着的人，困难就减少了大半，你说简不简单？"

姜之栩摇头："要真是这样，梁山伯和祝英台也不会成千古佳话了。"

"你们这些年轻人哟。"医生笑得皱纹都出来了，岁月的痕迹，显得他特别睿智，"人家梁祝怎么就没在一起？人家是所有的法子都用过了，最后选择殉情这一道，殉情也是一种结合。"

姜之栩只觉得惊雷劈进意识。

医生叹了一口气："现在的人，连说句'我爱你'都这么难，还好意思怪月老不垂怜？"

姜之栩愣住了，几秒后才笑道："医生，我觉得你在批评我。"

医生笑着说："我可不敢，你可是重度抑郁症患者，我可不敢对你说重话。"

姜之栩笑意温婉："听您说完，我觉得人生的疑惑变少了很多。"

医生盯着她："可还是下不定决心，对不对？"

"您知道？"

"否则你在我说前几句话的时候就跑去找他了。"

姜之栩低下了头。

医生说："去吧。"

姜之栩不解。

他语重心长地说："带着梁祝那样壮烈的，化成蝴蝶也要在一起的决心，去找他。"

姜之栩站了起来，没有说什么，缓缓地走到门口。

她抓住门把手的时候，又转身问："如果结局潦倒怎么办？"

"不会的，"医生准备叫下一个号，笑着说，"如果他爱你的话。"

姜之栩走到医院门口的时候，觉得自己的勇气已经接近饱和。她深知盛极必衰的道理，想在勇气减弱之前就联系上李衔九。

四年了，她第一次发消息给他，心情忐忑又激动，复杂得无法用一两个词概括。

她刚点击发送，却有一个刺眼的红色惊叹号弹出来，他把她拉黑了。

她马上去打他的电话，不用想，根本打不通。

她不知道该怎么办。

这感觉就像迷路，她好不容易找到了出口，却发现此路不通。

她在医院门口坐了很久，眼睛干涩得难受，却并没有泪意，就是很茫然地干坐着。

那一刻她想，大概李衔九永远都不知道，在他们这段感情里，她有过这样失魂落魄的时候。而下一秒，她又联想到，或许他在深夜抽着烟想念她的时候，她也毫不知情。

念头闪过，她便觉得喉咙像被谁扼住了，无法呼吸。

爱情放过谁了？

它让每个人都孤独过。

她总归没有忘记重要的一环。

于是她掏出手机，打开QQ，娴熟地输入他的账号，然后又一键一键地输入：lxjjzxin2015。

她登录成功了。

她眼睛一亮，浑身都激动地发颤，然后她快速地又把自己加回来。

添加好友时有设置分组这一项，她点开那一项，看到他只有两个分组，分别是"我的女友"和"我的好友"。

她呼吸一滞，一颗心又甜又涩。

她自作主张地把自己放在"我的女友"那一列，再退出的时候，心里的苦涩把其他的感受都吞没了。

她很想去找他，可是压根不知道该去哪里找他。

她登上自己的号，给他发消息。

"李衔九，我有话要对你说，如果你发现我登录你的账号了，请你等我说完，千万别删我好友。"

这条消息发送成功了，她接着又发了第二条。

因为怕发太多条短消息会让他烦，她特地打了很长一段字才发送出去："这几年，我过得很不好，你走之后，我出了车祸。我的脸受了点伤……所以我不敢见你。我不是不相信你，只是越来越自卑了，你知道吗？脸上的疤还能祛掉，心里的疤却是很难消失的。"

然而紧接着的这条消息没有发送过去，一个红色感叹号特别刺目地弹了出来。

姜之栩半天没缓过来，随后也不知道是怎么了，像魔怔了一样，拼命地给他发消息。

"娱乐圈的美女那么多，每当我看到她们，就觉得，就应该有这些美好的人围绕你才对。尤其是那个和你传绯闻的曲心漾，她太漂亮了，我甚至会偷偷点赞有关她的恶评，我变得好小气……"

"我再也不是那个清心寡欲的姜之栩了。"

"你让我变坏了，又不对我负责。"

242

……………
一个接一个的红色感叹号冒出来。

她在自虐。她不知道在马路牙子上坐了多久,最后手机响了起来,是孟黎打来的电话。

她告诉了姜之栩一个无异于晴天霹雳的消息,爷爷走了。

姜之栩甚至没来得及回去收拾行李,就立刻打车赶去高铁站,在当晚十一点赶到青城,随后又直接从高铁站打车去见奶奶。

后面三天,爷爷家开始频繁来人,以至丧礼总给人一种热闹的错觉。

亲朋好友相聚,吊唁吃席,丧钟哀乐,真正伤心的人没几个,唯有守在灵堂里的人才是真正悲痛,却还要忍着情绪迎来送往,操持后事。

办完爷爷的丧事,姜之栩没有在家多待,便要匆忙赶回来上班。

孟黎开车送她去坐高铁,说来也巧,车载电台里恰好放到曲心漾的新歌专访。

曲心漾是和李衔九合作《千秋岁引》的女主演。

两个人因为这次合作几乎被捆绑在了一起,哪怕是单人采访,都不可避免地被问到对方。

主持人问:"最近和李衔九有联系吗?"

这个问题一出,车里的气氛立即变得微妙。

曲心漾说:"昨晚恰好一起拍摄呢,"随后半真半假地接了一句,"他好像受伤了。"

主持人听到了惊天八卦,不由得问:"我没听错吧?是身体上受伤吗?"

其实李衔九和曲心漾以往挺挺避嫌的,这次曲心漾主动提及,其实意有所指:"九哥是晚上收工之后被私生粉追车,他当时好像有事赶时间,司机比较急,就撞车了,玻璃划伤了眉头,所以大家真的要理智追星……"

姜之栩闻言心乱如麻,抬手把电台关掉了。

孟黎见她这样,顿了一下,才说:"以前总在网上看人家说,这世上除了生死,别的都是小事,直到你爷爷去世,我看你爸伤心成那个样子,才觉得这句话有道理。"

姜之栩看着母亲的侧脸,沉默不语。

孟黎淡笑:"咱们母女一起在鬼门关走过两次,一次是我生你的时候,还有就是车祸那次。车祸之后,我一直想找你聊,但是你也知道,咱们家从小都是你爸教育你,我不过就是和你在一起吃喝玩乐,真不知道怎么和你长篇大论地聊。"

孟黎偏头也看了一眼姜之栩，又伸手摸了摸她的脑袋："这几年因为脸上这道疤，你变了很多，具体哪里变了我说不上来，但这种变化我和你爸都心知肚明。"

姜之栩泫然欲泣。她从没把自己患抑郁症的事情告诉过家里人，可他们都感觉得到。

她把车窗摁下来，想让风把情绪吹走一点。

"看你这样，我心里并不好受。我很早就想和你说了，要不，就按你的心意来吧。"孟黎说，"人这辈子太短了，真的，孩子，你要知道遗憾是难免的，只要尽力做到不后悔就好了。"

姜之栩觉得脸上冰凉一片。

从记事起，她就很少在母亲面前哭，这次不是唯一一次，却也是屈指可数的一次。

姜之栩吸了吸鼻子："好端端的，说这些干吗？"

"情绪上来了呗，要是再不说，更说不出口了。"孟黎笑道，"我可告诉你，你妈从没跟人说过这么多掏心窝子话，你可知足吧。"

姜之栩笑道："是，是，是！我感到无上荣光。"

孟黎"喊"了一声："反正我也是自私，看你不开心我就不开心，所以为了让我开心点，只好劝你开心。"说完又"呸"了一声，"我这胡说的什么玩意儿？"

姜之栩心里什么都懂，忙说："妈，放心吧，我都记住了。"

"那就行。"孟黎没再说什么，二十多年来都像玩伴一样相处的母女，乍一掏心窝子，总有点别扭。

姜之栩进了高铁站，按部就班地取票，验证身份证，过安检，排队进站……都已经走到站台上，她忽然反悔，扭头就要往外走。

地勤人员喊她："你要去哪儿？马上开车了！"

她声音倔强："我不坐了。"

她跑着出站，急切地打车去机场，买了飞厦门的夜航。

人生中有些困惑，只有母亲可解。

是母亲点醒了她。

爱总是会和贪恋缠绕在一起，人们想要得到纯粹的爱，必须先清除心里的魔障，在这过程中难免遗憾，但只要不后悔就行。

她也不确定自己是否拥有足够的勇气去直面自己，可这一刻，她起码有勇气面对他。

粉丝群里有消息——李衔九19号要去厦门参加一个公益晚会。

于是她一路向南。

晚会举办地在厦门观音山梦幻海岸度假区,姜之栩下了飞机之后就直奔那里。

她在附近找了家连锁酒店住,行李是随意收的,没带化妆品,也没带漂亮衣服,好在时间尚早,她还有空去商场买新的。

当然,她自知娱乐圈里什么样的美女都有,李衔九什么样的人也都见过,她没必要去争奇斗艳。

只是她无意间看到一家店里有一套衣服很像高中的校服,三中的运动校服整套都是白的,没少招李衔九骂"你们这玩意儿不知道的人还以为是哭丧的",当然,他也说过"幸亏正装校服还不赖"。

于是她没有多想就将衣服买了下来。

白色衬衫、灰色格子短裙,如果再来一件灰色的西装小外套,真是和三中的校服没什么区别了。

她就穿成这样去了现场,实在没有办法,花了三千块钱买的黄牛票。

入场之前,她才给常灵玉打电话。

"我到厦门了。"

"什么?"常灵玉都没反应过来。

姜之栩说:"帮我转告他,我在出口等他。"

"你疯了?怎么到了才说?!我要是联系不上他怎么办?"

姜之栩倒是岁月静好地笑道:"那就随缘吧。"

一个人没有不管不顾地冲动过,不足以言及爱恨。

她不想在试探口风之后再做决定,即便他不见她,她也是要来找他的。

姜之栩进了场,落座才发现,她的位置竟在《千秋岁引》女主角曲心漾的粉丝团中间。曲心漾的粉丝和李衔九的粉丝相看两厌,她坐在其中,就像误入狼窝的羊,别提多弱小无助。

可坐在这边,她恰好能看到对面李衔九的粉丝团,他人气很旺,灯牌汇成灯海,尤其是"甜酒唯爱李衔九"的巨幅灯牌在夜空中发出显眼的橙光。

李衔九倒数第三个出场。

不知道是谁给他选的歌,他唱的竟然是《我的一个道姑朋友》。

若你早与他人两心同

何苦惹我错付了情衷

难道看我失魂落魄

你竟然心动

....

听他句句真切，姜之栩的心一直发沉。

他唱歌一直算不上好听，可现场仍然坚持真唱，有几句走调了，周围曲心漾的粉丝都在骂他"废物"。而下一个恰好是曲心漾上台，她的歌很好听，除了假唱，没有别的差错，身边的粉丝发了疯地喊叫，大喊"真是配不上我宝贝"。

在最后的环节，主办方公布了慈善名单，李衍九捐了五十万元，曲心漾捐了三十万元，那帮粉丝丝毫没有收敛，一口一个"作秀""心机"地在骂。

姜之栩恨不得赶紧离开，可一想到李衍九时时刻刻都得在成千上万的谩骂和诋毁言语中昂起头颅，就不自觉地挺直了脊背，坚持坐到晚会最后一秒。

晚会结束之后，现场放起了烟花，人群朝着四面八方散开，像极了吹落如雨的烟花碎屑。

姜之栩随着人流走到出口。

人们出场很慢，大约一个小时之后，人群才从密集到稀疏。等到整个场地只剩下安保的时候，已经又过了半个多小时。

安保大哥见她一个小姑娘孤零零地在那儿站着，好心来问她："天黑了，怎么还不走？"

"有人来接。"

"哦？男朋友吧。"

她缱绻一笑，安保也就懂了是什么意思，便没有再问。

晚上十二点，连安保也都离开了。

她的期待感更甚。

大明星嘛，人少的时候过来才比较方便。

她站在原地，或是左顾右盼，或是垂首看脚尖。她就这样傻站着，直到后半夜，他都没有来。

第二天早晨七点多的时候，常灵玉给姜之栩打来电话："醒了没？"

"嗯。"她说。

常灵玉在刷牙，讲话含混不清："和九哥咋样了？"

姜之栩就知道她会问，很平静地说："就那样。"

"没谈拢？"

"没见着。"姜之栩说完打了个喷嚏。

饶是南方的十月,秋意也难掩,夜间很凉,被冻了一夜的她,貌似有点感冒,眼睛发热,喉咙发痛。

常灵玉给牙缸冲水,问:"你昨天等他到几点?"

"信号不好,挂了啊。"

姜之栩不会掩饰自己的痴情,也不想把自己的落魄样子一并展露出来。

她点开手机,又拨打了李衔九的电话,听筒里传来的女声告诉她,她现在还是被拉黑状态。

她去看微博,粉丝群里总是有最新的消息,她看到李衔九是今早的航班,厦门机场已经被粉丝围堵得水泄不通。

早晨飞厦门的航班只有八点多那一班,而现在已经七点过半。

她终于无力地蹲了下来。她希望以最好的面貌与他相见,一晚上没敢坐也没敢蹲,这会儿忽然蹲下来,腰和腿都生出一股不知道是疼痛还是解乏的酸胀感。

她蹲了半天,说服了自己好一会儿,才确定这场旅程结束了。

她决定离开。

站起来的那一刻头有点晕,她稳了片刻,才迈开步子。

越走她越觉得身体不适,喷嚏打个不停,喉咙像吞了火,在路边买了瓶矿泉水,一口气喝光也不见好转。

她走出度假区的时候,有辆车子朝她摁了摁喇叭。

她后退了一步,让车子先过去。

谁知车子却停下了,李衔九走了出来。

他毫无预兆地出现,姜之栩却只是诧异了一瞬,接着就恢复自然。

隔着早秋的晨晖,她望向他。

他并不与清晨相宜,反倒浑身透着深夜的冷光,一步步朝她走来,凛冽之意一寸寸笼罩过来。

她对上他的眼睛,清楚看到他漆黑的瞳仁里有什么在翻滚,细碎的痛苦浮浮沉沉。

果然,他的声音也冰凉得深不可测:"姜之栩,你是不是觉得自己特伟大,特感人,厉害得都能申请感动中国十大人物?"

他讲话很毒,声音里却藏着一丝颤意。

姜之栩偏偏捕捉到了,这一丝颤音连同他眼底的痛苦之色混合在一起,像一个化学反应,加起来之后合成新的物质:心疼。

他在心疼她。

她咽了一口唾沫，喉咙很疼，这一丝疼让她记起这一夜孤零零又惨兮兮的等待场景，她打算报复他一下，不由得撑道："没你伟大，都感动中国了还感动不了你，你多伟大。"

李衔九皱眉，不想废话："上车。"

姜之栩摇头："不要。"

"不想被拍就上来。"

"被拍的是你又不是我，关我什么事？"她一副不屑的样子。

他没反应过来："什么？"

她转身要走："我说你走你的，我走我的。"

他一把抓住她："你敢？！"

她转身想说话，却没忍住先打了个喷嚏。

他眉头蹙得更深："要么你跟我上车，要么我跟你回酒店。"

她看着他的脸，晨曦笼罩着他，五官那叫一个俊美。她的目光在他的下半张脸上流连，最后落在他的眼角眉梢上。

她看到了他眉头上的伤痕，那道疤划断了他的眉，也劈开了她的心。

好吧。

她来这一趟，终究是为了和他重归于好。

她紧盯着他，深沉呼吸："那你跟我回酒店。"

李衔九吩咐江建平把车开到姜之栩所住的酒店门口。

车停了。

李衔九并不温柔地把姜之栩推下车，接着自己长腿一跨，也下了车。

江建平一路上都提着气，这会儿更是担惊受怕，小心翼翼地问："你确定吗？信哥知道了非得杀了我，这……"

"没事，我给你报仇。"说完李衔九把车门关上，接着攥住姜之栩的胳膊，把她拉到了酒店里。

她的胳膊都要被他扯掉了，进了电梯她才敢发作："能不能放开我。"

他冷冷地扫了她一眼，警告她："你最好现在别惹我。"

她住三楼，出电梯后，两个人走了好长一段走廊，才来到门前。

掏房卡开门的时候，她顿了一下。

他很敏锐地察觉，露出梨涡讽笑："你不觉得现在后悔晚了吗？"

她转身看他，他们近在咫尺，她确定他能看穿她，于是将房卡靠近门锁——"嘀"！

开门声已经代表一切。

他推她进去，她想把房卡插进卡槽。

他先一步拦截她的动作，接住了卡，扔在地上。

屋里一片黑。

他沉闷的呼吸忽然逼近，就喷在她的后脖颈上。

她心一慌，不由得转身，支支吾吾地说："那个，感冒好难受，我想喝热水。"

他不依："喊我上来，使唤我给你烧水的是吗？"

"真的难受。"

"你也知道自己小身子骨不经折腾？！"他恶狠狠地说。

她自知理亏："那怎么办？你不来，我不等，那我们散了好了。"

他的冷冽气息忽然在黑暗中放大。

她感觉到了，心慌了一秒，闷闷地推了他一把，转身去床上坐上："你要是先来了，感冒不就找不上我了？"

他沉默了。

她以为他无话可说了，刚想去烧水，他忽然凑近："那我赔罪？"

她下意识地问："嗯？"

他舔了舔唇："我听说把感冒传给别人就能好。"

她看着他。

他的脸在黑暗中仍然清晰："传给我，罪我替你受。"接着就蛮横地吻了上来。

他一只手扣着她的手腕，另一只手扣着她的后脑勺，他的吻就像他的人，不肯温柔，也不肯迟疑和试探。

他亲了好久，餍足了才把她放开。

两个人四目相对，安静地互看了几秒，谁也不知道对方心里在想什么。

然后他放开她，去插房卡。

灯光是黄色的，她就坐在灯底下，衣襟微敞，长发凌乱，口红乱成一片，整个人都被他亲得凌乱得不成样子。

这都是他的"杰作"。

他看了她一眼，目光沉了又沉。她以为他会说什么，可他没有，只是拿了壶去装水。

烧上水之后，他靠在墙边，懒懒地看着她："怎么，还没回味完？"

她抬眼瞥他，一副想翻白眼的样子。

他在她身上乱瞅："穿这样也敢在外面等一夜？"

"这样怎么了?"她起身拿杯子准备去洗一洗,弯腰时衣服往上滑了一截,露出她不盈一握的细腰。

他骂了一声:"以前就烦你穿这样。"

她诧异地转身:"你不是说校服好看的吗?"

她显然觉得他不可喻,走到玄关处的穿衣镜前整理着装,看那表情一脸纳闷,就差脱口问"这不是挺好看的吗?"。

他气得二话不说从身后把她抵到墙上了。

姜之栩这次被他吓到了,拿手抵着他,不让他近身:"你别闹了。"

"你管这叫闹?"他的眼神又变得锐利。

这和她想的不一样。

她以为他们大吵了一架,见面之后怎么着也得长篇大论一番,她昨晚甚至提前想了想词。

可他只顾亲亲抱抱。

她心里发闷:"你这样我会觉得你只喜欢我的……身体。"

他怔了怔,笑道:"你错了。"

她看着他。

他幽幽地说:"还有你的脸。"

她的身体莫名其妙地僵了一下,随即她低下了头。

他以为她是害羞,不让她躲,伸手把她的下巴挑了起来:"看着我。"

姜之栩被迫仰着脸。

他眼里意味不明,姜之栩只觉得心理上这一关还真是难过,默了默,才找到别的话题:"我要喝水了。"

她的话音刚落,传来水开了的声音。

他松开她,起身端来热水壶,拿来纸杯,倒了半杯热水,又开了瓶矿泉水兑上一小半凉水,才伸手递给她:"全喝了。"

她起身接过纸杯。

他到床上躺下,半天没动静。

他们各怀鬼胎。

她喝完水,觉得喉咙好受了一点,放下杯子静了静。

折腾了这么半天,她不知道有些话还有没有讲的必要。

他却先她一步开口:"我知道你有话想说,我也是,但我们都不是长篇大论的性格,我感受到你的心跳了,你不用多说,我都明白。"

姜之栩心跳加快,可呼吸变慢。她忽然想起吵架那晚,他说他信她,可

250

他感受不到她。

她此刻才感悟到,原来真心并不是拿来相信的,而是拿来感受的。

他坐起来,手撑在床上,看着她:"那你呢?你明不明白我?"

他的声音仿佛从另一个时空穿越而来,带着百转千回的力量。

姜之栩抿了抿唇,笑着问他:"不是说了头只低一次?"

"我收回。"他抢着说,朝她伸出手臂。

她没迟疑,仿佛根本就是习惯了这样做,直接走到他身边,把手交到他手上。

他拉着她坐到他旁边,接着转身跨坐到她的腿上。

她还没有反应过来,他忽然探身亲了她一下,接着是第二下、第三下,亲吻的声音在寂静的房间里被放大,随后他的额头抵到她的额头上。

"现在明白了吗?"

姜之栩忽然想到,他在社交平台上的个人简介一直都是那句歌词——不为日子皱眉头。

下一句歌词是什么呢?

只为吻你才低头。

吻你,千千万万遍。

为你低头,千千万万遍。

她试探地问:"以后再也不这样了好不好?"

他看着她。

她轻轻地说:"你删除我的好友,拉黑我的电话,眼巴巴地看我等了你一夜也不理,再有下次,我真的再也不理你了。"

他不爱讲那些腻人的心里话,轻哧一声:"你知不知道苦肉计比美人计好用多了?"

她怔住了:"啊?"

他在她身上肆意乱看,像是拿目光把她看穿一样:"你两样都用上了,我还配生气?"

她气鼓鼓地瞪了他一眼:"我才没有。"

他不在意,又目光沉沉地看着她:"那你呢,等了一夜,气吗?"

她摇头。

他显然不信:"那你不正常。"

"我说真的。"她强调。

"嗯?"

251

"听你唱完那首歌,气不起来。"可能她真是为他的失魂落魄心动了吧。

他眼睫微微颤抖了一下,没有太多过强的情绪。

她没有让气氛沉下去,问他:"那你为什么不来?"

他说:"我不知道。"

她怔了怔。

他解释:"常灵玉联系我的时候,手机在我的经纪人那儿。"

"她今早是不是打电话问你了?"

"嗯,"他话里夹杂一股恨意,"准确来说是骂我。"

姜之栩忍不住笑了。

她说:"其实我挺开心的。"

他挑了一下那只断眉。

她说:"我忽然想到小时候看《哈利·波特》,邓布利多感叹年轻真好,还可以感受到爱情的刺痛。是啊,如果不是我们运气好,在那么年轻的时候被爱情所伤,等到老了,还能这样不管不顾地跑来见彼此吗?"

"为什么不?"

他想也没想就问了出来,反倒把她搞得愣住了。

真的,这一刻她才恍然大悟,时光改变了他们,却从未改变他们之间的爱。

他们之间的感情根本没有停止过,而是一直相爱,一直相爱……

正因如此他才会吃醋,误会,胡思乱想。同样,当需要低头的时候,他们不会比较谁爱得更深,不会计较谁先服软,也不用搞那些男女之间的推拉战术。

她用行动代替语言,守护了还差一片花瓣就要败光的玫瑰。

他看到了她的付出,自愿从暴躁的野兽变回王子。

他们都感受到刺痛了,明白有爱才会有痛,更明白有爱就没必要再痛。

姜之栩掏出手机,打了几个字,把屏幕拿给李衔九看。

李衔九的目光一对上屏幕,立刻温柔了下来。

因为她分明在手机日历的 10 月 20 日上备注:"复合。"

两个人温存了片刻,随后姜之栩去收拾东西。

李衔九想起什么,拉住了她的手:"有些话我不知道这会儿说合不合适?"

姜之栩眼皮一跳,低下了头,没人比她明白他想说什么,因为她心里也总是装着这件事。

她想了想才开口:"我知道,之前我总是躲避你,话又不说清楚,你心里很疑惑。可我既然决定奔向你了,就不会再回头。我向你保证,以前没告诉你的事,以后都慢慢说给你听。"

有些承诺适合紧盯着对方的眼睛讲,可有些承诺要直视着自己的内心说。

他盯着她微垂的脑袋,觉出一股温暾的小女儿情,心想不软都难。

于是他伸手,朝她的头顶胡乱揉了一把,北方话叫胡噜胡噜毛,有安抚宠爱的意味。

他今天难得温柔,姜之栩很受用。

然而,十分钟后……姜之栩去收拾行李。

李衔九躺在床上像没骨架一样,看着她走来走去,没一会儿火气又上来了:"你把衣服换了。"

她看着他:"不是吧?"

他沉声说:"就当我爹味、男权、大男子主义,反正你最好赶快给我换了。"

她心气上来了:"我要是不换呢?"

"我给你撕了信不信?"

他从头到尾脸上没有露出笑意,眼里暗欲浮沉,在给她下最后通牒。

她叉腰说道:"你以后夏天不会不让我穿吊带吧?"

"我有病?"他皱眉,"你穿什么衣服轮得到我管?"

"那你现在管我干吗?"

他一下子从床上坐起来:"你知道你现在穿这个像什么吗?"

他语气像在教她做题,指引她一点点解出正确答案。

"像什么?"

"像情趣制服!"

姜之栩哑口无言。她第一天认识他吗?他是什么品行高洁的暖男?

她嘟囔了一句:"刚才的温柔哪儿去了?"

他没听清:"能不能大点声,每回都有贼心没贼胆?"

她正打算去换衣服,闻言把刚拿起来的衣服往床上扔去:"我说,你温柔不过三分钟!"

他怔了一下,贱兮兮地笑了:"你才发现?"

他这一笑啊,真是让人又爱又恨。

她随手拿起床上的纸巾朝他丢了过去。

机场到处都是来送机的粉丝,姜之栩和李衔九兵分两路去机场,随后二人乘坐同一班航班。

李衔九紧接着就有活动要赶,姜之栩回家收拾了一番,也赶去公司。

两个人忙到晚上都没有联系。

姜之栩九点半下班,常灵玉这天和公司的同事团建,吃饭的地儿恰好就在她的公司附近,就来接她一起下班。

常灵玉说:"喝了点酒,怕路上遇见色狼,只好赶紧来找你和我搭伴走。"

姜之栩很自然地挽上常灵玉的手臂:"我严重怀疑你是想来打探消息。"

常灵玉有点醉,闻言娇憨一笑:"如实招来,和李衔九到底怎么样了?"

姜之栩说:"和好了。"

"我就知道会这样。"

"那可不,我等了他一夜!"

"你还知道?"常灵玉恨铁不成钢,"要是他真不来呢?"

"可能就没那么容易了。"

这话说完之后,两个人默然地走了一会儿。

姜之栩想了想才又说:"可能以后他缓过劲儿来了,会来找我,我却不会那么轻易就点头。我不点头,他又要生气,我既然放不下他,肯定又要去哄他,可我再去哄,他又要拿捏我了……"

常灵玉停下来,打了个酒嗝:"我同事刚才也说,他老婆生气不做饭,他哄了几天没哄好,自己就生气了,他老婆气消了又来哄他,结果他在气头上讲话也难听,又把他老婆惹生气了,现在绕了个圈,他还得回头去哄他老婆……"

"所以啊,绕那么些弯子干吗呢?见好就收也是种本领嘛。"

姜之栩温柔缱绻,惹得常灵玉"咦"了一声:"瞧瞧你那幸福的样子。"

她们很快走到了地铁站。

常灵玉扫码进站,问:"对了,我还没说,你有没有解释许桉的事?嗯……就是……之前他送你去酒店,我是听王信说的,好像闹出误会了。"

姜之栩也在扫码:"没解释。"

"啊?"常灵玉讶异,"那李衔九也没问?"

"怎么说呢,"姜之栩耸肩,"他在意的从来不是许桉。"

常灵玉点了点头。

有些事,原本她打算给姜之栩讲,但现在看来好像大可不必。

姜之栩通知她去厦门找李衔九的时候,她立刻给李衔九打了电话,谁知道电话却是李衔九的经纪人王信接的。

王信那边很忙,得知她是姜之栩的好友,忽然就变得阴阳怪气:"你和姜之栩认识？那敢情好啊，你帮我问问她，她给李衔九灌的什么迷魂汤啊？"

"你什么意思？"她没搞懂他生气的点在哪儿。

王信冷哼一声："我什么意思？你不如问一下你朋友是什么意思。九哥自从和她见了一面之后，就把自己关屋里，烟成条地抽，没死算命大了。这两天工作多，这家伙生病了，高烧不断，都快烧死了，你还敢来问我是什么意思？我没有发火就不错了！"

她倏然提起一口气："你冲我嚷嚷什么？要出气也该李衔九出，让他接电话！"

有现场的工作人员和王信讲话，他给那人回话，耽误了几秒，才接着说："我亲眼见她和别的男人去开房了，知道吗？"

"你少血口喷人！"她哪里听得了别人这么说姜之栩，赶忙打断王信的话，"你有病吧，她轮得到你骂吗？！"

"我给九哥发视频，他不管不顾地跑去找她，为了躲私生粉，路上差点儿出车祸，把脸都伤着了！"王信嗓门陡然变高，"你知道脸对九哥来说有多重要吗？！"

她哪里经得住被王信这么骂，赶在吵起来之前，干脆把电话挂断了。

挂了电话，她更是气不打一处来，在阳台上来回踱步，咬咬牙打电话给许桉。

这次他出奇地很快接通她的电话。

"宴会那天怎么了？"她问。

他许久不语，过了一会儿才说："我请你吃个饭吧。"

他竟然约她到故宫吃四季民福。

她那天穿的是简单的米色裙子配风衣，嘴巴涂了点口红，其余什么都没化，因为深知许桉讨厌脂粉气。

烤鸭这种东西一向是她喜欢，而他不喜欢的，她不知道他什么时候记住的她这个爱好，以至她忍了忍还是问了出来："我怎么觉得像断头饭？"

他迁就她的喜好，她动容，却并不开心。她被冷了太久，乍一暖，就让人心里不踏实。

许桉的脸色在不算亮堂的屋子里显得晦暗："放心，吃完了，我保证你的命还在。"

常灵玉的心酥酥麻麻的。

她喜欢听许桉讲话，觉得他讲话很像八十年代初台剧里的男主角，冷漠毒舌，又不装腔作势。

吃完了一小碗杏仁豆腐，常灵玉知道，到了该说话的时候了，她问："宴会那天发生什么事了？"

许桉看向她："和我说说她和那个人的事。"

常灵玉蒙了。

她自知这顿饭的目的就在于此，心里多少不是滋味，却还是把她知道的往事挑重要的向许桉讲完了。

听完之后，许桉长久沉默着。

常灵玉又要了一碗杏仁豆腐来吃，口齿留香的味道让人上瘾。

等她吃完，许桉说："我送你回家吧。"

常灵玉眼睫微动，垂首笑道："好啊。"

许桉气场强，气质冷，这个特质在他认真做某件事的时候，尤为明显。常灵玉看他严肃地开着车，不由得想象他工作时会是什么样子。

这时，他有一通电话进来。

"让Melody出计划书。"

"可以。"

"三小时之后交给我。"

一通三分钟的工作电话，他只说了三句话而已，不能再简洁，平白如直线，很符合许桉的风格。

常灵玉跟他假客气："你要是忙，把我放路边我自己回去也行。"

许桉却问："你喜欢我哪点？"

话题转得太突兀，常灵玉一时怔然，缓了缓，才说："我没想到你会问我这个问题，"她看向窗外，"但是等你问出口，我等很久了。"

许桉沉声说："我不喜欢太沉重的氛围。"

"谁喜欢啊？"常灵玉嗤笑，第一次在他面前生气，"谁犯贱要上赶着吃苦受罪？"

她这样说，许桉终于偏头看了她一眼，很快又恢复标准的开车姿势。

"那你不喜欢我哪点？"常灵玉毫不避讳地盯着他问。

许桉这次没有沉默，说："不知道。"

常灵玉忍不住自嘲地笑了笑。

许桉往左打了一圈方向盘，随后车子驶入小区门口的主干道，十几秒后稳稳地停下。

常灵玉去解安全带。

许桉忽然说："我可能让那个人误会了。"

"什么意思？"常灵玉心里隐隐约约泛起慌乱感。

"那天她喝多了，我送她到附近的酒店，被那个人知道了。"

常灵玉心里那股慌乱感被证实，她缓了半天，才扯出一个僵硬的笑容："所以，所谓的开房对象就是你吗？"

她话里的某些字眼明显刺激到许桉，惹得他皱起眉头，很严肃地看着她。

常灵玉也迎上他的目光："你想让我帮你做什么？"

许桉顿了一下，掏出一个水兵月的钥匙扣递给她。

"我这儿有她的一个东西，你帮我还给她。"

"这……"她不解。

"算了，"他又收回手，"有机会我自己给她吧。"

她咬了咬唇，没说话，推门下车。而许桉没有喊住她。

"想什么呢？"

姜之栩伸手在常灵玉的眼前晃了晃，她才回过神。

原来她们已经进了地铁口，要扫码进站了。

她对姜之栩说："没什么。"

姜之栩说："有什么一定要和我说。"

常灵玉点了点头，说："那必须的。"

进到车厢，她们挨着坐，一人一个手机刷着玩。

姜之栩这才看到微信上的消息，都是项杭给她发的，十几条，其中还夹杂着两通电话。

都怪她手机静音了，没有听到，她赶忙给项杭回电。

项杭很快接起来，哼哼唧唧地喊："宝贝，你怎么才回电话啊？"

姜之栩问："你发那么多消息，一口一个'你完了''你要死了'，话又不说清楚，到底是怎么了？"

"我怀孕了。"

姜之栩蒙了。

"我没听错吧？"

"谢秦这个王八蛋，都怪他！"

"你这……你这消息，说句难听的，比我爷爷去世都突然……"

"都怪谢秦！"

姜之栩不知道该说什么，不由得提高了声音："那你现在打算怎么办？"

常灵玉碰了碰她的胳膊，示意她小点声。

姜之栩将注意力完全放在项杭身上，没管那么多，又听她说："哎呀，你别急,我现在都不急了。"

"啊?"

"下个月23号,你来当伴娘呗。"

挂了电话之后,姜之栩揉了揉太阳穴。

常灵玉问:"谁又出事了?"

姜之栩一个头两个大,感觉把这件事再讲一遍都挺辛苦,干脆苦笑:"喜事,喜事……"

常灵玉也并不想真的打听,便说:"喜事就好。"

姜之栩察觉什么,不由得戳了戳旁边女生的胳膊:"喂?"

"嗯?"

姜之栩也不知道自己要说什么,提许桉未免有点微妙,想了想,说:"回家煮泡面吃吧。"

常灵玉眨了眨眼,莞尔。

姜之栩知道她接收到信号了。

她们点到为止就好,太煽情,反而缺失了温情的真意。

于是她塞了只耳机给常灵玉,耳朵里充斥着脸红的思春期的声音,这短暂的一首歌的时间,好像弥补了少女们青春里没有成为朋友的遗憾。

两个人晚上到家都已经快十点半了。

那时候李衔九估计还没完成工作,一直没动静。

姜之栩是跟他和好了,但一切都很匆忙,连联系方式都还没来得及解除拉黑。

下午忙活的时候,她乍一想起这事,都会心一颤,仿佛和好只是她的臆想。

常灵玉在煮泡面,姜之栩把卧室收拾了一遍,吃完饭之后,她又吞了两片感冒药,刷了碗,把客厅打扫了一遍才去洗了澡。

吹干头发,从浴室出来之后才看到手机在亮,她忙不迭地接起电话,是他。

"打了好几个电话都没人接,以为你反悔了。"他说。

她"喊"了一声:"一天都没人影,我还以为你反悔了呢。"

他笑了笑:"下来。"

"你在……"

"嗯。"

姜之栩心里"噼里啪啦"地炸开烟花,她赶忙涂了遮瑕液,套了件方便穿的针织长裙,飞奔下楼。

他还是开那辆大G来的,她小跑过去。

他从车里给她开了车门,等她一条腿踩进去,他就自如地托着她的腰和屁股,把她拥了进来。

车门关上的瞬间,她跌到了他身上。

他的手在她的腰那边上下摩挲,他意味不明地说:"洗完澡了?这么香?"

她说:"就因为洗澡才没接到你的电话。"

他像大狗一样凑到她的脖间嗅了嗅:"你换洗发水了?"

"怎么了?"

"换的哪家?我也买。"

"你还缺这些?那些品牌不是上赶着要送你吗?"

他掐了一下她的腰:"怎么这么没情趣?"

她痒得哆嗦了一下:"这和情趣有什么关系?"

"今天录节目刚学的,'闻着你的气味,好像你就睡在我身边'。"他说完,还没等她回过味来,自己先觉得恶心了,"这些人上赶着倒胃口,闻得到摸不着,岂不是更空虚?"

姜之栩推了他一把,脸红地从他身上下来,坐到一边:"说得像你懂一样。"

他懒懒地仰着头,没说话。

她问:"你每天都这么晚收工吗?"

他说:"有时候比这早,但有时候比这还晚。"

她点了点头,又问:"你这么开车出来,不怕私生粉和狗仔跟车呀?"

他偏头看她:"怕?"

"有绯闻出现,粉丝会脱粉吧。"

他嗤笑:"我努力工作,正常生活,没赌没嫖,还做慈善,碍着谁了?"

姜之栩沉默了。

他揽过她的肩:"我已经给公司打过招呼了。"

她难以置信地问:"你是说——我?"

"嗯,"他轻哼,"他们都知道我谈了。"

姜之栩心里暖,心情说不清道不明的,想问"会不会给你添麻烦",但一想到他刚才的话,就觉得没必要问。

她往他怀里靠了靠。

他舒坦地挑起那只断眉,捏她的耳朵:"我现在觉得当初买这车买对了。"

她一脸疑惑的表情:"嗯?"

他的手从她的耳朵摩挲到嘴唇:"空间大,干什么都方便。"

259

她身体一僵，起身捶了他一下。

他看她不经逗，靠在那儿坏坏地笑了。

看他笑得浪荡，她心情也很好，但还要装作在生气。

这时，手机铃声响了起来，她借着掏手机的工夫，掩盖了小心思。

一看来电显示，她怔住了，是姜学谦。

她看了李衔九一眼，将电话接了起来。

姜学谦先是问了姜之栩的近况，姜之栩不想和他寒暄，就借口说"我正洗衣服呢"。

说完她心虚得不敢抬头，垂首闷声问："还有别的事吗？"

姜学谦说："你说说多不好意思，那天你许叔和许桉来家里吃饭，我不是用茅台招待了他们吗？许桉好像是看那瓶酒快见底了，居然又给我买了两瓶，今天刚到。你说这孩子怎么那么有心啊？"

姜之栩："……"

两个人说了五分多钟才挂电话。

"你爸？"

姜之栩去看李衔九，他靠在车座上闭目，如果不是忽然问她这一句，她甚至以为他睡着了。

姜之栩说："嗯，打电话关心我一下。"

李衔九睁开眼："我过两天要去客串一部戏，等结束之后，带我回家吧，我想给你父亲一个交代。"

姜之栩看着他，很清晰地说："好。"过了一会儿又想起什么，"谢秦和项杭下个月结婚。"

李衔九有些诧异："这么快？"

"嗯，关系好的老同学好像只有他们结了。"

"怎么着，羡慕啊？"

姜之栩撇嘴："谁羡慕啊？"

"我羡慕。"李衔九却说。

姜之栩怔了怔。

他接着俯身亲了她一下，又抬眼："想过那种蜜里调油的小日子，你有意见？"

他的语气很跩。

姜之栩抿了抿唇，笑着说："那我回头偷偷给项杭说好，让她把捧花直接给我。"

"哎,你跟谁学的这么多鬼主意?"

"跟你呗……"

"你再说……"

月亮半圆,斜斜地在天边挂着,黄得透亮,像一颗成熟的果实。

风景虽然还没有都看透,但细水已然开始长流。

【第十章】
面对：总有人愿意拿宇宙换红豆。

李衔九的工作安排得很密集，通告一场接一场，拍完广告之后又无缝衔接地进了组。

他接的是一部战争片，戏份不多，但全集中在打仗上，成天在战壕里窝着，别提多灰头土脸了。

姜之栩给他发视频，他说："这帮老戏骨，一个比一个敬业，我既然挣这份钱，当然也不好意思用替身。"

姜之栩听完这话之后就说："嗯，挺有你小时候那味的。"

他蒙了。

她提示："你不是说你小时候像只野猴子？"

"哼。"李衔九笑道，"化妆师说了，我这是战壕妆，早晨四点起来化的，有这么丑吗？"

姜之栩故意摆出腔调："不丑，不丑，你最帅啦，九哥勇敢飞，'甜酒'永相随。"

他听出她在说反话，咬牙切齿地说道："姜之栩，再气我，信不信我回去收拾你？"

姜之栩被他搞得脸一下子就红了，干巴巴地说："信号不好，我挂了。"

"这会儿知道怕了？"他满意地笑了笑。

她还在装："听不见，我挂了啊。"

"哎，别。"他喊住她，"有事跟你商量。"

"嗯？"

"在外地没法顾家，你帮我回去看看我妈吧。"

姜之栩心里很清楚，李衔九提到李青云，不是像表面上这么轻描淡写就说出来的。

他小小年纪就要担负那么重的经济压力,以前也得出去跑工作,怎么照顾李青云,肯定都是深思熟虑,仔细安排过的,哪里还需要她特意跑一趟替他照看?

　　以往他在意的,就是怕她进入他这一团乱的生活。现在他之所以让她过去,显然是告诉她——我准备好了,欢迎光临我的人生。

　　姜之栩在周六一早便到了李衔九的公寓。

　　有两个护工招待了她,她礼貌地拒绝了茶水招待,先进卧房看李青云。

　　和几年前相比,这时候的李青云已经瘦了一半。

　　姜之栩走过去,只见李青云歪着嘴,眼睛斜着往一边瞥,皮肤不受控制地抖动着。

　　她忍不住鼻子一酸,问年纪稍大点的护工:"她的身体都还好吧?"问出口又觉得这个问题好傻。

　　护工刘姨明白她的意思,想了想说:"怎么说呢,瘫了的人避免不了要出现一些并发症,比如她双腿扭曲变形,肌肉会萎缩,呼吸道感染过……总之就是这些吧。"

　　姜之栩光是听着就已经觉得承受不住。

　　人生实苦,生老病死就占了大半。

　　姜之栩又问:"李衔九回家次数多吗?"

　　"反正他只要在这边,每天都得回家,不回家也是早、中、晚三个电话打着,对他母亲很上心的。"

　　刘姨又指了指天花板:"还装了摄像头呢。"

　　刘姨顿了一下,又说:"不过这摄像头装着也好,你不知道,在我之前的那个护工比较懒,当时小李大二暑假,跑去录野外求生的节目,那个没良心的护工,估计平时就照顾得不好,不然不会害得青云身上起褥疮,等小李回来一看,那些疮都要生蛆了。"

　　姜之栩听得瞠目结舌,被刘姨的描述震撼得头皮发麻。

　　刘姨也叹气:"青云可是受罪了,但是她感受不到痛,这件事怎么说也是小李更苦,欧阳比我先来,她当时在场看得可真切了。"

　　那个一直在旁边看食谱的胖女人点了点头,叹息着回忆:"当时还是住的老小区,我是被江助理找来给云姨管理饮食营养的,正好李衔九那天从云南回来,大家就一起来家里,结果我总觉得云姨不太对劲,然后就发现她后背上和腿上的褥疮了。"

　　姜之栩握紧了拳头,抑制住自己的颤抖。

欧阳又说："你是不知道，李衔九一看他妈那个样子，又气又恨哪，眼睛都红了，人家总说嗜血，大概就是那样子的。"欧阳回忆着，眼眶也红了，"他当时撸起袖子就要去揍人，我和他的助理两个人都差点没拉住他，他就像挣命一样，后来见护工跑了，气得朝墙上砸拳头，砸得血肉模糊，手都快废了……"

她讲到这里的时候，李衔九打来了电话。

姜之栩深呼一口气，接电话的时候指尖都在抖。

她不想表现得太沉重，便笑着问他："查岗呢？"

他"嗯哼"了一声，流里流气的。

她抿了抿唇："刚才我们正聊到你呢。"

"说我什么？"

"反正都在夸你。"姜之栩故作轻松地说，"你是不是给的薪水很高，不然怎么那么得人心？"

李衔九沉沉地笑了笑，嫌弃地说道："得了，你可不是个爱说俏皮话的人，那么生硬。"

姜之栩忍不住做了个鬼脸，又说："我看青云阿姨瘦了很多，但是气色很好，就像……睡美人。"

李衔九顿了一秒，说："不愧是高考题目写'丝瓜藤和肉豆须'的人，有文化。"

他还记着这事呢……

姜之栩不由得撇嘴，心里却在感慨，他怎么总有能力用三言两语就让气氛好起来？

挂了电话之后，姜之栩一直待到下午才走。

刘姨送她："栩栩，往后还过来吗？"

姜之栩笑道："常来。"

刘姨心领神会："哎哟，常来好啊，常来好……"

姜之栩坐地铁回的家。

路程不近，她在地铁上开始搜索李衔九的名字，微博上的内容都太琐碎，她又退出到视频网站去。

打开APP（手机软件），主页上便自动给她推送李衔九的相关内容，她恰好看到一个不是粉丝剪辑的安利向视频，点开一看，才发现是昨晚才上传的一个纪录片。

《结痂》是李衔九的出道作品,纪录片也绕不开要提这部片子。

记者问:"拍摄时有什么困难吗?"

"全是困难。"李衔九对自身的不足从来回答得坦荡,"我不是科班出身,走位、台词、微表情……没一个准确的。"

镜头随着他的声音,切到当时拍戏的幕后花絮上。

再切换镜头,就是导演的备采:"我骂他最多的还是动作戏,这孩子看着人高马大但是运动细胞不怎么样,据说已经练到疼得连穿衣服都困难了,还是缺点火候,那能怎么办呢?还是得练,但他从没喊过一声累。"

镜头又切换回来:"导演说你肯吃苦,你怎么看?"

"也不是肯吃苦,就是有机会给到你,你没有不抓住的道理。"李衔九很闲适的样子,仿佛过去已经离他很远,"就像你掉落悬崖,上面有人扯了绳子捞你,那能怎么办?掉下去也没人会怪你,大家甚至会为你惋惜,可你自己知道,你不能放弃自己,累死也得爬上去。"

听着他不急不缓地讲这些话,姜之栩的心窝莫名其妙发暖,连带着眼眶都发热。

"印象最深的是哪场戏?"

李衔九皱眉想了想说:"扇巴掌吧。"

"哦?这和导演说的一样。"

李衔九乐了:"看来导演看我被扇,他很过瘾。"

随着李衔九话音落地,镜头缓缓切换到《结痂》的一段幕后花絮上。

节目组为了效果,特意将李衔九被甩巴掌的那几段戏剪在一起,就像加了特效,一个巴掌接着一个巴掌,声音清脆又刺耳,让人忍不住揪心。

亲眼看到美好被摧残,是很残忍的事情,而如果这份美好还恰是你心爱的,便更是诛心。

有人碰了碰姜之栩。

姜之栩转身,并不认识那个人。

对方递给她一张纸巾:"看的什么,眼泪直流?"

姜之栩这才后知后觉发现自己脸上一片湿意,她接过纸巾说谢谢,却怕再次失态,而不敢继续看下去。

晚上等李衔九收工,她给他打电话,绕了好多弯,才问:"之前拍《结痂》,被打巴掌的戏,能不能给我讲讲?"

他明显顿了一下:"都过去了。"

"我过不去。"她说。

那头安静了一会儿，随后响起了摁打火机的声音，李衔九应该是点了根烟。

李衔九想起那天早晨，男主角楚凡摆明了心情不好，一场戏连着NG了七条，李衔九半边脸被扇得肿起老高。

导演喊停之后，化妆师小跑着过来给他们补妆，看到李衔九脸上泛着红紫色的掌印，有些不忍："妆越来越厚，等会儿该接不上戏了。"

楚凡听到了，凑过来问："怎么，打疼了？"

化妆师的背一僵，吓得不敢吱声。

楚凡向李衔九笑了一声："想当年我拍戏，前辈发火，把保温杯里的热水泼脸上那我也是一声不吭的。"

李衔九平静地看了他一眼，说："不疼。"

楚凡摆出前辈的架子："不疼就好，你演技还得提高，现在这个程度很难激发对手演员的创作力，收工后多琢磨琢磨。"说着拍了拍李衔九的肩膀。

"我看他就是觉得你一个连戏剧学院都没念的新人，却能接到这样的角色，他难受。"男主角走到演员椅上坐着看剧本了，化妆师这才敢打抱不平，"他吃过苦，所有人就都得吃苦，这是什么道理？你的光又掩不住他的光，他着什么急？"

李衔九默然不语，化妆师往李衔九脸上扑了扑粉，因为愤怒而加重了手劲儿，疼痛从脸颊蔓延到耳朵，半边脸扯着疼。

再开工还是一样NG，最后李衔九被扇了十七个巴掌才收工。

男主角装模作样地连连说"抱歉"，导演更看重戏的效果，打马虎眼地说了句"都是为了戏"。

李衔九懒懒一笑，拿了东西走人。

戏就在同城拍的，他没理由不挤时间赶去学校上课。

辅导员一看他半边脸都红肿发紫那样，大惊失色："你不会出去跟人打架了吧？"

他从包里找了一片消炎药，没有水，只好生吞了，皱着眉头抬眸问："我这像是打架的样？"

"可你的伤看着都快出血了！"辅导员一个外人看着都心疼，心一揪，又觉得不对劲，"你这伤，该不会是单方面被揍吧？"

李衔九："……"

苦没有白吃。

后来在首映礼上，导演把这场打巴掌的戏拣出来夸他："其实这场戏拍到第七八回的时候,李衔九的眼神就已经很有戏了,那种克制隐忍、杀气腾腾的感觉,哒——我现在想起来还是想倒吸凉气。我一看不得了啊,得让他顶上来,后来这场戏拍了十七回,孩子最后眼里全是血红的,跟个困兽似的,真了不得。"

············

李衔九没给姜之栩讲得太具体:"我当时能被选择,就没什么怨气,你也别往心里去。"

姜之栩知道他在避重就轻。

其实她想想也就明白了,他入圈三四年,出道作品这么火,长相又那么好,可是为什么今年才大红呢?

除了公司拖后腿、资源差,这肯定还和他的性格有关。蛋糕就这么大,谁都想来分一口,他没资本撑腰,不露锋芒,不会有人看到他,锋芒毕露,别人又容不下他。

或许别的艺人也受过新人的委屈,大多数人唉声叹气几下也就麻木了,顺服了,可姜之栩知道,他不是。他不会顺服,只会忍耐,他心气高,得把牙咬碎了和血吞,才忍得下来。

姜之栩咬了咬唇:"你之前本来有机会和楚凡搭档拍《猎杀者》,是不是因为他为难你,你才……"

"不是。"李衔九轻飘飘地笑了笑。

姜之栩等着他说。

他笑了笑,仿佛那些事与他无关:"是跟制片人不和。"

"啊……"姜之栩难以置信,"那个制片人,我记得传闻挺随和的啊……"

"哼。"李衔九冷哼,"你也知道那是传闻,传闻不可尽信,不知道吗?"

姜之栩干咳了一声。

李衔九又说:"我因为得罪他,那几年没少吃苦,不然娱乐圈早就有我的一席之地了,还等得到今天?"

姜之栩怔了好一会儿,这一刻终于理解为什么王信在访谈中说"他的人生不该用耀眼形容,而是滚烫"。

她想想就难过啊,轻声说道:"李衔九,做你的女人,是不是也得和你一样,有颗强大的心脏?"

她听到李衔九似乎是猛吸了一口烟:"不用。"

他笑了笑:"我不需要强大的女人,我需要的是我爱的女人。"

她心尖发颤,不知该如何回应他。

267

他紧接着又说了一句："小时候我经常摔倒,我妈告诉我,摔得越多长得越快,以前我一直觉得我妈说长得快,就是指长个子。可现在我才发现,不是的,受苦会让人加速成长。"

"可成长呢,也会产生生长痛。受过苦的人,可能对人生的感悟会更多一点,人看着也更有深度一点,可是如果能一生都平安顺遂,幸福和乐,那还要所谓的感悟做什么?"

"所以,你不需要为了我去磨砺自己的心,咱们之间老天爷磨炼我一个就够了,你最好身上连块皮都不要破,连眼泪都不要掉,就这么安安乐乐、快快乐乐地活到老。我想,我会很有成就感。"

他不是没有表达欲的人,只是几乎没有事情能激起他的表达欲。

如果不是听他说这么多话,姜之栩几乎要忘记了,他其实曾经好几次在她面前袒露过心声。

她安静了一会儿,不知道为什么很想知道:"你觉不觉得自己变了?"

他说了这么一通话,没想到她竟然给他扯这个,不由得恼火:"你就不感动一下?"

她心里暖,忍不住笑道:"我是说真的,刚见你的时候,我有明显的感觉,你好像比以前更……锋利,更冷硬。"

"挂了。"他说。

"别。"她急切地说,"不要,我不想挂。"

"为什么不想挂?"他语气暧昧。

"就是不想挂。"她话里藏羞。

李衔九轻笑:"那要是我一直这么问你一直这么答,可就真的挂不掉了。"

姜之栩咬了咬唇,想了想,笑道:"那你先回答问题,我就告诉你。"

"嗯……"李衔九沉吟了一阵,其实他拍了一天戏已经疲惫到极点了,不过就是觉得她这会儿太小女人心肠,惹得他心发软,就像哄小孩儿似的哄她开心,故意装作为难的样子,勉强说,"那好吧。"

她握紧听筒。

"混这行,不容易,有人变沉默,就有人变暴躁。"他说得轻描淡写,不知道突然想到什么,笑了,"说到这里可苦了王信,有时候我对外人不好生气,只能对他发脾气。"

说到这里,他不再说下去了。

面对自己的缺点,他可以坦诚对待,但没必要将那一面完全展露给她。

她点了点头,很认真地说:"那你以后对我发脾气吧,别对别人发火了,人家也不容易。"

他久久不语。

她以为他还在等她回答"为什么不想挂"这个问题，刚想回答他，谁知他忽然开口——"我也想你。"

李衔九接的这部戏，条件是真的艰苦，大冬天在荒山野岭里挖战壕，一天到晚扛着机关枪，爆破炸得漫天飞泥。

这戏原计划11月初杀青，谁知各种状况都出现，一拖再拖，竟然拍到11月底还没结束，连生日他都是在剧组过的。

他生日那天，原本姜之栩计划去剧组探班，但是李衔九没让她过去。

一来是路途远，天气差，就怕到时候下雪，她在雪天里走山路实在太危险；二来是戏份难，这是他第一次拍战争片，要学的东西太多，不敢分心。

姜之栩的工作性质虽然和李衔九的相差甚远，但是工作上的某些难处是相通的，她过去一趟不要紧，李衔九的工作人员肯定会里里外外地忙活，而他要分神陪她，就不能全心投入创作，她拎得清，不想给他添乱。

恰好11月公司有出差的安排，她被叶青推荐，跟着老板去了国外。叶青有意提拔她升职加薪，姜之栩心里门儿清，工作上也不敢懈怠。

她这样忙起来，与李衔九分开的时间倒也不显得长了。

她在国外一直待到22号，回国后，直奔青城参加项杭的婚礼。

项杭和谢秦的婚礼在山间一个民宿里举行。

他们不想受人情世故和繁文缛节所累，只请了双方家人和要好的几个朋友，虽然低调，但并不简单。

项杭特意选了带玻璃墙的民宿，站在温暖的屋子里就能看到外面的湖光山色。

11月的青城已经完全入冬，可远处的山叶还没有完全掉光，金黄一片就像火海，湖水呈现青碧色，水面上有鸳鸯和天鹅在戏水。

屋外一派静谧景象，屋内却挂满了喜庆的红色彩带和气球，项杭不爱烦琐，但喜欢热闹，谢秦就在屋里搭了个简易的舞台，放了音箱，还借来了舞台上喷的泡泡机和烟雾机，准备怎么热闹怎么来。

有人抱了一个红塑料袋过来，吆喝："领花了，还没戴花的抓紧。"

姜之栩走过去，恰好看到袋子里的"伴娘"襟花，刚想去拿，恰好也有人伸手，两个人就这么碰到一起。

姜之栩偏头，微微错愕了一下，随后笑了笑："你先。"

舒宁也回之一笑，干脆把"贵宾"和"伴娘"的襟花都拿起来，把花递给她的时候也在打量她："项杭的伴娘礼服选得真好看。"

姜之栩是项杭唯一的伴娘。

项杭图喜庆，选礼服一律定的红色系，伴娘服是一件缎面的吊带曳地长裙，新娘服则是一条红纱短裙，头纱曳地，别致又简单。

姜之栩别上襟花，笑着说："今天开心，大家都好看。"

舒宁胖了很多，和少女时的气息完全不一样了，但女孩子只要收拾一下，都是很美的，姜之栩说："你的头发烫得好好看。"

舒宁说："来之前特意弄的。"

姜之栩说："我想等头发再长一点，也烫个大卷呢。"

舒宁已经把襟花别在胸前，点头笑道："挺好啊，长得好看弄什么都好看。"

姜之栩捂嘴笑，张家兴站在门口喊她出去一下，她指了指门外，说："我先过去一趟。"

"好，你快去忙。"

"……"

她们没有说什么叙旧的话，再见面真的已经像普通的同学，聊点儿场面话，互相夸一夸，疏远但不失体面。

高中毕业之后，她们就没再联系过。

但项杭和舒宁毕竟没出现"喜欢上同一个人"这样的尴尬事，还是保持着联系。

项杭问过姜之栩："也没发生什么了不得的大事，怎么就真成路人甲了？"

姜之栩想了想，走出过去的事之后，再回头去看，有些曾以为地动山摇的大事，其实不过芝麻般大小。

可是千里之堤，往往溃于蚁穴，她和舒宁之间一直不是外患，而是内伤。

当然，现在她们再聊那段友情，其实是扯远了。

项杭的大喜日子，大家当然要想些开心的事。

张家兴喊她出来其实是问："等会儿婚礼，你要不要给项杭说点话？"

张家兴是婚礼司仪，他玩得开，仪式刚一开始气氛就被带动得很好，而到比较煽情的环节，他也是只用三言两语就止住了项杭泫然欲泣的泪。

最后新人喜喜庆庆、和和美美地互说了誓词，互换了戒指。

捧花被项杭直接交给了姜之栩。

这件事姜之栩早有预感，并没表现得很惊讶，惹得项杭连连说："不是吧，你能不能再淡定一点？"

其实姜之栩一直在组织语言，张家兴要她给项杭说点话，可她们太熟了，哪有什么话好讲？

她接了捧花，紧张了半天，才说："希望他永远比我更爱你。"

项杭顿了一下，随后"哇"的一声哭了出来，骂道："这什么爱而不得的苦情戏，姜之栩你搞什么啊？！"

项父、项母忙打她的嘴巴："都结婚的人了，说的什么话？"

谢秦倒是正经回了一句："你放心，要是我对她不好，我把自己吊起来让你打。"他的一番话，惹得大家哄堂大笑。

婚礼仪式结束之后，大家开始吃饭。

一共就来了二十几个人，大家围在一起热热闹闹地就吃完了。

这场婚礼的重头戏在下午。

长辈们都去另一间房间休息，只剩下七八个年轻人在这边闹。

男人们开了音响，放了一首很炸的歌，大家都上去跳舞，项杭怀着孕，不能太闹腾，反倒摆出谱儿，一会儿点这个人唱这首歌，一会儿又点那个人唱那首歌。

男人们都放得开，该玩该闹都不客气，谢秦甚至和张家兴合唱了一段RAP（说唱），难听得那叫一个惊天地泣鬼神……

到场子完全热了，女人们才上去玩。

后面轮到姜之栩了，她唱歌一般，就唱了首很大众的《小幸运》。

等她唱完这首歌之后，李衔九才姗姗来迟。

李衔九终于不用再苦兮兮地躺在战壕里，提前杀青，之后从片场直飞青城，随后租了辆车开来。

除了谢秦，没人想到他会过来，连姜之栩都不知道。

看他风尘仆仆地赶回来，谢秦的大学同学傻眼了："兄弟，原来你真认识李衔九啊？"

谢秦那叫一个骄傲："爷们是那种吹牛的人？"又解释，"不过我倒没有那么大脸能请来这尊大佛，人家是过来接媳妇儿的。"

"谁？！"不知道内情的人无一不激动。

项杭卷着头纱，哼声说："谁长得最好看就是谁喽。"

站在姜之栩旁边的是项杭的大学舍友，闻声左右看了看，很是惊讶，指了指姜之栩："不会是你吧？"

"小婷猜对了！奖励一个枣！"项杭朝那女生丢了个大红枣。

姜之栩狠狠地瞪了项杭一眼，不小心却看到了项杭身后的舒宁。

她们对视上，彼此的目光都很平静，但有时候平静比喧闹有力量多了。

舒宁扯出一丝生硬的笑容，随后低下了头。

也不知道，这丝笑是还没放下，还是她单纯尴尬，但不重要。

有时候人应该自私一点，如果总去顾及别人的感受，大家都不会快乐。

"你瘦了好多，也黑了点。"姜之栩打量着李衔九，"但眉毛也长好了。"

他懒懒地笑道："你该不会又要拿猴子来调侃我吧？"

她莫名其妙地感觉缱绻，不由得哄他："你要是猴子，我就是紫霞仙子。"

他怔了怔，目光柔软下来，不过很快又隐去，换成赤裸裸的男人对女人的欣赏："紫霞仙子有你这么带劲儿？"

他的目光在她的衣服上打转。

她领他到一旁落座："项杭选的。"说完提起一小截裙摆，"你看，这双高跟鞋是项杭给我的十八岁生日礼物。"

"这么红。"

"对啊，我当时还说呢，这么红怎么穿出去？"

"看来就是为今天准备的。"

"……"

他们在台下闲聊，台上的人仍在闹。

到六点钟的时候天黑了，大家都还没尽兴。

张家兴鬼点子多，问大家："要不要玩点游戏？"

"玩什么？狼人杀？"

"那多没意思，"张家兴摆明了冲某人来的，"来一次坦白局吧，怎么样？"说完冲谢秦递了个眼色。

谢秦心领神会："哎，我看行……"

大家围成一圈，边嗑瓜子吃零食，边玩游戏。

张家兴第一轮转酒瓶，也不知道练了什么功，居然一下子就转到了李衔九。

期待值在刚开始就被拉满。

张家兴也不负众望，问道："姜之栩是你的第几任女朋友？"

李衔九连眼都没抬："一。"

"第一任啊。"有人惊呼。

紧接着有人插话："哟，不会是第一且唯一吧？"

姜之栩脸上泛起热气，忙对张家兴说："好了，赶紧下一个。"

李衔九瞥了她一眼："脸皮还这么薄。"惹得众人发出看热闹的起哄声。

她低头推了他一把。

李衍九站起来，拿了酒瓶接着转。

好巧不巧瓶口又转回张家兴那边，谁也没看到他一闪而过的坏笑："知道为什么你追不上姜之栩吗？"

这话一出，空气瞬间变得凝固。

张家兴骂了一句，有点臊得慌："你几个意思？！"

李衍九悠闲地拿酒起子开了瓶汽水："要我替你说？"

他笑得很欠揍，悠悠自得地说："因为我李衍九在这儿，别人不可能有机会。知道差距了吗，哥们儿？"

姜之栩："……"

原来自己被他爱是这么甜。

可他到底是公众人物，项杭连连说："那个，九哥，咱不保证没人录视频爆料……"

这话惹得大家哈哈大笑。

这下只有张家兴一个人是小丑。

姜之栩也不好让他们再讨论下去，赶紧说："别闹了，接着转吧。"

张家兴气不打一处来，撒气似的猛地转酒瓶子。

瓶口掠过三四个人之后，忽然指向舒宁。

姜之栩提了一口气。

提问者问："如果可以回到过去，你会回到什么时候，为什么？"

舒宁想了想，说："我选择不回去，因为，我觉得回去也改变不了什么，人总是会重复选择自己喜欢的东西。"

姜之栩给自己倒了一杯酒，小口喝了一点。

李衍九没说什么，倒了杯汽水，陪她一起喝。

……

直到最后，酒瓶才指向姜之栩。

谢秦"嘿嘿"笑："可逮着你了。"

李衍九说："别留情。"

姜之栩正在吃橘子，闻言失笑："你怎么还坑我啊？"

谢秦早准备好了："有没有什么秘密，是瞒着李衍九的？"

姜之栩明显愣了愣。

张家兴很不满："你这问的什么啊？一点儿都不劲爆。"

"有。"

姜之栩说得极其认真。

大家都愣了。

李衔九转头看着她，眼睛漆黑如深潭："哦？"

姜之栩看似在认真吃橘子，闻言神情自然地看着他："想知道？"

他倒吸一口气，气得牙痒痒："你说呢？"

"哦，那你想想吧。"姜之栩挑眉笑了笑。

"啧啧，"张家兴说，"能不能收敛点？"

"……"

大家也都以为这是小情侣在打情骂俏，都没放在心上。

不知是谁喊了一声："是不是该放烟花了？"

"是啊！快，出门！"项杭喊道。

大家都披上外套要出去看烟花。

姜之栩走在最后，被李衔九攥住后脖颈，姜之栩忍不住缩了缩脖子："干吗啊你？！"

他冷哼了一声："瞒我什么了？"

她目光转到别处去："现在不告诉你。"

"你……"

"以后都会告诉你。"

李衔九不再问了，抓起她的手腕，带她出去，扑面而来的冷风瞬间将人冷得颤了颤。

他从后面捂住她的耳朵，也拥住她。他还记得她怕响声。

空中的烟花却绚烂得让人想哭，闻着烟火的硝烟味儿，姜之栩觉得，很多记忆扑面而来。

上次和他一起看烟火的时候，她绝没有想过，他们还能有今天。

或许命运早就安排好了。

看完烟花，基本就收尾了，大家互相告别。

舒宁是自己开车来的，车就停在李衔九租来的那辆车旁边。

姜之栩想了想，先去和舒宁说再见。

舒宁坐在驾驶座上，笑道："刚想起来没和你告别，你就过来了。"

姜之栩说："你路上慢点。"

舒宁点头："放心吧。"

姜之栩又朝她点了点头，转身欲走的那一刻，她喊道："等等。"

姜之栩看着她，见她笑意温婉："你拥有了我梦寐以求的一切，所以请你带着我没完成的梦想，幸福下去。"

姜之栩微微错愕。

舒宁又说:"知道为什么我在坦白局要那么说吗?"

姜之栩知道舒宁有话想说,于是顺着她的话问:"为什么?"

"再次看到他,我还是觉得他很令人心动。"舒宁笑道,"尽管我已经放下很久了,可还是这样觉得。"

姜之栩深深地看着她。

"所以,即便回到过去这件事还是不会改变,那么干吗还折腾一次?"舒宁撩了撩头发笑了笑,"但是现在的我真的已经放下了。"

姜之栩相信舒宁说的话。

如果不是放下了,以舒宁的性子来说,她不会这么坦荡。

"舒宁,"姜之栩很久没这样叫她,"我们都能拥有幸福。"

明月高悬,西风猎猎。

这景象让人想起一首诗——西风多少恨,吹不散眉弯。

姜之栩把这诗句念给李衔九听的时候,他刚发动车子,车灯把路旁的树枝照出好看的孤影。

下山的路蜿蜒却平坦。

李衔九说:"你欺负我没文化?这诗,太不合时宜了。"

姜之栩说:"好像的确是。"说完"呸"了几声,伸出手对李衔九说,"你快打我一下,去去晦气。"

李衔九嫌弃地看了她一眼:"还没上年纪呢,就迷信了?"

姜之栩努了努嘴:"那怎么了?你没听歌里唱——爱是天时地利的迷信。"

李衔九摇摇头,无奈地扬起手,姜之栩闭眼说"你轻点啊",他却一把握住她的手。

她睁开眼,心在狂跳,他专注地看着前路,并没把刚才的动作当回事。

她忽然就安静下来,有个念头不知道为什么在脑海里盘旋,或许几十年后,她和李衔九都人到中年,他可能胖了一点,她也生出几道皱纹,两个人吃完饭出去遛狗散步,抬头看到月亮,没准会忽然想起这一刻。

这放在人生几十年的长度里,无比渺小的一刻。

走到半山腰的时候,李衔九停了下来,原来从这里能看到城市。

姜之栩看着山下万家灯火,头一次觉得人类的建筑也是如此壮美的景色。

他们什么都没有说,就只是静静地眺望远方,能把相同的景色尽收眼底,就已经是一种交流。

李衔九照样很忙，有广告要拍，也有活动要赶，姜之栩一连好多天都没有和他见面。

而在这个时候，许桉忽然又联系上她。

"我明年调任国外，接下来可能会很忙，提前吃个散伙饭吧。"

许桉话少，但深谙说话之道。

去赴约的路上，姜之栩想，倘若他开口第一句话不是告诉她他要出国，她还会不会那么干脆地过来见他？

许桉约姜之栩在前门吃铜火锅。

那是一家不怎么有名，却在胡同里扎根了十几年的店，店面很小，只摆放了七八张桌子，她赶到的时候，位子都坐满了。

许桉就在靠墙角的地方坐着等她。他是刚下了班来的，一身看上去就价值不菲的西装，尤其显得他贵气逼人，与这四方烟火格格不入。

个中差别，类似于另一种意义上的阳春白雪和下里巴人。

姜之栩走过去，笑着说："来晚了。"边说边把羽绒服脱掉放进收纳箱，随手取了皮筋，将头发随意绾了个髻，几缕碎发随意散下来，又被她轻轻拂到脑后。

她坐下来，有点拘谨地问："点好菜了吗？"

许桉说："你来。"

姜之栩扫了码，又看向他："你也扫。"

许桉顿了一下，拿起手机，对着桌角的二维码扫了一下。

点好了菜，他们变得无话可说。

周围不时有人往他们这桌瞥，惹得姜之栩更加局促，干咳了一声，说："你太显眼，小姑娘都在偷看你。"

他看着她面无表情地问："你来，给那个人说了？"

他还真是一句话就切到重点，姜之栩原本胳膊放在桌子上，这下不由得怔了怔，将胳膊放下，端坐着："嗯，他脾气差，不说他会生气。"

许桉的眼眸好像敛了敛，也好像没有，总之他很快就问："有多差？"

姜之栩摇头："只是偶尔脾气差。"他像一只猫，一毛躁就要挠人，却不坏。

"他怎么样？"许桉又问。

姜之栩不答了，反而问他："什么意思？"

服务员来上锅底，许桉顿了一下，才说："临走了，当然是想知道自己输给了一个什么样的人。"

姜之栩端起桌上的茶喝:"他……虽然一点就着,但是也一哄就好。"
许桉紧紧地抿着唇,没说话也端起茶喝。
服务员陆续把菜端过来,姜之栩把火调大,将一盘牛肉下了锅。
看着"咕嘟咕嘟"沸腾的锅底,姜之栩问:"阿玉也知道了吗?"
"你是说我要去国外的事?"
他这不是明知故问吗?
"嗯。"
许桉嘴角噙着一丝浅得几乎看不见的笑容:"你是不是在心里说我明知故问?"
姜之栩慌张地抬起头:"没有。"
她真是此地无银。
许桉取了筷子,说:"她不需要知道。"
姜之栩隐约觉得他不会说出什么好话了。
他果然冷漠无情地说:"我没有向外人交代自己的行程的习惯。"
姜之栩张了张嘴,想说什么,又觉得多余,干脆去捞肉吃。
许桉自然也不会继续聊常灵玉。
两个人无声地吃了会儿饭。
许桉忽然说:"我很少来这种地方吃饭了,也很少吃火锅。"
"你们总裁都吃西餐吗?"姜之栩笑了笑。
许桉说:"不是,我只是习惯戒掉对我没有帮助的爱好。"
姜之栩夹菜的手顿了顿:"能让人快乐的,都是有用的呀。"
他冷笑:"你知道我最讨厌的电影是什么吗?"
"什么?"
"《死亡诗社》。"
她怔了怔,瞬间想起电影里的台词:"医药、法律、商业、工程,这些都是崇高的追求,是维生的必需条件。但诗、美、浪漫、爱,才是我们活着的意义。"
显然,这与他的价值观是相悖的。
他喜欢的都是那些崇高的追求:"所以没有爱情我还是可以很好地活下去,我有商业梦想,虽九死其犹未悔。"
姜之栩这下完全怔住,干脆放下筷子。
她垂了垂眸子,再开口时声音淡了几分:"许桉,我……祝你前程似锦。"
他幽幽地看着她,仿佛在说,我已经前程似锦了,还用得着你祝?

当然，他不是李衔九，不会这么放肆，从来是克制的。

他只是掏出一个东西，放在桌子上，然后推到她面前——一枚发旧的有点褪色的水兵月钥匙扣。

姜之栩呼吸一滞，那一刻深深的震惊感淹没了她。

"你……"

"或许我比那个人还要早认识你。"

她半天都找不到自己的声音。

锅底又加了一回汤，许桉把一盘竹荪下锅，少有地说了很长的话："但我习惯戒掉多余的爱好，你曾经也是列表之一，我们正式认识之前，我一直保持得很好。"

后面的话他无须再说，显然，她是他没戒掉的那个。

姜之栩只感觉艰涩，外加万分愧疚。

以前也有过男孩子喜欢她，千方百计地讨她欢心，可是她一次也没有因为不爱对方而感到愧疚。

看她那样子，许桉露出一丝轻得几乎难以捕捉的笑容："断舍离对我没那么难，如果你觉得欠我的，不如付了这顿饭钱。"

他这么说，她反而更难受。但她深知，这份难受，如果变成不忍，无论对谁都是伤害。

爱情最忌讳拖泥带水。

她干脆地对他笑了笑："许桉，谢谢你。"

仅此而已。

许桉或许知道，这已经是她能给他的最多回馈了，于是如常地说了句："不谢。"

话已至此。

他们之间竟真的无话可说了，连道别都可以省了。

姜之栩觉得自己需要离开去平复一会儿："我去趟洗手间。"

她刚要起身离开，就看到后边吃饭的小姑娘正偷拍许桉。

那女生见她起身，慌张地把手机收了起来。

她恍若未觉，走进了洗手间，没一会儿听到外面有人讲："刚才那女的确定是和李衔九一起被拍的那个吧？"

"拍得那么清楚，还能有假？"

"天哪，她不是那种脚踩两只船的女人吧？"

"保不齐……"

姜之栩的心一凛,她猛然意识到今晚那些一直往他们这桌瞟的人,不是看许桉的,而是看她的。

她接着掏出手机,微信上都是消息。她直觉有什么大事发生,赶紧点开微博,看到挂在首页的话题,瞬间慌了——

李衔九恋情曝光的话题热度居高不下。

记者一共公布了两段视频,一段是姜之栩上了李衔九的车,随后二人一起去酒店的视频,另一段是李衔九到姜之栩的小区门口的约会视频。

每一个视频都把人拍得无比清晰,让人无从否认。

当然,尽管如此,李衔九这边还是没有发声。

李衔九身上带着太多的合作,利益盘根错节,公司并不敢轻举妄动。

姜之栩无疑承担了更多的火力。

因为在话题冲到高位的当晚,她还毫不知情地在和许桉吃饭,结果又被人拍到传到网上,现在李衔九的粉丝都在骂她不知检点。

这是姜之栩第一次这么具体地感受到李衔九的热度,因为事情被曝光的当天,姜之栩的微博就被扒出来了,第二天一醒来,私信多到手机都卡了。

常灵玉原本还没觉得这是什么大事。她先姜之栩出门,走到小区门口傻眼了,忙给姜之栩打电话:"姑奶奶,门口全是人,丧尸围城似的,我估计都是来找你拼命的。"

姜之栩惊了,差点忘记了曝光视频里拍到了她的地址。

她那会儿已经打算出门的,这下真不知道该怎么办了。

李衔九恰好打电话问她:"你还好吗?"

姜之栩怕他为难,说:"我没什么事。"

李衔九沉默了一阵,冷声说:"这件事昨晚公司开了一晚上的会。"

姜之栩"嗯"了一声,示意他继续讲。

李衔九很无力地说:"我不是一个人,我背后有太多的利益牵扯,所以这件事没办法立刻发声,要等公司商议结果。"

姜之栩说:"我知道。"她保持一颗平常心,"我都知道。"

两遍重复的话,像在安抚他。

李衔九那头又点了根烟。

这些年,他习惯了把尼古丁当镇静剂。

姜之栩说:"我要去上班了,你放心,我还是会和以前一样生活的。"

他说:"好,"又说,"我帮你叫了车,司机的手机号我发你微信。"

挂了电话,姜之栩好像平白生出了许多的勇气。

这日姜之栩本来要陪老板出席一个小型派对，打扮得很是显眼，可既然知道外头有人蹲她，就不宜太招摇，又怕给李衔九跌份，也不敢穿得太随意，干脆换了黑色系的衣服，又戴上帽子和口罩。

不能走小区的大门，她给司机师傅发了短信，要他在别处等。

她另辟蹊径，打算从小区车棚处翻墙出去。

她从没做过这样的事，踩着树墩往上爬的时候，虽然狼狈，但还算顺利，可当她真正坐到墙头上，往下一看时，觉得好高，紧张得心惊肉跳，腿肚子抽筋，又怕被人看见，干脆闭眼咬牙跳了下去。

好在她没有崴脚，却在落地的瞬间听到一阵车喇叭响。

等她再抬眼，便看到一辆黑色的路虎停在路边，手机瞬间振动起来。

"那是陈清的车，你什么话都别说，坐上去，他会送你到公司。"是许桉。

姜之栩心一紧，自知不能再承他的情："你的好意我心领了，但我可以自己去上班。"

她不能再对他有愧了。

恰好李衔九帮忙叫的车到了，她赶忙上车离开，刚坐下，姜学谦便打来电话。

"你和他怎么回事？"

听到父亲低沉的声音，姜之栩轻轻地说："在一起了。"

电话那边又传来孟黎焦急的问候："我今天出门被邻居拦住了，问我你到底是和小许谈还是和小九谈，刚才微信都快炸了，亲戚朋友都过来问。"

姜之栩不自觉地鼻子发酸，抱歉地说："对不起啊。"

"都是一家人，说对不起干吗？"姜学谦听着有点生气，"咱们终归不是公众人物，被骂也只能受着，你告诉李衔九，我等他给我一个交代。"

姜之栩咬唇："爸……"却传来一阵忙音。

叶青走到姜之栩桌前敲了两下："怎么，最近走桃花运？"

姜之栩抬眼看了她一眼，又把眼皮耷拉了下去。

叶青轻声嘱咐："总之不要耽误工作。"

"嗯。"姜之栩答应着。

谁也不想让麻烦事渗透到生活中，可是李衔九的影响力远远超出了姜之栩的想象。

不过一上午，就有粉丝找来公司。

一群人堵在公司的大楼底下，像是农民工要账似的，报警都赶不走。

同时来的是新一轮的爆料和热搜话题。

高中时李衍九和姜之栩都是学校的风云人物，他们当时以兄妹关系示人，本是减少闲话的好法子，可没想到如今风口一转，媒体添油加醋一描绘，清白都成为龌龊。

这还不算完，到快下班的时候，"李衍九女友毁容"的词条忽然被推送到话题前列。

姜之栩不知道自己是以什么心情点进去的，只知道退出之后，四肢百骸都发冷。

热度那么高的绯闻，有的是愿意花钱买爆料的娱乐号，而大学那么多人，谁不知道姜之栩成天戴着口罩，连上课也不摘？

顺着这一丝藤就能摸出大瓜来，那些娱记都不是吃素的，哪怕没找到证据证明姜之栩脸上有事，也已经编造了无数个版本的故事出来。

…………

这些新闻，随便挑出一则，对人都是致命的打击，可这些偏偏都在一上午就发酵完毕，速度之快，简直如同核爆。

下了班，所有人都出去吃饭了，唯有姜之栩一个人坐在工位上。

她给李衍九打了无数个电话，一直都没有打通。她知道他在忙，可还是心里发慌。

一秒被掰成十分过，等到同事们都陆续吃完饭回来了，姜之栩才收到李衍九的电话。

不知道为什么，他一开口，就让姜之栩想到"满身风霜"四个字。他说："网上的消息我全看到了。"

她哑着嗓子"嗯"了一声。

他说："下午的拍摄推后了，我想和你见一面。"

"……"

于是姜之栩请了半天假，他们的确应该见面。

正处多事之秋，姜之栩像演谍战剧一样，找来叶青掩护，才躲开那些记者和私生粉。

姜之栩到李衍九的公寓的时候，李衍九已经到了有一会儿了，是刘姨给她开的门，告诉她："他在给青云擦脸。"

姜之栩悄然走到李青云的卧房里。

她远远地看到他拿着毛巾，很耐心地为李青云擦拭着面庞，窗外的白光洒在他身上，那一刻姜之栩想到的只有"虔诚"二字。

他察觉她的凝视，却没有看她，开口说："你到我的房里等我。"

281

她抿了抿唇，沉默不语，转身去了他的房间。

打开门，闻到熟悉的薄荷混烟草味，姜之栩一直觉得，他的气味就像他的性格。

他的房间是简单的灰黑色调，里面只有一张床、一张桌子和一个衣柜，连把椅子都没有，姜之栩在他的床尾坐下。

没一会儿他就推门进来。

两个人四目相对，她不知道他怎么想的，但她的眼皮跳了一下，接着就坐不住了，局促地站了起来。

他扫了她一眼，清清冷冷地说了声："坐。"

她没动。

他走过来将她摁到床上，随后自己也坐了下来。

他的手一直搭在她肩上不动，盯着她仔仔细细地看了几秒，随后伸手试探地摸了摸她的脸颊。

她向后缩了一下。

他顿住了，放开她，问："我也不和你弯弯绕绕了，之前让我再等等，是因为脸？那天谢秦结婚，你说有事瞒我，也是因为脸？"

她不明白为什么忽然想哭，听他这么问，她像是受了很大的委屈，泪意直逼眼眶，可她不是软软地倒在男人怀里求安慰的性格，只是忍着，说："嗯。"

他缓缓喟叹了一声："怪不得。"

她安静地看着他。

他眼底一片晦暗："我打电话问过常灵玉了。"

"然后呢？"

"对不起。"

姜之栩的眼泪扑簌而落。

以前姜之栩一直不理解，为什么"我爱你""对不起"这样的字眼会这么催人泪下，直到这一刻，她才体会到万语千言都滚在喉头，最后只可用三个字概括的意味。

李衔九当然要接住她的泪，只是他并不温柔，胡乱擦着她的脸，把她的粉底都擦花了，露出那一道很淡却怎么都抹不掉的痕迹。

李衔九沉沉地看着那道疤痕："我问常灵玉为什么没告诉我，她将我骂了一顿。"

常灵玉是这么说的——栩栩都难以开口，我们外人又怎么好主动跟你提起这么敏感的事？再说了，一开始是谁和我们这帮人减少联络的？是谁说她的事以后都别和你提的？

他几乎快忘了，他曾这样推开过她……

姜之栩颤抖着抑制住哭意："你没跟人家发火吧？"

"你又把我当浑蛋了？"

姜之栩"扑哧"一笑："他们都知道咱们的事，那时候你也难，谁会眼巴巴地跑你面前告诉你，'喂，李衔九，姜之栩毁容了'？哎呀，我想想都觉得这人不是傻子就是坏……"

他忽然倾身而来，一吻封唇。

尽管他只是蜻蜓点水那样在她嘴上碰了一碰，可她还是战栗了一下。

他的呼吸近在咫尺，他一字一顿地告诉她："我没发火。"

他谢谢常灵玉还来不及，被骂一顿，他心里还能好受点。

他摩挲着她脸上的疤痕，问："为什么不和我说？"

她怕他误会，解释说："我知道你不会嫌弃我，可我过不了自己那关。"

以前她总觉得自己不在乎相貌，更不理解那些喜欢整容的女人，可自从脸伤了，她才知道不在乎不是因为她淡然，而是因为她本来就有。

直到老天把她的容貌收走，她才发觉原来长得漂亮曾给她带来太多好处，之前她身在其中，所以觉得理所应当。

可是这真的理所应当吗？

不是的。

自卑就像一种隐形的蛊，随着血液渗透到五脏六腑，平时并不会觉得怎样，它却总在关键时刻出来吞噬你的意志力。

姜之栩说："多疑最让人痛苦的点在于，有时候别人一句话、一个眼神，忽然让你觉得不舒服，可是你又不确定究竟是自己太敏感，还是别人真的有那个意思……"

李衔九点了点头："所以这几年心理压力挺大吗？"

她眼眸闪了闪："嗯。"

李衔九问："最开始见你的时候，你还戴口罩，那时候脸恢复得没这么好吧？"

"那时候疤是褐色的，还遮不住。"

李衔九长吁了一口气："如果不是能遮住了，你是不是不会去厦门找我，也不会跟我和好？"

姜之栩一下子心虚了，像个做错事的孩子那样低下了头："对不起。"

李衔九沉默不语，就在姜之栩以为他要这么一直默然下去的时候，他忽然狠狠骂了句脏话。

"你知不知道你说'对不起'就像在抽我的巴掌?"

轮到姜之栩无话可说。

他又问:"要是好不了呢?"

姜之栩抿了抿唇:"你真想知道?"

"嗯。"

"我没想过,永远不让你知道。"

姜之栩的话,让李衔九烦躁地皱着眉头,他下意识地去兜里找烟。

这些年太多无能为力的时候,他纾解不开情绪,都要做一个点烟动作,烟上的火点燃了,心里的火才能略微被压下去。

可是掏出打火机的那一刻,他忽然想起她闻不惯烟味,和好之后,她舒缓了他的烟瘾,这次他也是心甘情愿地丢下了尼古丁。

他很想问她:"你是想让我稀里糊涂地就被你扔了吗?然后还要误会你,埋怨你,一辈子都恨你?"

她摇头:"最近我是想找个机会和你说的……"可他一直在拍戏,仅有的独处时间,要么她忘记了,要么就是觉得时机不对。

他眉眼都很冷。

她面上淡淡的,心里急得不行,越急就越不知道该说什么,便伸手去抚摸他紧蹙的眉头:"别气了。"

他很平静地拿掉她的手,紧紧攥住她的手腕:"你以前就这样。"

她一脸犹疑的表情:"怎样?"

"以前就是我不主动找你,你就不会找我,我不朝你招手,你就不知道到我身边来。"他压着气,声音很沉,并不温柔,"厦门那次是你唯一一次主动找我,你当时还问我为什么那么轻易就不气了,你说为什么?"

姜之栩只觉得涩然。

他完全成为一个受气却要硬撑着的孩子,谁能忍心伤害一个孩子呢?

她去寻他的眼,希望他能透过她的瞳孔看到她的心:"我以后不这样了,行吗?"

他讲话依旧冷冷的:"自己受那么大罪,为什么不躲我怀里撒撒娇?"

她心窝一热,接着眼眶也热了,哑然说:"你自己受罪的时候,不是也把我的手松开了。"

她这不是埋怨,而是想让他知道,一切都是因为爱,在一起是,分开也是,然而他们总归是要在一起的。

李衔九被她的一句话说得哑口无言。

姜之栩想了想，往他跟前凑了凑，拥上他的腰，把头就靠在他的肩窝上："你怎么总要人哄啊？"

他往后仰了一下，瞥了她一眼："你不乐意？"

"没。"她笑道，"就是觉得像在给狮子捋毛。"

他板着脸把她推开。

她以为他没理解她是在缓解气氛，刚想说什么，只听他很认真地开口："我怕麻烦，不喜欢做一句话掰三份说的事，姜之栩，你的心思我懂，但或许你和我都不太明白我们想要的是什么。"

"你想要什么？"

"我想要的和你想要的一样。"

时间仿佛凝滞了。

他们对视着，两秒后，李衔九忽然拽了姜之栩一把，让她狠狠地撞在他的胸膛上。

他的声音像闷钟，颤在她的心口上："就是这样。"

"被需要。"

姜之栩怔了两秒，随即瞬间想起这三个字。

连野兽舔舐伤口也需要找个安全的角落，既然在哪儿都是疗伤，她为什么不能在爱人肩头安心索取抚慰呢？

谁不想要爱人无条件信任自己，以至对方最虚弱、最难堪的时候，能第一时间想到自己，然后毫无顾忌地投入自己的怀抱里？

姜之栩淡淡地笑了笑："我答应你。"

李衔九抱着她不动。

两个人沉默了好一会儿，细密的幸福感在狭小的空间里流淌着。

不知道过了多久，李衔九才闷闷地开口："我想清楚了，要不，承认吧？"

他们这才放开彼此。

姜之栩问："你是说绯闻？"

"嗯。"李衔九抓了把头发。

有人渴望宇宙，有人渴望红豆。宇宙很大，红豆很小。可总有人愿意拿宇宙换红豆。

"公司那边怎么说？"

"我去说。"

"他们不同意怎么办？"

"我总有一天要娶你，如果这时候否认或者不发声，等到时候再让粉丝知道，以我的性格，会觉得太不体面。"

看来他是已经深思熟虑过了。

姜之栩没有什么理由不同意："好，但这不是你一个人的事，我想陪你一起去，让你的老板见见我吧。"

李衔九看着她，两秒后，说："走。"

李衔九驱车前往美亚大厦。

王信等在公司楼下接应。王信办事一向稳妥，李衔九把车一直开到美亚侧门，王信早在那儿等着了，引路让他们从地下车库进去，随后直奔十七层。

美亚的老板杨露在办公室里等着他们。

一看到人，杨露沉吟了一声："怪不得啊，李衔九。"

李衔九歪头看了杨露一眼。

杨露哼笑一声："牡丹花下死，做鬼也风流。你看上的这位，要是进了演艺圈，还有她们什么活路？"又瞥向姜之栩的脸颊处，顿了一下问："脸恢复了？"

杨露直白，姜之栩也不好忸怩，大方地笑了笑："起码粉底可以遮住。"

李衔九不想让姜之栩面对容貌的审视，走过来牵她的手，将她带到杨露面前："叫姐。"

姜之栩很乖："姐。"

杨露都被叫蒙了："臭小子，你一个人来劝我还不够，还得两个来？"

李衔九吊儿郎当地说："整个娱乐圈也就你护着我，我知道，你对这件事的想法肯定和我一样。"

杨露叹了一口气："但是公司领导们考虑的不是没道理，你想过脱粉带来的资源流失吗，想过以后要遭受的质疑吗？"

李衔九把一切都考虑好了："公众人物势必要把一部分隐私权让渡给大众，我恋爱，外界的祝福我收着，谩骂我也收着，这是我应得的。"他嘴角噙着笑容，"不过，我不谈恋爱网上骂我的人就少了？"

"那她呢？"杨露点了根女式细烟，冲姜之栩抬了抬下巴，"现在舆论对她很不利，公开之后，她势必要被推上风暴中心。李衔九，舆论的罪你每天都受，也想让她受一回？"

李衔九竟被杨露说到哑口无言。

姜之栩盯着脚尖，在想要怎么开口。

她知道她接下来说的话，对在场的每个人都很重要，甚至会决定这件事的走向，于是想了又想，才看向李衔九："我什么都不怕。"

只有六个字而已，也只需要六个字而已。

李衔九看着她，温柔一寸寸地驱散脸上的凌厉。

春风过境压倒凛冬。

杨露将烟头摁灭在烟灰缸里，扇了扇面前的青烟，冲姜之栩笑道："看来你心态一直放得很平。"

姜之栩笑而不语。

李衔九补充："我进这行，没觉得牛上天了，就是正常上下班，演好我的戏，对得起吃的这碗饭就行。"

"九哥想做演员，不是明星，否则不会寒冬腊月跑荒山野岭里拍电影，而且还不是主演。"王信像个捧哏的。

杨露想了想，说："其实我从来不信恋爱就能糊了的道理，小红靠捧，但是能爆红，靠的是作品和人格魅力。"

王信适时接话："是吧，九哥谈恋爱又没违法犯罪。"

话音刚落，杨露狠狠地瞪了他一眼。

她再回眸，只见李衔九和姜之栩正十指紧扣，像罚站似的这么看着她。

她不由得敛眸，想了想，又点了根烟，火苗蹿上烟尾的那一刻，她说："作为小九的老板，我没什么疑虑了，但作为他的姐姐，有件事，你要解释一下。"

她掏出手机找出什么，随后把手机递给了姜之栩。

姜之栩伸手去拿，看清屏幕上的内容后，眼睛一黯。

杨露吞云吐雾："这是狗仔传给我的照片，我把它买断了。"

李衔九闻言拿过手机看了一眼，那是几张偷拍的照片。

他沉默了一会儿，无所谓地笑了："这能代表什么？"

杨露不搭话，只看着姜之栩，等她解释。

姜之栩很平淡，盯着杨露的眼睛，不紧不慢，不卑不亢："今天早晨小区门口被围得水泄不通，我只好从车棚那儿翻墙出去，我并不知道许桉派人来接我。我没有上许桉的车，早晨没有上，以后也不会……"

"停，停，停！"李衔九胡乱地捋了捋头发，把手机甩在桌子上，发出一声脆响，"露姐，别误会，她早晨去公司是我帮她叫的车。"

杨露看着他们，到底是年轻，才能爱成这般不可阻挡的样子。

她摁灭了烟，缓了缓，说："得了，我都清楚了，你们回去吧。"

李衔九和姜之栩对视一眼，一起退出杨露的办公室。

287

王信和他们一起下楼。

因为之前许桉送姜之栩住酒店那事，王信对姜之栩的印象就不怎么好。别看他刚才替李衔九说话了，可心里还窝着火，并不给姜之栩好脸色。

李衔九不是个藏着掖着的人，见状朝王信的后脑勺来了一巴掌："你少来。"

王信摸了摸自己的寸头，真是气不打一处来："你这人平时挺智慧，沾上这女人就跟个昏君似的。"

李衔九顿了一下，低头看了姜之栩一眼："信哥夸你呢。"他不想她难受，笑意轻松，"你得多厉害啊，只有你能让君王不早朝。"

姜之栩垂首，扯了扯嘴角，笑道："你身边有这么多真心对你的人，我很高兴。"

这话让王信一下子没脸了。

几秒后，王信胡乱撸了把自己的头："唉，你这么说搞得我好不是个东西。"

电梯的数字飞速地变换，"叮"的一声，门开了，他们走进去，李衔九伸手摁了电梯。

王信换了语气，接着说："其实知道你去厦门找九哥，我就明白那晚是我误会你了，但是，我心里就是过不去。"

王信情绪上来了，也不管当着李衔九的面，"哼"了一声："那段时间你快玩死他了知道吗？"

"好了。"李衔九沉声说。

"你继续说，"姜之栩仰头对视李衔九，颇有要和他对着干的心，又说了一句，"我要听。"

可李衔九都发话了，王信却不好讲下去，只简单提道："你不知道吧，他这几年都没舍得生一回病，可那段时间天天高烧不断，把四年的病都生完了。"

姜之栩沉默了。

有什么在心头萦绕，就当这种情绪要被放大，要变得具体的时候，她的手忽然被握住。

李衔九的手温暖而包容，给人一种安心的力量。

他捏了捏她的掌心，她身上的郁气便尽数散去了。

【第十一章】
约定：一起去看海吧。

公司的决定在傍晚公布。

杨露打电话给李衔九的时候，李衔九正和姜之栩一起在家包饺子。

姜之栩住的小区实在围着太多的粉丝，加上老小区安保并没那么好，李衔九干脆接她到自己家里来。

是姜之栩先听到手机响，李衔九当时正和面，她便拿了手机举着让他听。

杨露说："公司同意你公布恋情了。"

李衔九动作没停："嗯。"

"文案组帮你写好了一段微博，发你微信上了，如果有要改的，务必改完之后再发来审核，不要直接发布。"

"好。"李衔九把面团扯成长条。

杨露顿了一下，问："有压力吗？"

"没有，"李衔九准备拿刀把面切成小块，动手之前，顿了一下，说，"给公司添麻烦了。"

杨露怔了怔，想了想说："哪个艺人不需要公关？再说了，你的粉丝不都说了，你是美亚的爹？"

李衔九笑了笑。

杨露怕他多想，又说："李衔九，你放心吧，你还没到走下坡路的时候。圈里那么多正当红就回家结婚生子的女星，坐完月子复出，该红还是红。何况你是男明星，粉丝包容度更大。"

李衔九看了一眼姜之栩，见她一直姿势不变地举着手机，不由得说："好了，挂了吧。"

挂了电话，姜之栩看着李衔九的侧脸，问："要官宣了吗？"

"嗯。"李衔九揉了把她举手机的胳膊，沾了她一袖子面粉。

姜之栩没在意,笑道:"我忽然很感激。"

李衔九又替她把面粉打掉,却因为手上都是面,反而越打越多,干脆说:"你自己来。"又问,"感激什么?"

李衔九继续鼓捣面团,姜之栩也继续去调馅子。

就像真正的夫妻那样,姜之栩不紧不慢地说:"感激命运没有太弄人,你这一路跌跌撞撞,但好在遇到的人都还不错。"

念及此,他忽然想起什么。

"饺子下回吃。"

"嗯?"

"我们回趟青城吧。"

姜之栩怔了怔,手上的动作停了。

李衔九干脆也停了动作,看着她:"恰好我明天就没有通告要赶。"

姜之栩还能说什么呢,当然是:"好。"

五年前就是她带他到的这座城市,五年后还是。

高铁行驶速度很快,山川树木,高楼矮房,都来不及欣赏,一如某些感情,认准了一个方向,便极速前进,再也顾不了其他,一生只朝着那一个方向奔赴。

他们在早晨七点半上高铁,不到十一点就出了高铁站。

这一路,李衔九和姜之栩有着截然相反的心情。

在进站口的时候,姜之栩紧张得不行,李衔九没觉得有什么大不了的,可高铁一进入青城的地段,姜之栩便渐渐平复下来,近乡情怯的人倒变成了李衔九。

两个人打车回家,一路上李衔九都盯着窗外。

到小区门口下车,李衔九往左右街道看了看:"来的路上就想说了,青城发展不行啊,四年了,怎么什么都没变?"

姜之栩脱口而出:"可能是为了等你吧。"

话一出口,他们都怔了怔。

人有时候是会不自主地就讲出一些妙语的,姜之栩很不好意思,腼腆地笑了笑:"嗯……就是让你别忘记来找我的路。"

这些年,李衔九独自在外打拼,命运不允许他做成群的牛羊,他自己也不是泯然众人的性子,于是慢慢将自己变成一个独行的凶猛的野兽。

直到她出现,她就像一块能供他栖息的柔软芳草地。

在她面前,他永远是她驯化的温顺动物。

李衔九揉了把姜之栩的脑袋,"哼"了一声:"那真抱歉啊,最后却是你去找我。"

她还是到特别容易迷路的，钢铁森林一般的城市来找他。

姜之栩抿唇："不说这些了，谁找谁不一样？"

李衔九也不想矫情了，就说："走吧，祝哥好运。"

姜之栩知道李衔九不可能不紧张，笑着说："没事，如果我爸不同意，我跟你私奔。"

李衔九眼睫被风扯动，他没说什么，拉起她的手进了小区。

那一刻，姜之栩猜不透李衔九在想什么。

其实也没想什么，等会儿究竟是奔赴刑场还是奔赴殿堂谁也不知道，但他必须来这一趟。因为他怎样都可以，但他的女人必须得到光明正大的祝福，坦坦荡荡地爱他。

可是事情和他们想的都不一样。

他们竟是在小区健身器材活动区，遇到孟黎和姜学谦的。

姜学谦脚踝上缠着绷带，拄着拐，一看就是伤着了。

姜之栩情急之下喊了声："爸，你怎么了？"

父母才遥遥看过来。

四道目光撞到一起，那一刻天地失声。

姜之栩走过去，又问了一遍："你的脚怎么了？"

姜学谦闷闷地看着李衔九，并未应声。

还是孟黎说："哦，前两天下雪，你爸不小心摔了一跤。"

姜之栩问："怎么不告诉我？"

孟黎轻叹："你爸不想给你添麻烦。"

姜学谦沉声说："这不是说话的地方，先上楼吧。"

李衔九这才走过来扶他，姜学谦身子一僵，有点抗拒，孟黎忙说："我就说你别下来，你非要下来锻炼锻炼，你又不能走，这不是锻炼我吗？一会儿我怎么把你扶回去？你重死了。"

说着话，她给李衔九使了个眼色。

李衔九二话不说，把姜学谦的拐一收，姜之栩眼明手快地接了下来。

"你这是……"

没等姜学谦说完，李衔九就把他背了起来，说："走吧，上楼。"说完就自顾自地往前走去，每一步都走得踏实又坚定。

哪怕进了电梯，李衔九都没有把姜学谦放下来。

他一路把姜学谦背到客厅沙发旁，轻轻把人放下来，还没来得及喘口气，姜学谦就闷闷地来了一句："无事献殷勤。"

李衔九眼皮跳了一下。

姜之栩走过来，和他站到一起，就像罚站一样，看着姜学谦："爸，你今天怎么跟个倔老头一样？"

姜学谦抬眼，神色满是愠怒："谁倔了？"

"你！"孟黎去倒了水，把杯子塞到姜学谦怀里，"咱闺女就随你。"

这一句话就差把一屋子人都数落一遍，但也缓解了僵硬的氛围。

姜学谦不耐烦地把杯子放桌上，瓷器磕到大理石，发出一声脆响："你就别在这儿插科打诨了，"他对着孟黎说，"你带栩栩去做饭，我听听他要跟我说什么。"

"我不。"

姜之栩半开玩笑的语气，但那神态就如四年前一样。

姜学谦和李衔九都沉默了。

他们都想到同一个场景——李青云刚瘫那阵，大家都聚在医院里，姜学谦让姜之栩回去休息，姜之栩就是这样倔强地说出"我不"。

孟黎想了想，拉姜之栩："走吧，让他们爷儿俩聊。"

姜之栩猛摇头，神情坚决。

四年前就是她没有倔强到底，让姜学谦和李衔九单独出去说了会儿话，之后李衔九便不告而别。

她不想重蹈覆辙，斩钉截铁地告诉姜学谦："我已经不是个孩子了。"

这句话让姜学谦的眼眶红了。

因为他深深地知道，父母给了她踏实温柔的血肉，可李衔九给了她宁折不弯的骨头，从此她才完整。

都说男儿有泪不轻弹，何况面对子女？

姜学谦又端起桌上的茶水来喝，掩饰掉泪意。

这时，李衔九沉沉地说："叔叔，今天我来，不是请求您把女儿交给我的。"

姜学谦猛然抬头，目光深沉。

姜之栩和孟黎也怔住了。

李衔九自认从没有这么认真过："我是想让您点个头，让姜之栩收了我吧。"

屋里很静，一如大家的目光。

只有李衔九的眼神是如此清亮，坦诚得可以一眼窥见他的真心。

他正对着姜学谦："我不会说什么没了她我活不下去的话，但是我很清楚，没了她我再也尝不到活着的滋味。"

姜学谦深沉的目光也掺杂了一些别的东西，比如困惑。

"刚火的时候，我很懊恼，如果早知道能红，我肯定不会和她分开。我转念又想，再给我一次机会，我还是会和她分开，因为前两年日子过得没有指望，闭眼是我妈的病，醒来是钱，但我从来没想过辍学，您知道为什么吗？"

"……"

"因为姜之栩说过：'李衔九，你得上学。'"李衔九缓缓地说，"她当时那语气、那神态，我永远忘不掉。"

李衔九坦诚到了极点："有一件事姜之栩也不知道，大一暑假那会儿，甚至有人劝我去做不正当工作，当时卡里的数字是负数，但我拒绝了，我就是觉得爱情这玩意儿在我这里已经破烂不堪，但身心至少为她守着吧。"

孟黎红了眼眶，别过头，不忍再听下去。

姜学谦的眼神也没有开始时那般防备和拒绝。

只有姜之栩，一动不动，异常平静，仿佛站了上千年。

她没有任何想法，大脑甚至是空白的，也没有多余的情绪，心绪平和得连一丝涟漪都没有。

但这不是因为他的话打动不了她。

她还那么年轻，竟然体会到一种穿透岁月的力量——原来动容到了极致，竟是这样平静，接近死亡般平静。

姜学谦一直没开口。

李衔九便继续说："我拿'李衔九'三个字发誓，我会把命和她拴在一起过日子，我会做个比你好的丈夫，会让她得比孟黎阿姨还幸福。"

他连发誓都带着一丝桀骜感，好像在跟命运叫板。

"好了。"姜学谦终于打断他的话。

姜学谦叹了一口气，看看李衔九，又看看姜之栩，眼底各种复杂的情绪交织："姜之栩，你真的要跟他好？"

这句话把姜之栩从平静之中拉了出来，她抬眼正对着姜学谦，眼里的光一寸一寸晕染开，她忽然扬起一个很明媚的笑容。

"我非他不嫁。"

姜学谦先是顿了一下，随后重重点头："我就知道是这样。"他看向李衔九，"你都听见了？"

李衔九再开口时声音竟有些嘶哑："听到了。"

姜学谦说："之前你打电话问孟黎一个问题。"

当时他问,可以把恩报在姜之栩身上吗?

现在姜学谦回答他:"不可以。"

李衔九看着他。

他句句发自肺腑:"我好不容易养大的女儿,就这么跟了你,我不可能放心,你今天就算把心都掏出来,我还是这句话。"他顿了一下,补充,"不过,她说得对,她不是孩子了……"

"李衔九,前尘往事一笔勾销,没有什么恩情,你也别怪我当年棒打鸳鸯,你好好爱她。"

恩情算什么?爱情就好。

李衔九没有迟疑地拉起姜之栩的手,两个人互相看了一眼,然后向姜学谦深深地鞠了个躬,许久才直起腰板,又转身向孟黎深深地鞠了一躬。

孟黎眼眶一直红,又一次转身不再去看他们。

姜学谦腿脚不方便,孟黎开车送他们去高铁站,下车之后,她想了想,喊住了姜之栩,说:"其实你爸的脚不是下雪滑倒摔的,前两天有记者找来,你爸想躲,不小心踩空台阶。"

姜之栩心头发紧。

孟黎语气平常地说:"我说这些不是想给你们添堵,而是想让你们知道,你爸不是对李衔九有意见,而是担心你。人气是双刃剑,他再厉害也管不着别人想干什么,你注意点儿,不要受伤。"

姜之栩顿了一下,定定地说:"好。"

官宣微博是李衔九在回程途中发布的。

他没有用公司给的文案,因为他自己写的内容,被文案组的人一致通过:"我是永远向着远方独行的浪子,你是茫茫人海之中我的女人。"

微博配了一张他们唯一的合照。

那张照片是他十八岁那天,孟黎随手一拍传上QQ空间的。孟黎本意是拍他,却没想到连姜之栩也拍了上去。

画面里,他双手合十,闭目许愿,她则偏头看着他,目光中有股沉静的力量。

姜之栩看到他的微博,莞尔:"这是你自己写的句子?"

李衔九摇头:"一句歌词。"

姜之栩目光沉沉地看向他:"怎么会想到发这个?"

《故乡》是许巍唱给妻子的歌曲,他把这个原本属于母亲的地方,用来形容自己的爱人。

　　李衔九第一次听到这首歌的时候，是在一个普通的良夜，他籍籍无名，不得不去野台子上表演，当时在他前一个出场的歌手就是唱的这首歌。

　　当时听到这首歌，他满脑子都是姜之栩。而现在想到姜之栩，他立刻想起这首歌。

　　她在他的心里永远是故乡，他四处流浪，没有一天不渴望归乡。

　　李衔九仰靠在座椅上，思绪翻飞，但他这一天已经煽情太多次了，他想轻松点："文艺点符合我的水平。"

　　看着男人那闲散的样子，姜之栩笑得更深。她什么都明白。

　　"九哥。"她第一次这么叫他。

　　"嗯？"他觉得特别心动。

　　她忽然凑近他，在他耳边轻声呢喃。

　　《芳华》的英译名是《You Touched Me》，严歌苓说，她很喜欢这个译名。因为——你触摸了我，我一生的故事由此开始。

　　李衔九温热的手触摸到姜之栩温软的腰肢上。

　　那一刻，感官放大，他们在意乱情迷中抬起头，触碰到幸福的边缘。

　　下了高铁站，他们狂奔到最近的酒店，从进房门那一刻开始接吻。

　　人要么永远都没沾过"爱"这个字，可一旦尝了爱的滋味，就戒不掉了，别的事也一样。

　　最后姜之栩累得连眼睛都睁不开，还是他抱她去洗的澡。

　　等姜之栩再清醒过来的时候，已经是深夜了。

　　她睁眼就看到，随意裹着浴袍，倚着窗户抽烟的李衔九。

　　她坐起来，身子像散了架刚被装好一样，疼得她闷哼了一声。

　　他听到动静，扭头看她，然后把烟摁灭，又扇了扇青烟，关掉窗户："你醒了。"

　　她点了点头："几点了？"

　　嗓子哑得可怜。

　　他走过来，坐到床边："十点多。"

　　她惊讶："我睡了多久？"

　　他眼神暧昧不清，并未正面回答她的问题，反而又开始撩拨她。

　　姜之栩脸皮没他那么厚，掀了被子就想把自己埋进去。

　　他连忙说："等等。"

姜之栩顿住，只见他倾身去床头柜上拿了手机，打开后指尖飞快地摁了几下，随后丢到她怀里。

姜之栩没有拿起来，已然看到手机日历簿的11月28日，清楚写着一个看一眼就让人羞愤不已的词汇。

救命啊！

"你可不可以换个词？"她跟他商量。

他吊着眼梢睨她："这不是事实？"

她一头黑线。

他想了想，大发慈悲地拿过手机，点了几下，又丢给她。

这次文字变得含蓄了一点。

她还是觉得难为情："还是觉得太那个了……"

他眼眸一转，凑近她："那你叫声哥哥听，我就改。"

她幽怨地喊了一声："哥。"

他皱眉："叫错了，再来。"

她不情不愿："哥哥。"

他很满意地点了点头："叫声'老公'听听。"

"什么？"她惊呆了，"我不要！"

"快点，我等着听。"

她抿了抿唇，垂着首，脸红得像番茄："老公。"

其实她心里也想这么叫他来着。

他很满意，满意到心都软了。

他拉着她的手，揉搓她的掌心，又说了句什么。

她抬手就要打他。

他佯装没反应过来，一头栽到她身上。

夜还长，野兽最爱夜晚出没。

官宣恋情之后，姜之栩有小半个月的时间都住在李衔九家里。

住进来的第一晚，她发现了一件事。

她在浴室里洗澡，看到架子上放了一排他代言的洗发水和护发素，但是全没有拆封。只有某潘，是他一直在用的。

洗完澡之后，她在对着镜子涂涂抹抹，他则走过来，拿了吹风机帮她吹头发。

吹风机"嗡嗡"地响，把人的心吹得都乱了。

他突然拥住她,她身体僵住。

她微微偏头,问:"要不要精力这么旺盛?"

他答非所问:"没想干坏事,就是觉得你挺香的。"

她想起什么:"你之前问过我换的什么洗发水,还说你也要换。"

他"嗯"了一声,懒懒地问:"怎么了?"

他关了吹风机,她才说:"当时我好笨,怎么没想到问你,你怎么记得我以前用的什么牌子?"

他在镜子里沉沉地望着她。

她很不好意思地说:"我看到了,你现在用的,不就是我以前用的洗发水吗?"

他愣住了,从她身上起开一点,笑道:"你想说什么?"

她完全红了脸,想起他吐槽过的那句话——闻着你的气味,好像你就睡在我身边。

他当时还吐槽这话肉麻,可他不正是这样做的吗?

他傻傻地笑了:"所以我没撒谎,我知道闻得见摸不着有多空虚。"

可即便这样他还是一直在用她用的牌子。

他挑眉,特别轻狂:"怎么样,是不是该夸夸我……"话没说完,姜之栩转身面对他,踮起脚,亲了一下他的嘴巴。

爱让他的女孩儿变得越来越勇敢。

即便只是迈出一小步,于她而言也已经是横跨了从前难以逾越的沟壑。

李衔九上前拥住她,只属于他们之间的缱绻在他们之间荡漾。

12月初,李衔九要去外地拍戏,有姜之栩在,他不用太操心李青云的事情,全心投入剧本里。

姜之栩没有一点儿敷衍,很认真地在学习怎么照顾李青云。

有时候吃完饭,她会坐在李青云的床头默默地守着,那时候脑海里总会浮现出李衔九坐在床前的样子。

看着自己被病魔折磨得日渐消瘦的母亲,李衔九会想起什么呢?又或者,他什么也没想,只有这么安静地坐在母亲身边,他才可以不用去想那些现实的东西。

12月过半的时候,常灵玉打电话来:"你再不回家,我就领野男人回来过夜了。"

那会儿风波已经平息不少,姜之栩想了想,决定从李衔九家搬回她和常灵玉的那间出租房。

常灵玉瘦了很多。

姜之栩有点吃惊:"你背着我减肥了?"

常灵玉摇头:"为情所困呗。"

她讲得毫不避讳,姜之栩反而怔了怔,不知道说什么好。

常灵玉去厨房拿锅准备刷锅做晚饭,边忙活边对姜之栩说:"你不用尴尬,或许只是命运安排得不合理,没有让我成为许桉生活中的女主角。"

姜之栩靠在厨房门边,想了想问:"你从没想过放弃他吗?"

常灵玉的肩膀僵了一下,像被人定住,三五秒后她才说:"有,当然有。"她转身扯出一个千帆过尽的笑容:"不过放不下啊。"

"有点不甘心,有点赌气,但更多的是喜欢,越了解越喜欢。刚开始觉得他有钱又帅,这两年却觉得挺心疼他的,觉得他很孤独,看他爱而不得,即便是输给李衍九,我还是觉得好心疼。唉,所以女人不能有圣母心……"

姜之栩看着她。

常灵玉赶忙收回情绪:"哎,不说了。"

她又接着刷锅。

姜之栩说:"他之前说要去国外了。"

"嗯,我知道。"常灵玉长呼了一口气,"去就去吧,去了正好,老娘爱上别人,皆大欢喜。"

姜之栩抿了抿唇:"阿玉,我很感谢你。"

常灵玉又顿住:"嗯?"

"我体会过友情的背叛,我知道,看着自己喜欢的人喜欢上自己的朋友有多难受,可你没有一点儿伤害我的念头。"她讲着讲着差点儿哽咽,"你能做到这个份儿上,还处处为我着想,我很感谢。"

水龙头"哗哗"地响,常灵玉关掉它,再次转过身来。

吊灯是暖黄色的,将她照得无比温柔:"你从不炫耀许桉的爱,也没有把我的善良当成理所应当,我也很感谢。"

女孩子之间,有时候是需要这么暖一会儿的。

事实上常灵玉这天很落魄,但她不愿讲出来破坏姜之栩的心情。

之前她被人赠了一张高级健身会所的会员卡,眼看快过期了,今天下班之后就打算去运动一会儿。

说巧也是巧,平时她处心积虑想见许桉,却都见不着,这次不是刻意的,却撞个正着。

她想了想，走上去和许桉打声招呼。

当时许桉已经运动完了，坐在沙发上喝可乐。

许桉喝可乐？

这真是奇了。

如果常灵玉没记错，许桉应该从不喝除纯净水之外的任何饮料。

她走上前第一句话就是问："消耗完卡路里，再加倍补充回来？"

许桉斜眼看她一眼，依旧冷漠，不搭话。

常灵玉尴尬地笑道："喂，好歹我也是个美女吧。"

许桉没说话，看向她身后。

常灵玉的笑意凝固在嘴角，顿了一下，她转头看过去。

一个穿着白色运动装的女人微笑着站在那儿。

常灵玉当时第一个念头是，不会又是个想钓凯子的女人吧？可下一秒，她就知道她错了。

那女人看到她微微点头，随后很自如地朝许桉走过来，依旧带着那丝淑女味很浓的笑容，问："桉哥，你的朋友吗？"

许桉目光很轻地落在常灵玉身上，介绍："嗯，这位是常小姐。"

那女人便自我介绍道："你好啊，常小姐，我叫白薇薇，许桉的女朋友。"

常灵玉仔仔细细地把那女人打量了一遍，一流的气质，三流的脸，很适合男人娶回家当太太。

常灵玉怔了怔，笑了："白小姐好，我打个招呼就走。"她这样讲，他们都没有留她，于是她也不好再待着不走。

她借口去厕所给陈清发短信："许桉什么时候有女朋友了？"

陈清很快回复她："不是女朋友，是未来妻子，他们元旦订婚。"

"砰"的一声，常灵玉一个没拿稳，手机砸到地面上。

多贵的手机啊，她的心被砸得好疼。

她约陈清出来见面。

陈清匆匆到健身房旁边的咖啡厅来见她，第一句话就是说："小玉，有什么想说的话得抓紧了，许总让我等会儿送白小姐回家。"

常灵玉闻言就有点生气："你不是许桉的秘书吗，什么时候成保姆了？"

陈清露出一丝苦笑："哎，管他秘书、保姆，有薪水拿就得伺候着。"

常灵玉听他这么说，也不想废话，问："许桉和她什么时候的事？"

陈清喝了口卡布奇诺，有点烫，他皱了一下眉："我就知道你得问这个，直接跟你说了吧，就是家里介绍的，许总以前一直没松口，你姐们儿公布恋

299

情之后，他也就同意了。"

原来是这样……

常灵玉压住心头酸涩的情绪，点了点头，没什么想问的了："你走吧。"

陈清又试探着喝了口咖啡，说："许总因为你那个姐们儿变了挺多的，他现在开始喝碳酸饮料了，也抽烟了。"

常灵玉不想听下去，又说了一句："你不走吗？等会儿白小姐不着急？"

陈清用洞悉的眼神看了看她，站起来，没先迈步，说："许桉说真正难戒的，根本戒不掉。这些能戒掉的，不会对人生产生大威胁。"

他说完转身欲走。

常灵玉倒不乐意了："你几个意思？"

陈清转头，无奈地耸了耸肩："意思是，许桉真不喜欢你，放手吧。"

陈清走后，常灵玉在咖啡厅里待了很久很久。

她是在准备回家的时候，收到那则陌生短信的。

发信人是白薇薇："常小姐，刚才我借许桉的手机用，无意间看到你的号码，想对你说元旦的时候我们订婚，到时候给你发请柬。白薇薇。"

白薇薇真是大胆，压根儿不屑见她，这些话就这么光明正大地发给了她，根本不怕她到许桉面前多嘴。

常灵玉想到这里，忽然心念一动，很想看看许桉是什么反应。

她把短信截图发了许桉，本来已经做好了不会被回复的打算，谁知他却头一次秒回："多谢。"

常灵玉怔了怔，恨自己长了颗玲珑心，几乎瞬间就明白了许桉的意思。

他见到短信，才知道白薇薇并不纯良，这正合他意。

女人要有世家淑女的教养，外加野丫头的手腕，才配做许太太。

常灵玉决定放手了。

她把这个消息告诉姜之栩的时候，她们正一人一部手机，躺在沙发两端敷面膜。

姜之栩闻言从沙发上半坐起来。

常灵玉又说："他都要订婚了，我还能巴着人家不放？"常灵玉讲话不敢太用力，"到时候宴会上肯定有单身男性吧，没准老娘就勾上哪个公子哥了呢。"

姜之栩笑了笑，没说话。

她不想说"无论你做什么决定我都支持你"这样的假话，心里清楚，断舍离是常灵玉现阶段最需要做的事。

各人各有各人愁,任何人都无法分担你生命里本该出现的任何烦恼。

正如姜之栩的心理状况,和李衔九复合之后,她以为自己好转了很多,可病理性的问题,哪是这么容易就根除的?

抑郁情绪像野草一样春风吹又生。

姜之栩敷完面膜之后,还窝在沙发上懒得动弹,手机新闻自动弹出消息给她:李衔九和许桉都爱上的女人究竟什么样……

标题显示不全,但看得到最右侧的推送图,用的正是姜之栩之前被狗仔拍到的照片。

许桉都要订婚了,网上还是有许多他们的绯闻。

这其中猜测最多的谣言是——姜之栩是被许桉玩剩下,找李衔九接盘的。

悠悠众口堵是堵不住的。

她微博里的消息是几万条,几乎全是谩骂。

她不是没有小号,但人呢,有时候就是明知山有虎偏向虎山行,知道大家会议论,她便想看看那些人是怎么说的。

她一打开大号不要紧,消息多到手机都快卡住了。

私信内容五花八门,更多的是那些威胁和辱骂的声音。

…………

姜之栩又开始严重失眠。

上下班的路上,也都疑神疑鬼的,她通常都是打车走,确定司机到了门口,才会飞快地跑下楼,只为尽量避开陌生人。

李衔九不在身边的日子,她每天都像惊弓之鸟。

平安夜那天,李衔九终于请假离开剧组,去参加一个拼盘演唱会。

本来早在一个月之前,常灵玉就约好和姜之栩一起过平安夜的,而李衔九的通告是临时加的,姜之栩两个人都不想辜负,问李衔九:"我们都和好这么久了,你还没见过阿玉,要不这次咱们聚聚?"

李衔九哼哼:"你还挺会安排。"

姜之栩说:"你没有反对,那就是同意了。"

李衔九恨不得吃了她:"常灵玉来了晚上你也别想逃,不信试试?"

姜之栩:"……"

李衔九与老朋友们确实很久没见,再见到常灵玉,和再见到姜之栩的感觉很不同。

常灵玉也感觉到了,尽管说话还是和以前一样,但好像有什么东西变了,大概是因为他们之间没有羁绊。

这次聚餐,李衔九把王信也带来了。

他留有后招,怕对姜之栩歪念一起,就把常灵玉扔了,搞得他见色忘友,于是找个陪常灵玉说话的人。

他们吃饭的地儿就是王信找的,一家很安静的鲁菜馆,名吃是枣庄辣子鸡,那叫一个地道。

常灵玉不能吃辣,几块鸡肉下肚,辣得嘴巴都红了,问李衔九:"你朋友是不是和我有仇,想辣死我?"

王信不乐意了:"姐姐,我就在你旁边呢,你吐槽我能不能收敛点?"

"……"

他们竟像是相熟的老友一样,斗起嘴来。

一旁,姜之栩正安静地吃着糖醋里脊。

她模样安然美好,可谁也不知道,她在刚刚又收到了威胁私信。

她情绪容易低落,早在三天前就已经注销大号了,可是没想到连小号都被扒了出来。她想不通,这帮人现实中都是做什么工作的,怎么那么神通广大?

心思一多,她不免沉默。

李衔九一直盯着她,在桌底使坏地碰了碰她的腿。

她颤了颤,抬眼问他:"怎么了?"

李衔九问:"还真是正儿八经吃饭来了?"

她不想在今晚破坏大家的好心情,温和地笑了笑:"我饿了。"

"嗯……"李衔九眼底泛着细碎温柔的光,"那你好好吃吧。"

他上个月和一对刚结婚不久的明星夫妻一起上节目,有嘉宾问男艺人,"你觉得老婆最漂亮的时候是什么时候",男艺人回答说"吃饭的时候"。

李衔九这会儿忽然理解了这个答案背后的缱绻之意。

吃着饭,聊着天,外头一片寂然,他们不在闹市,平安夜的氛围不浓,屋里却一片安乐。

饭吃到十点半结束,他们是在离开的时候遇见陈清的。

陈清只穿着单薄的西服,冷得哆嗦,常灵玉问他怎么到这儿来了,他苦笑:"和许总在加班,他忽然要吃这边的参汤,说是明年到国外去,就都吃不到了。"

"许桉"二字一出,大家脸色都变了变。

李衔九先一步上了车,姜之栩顿了一下,紧跟其后。

王信和常灵玉倒是不着急走。

"当着他们的面,你提许桉做什么?"常灵玉说。

陈清"哎"了一声:"没想那么多。"

王信冷哼:"也不是不能提,他们如果到现在还为许桉心存芥蒂,倒也长不了……"

外边的人在讲话,车里的人仿佛陷落在一个与世隔绝的小世界里。

李衔九先于姜之栩进去,等姜之栩上来关上车门的那一刻,李衔九立刻倾身而上,拨开她的头发二话不说就亲上去,边亲边含混不清地说:"想死我了!"

他的手也不老实,姜之栩推他:"他们来了看见不好。"

他顿了一下,抬头:"那你今晚跟我回公寓。"

姜之栩咬了咬唇:"好吧。"

其实她也想他了。

他盯了她两秒,忽然又亲了她一口,便宜讨到够本,才把她放开。

"那个许桉,还联系你吗?"

姜之栩说:"不联系了。"

李衔九"嗯"了一声,牵起她的手,揉捏她的掌心。

姜之栩想了想,闷闷地问:"你不高兴了?"

"我为什么不高兴?有情敌说明你优秀,而你选择我,说明我更优秀。"他斜眼看她,"我倒觉得不高兴的是你。"

姜之栩确实怏怏的,但不是因为许桉,是因为最近收到的各种私信。但她想好好过个平安夜,以后再跟李衔九解释。

于是她低头,沉默了。

李衔九捏着她的下巴,让她与他对视:"两个那么优秀的男人抢你一个,你怎么还不高兴了?"

她去拽他的手:"我没有不高兴。"

他显然不信:"你得有点儿觉悟,骑士为公主拼杀是骑士至高无上的荣幸,知道吗?"

姜之栩心一暖,笑了笑:"我什么时候成公主了?"

"怎么,难不成你还有别的尊号?"

她淡淡地、特稀松平常地说:"项杭不是说吗?姜之栩是天仙。"

"你这家伙……"李衔九又爱又恨,俯身在她的嘴上咬了一口。

同一时间,许桉的办公室里发出明亮的光。

这日是平安夜，大家都早早下班去过节了，唯有他，还在盯着电脑。

他在看李衔九的纪录片，画面里正播到李衔九出道时辛酸的经历，许桉一直没什么表情，看到他被抽巴掌的时候，许桉才皱了皱眉。

这两天他把李衔九所有的作品和访谈都看了一遍，想知道这男人哪里比他好。

看了三天，他都没有找出答案。

他得承认，有时候他是个很傲的人，因为傲慢，所以对别人的优点并不感兴趣。

直到看到李衔九被抽完巴掌之后的眼神，有股子淡淡的狠厉感，就像是，他已经接受了一切折磨，但并不屈服，许桉才忽然懂得了她选择他的原因。

门响了。

许桉移动鼠标，点了暂停，以为会是买参汤回来的陈清，谁知却是白薇薇。

她脸上带着那像面具一样的笑容："桉哥，今晚我和爸爸妈妈一起到老宅过节，看你还在加班，我就想着来看看你。"

许桉这个人好像天生就不会笑，闻言只是点了一下头："圣诞过了，元旦就近了，你没事不要来找我，准备订婚宴就好。"

他一句话把什么事都说得清清楚楚。

他要她知道，婚照样订，许太太是她的还是她的，但其他的她不要肖想，也不必在他面前晃悠。

白薇薇的笑意滞了一秒，她向来懂事，立刻说："好，那我先回家了，你也不要太晚。"

许桉说："不送。"

对这样的女人，许桉谈不上满不满意，只是很清楚，这样的媳妇儿是继父和母亲都满意的。

只有生父许丛伟，在得知他订婚的消息之后，问过一句："孩子，你真的得到你想要的东西了吗？"

许桉记得当时他回了一句："还好我最想要的东西从来不是爱情。"

许丛伟苦笑着问他："儿子，你说实话，心里有没有过栩栩那丫头？"

他不明白父亲为什么会忽然这样问，因为在此之前父亲从没有提过姜之栩半个字。

许桉嘴硬："从来没有。"

许丛伟安静了半天，笑道："你不要以为你不说就没人懂，你伪装得再好，天底下要是只有一个人能发现你的心事，那个人就是你爸我。"

许桉还是没什么表情，想说"没那回事"，顿了一下又改口："都过去了。"

曾经无数次，在焦头烂额的工作中偷偷喘口气的工夫，许桉也思考过，为什么会爱上姜之栩？

他们第一次见面，她在路边找钥匙扣。她打小就漂亮，穿着裙子美好得就像童话里的公主。当然，公主不会像她这么倔强。

那会儿他对她印象挺深的，但她毕竟还是个小女孩儿，他记住她根本无关风月。后来几年，两个人断断续续偶遇，也都是蜻蜓点水，他心上起一下涟漪，很快就消失了。

他从来就是个冷漠的人，因此也并不觉得她有多特别。

直到她的脸花了，像个脏兮兮的布娃娃似的来到他面前，用那一双蒙了雾的眼睛淡淡地看着他，他才发觉，蜻蜓点水的痕迹再轻，可只要留下印记就抹不掉了。

许桉觉得自己很奇怪，一般来说，人们总会因为具体的事情而彼此靠近，可许桉对女人的感觉，从来都是来自某一个特质上的吸引。

她身上有股特别吸引他的气质。

她不知道，一个被女人宠惯了的男人，是忍受不了被美丽而纯真的女人忽视的，这种忽视就已经是极大的勾引。

他就是陷于她这股子不把他当回事的淡然态度里，说来也是贱，这世上男女大多一个样。

许桉觉得自己不能再想下去了。他可以允许自己在生活习惯上放肆，但不能允许自己在情绪上放纵。

白薇薇离开之后，整个大楼又恢复寂静一片。

电脑屏幕暗了下去，许桉再次点开，却觉得索然无味，干脆关掉了页面。

他起身，去壁橱里拿了瓶红酒倒上，喝下去，像是饮了安神药水。

圣诞和元旦挨得太近，街上圣诞树还没有被撤下去，这边眨眼间就到了新年。

许桉正是在2020年的元旦订婚。

这天姜之栩和常灵玉都起了个大早。

她们很多化妆品都共用，于是挨在一起化妆，常灵玉精致得连假睫毛都贴上了。姜之栩没她那么夸张，但还是认认真真地化了个熨帖的底妆，又把眼影、腮红、唇釉一样没落下地抹在了脸上。

化好之后，两个人面面相觑，对彼此的妆容都很满意，随后二人一同出门。

常灵玉要去参加许桉的订婚宴,而姜之栩要去探李衔九的班。

她们都是去找各自的爱人,但是心境完全不同。

常灵玉祝姜之栩一路顺风,姜之栩祝常灵玉一往无前。

姜之栩落地之后,是李衔九的助理江建平来接的她,那会儿恰好快到中午放饭时间。

她虽然对人情世故不上心,却不是不懂人情世故,便让江建平带她去附近的奶茶店,点奶茶犒劳剧组的工作人员。

江建平神秘地笑了笑:"不用买了,九哥都打点好了。"

姜之栩问:"他也买了奶茶?"

"奶茶和肯德基,早就点好了,以你的名义请的客。"江建平笑着说。

姜之栩心下一暖,垂首腼腆地笑了笑。

拍摄地离机场不算远,他们到达的时候,远远就见一群私生粉围在旁边。

姜之栩在车上和她们擦肩而过,她们都认出了这是李衔九的保姆车,纷纷走上前往车玻璃上凑,一点儿也不怕危险。

江建平鸣了喇叭,她们还是不肯散。

他叹气:"你来的路上是不是被认出来了?她们知道你要过来?"

姜之栩想了想,摇了摇头:"我没觉得被认出来了。"

江建平说:"行吧,反正这是单向玻璃,她们也看不见你。"

姜之栩攥紧了背包带子,沉声说:"还是想办法快走。"

江建平想了想,打了个电话。

没一会儿来了几个保安,叫嚷着把人撵开了。

他们进入拍摄地的时候,李衔九还没有收工。

她下了车,在众人的目光中穿梭而过,去和导演打招呼。

导演是个短头发的中年女性,见她之后眼前一亮,说:"这个形象真好啊。"

她这天穿着剪裁利落的大衣,扎着高马尾,不仔细看还以为她也是剧组里的女演员。

导演冲着对讲机喊了一声:"告诉李衔九,他女朋友来了,问他是再拍一条还是收工?"

没一会儿对讲机那头传来一句话:"导演,李衔九说拍完这条再收。"

原来李衔九在另一间屋里,和监视器这屋离得其实也不算远,但没有过来一趟的必要。

导演喊"开始"。

姜之栩比工作人员还专注,这是她第一次在监视器里看李衔九演戏,镜头将他的五官放大,每一帧都是美感。

他长得并不秀气,可这一刻姜之栩只觉得用"美"来形容他才最恰当。

这一段戏,主要拍他的独白,特别考验台词功底。

以前他拍戏,网上骂他台词功底不好的人不少,这次他下了苦功夫,怎么咬字,怎么用轻重音,都把握得恰到好处。

李衔九一条过。

导演激动到鼓掌:"好了,这下咱们大家都可以吃一顿好饭了。"

话音刚落,导演就听外头有跑步的声音,再抬眼就看到门口闪现李衔九的身影。

备受瞩目的男主角,却这么毛躁地跑着过来见她。

屋里的人都在打趣,姜之栩心里甜得能挤出蜜。

李衔九下午没有戏份,在黄浦江边订了位子,只等换了衣服,就能和她一起去吃午饭。

姜之栩跟着他一起去化妆间。

剧组待遇还不错,给他专门搞了一间单独的化妆间。

他进屋之后关上门,很正经地让姜之栩随便坐。

屋里还挺热的,姜之栩脱了大衣,坐在沙发上,随手拿了一张娱乐报边看边等他。

他到帘子后面换衣服,忽然喊:"姜之栩?"

姜之栩回他:"怎么了?"

"你快帮我看看,扣子解不开了,烦死了。"

当时姜之栩看的报纸上恰好刊登了许桉订婚的新闻,上面提到了姜之栩和他的绯闻,她整个人都沉浸在那篇文章里,不疑有他,拉开帘子,问:"哪里解不开?"

她的话还没说完,只觉得天旋地转,下一秒她就被人抵到墙上了。

后来磨磨蹭蹭快一个小时,他们才走出化妆间。

江建平早就开车过来等他们,门口依旧有粉丝蹲守着。

看到车子出来,大家丧尸一样地围了过来。

江建平恨得牙痒痒:"这些私生粉都是富婆吗,不用上学、上班的?"

李衔九说:"你别急,慢一点注意不要伤到人。"

江建平应了声"好":"我心里有数。"

后来磨蹭半天江建平才把车开走,可是那群人留有后招,租了车在后面紧紧地跟着。

江建平想甩开她们,这些人也不是第一次追车了,竟然赌气杠上了,有辆奥迪竟然侧方超车到前面堵江建平,想把江建平逼停。

江建平没想到这司机真敢这么玩,差点撞上去,只好猛打一把方向盘,急急地踩了刹车。

姜之栩坐在车上一动不敢动,某些可怕的记忆就像潮水一样往上涌,终于在江建平猛踩刹车的那一瞬间把她淹没。

她死死地握住安全带,浑身都在抖。

李衔九扶住她的肩,焦急地问:"没事吧?吓到了吗?没事……别怕……"

他安抚的话一句接一句,可她都听不到,根本无法平静下来。

她颤抖着,眼泪控制不住地掉下来。她不想哭出声,就死死地咬住嘴唇。

李衔九解了安全带从座位上下来,跪在地上,从下往上去看她的脸,给她擦眼泪:"你哭就哭,出声也没人笑话你,别咬嘴巴!"

她听不到任何声音,又怎么做出回应?

李衔九原本脾气就暴,这下一下子急了,扭头喊江建平:"报警!"

江建平问:"要不要……"

"赶紧!立刻给我报警!"他吼出来,再转头,又凑姜之栩近了近,说,"再咬嘴巴我亲你了,当着江建平的面我亲你了!"

她这次好像有了点意识,眼睛终于瞥向他。

他眼里的心疼之色浓到化不开:"想怎么哭就怎么哭,没人笑话你!搞伤自己算怎么回事?傻不傻?"

她抽噎着,因为隐忍,额头上暴起了一根青筋。

李衔九凑上前吻了吻那里,又把她紧紧揽在怀里,什么话都没说。他就这么抱着她,直到警察过来。

他们一起去的警局,一切事情都是李衔九在处理,姜之栩坐在长椅上,女民警给她倒了热水来喝,笑着问:"怕了吧?"

她怔怔地点头,还没回过神。

女民警摇头:"我看监控都吓了一跳,跟拍电影似的。"

姜之栩闻言捂着脸低下了头,实在不能再回忆刚才的情景。

大约一节课的时间,李衔九做好笔录出来,喊姜之栩:"走吧,饭还是要继续吃的。"

这时,姜之栩才看见李衔九额头上有红痕。

她静静地看向他,指了指他的额头:"你这……"

"没事。江建平刹车太猛,撞到车玻璃上了。"他毫不在意地把手伸出来,"起来,去吃饭,饿着呢。"

姜之栩面上平静,心里却滚了热油似的。

又红又肿的一块,他怎么能不疼呢?可是一见她哭,他就来不及疼。

姜之栩暗自平复了一下情绪,走过去挽上他的手臂,浅笑:"走吧。"

李衔九敛眸看她,没说什么,和她一起离开。

都说"情深说话未曾讲",真是一点儿也没错。

同一时间,许桉的订婚宴恰好到入席环节。

常灵玉强装淡定一上午,终于觉得待不下去了,就拿了桌子上不知道是谁的烟和打火机走出宴会厅,到随便一个角落里点了烟抽。

她从没抽过烟,第一口就把她呛得涕泗横流。

然后她忽然听到有人冷硬地损了她一句:"不会吸就别吸。"

常灵玉转头,有什么在心里涌动,挑眉笑道:"哟,男主角居然也跑出来解闷?"

许桉看了一眼手里的雪茄,没说什么,点了火,抽了一口。

他连抽烟都像个机械人在抽,没什么纨绔之气,也没贪恋的痕迹。

常灵玉心里那股暗涌更深:"不在里面陪白薇薇?"

"她不需要我陪。"

"哦?"

许桉冷淡地扫了她一眼:"她正享受未来许太太的光环,不需要我打扰。"

常灵玉顿了一下,笑了,转头弹了弹烟灰,又抽了一口烟,这次比上次强了那么一点,起码没咳嗽。

许桉盯着她:"不冷?"

常灵玉怔了怔。她穿着单薄的包臀红裙,踩长筒靴,典型的夏天打扮。

可许桉哪里是关心女人冷不冷的男人?

常灵玉怔了好一会儿,才扭头看着他笑道:"身上可比心里暖和多了。"

许桉冷漠的脸庞上终于染上一丝耐人寻味的表情。

常灵玉捕捉到了,问:"怎么,许总反悔了?"她半真半假地笑道,"还没领证,要是反悔还来得及。"

许桉瞥了她一眼,并未搭话,于是他们又都沉默下来。

常灵玉的烟很快燃尽。

她也没有什么继续待下去的理由，心思晃了晃，将那沾了唇印的烟蒂攥在手里，朝许桉走过去，伸出手："喂，送你的订婚贺礼，要不要？"

许桉抬起眼皮看她。

常灵玉真是美，不是小家碧玉，也不是一尘不染，有种风情万种的美。

在这样的凛冽冬天里，她一身红裙，长发如瀑地站在一个男人面前，那样言笑晏晏，眼睛里却浮着细碎的痛苦之色。

可能是因为今天是许桉人生中的"大日子"，他说是不在意，可到底一只脚跨向了婚姻的坟墓，又怎么能全无波动？

可能就是因为这样，他动了恻隐之心，伸手把烟蒂拿下，放在西服的上衣口袋里。

常灵玉被他这个动作深深击中了，她根本没想到他真的会要这个烟蒂。

常灵玉笑得很难看："那个……没想到你会收……"她咬了咬唇，知道有些话不说就再也没机会了，"许桉，你知道有一种树，叫蓝桉吗？"

许桉眼睫微动，没有说话。

常灵玉依旧微笑着："蓝桉是种很嚣张霸道的树，只允许一种鸟栖息在它身上，那种鸟叫释槐鸟。你知道吗？我以前很想当你的释槐鸟，但是你比我想象中还霸道，因为释槐鸟可以有千千万只，但你只肯呵护唯一的那一只安睡，而那只鸟明显不是我。"

她笑得自嘲。

许桉神情淡漠，并没有开口说些什么的打算。

安静了那么一会儿，她看了一眼他握着烟蒂的那只手，才又开口："这个烟蒂，就当是告诉你，你也尝过被爱的滋味，有个女孩儿用全部的热情爱过你，她是真心的。"

她就像一只拣尽寒枝不肯栖的鸟，现在不打算在一棵树上盘旋了，终于决定要飞向更大的森林。

讲完这句话，常灵玉觉得够了，刚想离开，许桉却忽然喊住她："抱一下吧。"

常灵玉怔了怔，眼眶立即红了。她犹豫了三秒钟才转身，然后环抱住了他。

就是这一刻，许桉深深地理解了常灵玉。

他记得他们初次见面已经是很久以前。

他对常灵玉没有兴趣，她说喜欢他，他总觉得她只是三分钟热度。后来她用时间证明了她的决心，他还是不理解，明明两个人的交集那么少，没有任何值得回忆的故事发生，为什么她会爱他？

他唯一一次请她吃饭，问她："你为什么喜欢我？"

他是真心地在求一个答案，但当时明显连她都说不出来。可现在他什么都理解了。

他们的爱太相似，都是不经意被某种气质吸引，然后爱上一个人。在追逐对方的过程中，他们都没有得到回应，连创造的回忆都是那么少。

可他们就是放不下，所以他想给她一个拥抱，也是在这一刻与自己和解。

常灵玉当然也懂这个拥抱的意义。

她松开他，想说些什么，又觉得无话可说，只好拎起裙摆然后转身。她知道背过身的她是哭是笑许桉都看不到，她心里难受得想哭，可脑海里有个声音告诉她：你要笑。

于是她扯唇笑了。

她不知道许桉是不是还在看她，却挥了挥手。

如果有陌生人看到这一幕，一定以为这是个潇洒的故事，而她是比他更潇洒的那个人。

许桉看着女人的背影，又看了看手上的雪茄，随后闷闷地将雪茄摁灭在墙上。

他到底是给了她一个结局，可是他想要的结局呢？

他深深地知道，姜之栩甚至不会给他一个告别仪式，而这已经是他们的结局了。

姜之栩的情绪很不好，到餐厅之后，她拿着叉子，好像不会吃饭了。

李衔九这才意识到问题的严重性。

他走过去把她手里的刀叉拿掉，架着她的胳膊把她拎起来："咱不吃了，带你回去休息一会儿。"

她没说什么，乖乖地跟他走。

李衔九带她回了酒店。

酒店门口仍然有少部分聚集的粉丝，李衔九叫保安清场之后，才牵着姜之栩下车。

到了房间里，李衔九打算和姜之栩聊聊。

姜之栩忽然说："总觉得浑身冷，我想先洗个澡。"

李衔九点了点头，去给她放水，等他把水温调好，再出来，发现女人已经睡着了。

睡梦中她的眉头还是微蹙着。

李衔九沉默了，把她的鞋子脱掉，然后是大衣，当手伸到毛衣上的时候，她颤了颤，惊醒了。

她沉静如海地看着他。

他笑道："警惕性挺高的。"

她抿了抿唇："我睡多久了？"

他起身，说："五分钟？反正水还是热的，你去洗澡吧。"

她点头说："好。"

姜之栩进了浴室。

李衔九打开手机点外卖，正巧有电话进来，他关好卧房的门，到外厅摁了接听。

王信说："公关部正在放假呢，你的词条可没人帮你撤。"

李衔九正觉得烦躁："随便。"

王信气不打一处来："现在大家都以为你进组不是工作的，是为了恋爱，粉丝的怒火怎么平息？"

"这和恋爱有什么关系？差点儿出人命。"

"可大家的关注点都在姜之栩身上！"

"她有自己的工作和生活，又不住剧组，为我一个人服务！"

李衔九很久没对他发火了，王信差点忘记这人是一座火山，试图制止李衔九："你冷静点，什么烂脾气？这不是什么事都没发生吗？"

"要是发生点什么，谁来赔给我？"李衔九眼里染上厉色，"她的脸就是车祸伤的，这事对她的阴影大到我和你都想象不到，懂吗？！"

王信怔了一下："你还真当自己是痴情种啊，别担心过头了。"

李衔九沉郁得简直浑身冒火："痴情是个什么破词，也配形容我对她的感情？"说着话把电话挂断了。

他是真的气，去拿了烟抽，手都在抖。

他太久没发火了，可他的坏脾气压根儿没改变，这会儿挂了电话还是抑制不住想动怒。酒店有自带的开放式厨房，他走过去，把水龙头开到了最大。

12月，水凉得刺骨，他就这么把头放在水柱下浇。

他默数了十秒钟，关掉了水龙头。

脑仁一抽一抽地疼，他粗喘了几口气，去拿吹风机把头发吹干。

这行为看似很愚蠢，可他没办法。

他找不到更好的方法来平息心里的恼怒和烦躁情绪，又不想让姜之栩看到后担心，所以这么愚蠢地绕了一大圈，只为最后在姜之栩推开浴室门的时候,能佯装平静地在床上半躺着玩手机,淡淡一抬眼问她:"洗完了?"

姜之栩擦着头发"嗯"了一声,问他:"吹风机在哪儿?"

他指向她的右侧:"这边柜子里。"

她俯身去拿,吹风机出气口热热的,她顿了一下。

他从床上起来:"我给你吹。"

姜之栩没说什么,就由着他。

吹完头发之后,他指尖还是缠绕着她的头发不放。

他刚才径自地想了很久,还是决定问她:"你是不是还有事情没告诉我?"

在浴室磨蹭了这么久,姜之栩也在思考很多问题。

有些事她原本打算等他拍完这部戏再告诉他的,可现在看来瞒不住了,她也不想瞒了。

"我这几年,其实一直有抑郁症和焦虑症。"她讲这句话的时候无比平静,语调甚至毫无起伏。

李衔九把玩她的头发的动作停了。

姜之栩抬头对上他的眼,天知道她多么想跟他一样,哪怕狂澜平地起,也能睥睨万丈深渊,可她没有他那么大的力量。

"我当初没勇气告诉你我脸上有疤的事情,现在也没勇气面对那些议论和威胁。"尽管我很坚定地想和你并肩前行,可当情绪已经病理化,就不是人为能控制的了。

李衔九呼吸变慢,他看着她,沉默了两三秒,又伸手摸了摸她有疤痕的脸颊:"以前的照片给我看看?"

姜之栩眼眸闪了闪,沉默了好一会儿才下定决心:"那你不要有任何评价。"

"好。"他答应她。

于是她掏出手机,找到相册,输了私密相册的密码,才将手机递给他。

他接过手机一看,脸色顿时变了。

他真是丝毫也不掩饰自己的心疼表情,嘴唇紧抿,严肃地把那三张照片翻来覆去地看了足有五分钟。

她不催他,由着他看。

他终于看够了,把手机还给她,舔了舔干涩的嘴唇,问她:"听说过那个故事吗?女孩儿毁容了,男孩儿就弄瞎了自己的双眼。"

姜之栩没想到他第一句话是这个,想了想,说:"好像是听过。"

"我才不要刺瞎双眼。"他抢着说。

313

姜之栩哽咽了。

"我是个普通男人,爱你的脸,爱你的身子,这些我不避讳,也没什么好避讳的,但是那些和你这个人比起来,真的不算什么。"

李衔九其实十分淡漠,除非对人发火,否则大多数时候懒得出声,除了念台词,就只有面对姜之栩,才会说这么多话:"我知道我接下来讲的话挺肉麻的,但是我觉得有些事不能你明白就行,必须得我亲口告诉你。刺瞎眼睛算什么?哪怕今天你的脸没恢复,我也要看清你的每一寸样子,这才是我的态度。"

他紧接着俯下身亲吻她。

她不知道,也不用知道,自从那年夏天,她倔强地说"你不是我生活里的烂茎"的时候,他全部的温柔就都给了她一个人。

姜之栩知道,身边那么多人,只有他能对她讲出这句话,因为只有他经历过那般强烈的成长的痛。

于是她也回吻他,去回应他给她的爱。

这不是偏爱,而是第一且唯一的完整的爱。看似是他在安抚她,其实她也在安抚他。

他们好一会儿才分开。

姜之栩看着他:"我答应你,会勇敢,会好好治疗。"

李衔九抚摩她额前的碎发,摇头:"你没明白我的意思,这世上勇敢的人太多了,不差你一个,你不用刻意去勇敢,能坦荡地软弱,就已经很了不起了。"

姜之栩看着他,莫名其妙地安宁下来,比药物还有效。

你知道的,爱不是灵丹妙药,爱是止痛药水。爱没法战无不胜,爱会一往无前。

她答应他:"好,日子还长,我不着急。"

慢慢来,不着急,他们一步步往光明的地方去就行。

姜之栩在两天后回来。

这两天她倒也没和李衔九多待,他拍戏时间紧,通常凌晨出工,晚上十点多才回来。

她过来一趟,仿佛也不是要和他黏在一起,就是想离得近一点儿罢了。而恰好李衔九也要离开,到另一处拍一部与留守儿童有关的公益短片。

他们一起到机场去,打算下车之后,再分开走。

到了机场他们才发现情况不妙，全是来送机的粉丝，还有少部分媒体记者，把机场围得水泄不通。

而这明明是没有出通告单的行程，甚至连机票都是早晨现买的。

江建平说："得让公司查查了，是不是团队里有人出卖你的航班信息，以往咱们也赶过这种行程，也没这么多人送机。"

李衔九没说话，神色紧绷。

江建平跟着李衔九两年了，一看他这样心里"咯噔"一下，就怕他火蹿上来再做什么冲动的事，连忙说："要不你先下，让司机带着她再绕一圈？"

"这些人没有一个小时散不完。"李衔九说。

"那只能让她改签。"江建平小心翼翼地说。

李衔九陷入沉默之中。

姜之栩忽然说："九哥，要不一起下去吧。"这是她第二次叫他九哥。

他看向她，喉结滚了滚。

她目光很沉稳："我知道她们想见我，而我也不应该继续躲在你后头。"

李衔九迟疑了一会儿，应道："好。"

江建平："要不还是再想想……"

"……"

李衔九先下车，姜之栩紧随其后。

她只觉得眼前忽然全是白光，闪光灯不断，快门不停地响，人们惊呼着朝他们的方向拥来。

李衔九和姜之栩站在离车门不远的空地上。

姜之栩说："我给粉丝们鞠个躬吧。"

李衔九目光沉沉："我陪你一起。"

于是他们像那天给姜学谦和孟黎鞠躬那样，弯下腰来，向粉丝们深深地鞠了一躬。

他们两次弯腰，意义是不同的，但有这个必要。

姜之栩知道，李衔九感激粉丝，也只会用作品回报，不会用其他方式去讨好。姜之栩却要给大家一个交代。

鞠这一躬，既是感谢大家支持他，也是要大家放心，她也会真心对待他。

这是她第一次回应，也会是最后一次。

这样的举动无疑在网上掀起一片热烈的讨论。

姜之栩早就把微博卸载了，是在父母和朋友关心的询问中得知这件事的。

在网上的人对他们两个人津津乐道的时候，姜之栩来到了医院。

心理医生问姜之栩："这些话，还能影响你吗？"

"能。"她诚实地说。

医生笑道："但你也知道，比起讨厌你的人，更多的是不关心这件事的人，甚至还有支持你的人。"

姜之栩想了想说："道理都懂，可如果单凭道理就能说服自己，人就不会得抑郁症，您就要失业了。"

医生笑了笑："你呀你，还能和我开玩笑，就说明你的情况没那么差。"

姜之栩点了点头："您之前说，身边人的鼓励很重要，我一直不信，因为我觉得生病是自己的事，就像我牙疼，别人再着急，也不可能陪我疼，但现在我发现不是的，身边人的鼓励话语很重要，比药还重要。"

"看来他很爱你。"

"我也爱他。"

"你上次也是这么说的。"

"嗯。"

医生笑了笑："所以，你才有勇气做出这么轰动的事情？"

姜之栩知道，医生是指在机场鞠躬的事。她没有马上回答，而是沉默了许久。

回想那天，她进浴室泡澡，没一会儿就听到李衔九接电话的声音，想了想，还是披了浴袍起来。

她开了一道门缝，听到他在发火。她犹豫是否该打开门出去抱住他让他冷静下来，他却忽然起身，去厨房把自己的头放到水龙头下猛地浇冷水。

她好一会儿都惊得没有回过神，待回过神后，却关上门退了回去，继续假装洗澡。

她知道她的男人肯定不希望她看到他的这一面，即便一切失控都是因为她也不行。

浴缸里的水很热，她把自己全浸在里面，等待热气蔓延到骨头里，仿佛勇气注入血肉。

姜之栩问医生："你还记不记得上次你给我提过一个典故？"

医生拍拍额头想了想，说："梁祝？"

姜之栩笑了笑："对。"

她不知道自己是否如医生所说，可以为了爱一个人什么法子都试过包括殉情。

她只是知道，她心里有他，到什么程度呢？大概是，哪怕世人不容，她化成蝴蝶也要和他在一起。

既然他能理解她的脆弱,那她也愿意为他强硬起来,去冲破厚茧。

医生显然理解她的话中之意,于是笑了笑:"祝你早日破茧成蝶。"

姜之栩和李衍九自从上次分开之后就很久没见面了,她原本还想着李衍九能不能在除夕前停工,和她见一面,就买了除夕下午回青城的票。

可直到除夕那天中午,李衍九都还在紧锣密鼓地拍戏,没有回来的迹象。

姜之栩只好收拾箱子去车站等车。

等待间隙,姜之栩给李衍九打电话,想问他今年是不是要在剧组过年了。

李衍九没给她说话的机会,刚接通电话就抢话道:"我正要给你打电话,我现在收工了,马上就回去。"

大屏上的列车号忽然变了颜色,最后一栏提示"正在检票"。

姜之栩看着屏幕,闷闷不乐,偏偏她要走了他才来,这感觉就像寻找了很久的人,却和你擦肩而过一样。

她语气不是很好:"我现在就要检票进站了。"

李衍九顿了一秒,笑道:"那快走吧,路上注意安全。"

姜之栩不舍得挂断电话,从牙缝里挤出一个不情不愿的"好"字。

李衍九听出来了,轻笑了一声:"怎么,还没嫁过来呢,就离不开我了?"

她怔了怔,连忙把电话挂断。

工作人员在催乘客进站了。

姜之栩拎着箱子,怎么也迈不开脚步。

工作人员催她:"你戳在这儿干吗啊?还检不检票了?"

她看了那人一眼,没说话。

工作人员很不耐烦:"要走赶紧走,要不走赶紧回,别在这儿犹犹豫豫的。"

她慢吞吞的,有两个小人在脑海中打架,一个在说"留下来陪他吧,他很孤单的",另一个在说,"如果不回家,爸爸妈妈会想你的"。

她踌躇了两三分钟,想了又想,最终决定还是先回青城。

父母年纪越来越大,与她相处的时间越来越少,她不想让父母思念她、担心她。

她下定决心了,推着箱子往前走去。

身后传来一阵推箱子的声音,有人用方言说:"这就停止检票了,怎么这么倒霉?!"

姜之栩这才看到,显示屏上的信息变了,"正在检票"变成了"停止检票"。

这下姜之栩只能留下来，她心情十分复杂，但并不慌乱。

她给父母打了个电话说明情况，随后拉着箱子前往李衔九的公寓。

那会儿李衔九还没回来。

姜之栩放下行李之后就没有事做，去冰箱找食材，想着做顿年夜饭。

刘姨把家里照顾得很好，她只看冰箱就知道，日常做饭的材料和水果都买得很全，而冷藏柜里居然还有现成的饺子馅儿。

家里没有年味，她就到厨房找了面粉出来，准备包饺子。

快五点的时候，李衔九才回到家。

客厅里静悄悄的，厨房里却传来隐隐约约的综艺节目声响，他觉得不对劲，拐进厨房一看，这女人正边看视频边包饺子。

冬日不算明亮的光打在她的身上，她低低的马尾辫贴在毛衣上有点静电，睫毛那么长，鼻梁那么挺，侧脸有一种浑然天成的温和平静气息。

那一刻，李衔九生出一种错觉，仿佛以前每次回到家，她都坐在这个位置，给他准备晚餐。

他第一次那么喊她："栩栩。"

她很快望过来。

两个人四目相对的那一刻，好像并没有想象中火花四溅，异常平静。

可他们的目光就像用胶水粘在一起，谁也无法将他们分开，连他们自己也不可以。没有激情碰撞，可谁都知道，平静的力量远比热情更深厚绵长。

"不是说回青城了吗？"

"去的时候停止检票了。"

不知道他信不信，只见他走到她身边低低地笑了，凑近了想亲她。

她往后缩："你别闹。"

他才不管那些，托住她的脑袋迫使她迎上来。

她本能地咬了他一口。

他吃痛地放开她，眼里憋着火，低低地骂了声："亲一下都不行？"

她偏头，继续去包饺子，不理他。

他点点头，气急败坏地出了厨房，没一会儿换了身衣服又走进来，拉开椅子，闷闷地坐在那儿擀皮。

姜之栩抬眼看他，他越是抿着唇闷闷不乐，她越觉得好玩，心里藏着乐。

此刻外头正处于寒冬，而屋里，还有这样一小块天地能够容纳温暖。

姜之栩想把饺子包得慢一点儿，再慢一点儿，好像这样就能够留住时间。

包完一屉饺子，姜之栩去拿锅烧水。

李衔九看了看她，忽然问："以前不是连鞋带都系不好吗？怎么这几年变厉害这么多？"
　　他看得出来，她包得很熟练，早就不是个十指不沾阳春水的娇娇女。
　　她打开水龙头装水，声音被水声冲淡很多："为了嫁给你做准备呗。"
　　李衔九怔了怔，想抽烟了，起身出去。
　　姜之栩看了他一眼，没什么表示，把水装好，放到液化炉上去烧。
　　水烧开了他才回来。
　　她正要把饺子下锅，他从后面拥着她，混着烟草味的呼吸都喷在她的耳畔。
　　"我有点生气。"他说。
　　她动作没停："干吗？"
　　"我这几年拼命挣钱，想的是以后有能力了，让你过好日子，你倒好，什么活都学会了，就等着陪我过苦日子了是不是？"他说着惩罚似的咬了她的耳垂一下。
　　他是真的下狠心在咬她，疼得她颤了颤，拿手肘推了他一下："疼。"
　　"我也疼，"他说，"被你搞得哪儿哪儿都疼，怎么办？"
　　她愣了，却也只能说："好了，好了，先让我把饺子下锅。"
　　他耍了小孩儿脾气，拿嘴巴摩挲着她的脖子不肯松开。
　　她无奈地转身揪住他的领子，亲了他一下，哄道："李衔九小朋友，还疼吗？"
　　他被她亲得愣了愣，明显尴尬了，耳根子爆红，急切地转过头，冷冷地说："那你忙吧，我去看看我妈。"
　　他丢盔卸甲。
　　六点多开始吃饭，李衔九大概是想掩饰什么，面上蛮冷冽的，也不讲话。
　　电视机里在播放某地天灾相关的新闻。
　　姜之栩看得入迷，感叹"人类命运共同体"这词真是伟大又温柔。
　　人们从新闻里了解民生百态，只可窥见千分之一，可这千分之一，也足以获悉整个事态的重点。
　　灾情真的很严重，电视机上闪过一个一家人抱在一起的画面，姜之栩忍不住鼻子发酸，不免有些想家，吃着饭又掏出手机来，给父母打了个电话。
　　挂了电话之后，李衔九问姜之栩："现在这个情况，物资不能缺啊。"
　　姜之栩叹气："都不够用。"
　　"我来想办法，"李衔九说，"之前我在国外录综艺节目，认识一个朋友，看看他能不能从海外采购一些。"

最后这顿饭他们没有吃完,随后李衔九一直在打电话。

一直到天边擦黑,他才把捐赠物资落实好,除了物资,他还捐了一百万元驰援灾区。

吃完饭之后,姜之栩在李衔九的卧房里收拾行李。

李衔九打完电话回来,从后面拥抱住她。

她问:"事情办完了。"

他说:"嗯,那些捐赠物资五天之内就能被送到。"

姜之栩转过身,看着李衔九的眼睛:"九哥,我很为你骄傲。"

李衔九心软了,面上不显,从她身上起开一点,眯着眼问她:"你第三次这么叫我。"

她"嗯"了一声。

他心里有种说不清道不明的感觉:"以前怎么没听你这么叫过?"

她笑了笑:"因为以前关系好的人都叫你九哥,可我不敢,觉得亲昵,怕泄露什么。"

那时候,她连"李衔九"三个字都很少宣之于口。

他怔了怔,才说:"那以后只给你叫。"

她笑着说:"好。"

时光不语,温柔流淌在每一寸空气里。

他忽然想起什么:"我妈说过年说吉利话,一年都顺利,过年说晦气话,一年都倒霉。"

"什么意思?"她下意识地问。

他走近她,眼神里多了些别的内容,暧昧与忍耐。

她好像察觉出什么了,连忙说:"那个,我接着收拾了啊……"

他低低地笑了,拉起她的手,说:"不逗你了,陪我看会儿春晚吧。"

她强调道:"那你保证不许闹。"

他像模像样地伸出三根手指头:"我保证。"

她这才点头说:"好。"

他去鼓捣完投影仪,随后揽过她的肩,让她靠在他的胸膛上。

两个人上次一起看春晚还是在高三。

他们都偏爱语言类节目,尤其是小品,看得津津有味,连笑点也一样,通常都是在同一秒钟笑出声。

当然,在看歌舞类节目的时候,姜之栩会忍不住和他讨论:"哎?你这么红,以后是不是也有机会上春晚?"

李衔九斜斜地瞥了她一眼:"有机会也不上。"

"为什么?"姜之栩从他怀里出来,撑着床看他。

"上春晚怎么陪你守岁啊?"

"那可是春晚啊!"姜之栩有点激动,"上春晚是多厉害的事啊,你要是有机会一定要去!"

李衔九看着她问:"怎么,那我陪你过年就不重要?"

姜之栩想了想:"其实……"

"嗯?"

"其实还是春晚更重要。"姜之栩飞快地说完这一句话。

"好啊你。"李衔九立刻要来挠她的痒。

姜之栩连忙说:"别,我错了……"

可他哪儿会放过她?

夜还长,难忘今宵。

最后她不知道和他温存了多久,等她再起床时,春晚都已经开始重播了。

他们都没有睡意,她便继续去收拾没有收完的行李。

姜之栩带来的东西几乎都是护肤品,自从受伤之后,她就很爱惜自己的脸。现在她的脸已经恢复得差不多了,这其中就有她精心护肤的功劳。

她在把瓶瓶罐罐往他床头桌上放,他就靠在床头看着她收拾,有一搭没一搭和她聊着闲天:"来的时候,我看新闻说今年的春晚没有观众,我还想呢,万一隔离,往后好几个月都见不到你怎么办?"

"就是啊,居然停止检票了,老天都想让我们见面。"

他不置可否:"想过以后有机会度假去哪儿玩吗?"

姜之栩抱着三盒面膜去开抽屉,抽屉里有个很旧的铁皮盒子,几乎占据了所有的位置。她忘记他提了什么问,扯了话题说:"这盒子好大,我都放不下东西了。"

李衔九从床的另一端挪过来,把盒子拿出来,说:"你放你的。"

姜之栩把面膜放进去,见他摩挲着盒子不放,不由得问:"这盒子有故事?"

他看了她一眼,拍了拍床,示意她坐过来。

她坐过去,看着他打开盒子。

"这是我爸以前放螺丝刀、小钉子这类小物件的盒子。"他说,"现在我放我的东西。"

姜之栩感觉呼吸好像被夺走了。

因为她一眼就看到一个书签，蝴蝶样式、做工粗糙的书签。

她把它拿起来："这是我给你的生日礼物。"

他点头，往盒子里指了指："瞧瞧这是什么？"

那是一朵白色的花。

她一脸迷茫的表情："什么？"

他神秘莫测地说："你的东西。"

"我的？"她一脸茫然的样子，怎么都想不起来。

他提示她："去鬼屋玩，你的袜子上掉了一朵花。"

她努力回想，可怎么都回忆不起来了。

他看出来了，摸了摸她的头发，笑道："傻不傻？想不起来也没什么，反正咱俩扯平了。"

"啊？"她更加蒙了。

他讳莫如深地说："我的雏菊不是在你那儿吗？你的花给我，我的花给你，交换定情信物。"边说话边往她脸上瞟，去捕捉她的表情。

她当然很无奈。

他适时又挑起一个透明的密封袋："你看，这也是你的东西。"

她打开一看，很是惊讶："多肉？"

"嗯，都皱得不成样了。"他懒懒地说。

她咬了咬唇，有什么呼之欲出："这是……"

"你之前扔进垃圾桶的那些。"他看着她，"原本捡起来想种活，给你露一手，可是失败了。"

姜之栩敛了眸子，记得他当时明明不愿意帮她种来着。

她沉思着摩挲手上的蝴蝶书签，说："没关系的。"

"嗯？"

"因为我现在种多肉可厉害了。"

她起身去拿手机，解锁相册给他看："当时没把多肉养好，我看着阳台上你种的雏菊，可不服气呢，所以我后来养了好多多肉。"

李衍九接过手机，看到她拍的多肉，有胧月、姬秋丽、玉龙观音、若绿、虹之玉……他竟然全叫得出名字。

看着这些图片，李衍九久久沉默。他这几年真是错过她太多了。

春晚上主持人正在朗诵，都是些令人闻之落泪的话，很深情，很鼓励人，讲给无数平凡人听。

李衔九听着那些话,扭头看向窗外,万家灯火在寒冬的深夜里燃烧,就像在暗示着什么。

　　人生中总有至暗时刻,可也总有人在点灯等你。

　　他又问那个问题:"你还没回答我,以后度假想去哪里?"

　　她陷入思考。

　　他其实早就想好:"我带你去看海吧。"

　　她心跳加快又变慢,倏然想起少年时没有完成的约定。

　　他不知道,这几年她有无数机会可以去看海,可她一次都没有去过。

　　那次去厦门找他,明明沿途就能看到海岸线,可她就是固执地把头偏到另一边,不去捕捉那抹蓝。

　　海很美,很壮阔,可如果不是和他一起看,她就永远不期待。

　　她忽然想到,如果今天她上了回青城的车,他们很可能又会很长一段时间无法相见。

　　时间和生命,是最沉重,也最轻盈的两个词。

　　她尚未完好的脸和心理疾病以及他病重的母亲和身上背负的负面舆论,都是时间的痕迹以及生命的一部分。

　　以前这些让他们沉重,可是当他们独自穿过时间的荆棘林,捧着完好无损的爱,站在彼此面前时,一切又都轻盈起来。

　　她知道,有些事是不能等待的,而约定是最不能被辜负的。

　　于是她看向他,一字一顿地说:"好啊,去看海吧。"

　　海已经汹涌上万年了,我才刚开始为你澎湃。

　　你是像海一样的爱人,猛烈,自由,包容。

　　我会毫不犹豫地扎进你的潮涌里,和你融在一起。

　　日落日升,深蓝把你填满,金色把我燃烧。

　　只要我能在你怀里,不上岸也是可以的。

　　我们一起流浪吧,既然我是你的故乡的话。

　　我们奔涌,纠缠,澎湃,用剧烈的潮声让爱发出回音。

　　再平静下来,呵护那一只蝴蝶,逾越沧海。

　　我们的故事永不落幕。

　　正如大海,永远澎湃。

番外 1·蓝桉和释槐鸟

很多年以后,许桉再想起那一天,只觉得很多记忆都模糊了,唯有那场从早晨下到晚上的雨那么生动而具体。

父母就是在这样一个雨天去民政局办了离婚手续。

许桉对此没什么异议。他早就知道,他的意见最作不得数。

可父母偏偏还要拉着他聊,一个语重心长,一个长吁短叹,生怕他不理解他们的难处。

他很烦躁,干脆摔门而去。

外面雨疏风骤,他沿着路边走,没打伞,雨沾湿衣裳,却换来片刻的冷静。

他穿过三个街区,有个人忽然撞到他,他下意识地想抓住什么东西维持平衡,手撑到道旁绿植的树干上,凹凸不平的树皮就这样划破了他的掌心。

他疼得皱眉,边用大拇指捻伤口,边转头。

撞他的是个小孩子,八九岁的样子,穿着实验小学的校服,扎着高高的马尾。

她显然也惊了一下,却并不稚气,眼底闪着与年龄不符的淡定之色,开口也是淡淡地说:"对不起,哥哥。"

他看了她两眼,没吱声。

他从长相到气质一向偏冷,小女孩儿显然被他震慑住了,不复刚才那样淡然,有点踌躇。

这时,马路对面有人喊:"姜之栩!"

她转身看过去,咬了咬唇。

马路对面的女人避着车,很快小跑过来。

女人先是看了他一眼,又伸手去推小女孩儿,很担忧地问:"我平时太惯着你了是不是?!不就丢一个破钥匙扣有什么好找的?你要是淋病了没人带你去看医生……"

女孩低下了头,没说什么,转身就走。

女人紧紧地跟上。

等她们走了,许桉又用指腹捻了捻刚才伤到的手心,尚未伤痂的血珠被抹去,很快又渗出新的,人多脆弱。

他继续往前走。

他刚迈步,忽然看到地上有一个水兵月的钥匙扣,脑海里闪过刚才女人的话。

他弯腰将钥匙扣捡起,摩挲了一下上面的泥水,把它装进了兜里。

那晚他回到家时已经深夜。

母亲早已睡去,父亲坐在沙发上抽烟,火星一绽一绽的,带着即将枯死的凄美感。

那一刻,许桉知道,这个家散了。

而此前的温情,也不过是一枝即将熄灭的香烟花朵。

后来几天,他每每傍晚出门,会沿着同一条路走上许久。

那几天,他总能看到那个小女孩儿在找钥匙扣,可他不想还给她。

因为将钥匙扣还给她,他就见不到她了。

他觉得百无聊赖,而她就像一个解乏的工具,他就是喜欢看她满怀希望又扫兴而归,而后又不认命的样子,倔得像只和他同类的动物。

大概在一个月之后吧,他打算把东西还她。可是他在那条路上等了很久,都不见她的人影。

她大概是放弃寻找了,执念太深的人容易自伤。

她小小年纪,能找一个小小的钥匙扣这么久,已经太过倔强,而这种倔强,不一定是好事。

她及时止损,也是好事。

许桉这么想着,站在原地发了许久的呆,才在夏日傍晚的热风里,一步步回家去。

这也是他最后一次回家,因为次日,他就要跟着母亲北上了。

小时候大人们常会不厌其烦地问他同一个问题——你更爱爸爸还是更爱妈妈?

他每次的答案都是父亲。

唯有这次,奶奶问:"你跟你爸,还是跟你妈?"

他选了母亲。

临走前一晚,父亲叫住他,想要一个答案,一个他执意跟随母亲的答案。

他竟对父亲说:"因为我妈能让我不用努力就能进到上流社会。"

也不知道他性子随谁,从小他就异常冷漠,有着一颗焐不热的心。

可是,如果这个世上只剩一个让他能付出些许感情的人,那个人就是父亲。然而父母感情破裂,让他过早地看清人性的扭曲和情爱的脆弱。

他有商业梦想,继父膝下无子,显然有现成的产业等着他去继承,他没理由不抓住这一切。

离开青城这年他十五岁,刚中考结束,即将升入高中。

一切都是那么稀松平常,仿佛只是一个少年远行了,仅此而已,没人关心他还回不回得来。

高中生活特别乏味,青春小说全是骗人的。

高三之前,常灵玉不止一次这么想,然而在高三这年,她遇见了许桉,一切都不一样了。

那天是周日。

当时她帮母亲去花市进货,因为痛经,整个人都很虚弱,偏偏上坡的时候,车轮子碾到一个矿泉水瓶,她没力气蹬,差点儿翻车,纸箱子掉了两个下来。

她狼狈地捂着肚子,跪在地上捡鲜花。

视野里忽然出现一双发亮的皮鞋,她往上一看,是一身熨帖笔挺的西装,再然后就看到许桉那张在阳光下熠熠生辉的脸。

他的五官很立体,眼睛很深沉,看着她时并没什么表情,可就是这样淡漠的神情才莫名其妙地契合他的长相。

他当时蹲了下来,帮她把地上零散的鲜花捡起来。

常灵玉此后每每回忆起这一幕,都觉得呼吸骤停。

这个男人,就像天神一样降临。

她本以为他会一尘不染,高高在上,不屑于理会她这个小女孩儿的苦难,可他为她弯下了腰,仿佛在普度众生。

神仁慈,但是这股仁慈,是没有烟火气和人情味的。正是这股带着淡漠感的怜悯,让常灵玉深陷其中。

许桉帮她捡完花就要走。

常灵玉大着胆子喊住了他。

纸箱子里装的鲜花,被跌坏了好几朵,她把没摔坏的花挑出来,又随手扯了把柠檬草,把那些花捆在一起,递给他:"就当谢礼。"

许桉连看都没看花一眼，转身便上了路旁的劳斯莱斯。

常灵玉在烈日下站了许久，也不知道自己在想什么。

她知道，最不能相信的童话就是辛德瑞拉，女孩儿期望有个王子来拯救你是很危险的想法。可她控制不住自己，并且内心有个强烈的预感，她会再见到他，不止一次。

有时候人的第六感出奇地准，常灵玉怎么也没料到他们在第二天就再次碰面。

那日是周一，班主任特意嘱咐大家要提前十分钟到校，而且每个人都必须穿校服，搞得像领导来视察一样。

大家一打听才知道，这天有个以前在初中部念书的校友，要给学校捐图书馆。

捐赠仪式在学术报告厅举行。

常灵玉没招架住同学"你要是陪我去看，我就请你吃一个星期早饭"的诱惑，才去凑热闹。

凑热闹的人不少，都堵在楼梯间里。

大家你挨着我，我挨着你，凑在门后面看，谁都不敢真的走出楼道。

常灵玉胆子大呀，直念叨"来都来了，还看不着人，多亏啊"，说着就挤到人堆前头去了。

也不知道是谁在后边嘀咕了一句"跩什么跩，有本事进报告厅看哪"。

她一向不招同性喜欢。

这话音刚落，就有人推了她一把，楼道的门是里外都推得开的，她下意识地去扶，冷不丁推开了门，整个人都扑出去，"哐当"一声磕在了地上。

这时候电梯"叮"了一声，接着便有一群人浩浩荡荡地出了电梯。

常灵玉心想完了，这起码得五百字检讨起步，咬牙扭头去看，为首的那个人尤其威武，一丝表情都没有，她呼吸一滞，定在那儿了。

那人瞥都不瞥她，仿佛地上根本没她这个人，紧接着就路过她身边往报告厅去了。

她在原地失神很久，还是走在最后的老师把她拉起来，数落道："你们这帮孩子，就爱凑热闹，快回去吧，不然赶不上上课了。"

常灵玉愣住了，老师只以为她被吓着了。

和她一同过来的同学硬着头皮推开门，把她拉到楼道里。

同学抱怨着"这帮人真缺德"。

她这才回神，意识到自己的膝盖都被磕出血了，疼得钻心。

她问:"这人叫什么?"

同学想了想,回道:"好像是叫许桉。"

常灵玉点了点头,将他的名字呢喃了几声。

她记住了。

两次见面,用什么词语概括才好——膝盖,血液,狼狈。

他带给她的滋味都是疼的。

许桉二十四岁这年,帮 SARA 谈下了一个五亿多元的案子。

继父给他办了庆功宴,叮嘱他:"找时间做个慈善,不要让别人觉得你只有手腕。"

许桉听罢竟扯出一丝笑容。

他自大一开始,便在公司实习,从帮前辈买咖啡、打印文件,到带团队、策划项目,花了六年的时间。

这是他负责的第一个项目,他能拿下这个案子,靠的是雷霆手段,够稳也够狠,惹得公司那些野心勃勃的老股东纷纷警惕起来。

继父帮他铺好了路,捐学校,盖医院,几千万元砸下去,不怕他上不了商业报纸的头版头条。

捐款给母校是许桉自己的决定。

起初只是父亲提了一嘴:"你捐给这个,捐给那个,我怎么记得你小时候总是吐槽一中没有图书馆,想查资料都得跑市图书馆,还说有钱非得捐上一个?"

于是他真的给一中捐了个图书馆。

他签字捐赠之后不久,他的父亲因腰椎间盘突出住院,他便赶在周日清晨回了趟青城。

司机开了劳斯莱斯来接他,走到离医院不远的地方,有一个少女骑着车,车筐和车后座上摞着成堆的鲜花,上坡的时候花散了下来。他下意识地扭头去看了一眼,刚想收回视线,目光转到一半倏然定住,忙叫司机停车。

他下了车往路边走去,走了几步,有目光敏锐地锁住她。他心一颤,接着偏过头,转而走向那个正在地上跪着捡花的少女,蹲下去帮她把花拾了起来。

等他再起身,却见路旁的人早就转过了身。

他只看到背影,就确定那人是姜之栩,记起她的名字那一刻,有点恍惚。

他看着女生穿着白衬衫、格子短裙,旁边的男生一身白色运动装,高大帅气，两个人都是极出众的外形，站在一起格外吸引目光。

女生在买早餐，取餐后跨上男生的车后座，刚坐好男生便用力一踩，女生冷不丁地撞到男生背上。

许桉的眼皮跳了一下，有一束花在眼前晃，刚才被他帮助的少女笑意盈盈地看着他："就当谢礼。"

他看都没看花，转身离去，再上车，心里被一个身影填满。

他问陈清："一中校领导要邀我出席捐赠仪式？"

陈清说是，又说："这种事只要派个人去走个过场就行……"

"不用。"他打断陈清的话，"我出席，告诉秘书重新排我的行程表。"

第二天他先是跟着校领导去学术报告厅开捐赠仪式，在出行政楼电梯的时候，有个女学生摔倒在路中央。

他明白孩子们喜欢凑热闹的心，没有在意，率先进了报告厅。

仪式结束之后，他婉拒了领导们的陪同，独自在校园里走了一圈。

这样简单走走，就是他此行的目的。

姜之栩唤起了他对青春的记忆。

然而他不确定自己的人生里是否还留存青春的气息，于是来到母校，来了才发现，学校里遍地青春气，却早已与他毫不相关。

一只孤鬼是不能见光的，他的青春早已与他阴阳两隔。

他明白，他该走了，而且今后也不该再来。

回京后，他又进入工作狂模式。

他在几年前，便先后戒掉了爱好和情绪，当一个人不被任何东西左右的时候，他就会变得格外不可阻挡。

这样的他，只差把"生人勿近"刻在脸上，可偏偏有人不懂，或者说，懂了也装不懂。

那个人就是常灵玉。

那个跪在马路上捡花的姑娘，那天他独自在学校散步的时候，她找到了陈清。

常灵玉和陈清关系变好，是她处心积虑的安排。

许桉来校那天，她在教学楼花坛边看到了正打电话的陈清。她知道接近许桉或许只能靠陈清了，于是硬着头皮上去打了声招呼。

陈清比她想象中好说话，几句话就交出了联系方式。

后来她才知道，不是陈清这人随意，而是她长了一张和陈清早逝的母亲很相像的脸。

有了陈清这个"小灵通",常灵玉总是能第一时间得知许桉回青城的消息。

许桉工作忙,但还是保持一两个月来一次青城的频率,陈清说许桉这个人冷漠,唯一的温柔都给了他父亲。

常灵玉就在心里默默地想,这样的人如果爱上一个人该是什么样子?

后来她知道有一种树叫蓝桉,这种树有毒且霸道,没有植物能在它身边存活,可它只允许释槐鸟栖息在它身上。

常灵玉觉得许桉就像蓝桉,正因如此,小小年纪的她,梦想不是出人头地,而是想当一只鸟。

认识许桉的第一个春节,她跟着母亲去上香,许下这个愿望——让常灵玉成为许桉的释槐鸟吧。

不知道那天佛祖是不是满足了别人的愿望,所以没有顾及她。

她许这个愿望的时候,没想到会这么难实现,比数学从四十分提到一百四十分都难。

许桉这个人太难接近,刚开始她得知他到青城来,还会厚着脸皮假装和他偶遇,可是每次他都一副完全没把她放在眼里的样子。

常灵玉知道,许桉不是看不出来她和陈清"勾结",但他毫不在意。她打听过,他甚至没有问过陈清只字片语。

他根本不屑于她的出现。

一个明艳鲜妍的少女,和路边一片飘零的树叶相比,于许桉而言,又有什么分别呢?

他永远不会回应她的"你好"。

可也正因如此,她忘不掉他。这是一个看山跑死马的悲剧,彼时,她以为她离他不算远,殊不知隔了千万里蜿蜒崎岖的荆棘之路。

后来高中毕业,她考完驾照,到许桉所在的城市打零工,更是时常在他面前晃悠。

反正许桉不把她放在眼里,她厚着脸皮贴上来也不会招人烦,那她何乐而不为?

她的心态一直还算平稳,只因在日复一日的追寻中,他没有给她希望,也没有给任何人希望。

她问过陈清:"你老板,别是冰块做的吧?"

陈清"嘁"了一声:"我是冰块做的,我老板都不可能是。"

"你凭什么这么确定?"她不服气。

陈清压低了声音,一副讳莫如深的样子:"我和许总的司机都见他盯过美女。"

她如临大敌,威胁陈清一字不落地把这事给她讲清楚。

陈清说:"就是前段时间,我陪许总来青城,路过一家咖啡店,门口有个女生鞋带开了,有个男生蹲下给她系鞋带,我们许总一直盯着看。"

常灵玉听完松了一口气:"这种事谁都会多看几眼的。"她对司机的见闻比较感兴趣,"还有司机那次呢?"

陈清说:"那次我没跟着,据司机说,他们当时顺路到一个胡同里帮许伯父拿紫砂壶,出来的时候有个女孩子站在月季花旁边,许总让他小心开车,路过那女孩好远,许总都还扭脖子看呢。"

这话让常灵玉心神乱了,她问:"那女的什么类型?"

陈清上下打量她一遍,摇头说:"和你正相反,人家气质清冷,仙着呢。"

常灵玉莫名其妙地隐隐不安起来。

有时候命运就是如此捉弄人,几天后她便收到了姜之栩的一条信息:"我爸托人帮我看脸,托的那个人也叫许桉。"

许桉绝对没有想到,第一次近距离地接触姜之栩,竟是这样的场景。

女孩儿脸颊红肿,狰狞的疤痕长在白皙的皮肤上,该怎么去形容这种反差呢?大概是永远圣洁遥远的白月光被抹了一把污浊的泥。

亲眼看到白月光蒙尘的感觉并不好受。

姜之栩似乎接受了这一切,眼神很淡,看着许桉一言不发。

许桉比她更沉闷。他并没有给她什么保证,只叮嘱她的主治医师乔治:"治好她,一丁点儿痕迹都不能留。"

这是一道死令,他向来如此,不会管别人有多少压力。

姜之栩大学四年,他们几乎每个学期都会因为治疗伤疤而见到。

其间,许桉发生了微不可见的变化。

少年时期的匆匆一遇,他因姜之栩的倔强而注意到她,可那时候她毕竟是个孩子,他并没有不该有的心思。

后来再见面,她已经是一个极其吸引男孩子的目光的少女,是她的青春气,惹得他去母校追忆青春,那是他少有的幼稚而不可理喻的举动,这个举动让他明白他与"青春"二字再无瓜葛。

再然后就是她的脸伤了,她找到了他。于是他瞒着所有人,为那张脸、那个人心疼了。

这股子疼就像当年被粗糙的树皮划伤掌心,随着血肉融进身体更深的地方。

一个女人让男人感到疼,是一个危险的预兆。

可这还不算。

在她大二寒假的时候,他发现她有抑郁症。于是他心底的疼,变成一种更绵长的知觉。

他恍然意识到,这个沉默又倔强的女生,身体里有他年少的影子,不拒绝,不声张,不认输。

他想保护她。

保护?这个词,像一把利箭,丘比特射来的。

也唯有爱神能让他这颗铁石一般冰冷的心,流出温热的鲜血。

意识到这点的时候,他失眠了。

他控制情绪,戒掉爱好,误以为把自己掌控得很好。

可是她来了,什么都没有做,就打破了他的禁忌。

多年后,许桉在偌大的办公室里加班到凌晨,偶尔也会回想起这一切。他在想,如果她爱他,或许他会变成另一个人。

然而她不爱他,他便依旧是那座冰山。

是的,哪怕他有再多的心理活动,她都不会注意。

因为她不爱他,她有爱的人。而那个人,他曾经见过。

他们之间稀松平常的举动,是他永远得不到的奢望。

因此当他在画展门口见到那个男人的时候,他慌了,下意识地去看姜之栩,发现女人完全变了个人,全部的注意力都给了那个男人。

他对此无能为力,只能以言语讥诮。

爱情不是商业,不能使手段,哪怕他使了也是做无用功。

许桉只有过一次私心——那次舞会,他邀请姜之栩来做女伴。

她不知道,她的造型、礼服、配饰……全是他一一过目定下来的,最后出来的效果自然也惊心动魄。她太美了,他能戒掉烟酒,能戒掉爱好,可是看到她穿着他挑选的礼服,那么远又那么近地站在面前时,他躁动了。

他邀请她跳了一支舞。

她不知道,从那以后他再没跳过舞。哪怕是在和白薇薇的婚宴上,母亲百般请求,他都没有邀请她跳上一支。

他从不逼迫自己,从她亲口告诉他她不爱他的时候,他就选择了放手。

放弃她之后,他"贴心"地给了自己一点儿补偿,他开始捡起以前的"坏习惯",高热量食物、烟、酒、汽水……他还给自己找了几个费钱的爱好,比如买手表、古董什么的。

父亲见他这样,知道多说无益,借着喝酒,吟了一句诗:"不知魂已断,空有梦相随。除却天边月,没人知。"

那次和父亲见面之后,他就要飞往国外。

在青城乘车时,他竟然遇到了常灵玉。在车上他看她拖着行李一步步走向快速公交站台,随后和一群人一起上了车。

直到公交车开走了,他的目光还是久久没有移开。

司机识趣地没有催促,即便高铁即将晚点。

许桉那一刻在想什么,他自己都恍惚。

记忆由近及远,他想到订婚宴时的那个拥抱,想到他接过她那根沾着口红的烟蒂,想到在故宫吃的那顿烤鸭以及她问他"你不喜欢我哪点"的样子,还有舞会之后他送姜之栩回家的那个晚上,她站在花摊旁边美得不可方物。

再远的记忆便模糊了,仅剩下初见的那点记忆,她跪在地上捡那堆跌掉的花,他无心帮助了她,她扎了一捆花束递给他。

原来他对她的记忆那么少,不知道姜之栩对他又是如何?

他从自己的单恋里窥见了常灵玉的爱情,理解了她,甚至有一瞬间很想去爱她。

可惜,老天最不爱做的事,就是遂人愿。

许桉知道,他今后的人生很有可能将在孤独中度过了。

如一棵茂盛的蓝桉,他到哪里去寻他的释槐鸟?

常灵玉知道,她做不成释槐鸟了,无脚鸟倒是差不多。

她一路跌跌撞撞,从未停止飞翔,在她终于明白,她再也到不了理想的彼岸时,她决定坠落。

一只鸟,它的脚才是它的根,她偏是没有脚的那只鸟。

她往下落啊落,忽然听到一个声音,喊她:"小玉。"只有母亲会这样叫她。

她在摔死之前,干脆先回到家乡。

母亲又胖了一些,她很想抱一抱母亲。

念头一出,她就这么做了。

她自小就不是个爱撒娇的孩子,母亲也不是温柔的母亲。可这一次,她们像是心有灵犀似的,谁都没有讲话,就这么拥抱着,坐了好一会儿。

第二天她又要回去工作。

母亲把晒好的花茶给她带上，临走之前告诉她："常灵玉，你不是没有妈的孩子，以后累了，随时回家。"

常灵玉说"好"，笑着笑着眼底涌上一股热流，在转身之后，才敢让热意喷涌。

她还坠吗？

不坠了。

母亲是托住她的那阵风。

当她再离家的时候，许桉恰好去国外了。

常灵玉常听别人讲，太理智的人不配得到爱情。所以她唯爱这一次，却任由自己爱得昏聩。

去国外这年许桉二十九岁。

准确来说，离开国内那年他二十九岁。

一切都是那么稀松平常。

只是一个男人去往更大更令人向往的世界了，仅此而已。

常灵玉并不知道，他还愿不愿意回到故乡。

他走后，常灵玉整天心不在焉，姜之栩告诉她："阿玉，或许珍惜自己，就是珍惜别人。"

姜之栩一语双关，常灵玉懂。

后来她强迫自己过得好一点儿，再好一点儿，工作努力晋升，努力保持身材，变得优秀成为她最大的乐趣。

2021年，许桉和白薇薇在国外举办了盛大的婚礼。

这消息是商业报纸上的头版头条，常灵玉扫了两眼，随后给姜之栩发了一条消息："你上次说要给我介绍的人，我可以考虑。"

她该放下了吧。

大家都越来越年长，风月情事又怎么抵得过平凡故事？

可是她没想到相亲来的人是王信，李衔九那个讨厌的经纪人。

他们一见面就斗嘴，那天也是谁也不让谁。

后来他送她回家，下车之前问她："怎么着啊，试试？"

和李衔九混着长大的，能是什么温良恭俭让的好男人，王信也痞，痞里藏着正经。

但常灵玉知道，试也不能和王信试，否则以后不知道有多少尴尬场面等着她。于是她拒绝了。

王信嬉皮笑脸，也没说什么让彼此尴尬的话，随后两个人散了。

她回到家姜之栩给她打电话,聊着聊着才聊出来,原来王信早就对她有意思。

后来很长一段时间里,常灵玉都躲着王信走。

她直到那一刻才发现,被人喜欢也是这么有负担的事情,不是人人都像许桉,被喜欢毫不在意也毫不尴尬。

当然也不是谁都和他一样,那么认死理。

又过了一年,王信和一个小演员谈恋爱了。

你看,大家都是成年人,不爱就不爱,奔向下一个就好了。

常灵玉和许桉都没有这种特质。

后来的几年,常灵玉抱着解救自己脱离许桉的苦海的态度,认识了几个男人,也谈了两段恋爱,最后都草草收场。

2025年,常灵玉在公司已经混得很好,老板器重她,把外派到国外两年的机会给了她。

她已经二十九岁了,不算老,但也实在算不上年轻,到一个陌生的地方,对一切都水土不服。

她想过会遇见许桉,却没想到会是那么狼狈的境况。

据许桉所说,他是在上厕所的时候听到包间里其他男人的笑侃,才冲进来救人的。

他以一种强硬的姿势把她带走了。

他们再见面,好像重新认识了一次似的。

许桉依旧冷漠板正,没有笑意。

而常灵玉变了很多,岁月总是容易让女人更温柔。

可能许桉天生对温柔没有抵抗力吧,交流了几句,常灵玉竟觉得他们彼此出奇熟悉,一切比几年前要好。

在交谈里,常灵玉得知,许桉在去年就偷偷和白薇薇办理了离婚手续。

这个消息让常灵玉的心狂跳不止。

许桉的心也不是很平静,尽管没到狂跳的地步。

他在这个国度太久,有时候会忘记自己到底是谁。可是常灵玉出现了,她让他记起了他是谁。

那年的圣诞节,他们是一起过的。

他开车到郊外。

下着雪,簌簌而落的星屑一般的雪,染白了街道的圣诞树,小夜灯忽闪忽闪的,漂亮极了。

外头很热闹,即便是在郊区也有这种感觉。

他们一句话也没说,就这么静静地看着雪落下。能这样久坐,是因为他们不够亲密,却也不够陌生。

正是这样安静的时刻,常灵玉才确定,她还爱着他,只是她早已没有少女时期的孤勇了。

许桉放了首老歌——你都如何回忆我,带着笑或是很沉默……

常灵玉先是沉默,随后笑了。

许桉看了她一眼,虽然没有笑,但眼底的碎冰破裂了一点。

他们开始回程,尽管常灵玉默念了一路"慢点开",可既然有目的地,总有到站的时候,她很快到家。

他坐在车上没有下来送她的打算。

她开了车门,下了车。刚走出几步,她忽然后悔了。

她想,或许这真是最后一次机会了。她就快三十岁了,迈过三十岁这道坎,一切只会更难。不管了,死就死吧,反正几年前她就在他这边死过好几次了。

她下定决心,转身的时候,愣住了。

许桉不知道什么时候下了车,车门大开着,他站在车门旁边看着她。

他说:"我觉得我应该下车。"

雪屑飞到睫毛上,常灵玉哈了一口热气,说:"我觉得我应该转身。"

雪从白天便一直在下。

车子没有熄火,车载电台的声音从车里飘出来——气象台预告,三个小时之后,雪会停。

番外 2·野性逢良

《结痂》上映之后，我被一档旅行综艺节目选中做飞行嘉宾，去巴西待了五天。

临走之前，我们来到最后一个景点，伊瓜苏瀑布。

有个演员前辈忽然感叹了一句："终于来到瀑布，我突然想起何宝荣，我觉得好难过，我始终认为站在这儿的应该是两个人。"

谁都知道，这是《春光乍泄》的台词。

摄制组之所以选择来到伊瓜苏瀑布，大概也是为了这句台词。

导演想拍点煽情的素材，就问："黎耀辉想到何宝荣，你们想到的人是谁？"

镜头前的感情真真假假，一时间大家都成为有故事的人，结了婚的演员说是想到了妻子，刚公开恋情的歌手想到了男友，男团偶像想到了队友……他们每个人的想念对象都是那么合适，只有我，我说，谁也没想。

我是新人，镜头本来就不多，这话说完之后，也没人追问真假，只说，"看来只有你是来认真工作的"。

录制到下午四点钟，我们收工，赶往机场的路上，我总觉得哪里奇怪。

我问助理："今天是什么日子？"

助理在看刚拍的视频，闻言脸都没抬："好像……3月20日吧。"

这好像是谁的生日，我有确切的答案，但没准备让自己想起来。

我点了根烟抽，烟熏火燎之间，我瞥到助理手机上的画面，伊瓜苏瀑布的水飞流直下，那种不管不顾向下奔腾的样子，好像一个死心眼的姑娘拼命拨开人群朝她喜欢的人飞奔过去。

当晚我做了个梦。

我梦到我不告而别那天，忽然在暴晒的烈日下看到有人跑过来，车子驱动的那一刻，她盯着我的双眼，嘴唇动了动，声音听不到，我努力想看清楚她的唇形，可是车子开远了。

醒来之后，我习惯性地摸烟抽，除了抽烟我不知道我还能干什么。

第二天我顶着黑眼圈去试戏。

这个戏很重要，名导暌违五年的新作品，什么都准备稳妥了，就差个男主角。

我到现场之后要排队，来试镜的人很多，我没什么后台，一直到晚上九点多才被叫进去。

屋里只有四个人，后来根据介绍我得知，分别是导演、选角导演、编剧和女主演，四个人在这间小屋里蹲了一天，早就累得不行了。

他对我说话也不是很客气，放了首歌就让我演。

歌是《一生所爱》。

导演说："你听到这首歌是什么感觉就怎么演。"

我能有什么感觉？

我只知道这歌是《大话西游》主题曲，这片子很火，但我压根儿没看过，粤语拗口，我唯一记住的歌词，也不过是"苦海翻起爱恨"。

我寻思，来都来了，等都等了，好不容易在导演面前露脸了，总不能不演吧。

我在脑子里边使劲地搜寻《大话西游》讲了什么故事，当我猛然想到"戴上金箍没法爱你，摘下金箍没法保护你"这句话的时候，我忽然来感觉了。

我背过身，几秒之后又扭头，对着导演淡淡地笑了笑。

这个笑定格了两三秒，我收住，然后鞠躬，说这就是我的表演。

对面四个人都没什么反应，过了得有一分钟，编剧才问，你刚才想到了什么？

我说，没什么，就是想到昨天晚上做的一个梦。

导演打开保温杯喝了一口水，说："书上说，如果有一天你梦见了一个很久没见的人，代表她正在遗忘你。"

我微微愣住了，那一刻，我的表情一定呆滞了一秒。

选角导演笑着说："陈导，人家也没说梦见了很久没见的人哪。"

导演低低地笑了两声，说"是吗"，抬头看了我一眼，说"那是我想当然了"。

导演看着我，接着说："我们这部戏是个纯粹的爱情电影，你和女主演试一下戏吧。"

女主演从椅子上起来，对导演说："陈导，这真是最后一个了啊，再试我真受不了了。"

陈导说，回头给你加鸡腿。

敷衍之词，但导演说出来，面子上就过得去。

试了几次，我入不了戏。

女主角生气了，问我："大哥，咱能走点心吗？"

我吊儿郎当，说："走了，但不多。"

导演打断我们，问我："怎么着，不喜欢美艳的？"

女主角是美艳不可方物的类型，可我好像确实不喜欢这一款，我喜欢仙的，最好是那种五官浓，气质淡，身材惹火，谈吐优雅的，就像冰与火都融在她身上，带着一股碰撞的吸引力。

可我不能对导演说我不喜欢这款，我对导演说，我只是有点放不开。

导演顿了几秒，又挑了一段感情戏让我们演。

我演得很投入，但是结束之后，不知道为什么导演他们都不是很满意的样子。他们让我先走。

直到第二天我才从经纪人那儿得知，我落选了，原因是导演觉得我和女主角没有化学反应，而爱情戏选角最重要的是恋爱感。

老板杨露安慰我，没事，这部不行，咱们下部继续努力。

那会儿我们都不知道，"下一部"来得有点晚，直到《千秋岁引》我才拥有努力的权利。

失去了男主角的机会，我也没什么想法。因为第二天我要回莱城，给我爸上坟。

去莱城的列车经过青城。

列车停下来的时候我看向窗外，拍了张照片。我上完坟，下午回程路上，又路过青城站，这次我下车了。

出了高铁站之后，我突然发现我没地方可去。在门口抽了根烟，拒绝了五六个出租车司机，我最后坐快速公交车去了三中。

一路上我都盯着窗外看，倏忽闪过的建筑物熟悉又陌生。

就像有些地方你去过，但也仅仅是去过，当再次路过的时候，你总是感觉这地方好像变了，又好像没变。

我到三中的时候却没有这样的感觉，三中让我熟悉到我甚至怀疑我好像都没毕业。

我到的时候恰好是晚自习之前的吃饭时间，门口穿着校服买饭的学生扎堆，我光明正大地进了学校，沿着熟悉的小道往教学楼走去。

学校的教学楼之间是连廊设计，我走到连廊上，正好能看到远处的晚霞。

我旁边也有一男一女在看晚霞。

男生坏坏的样子，女生那叫一个温柔，乖得我想上去警告那小子一顿——你可不许欺负她。

男生好像在为作文发愁，女生看起来并不是个爱逗闷的人，却装作很随意地讲着俏皮话哄他，说什么"我相信，李衔九天下第一靠谱"。

说着话，她还加了一些搞笑的动作，像幼儿园老师那样对男生竖起了大拇指。

男生就靠在栏杆上睨着女生笑，调戏似的反问她："男人不能说不行，何况是你男人？"

女生顿时脸红了，当然也可能是晚霞照的。

我突然想到上学的时候写作文，老师会在写得好的句子下面画上一段波浪线。后来我想，或许有人出现在生命里，就是为了给对方味同嚼蜡的人生篇章添上一段可画波浪线的句子。

然后因为想起这个，我也忽然就笑了，转过身，不敢让他们发现我在偷窥他们。

不过一两秒，我就平复好自己的心情，又转过头，却发现整个连廊上除我之外，并没有第二个人。

我愣了愣，失笑了，随后走出学校。

离开那会儿，门口买饭的学生还有很多，我回头看了一眼，然后叫了路边的出租车离开，没有再回头。

回程票很多，我买了晚上八点钟左右的车票回程。

路上太疲倦了，我拿帽子盖住脸，没一会儿就睡着了。

路上我又做了一个梦。

我梦到了我在三中遇见的人，那对在连廊上看夕阳的学生。

男生靠着栏杆，一副不修边幅的样子，裤腿卷到小腿上，上衣扣子松松垮垮地系着。

相比较而言，女生是那样澄澈。

阳光是昏黄的，颜料似的橙色光洒在她身上，她直着腰站着，微微垂首，视线落在男生的手腕上。微风吹过，毛茸茸的碎发就扫在她的额间、颔下，鼻梁被太阳照出好看的弧影，很是缱绻。

两个人站在一起，就像野性逢良。

十一月的大雪融化在三月的春光里。

我梦到深处不忍醒来，亦不忍提醒女孩儿，你身边的人，其实连一个夏天都不能给你。

出版番外·看海

飞机很晚才落地。

说好的来看海，这次李衔九没有让姜之栩等很久。

2020 年的春天，在 4 月一个阳光明媚的下午，李衔九问姜之栩："要不要出去散散心？"

姜之栩说："好。"

于是他们在当日飞往禹山。

禹山临海，岛礁众多，星罗棋布，禹山群岛最南部的海岛县绿岛就是他们此行的目的地。

这是一个春风沉醉的夜晚。

春夜晚风的气息，介于温情和暧昧之间，好像有什么在心口荡漾。

姜之栩放松到了极点，难得黏人，一路上挽着李衔九的手臂没有松开。

两个人坐车来到码头，去绿岛还要坐一段时间的船。

那会儿码头上除了他们一个人也没有，在夜色掩映下，有种私奔的错觉。

私奔，真是一种古老的仪式，离经叛道的浪漫，不想要高朋满座的热闹，只向往有你的江湖。

李衔九提前联系了船。

他们等了二十分钟，船才到码头。

来接人的是一个年轻人，他记错时间了，所以才迟到，一直在和他们说抱歉。

李衔九和姜之栩都说没关系。

他们在一起，从来不赶时间。

两个人上了船，船在黑漆漆的水面上开着，李衔九在和开船的人聊天，没一会儿那人提醒："你媳妇儿睡着了。"

李衔九扭头去看，姜之栩靠在船杆上，很安静地睡着了。

船声轰鸣，水花飞溅，四周都黑漆漆的，辨不清方向，有股森然的感觉。

他不太明白，她怎么会安心睡着，而且一睡就睡到下船还没有醒，最后还是李衔九把她抱下船的。

李衔九提前订了一辆房车，那辆车就停在码头附近。他把姜之栩一路抱上车，随后开车往海岸的方向去。

绿岛路两旁种满了树，高高低低，枝枝蔓蔓，李衔九不时辨别那都是些什么树，总之在北方不多见。

他再往里开，上了公路，一路向西，里侧是山，外侧是一望无际的海，在暗夜之中，山与海都带着壮阔的力量。

可车里是与之相反的温柔气氛。

他在开车，她在睡觉，他已经能想象到几年后，甚至几十年后，或许也还是这样。

李衔九一直把车开到沙滩旁的空地上，随后出了驾驶室，到车后搂着姜之栩一起入睡。

姜之栩是在天还没亮的时候醒的，当时李衔九把她抱得很紧，就像抱枕头那样，她觉得这样的姿势有点儿累，不由得动弹了一下，可他立刻又抱上来。

她喜欢他半夜睡得迷迷糊糊却要来抱她，最后干脆不动了。

第二天她被李衔九叫醒。

他告诉她："太阳快出来了。"

她不知道他怎么会醒得这么准时，揉了揉眼，什么话也没说，随他下了车。

湿湿咸咸的海风在她下车的那一瞬间全涌了过来，衣服在风中鼓成一团。

他拿了条毯子给她披上，又和他牵手漫步到沙滩上，沙粒踩上去软软的，像踩在棉花上。

海浪像一条会发光的线，海声、风声纠缠在一起，海鸟很少，只有少数几只在空中盘旋，不时发出鸟鸣声。

海边总给人一种既安静又热闹的感觉。

姜之栩静静看着大海，深蓝色的海，随着东方露出白色的曙光，而慢慢变成蔚蓝色。

她问李衔九："你在想什么？"

李衔九反问："你呢？"

"我觉得很平静。"

"我也是。"

342

随后他们都沉默了下来。

见到憧憬已久的海,姜之栩很开心,只是这股开心和原本想的并不一样。

在来海边之前,她原本以为自己会有很多感慨,毕竟看海这事差点让她遗憾了一整个青春,可是没有。

她发现在具体的快乐摆在面前的时候,她变得格外轻盈,轻盈到不必非要去赋予看海一个意义。

远处的天空一点点镀上亮光,先是一丝两丝青色、紫色的云,最后渐渐出现橘色的光,慢慢地霞光热烈起来,接着太阳便一点点探出头了。

海面上先是露出了一丝丝橘黄的光,后来那色彩开始燃烧,慢慢地流淌下来,铺满了整个海面。太阳就像是一个火山口,而海面上的光,就是火山的岩浆。

姜之栩对李衔九说:"我觉得太阳离我好近!"

李衔九"嗯"了一声:"我离你是挺近。"

姜之栩没注意李衔九话里有话,拉着他的手跑去赶海。

最后玩到浑身都湿透了,姜之栩还要往海深处跑去。

李衔九拎着她的衣服,把她拽上了岸。

两个人最后都筋疲力尽,倒在了沙滩上。

太阳已经完全出来了,不高不低地挂在东方。

他们休息了一会儿,接着去房车里换衣服,拿出摇椅、吊床、帐篷……

鼓捣了一上午,支好了帐篷,扎好了吊床,把该摆的东西都摆了出来,李衔九去附近借来烧烤架子,买了海鲜。

两个人中午就吃烤虾、烤鱼、烤生蚝,总之一切都是海产品,平时在内地吃不了这么全的品种。

吃完饭之后,他们租了辆摩托车,到海岛上转转。

岛上这几年旅游业发展得不错,居民楼都刷了漆,就像童话里的小房子。

其中有一家叫"人生海海"的民宿尤其漂亮。

外墙上有一大片三角梅从栅栏外蔓延到楼顶,像烧了把紫红色的火,异常热烈浪漫。姜之栩再看墙上,被人写满、画满了东西,看得最清楚的是那行橘红色的字——星星爱我,我爱星星。

她看着那行字,有点儿出神。

摩托车已经走远了,她还在回头看,直到再也看不见,她才转身,紧紧地环住李衔九的腰。

因为她也和一颗星星相爱了。

准确来说,他可以是星星,可以是月亮,也可以是太阳。

一切的发光体,都可以是他。

他把摩托开到最快,就像《堕落天使》和《天若有情》里男主角带着女主角私奔的镜头。

姜之栩恍然想起昨晚在码头上等船的感受,然后忽然之间觉得特别幸福,难以名状的、想说也说不出口的幸福感。

因为她知道,他们可以随时私奔,却不用舍弃俗世的热闹。

姜之栩想起不久前,她还为外界的声音痛苦,被自己的抑郁症逼到人生的死角。

可此时此刻,一切都豁然开朗,是他鼓励她一步步走出人生的困境。

比起星月和太阳,他仿佛更像是灯塔,在海洋深处高立,为夜航的人照明方向。黑暗不会被驱散,但那又怎样?光明永远灿烂。

在沿海的公路上疾驰,面向着海,背对着山,姜之栩在这一刻才终于知道为什么她会这么平静。

因为此时此刻,她不是在替年少时的姜之栩完成梦想,也不为抹平青春时的遗憾。

她只是和他在一起而已。

作为现在的姜之栩,她什么都不考虑,没有一丝杂念地和她想要在一起的人在一起。

她知道,无论是看海,还是赏山,这些不过都是他们生活里稀松平常的一瞬。

而拥有这一瞬,就已经代表,他们拥有了永恒的幸福。

出版后记

2021年的冬天，我一直处于低迷状态。

好像没有哪一年的冬天比这一年更冷，尽管未曾有过一场雪覆盖大地，但霜白的丧礼还是在我心底如期举行了。

我天生悲观，时常在想，爱会消失，讨厌会消失，别人对我的看法会消失，只有敏感、抑郁、沉重情绪会伴随我一生一世，它们就像是我新长出来的器官，久而久之成为我身体里的一部分。

我觉得自己挺沮丧的，以至我把这篇后记搁置了很久，因为我怕我的笔触太致郁。

现在是2022年了，我选择在一个阳光充沛的午后，打开文档，此刻内心很平静。

九哥和栩栩的故事设想于夏天，我想写一段从一而终的感情，他们命中注定会爱上对方，而后坚定地向对方奔赴，尽管路途遥远，却万水千山只等闲。

李衔九是个不受拘束的少年，在连载之初，常有读者提起我笔下另一个叛逆少年江为风。

可是很明显，他们不一样。

李衔九比江为风更有光芒，但没有江为风那么光明。

九哥是那么优秀。他并不热情，却好像天生拥有让人追随的能力；他学习用功，考年级前五名轻而易举；生活给他使绊子，他就另辟蹊径，成为人气明星……用栩栩的话来说，他是比光更显眼的存在，是光的克星。

可他也是真的不易，幼年丧父，母亲瘫痪，还欠了一屁股债，生活的担子压上来，逼他朝着命运下跪。

这样一个人，该有多勇敢的女生才爱得起他？

好像就唯有姜之栩。

这个死心眼儿的姑娘，面对他破碎的家庭，说"万水千山只等闲"，面对外界的攻击，说"我什么都不怕"。

栩栩有太多美好的品质了，她美丽而倔强，就像一只拼命冲破厚茧的蝴蝶，扇动翅膀却不为流连花丛，明知沧海难越，偏偏要向对岸飞翔。

李衍九和姜之栩一个不肯轻易下跪，一个不肯轻易落泪。

他们就是天生一对。

感谢他们出现在我的生命中，我既是旁观者，也是参与者，无论哪种身份都很幸福。

另外也要感谢我的编辑以及为这本书付出过的工作人员。这本书不是热款，希望周晚欲对得起你们的选择，没有让你们失望。

最后，我要感谢我为数不多的读者。

这本书让我第一次体验到被追更的滋味，你们永远想象不到，你们的留言和鼓励对我来说意味着什么。

书一抓一大把，永远有人比我写得好，但此刻你停下了，无论是为了笔下的人物还是因为我，我都要跟你说一声："谢谢。"

"我会爱你，回报你，直到最后。"

哎呀，一个后记整得跟获奖感言似的。不说啦，最后祝我们都能勇敢而赤诚，既有海水汹涌的热烈，也有浪花洁白的温柔。

大海永不枯竭，你我的生命力也是。